구운몽과 꿈 활용
우울증 수행치료

지은이

이강옥(李康沃, Lee, Kangok)_ 경남 김해에서 출생했다. 서울대학교 국문학과를 졸업하고 서울대학교에서 문학박사학위를 받았다. 경남대학교 국문학과 교수로 봉직했고 현재 영남대학교 국어교육과 교수로 있다. 예일대학교 비교문학과, 스토니브룩 대학 한국학과의 방문교수로 연구했다. 한국구비문학회, 한국어문학회, 한국고전문학회의 회장을 역임했다. 성산학술상(1999), 천마학술상(2008), 지훈국학상(2015)을 수상했다. 한국문학치료학회 최고전문가상담 자격을 획득했다. 『일화의 형성원리와 서술미학』(2014), 『구운몽의 불교적 해석과 문학치료교육』(2010), 『한국야담연구』(2006), 『조선시대 일화 연구』(1998), 『보이는 세상 보이지 않는 세상』(2004), 『젖병을 든 아빠 아이와 함께 크는 이야기』(2001) 등을 저술했다.

구운몽과 꿈 활용 우울증 수행치료

초판인쇄 2018년 1월 5일 **초판발행** 2018년 1월 10일
지은이 이강옥 **펴낸이** 박성모 **펴낸곳** 소명출판 **출판등록** 제13-522호
주소 06643 서울시 서초구 서초중앙로6길 15, 1층
전화 02-585-7840 **팩스** 02-585-7848 **전자우편** somyungbooks@daum.net **홈페이지** www.somyong.co.kr

값 19,000원 ⓒ 이강옥, 2018
ISBN 979-11-5905-171-5 93180

이 저서는 2012년 정부(교육과학기술부)의 재원으로 한국연구재단의 지원을 받아 수행된 연구임.
(NRF-2012S1A6A4016903)

Meditation Therapy of Depression Utilizing
Kuwunmong and Dream Experience

구운몽과
꿈 활용 우울증 수행치료

이강옥 지음

소명출판

아침 햇살을 싫어했던 청소년 시절을 생각한다. 나는 밝아진 세상으로 나가는 것을 꺼렸다. 염세적 책을 읽으면 마음이 좀 가라앉았고 비관적 신문 기사에 관심이 더 갔다. 웃는 사람, 행복해 하는 사람을 보면 괜히 기가 죽거나 심술이 났다. 힘차게 살아갈 의욕을 잃었다. 이 세상 삶에서 희망을 갖지 못했다. 아무도 그런 청소년을 바라봐주지 않았다. 스스로도 왜 그런지 알 수가 없었다.

이런 삶을 버텨가는 것이 참 힘겨웠다. 그렇지만 운 좋게도 그것은 극복되어야 할 태도임을 서서히 자각하였다. 그러기 위한 간절한 노력을 시작했다. 지금까지 나의 삶은 그런 마음의 풍경을 찬찬히 관찰하고 그 마음의 길을 조정하고 고쳐 새 길을 내는 과정이었다. 그 길 고치기와 길 내기를 대략 마무리했다 여긴다.

여기까지 오면서 나와 비슷한 사람, 나보다 더 심각한 사람을 목격하고 만났다. 그 분들과 수많은 이야기를 나누며 진지하게 고민했다. 그 분들과의 만남과 상담은 쌍방적이었다. 함께 고백하고 토로하고 넋두리하면서 서로에게 공감하고 위안을 나누고 서로를 치료해주었다. 그렇게 만난 분들의 얼굴이 하나하나 선명하게 떠오른다. 마음이 아련해진다. 그 분들이 더 만족하고 더 행복하게 살아갈 수 있기를 축원한다.

우리가 왜 그렇게 우울해했는지를 살펴보면 온갖 복잡한 이유가 드러난다. 그만큼 우울증은 삶의 간단치 않은 여건과 관련되어 있다. 이 책은 생애 어느 시기이든 우울증을 앓거나 우울한 기분 때문에 활기차게 세상살이를 하지 못하는 분들을 위한 것이다. 부디 이 책이 그 분들에게 작으나마 도움이 되고 길잡이가 되기를 기원한다.

이 책의 본문은 회기별로 제시되어 있다. 상담자가 상담을 꾸려가면서 텍스트로 활용하기에 편할 것이다. 상담자는 이 책의 내용을 그대로 따를 필요는 없고 취사선별 하여 알맞게 고쳐서 활용하면 좋겠다. 그리고 우울증을 앓고 있으면서도 상담자를 만날 여건이 안 되거나 용기가 나지 않는 사람도 이 책을 혼자 읽어가면서 자기 마음의 상태를 살펴가기를 빈다. 이 책의 독서는 우울한 기분을 극복하는 데 도움을 줄 것이라 믿는다. 일반 독자도 자기 삶에 적극적 의의를 부여하면서 밝은 삶을 꾸려갈 가능성을 여기서 찾을 수 있으리라 생각한다. 나아가 힘을 잃고 절망적으로 살아가는 주위의 사람들에게 힘과 희망을 불어넣어줄 수 있을 것이다. 그 일은 자신에게 언젠가 찾아올지도 모를 우울증을 대처하기 위한 대비가 되기도 할 것이다.

이 책은 회기별로도 독립된 내용과 수행법을 담고 있다. 그런 점에서 이 책을 전체로 읽을 시간이나 여유가 없는 사람은 각 회기의 제목을 보고 자기와 긴밀한 관련이 있는 회기만 따로 읽어가는 것도 괜찮을 것이다.

책을 펴내게 되니 고마운 분들이 떠오른다. 상담자와 내담자로 만나 때로는 그 자리를 바꾸면서까지 상담을 함께 꾸려온 분들에게 진심으로 감사의 말씀을 드린다. 이 책은 그렇게 만난 내담자의 자기서사나 상담의 기록을 일부 옮기고 있다. 사적인 영역을 보호하려고 애썼지만 어쩔 수 없이 인용하게 된 것을 넓은 마음으로 용인해주기 바란다.

이 책은 부처님 가르침과 불교 수행에 많이 기대고 있다. 종교적 배경이 다른 분은 가벼운 마음으로 참조할 수 있을 것이고 이를 근거로 하여 자기 종교에 알맞은 프로그램을 새롭게 만들 수도 있을 것이다.

지금까지 나에게 고구정녕 가르침을 베풀어주신 고우큰스님과 오경 스님께 감사드린다.

부디 이 책이 우울한 삶을 꾸려가는 분들에게 조금이라도 도움이 되기를 빈다.

2017년 8월
이강옥

차례

제2부 상담사례

구운몽과 불교 경전을 활용하는
우울증 치료 프로그램(DTKB Program) 상담사례

제1부

우울증 수행치료 프로그램

MTD Program

1. 우리 모두에게 우울증은 있다 ·······························

하늘에는 온갖 종류와 모양의 구름이 떠 있다. 솜털같이 부드럽고 옅은 구름이 있는가 하면 방금이라도 비를 떨어뜨릴 어둡고 짙은 구름도 있다. 저 하늘에 한 점 구름이 없는 날이 있을까?

종종 하늘의 모습은 우리 마음에 비유된다. 하늘에 떠 있는 구름은 시시각각 우리 마음에 일어나는 생각이나 번뇌망상과 비슷하다. 하늘의 구름을 바라보고 있노라면 정처 없이 흔들리는 우리 마음의 모습이 뚜렷하게 떠오른다.

오늘날 수많은 사람들은 자기 삶에 대한 의욕과 희망을 잃고 어둡고 절망적인 마음 상태로 살아간다. 자기에게 주어진 부정적 상황이 자기 탓이라고 하여 자기를 학대한다. 자기 학대는 온 세상에 대한 비하와 부정으로 나아가기도 한다. 지금이 불행하니 앞날은 더 절망적이다.

이런 경향이 극단으로 치달아 지속되는 사람은 우울증 환자로 규정된다. 정도의 차이는 있지만 보통 사람도 그런 성향이 없지 않다. 어떤 이유에서인지 삶이 부질없고 허망하게 느껴져 만사가 귀찮아지는 것이다. 그것은 사람만이 가지는 자의식이나 망상과 관련이 있다. 자기 존재와 삶을 예민하게 의식하면 할수록 삶의 의의와 가치에 대해 회의적이게 될 때가 자주 있는 것이다. 그런 점에서 우울증이나 우울한 성향은 오늘날 우리 모두가 꼭 성찰해보아야 할 우리들의 실존적 조건이며 내면 풍경이다. 그 조건과 풍경은 우리 세상을 힘들고 아프게 만든다. 그걸 내버려둔다면 우리 모두는 행복하게 잘 살아가기가 어려울 것이다.

근본적 한계상황에 이른 근대자본주의의 폐단은 우리의 일상 곳곳에 관철되어 우울증이 시대병으로 창궐하게 되었다. 우울증이 마음의 문제일 뿐 아니라 처지의 문제이기도 하기 때문이다. 이런 시대의 우울한 기분은 주위 여건이 좋아지고 사람의 처지가 개선되면 호전되기도 한다. 가령 하는 일이 뜻밖으로 잘되거나 햇살 좋은 봄날이 계속될 때 자기도 모르게 기분이 좋아지기도 한다. 그러나 그런 외적 조건의 변화와 무관하게 우울한 기분이 몇 주 계속되기도 한다. 그것은 병증의 단계에 이르렀다고 하겠다. 이 단계에 이른 사람은 체계적이고 지속적인 치료를 받아야 한다. 그 상태에서 방치되면 아픔과 상처가 번져나가 깊어지게 마련이다. 가령 우울한 증상은 뇌의 기억 중추인 해마체에 상처를 주어 기억력이 급속하게 떨어지게 한다. 그것은 정상적인 생활을 불가능하게 만든다.

이 책의 담론과 프로그램은 우울함을 느끼거나 우울한 병을 앓는 사람들을 도와주기 위한 것이다. 또 현재는 물론 앞날에 대해 별다른 희망을 갖지 못하여 자기 삶에 대해 시큰둥해져 있는 사람들을 위로하고 그들의 어두운 삶의 길에 한 가닥 안내의 빛을 비춰주기 위한 것이기도 하다. 혼자 이 책을 읽어가며 자신의 삶의 태도나 생각을 살펴보는 것도 도움이 될 것이다. 상담자가 내담자와 함께 이 책을 읽어가며 문제해결의 계기는 물론 길잡이까지 찾아내는 것이 더 바람직하다.

2. 왜 구운몽과 꿈 경험인가 ·····················

1) 왜 구운몽인가?

『구운몽』은 우리나라의 대표적 고전소설이라 할 수 있다. 『구운몽』은 초등학교에서 대학교에 이르기까지 문학 교육에서도 빠지지 않는다. 그런 점에서 『구운몽』은 우리나라 대중이 쉽게 다가갈 수 있는 텍스트이다. 더욱이 『구운몽』은 우울증에 대해 생각하고 우울증을 극복하는 방안을 모색하는 데 도움이 되는 여러 요소를 갖추고 있다.

『구운몽』은 사람의 일생이 일장춘몽이라며 삶에 대한 허무주의를 주장하는 소설이라고 막연히 알고 있는 사람이 많다. 그러나 『구운몽』을 좀 더 꼼꼼하게 새로운 각도에서 읽으면 아주 다른 메시지를 얻을 수 있다. 그러면 『구운몽』은 우울증을 자각하고 극복하는 데 매우 유용한 텍스트라는 것을 알 수 있게 된다. 『구운몽』은 우울증이나 우울한 성향과 직접·간접적으로 연결되어 있다. 『구운몽』은 부정적 생각을 갖게 된 사람들의 우울한 삶과 관련되는 다양한 요소들을 갖추고 있다.

『구운몽』은 작가 김만중이 일찍 홀로되어 외롭게 살아가는 어머니 윤씨 부인을 위하여 쓴 것이라고 알려져 있다. 그런 점에서 『구운몽』의 일차적 독자는 윤씨 부인이라 할 수 있겠는데, 그 윤씨 부인에게서 우울증 증상이 나타난다. 윤씨 부인의 행장인 「정경부인파평윤씨행장」에서 확인할 수 있는 윤씨 부인의 처지는 노인 우울증을 겪게 할 전형적 상황이다. 윤씨 부인은 큰 아들 김만기가 네 살이었고 둘째 아들 김만중이 뱃속에 있을 때 남편을 잃었다. 강화도 방어책임을 지고 있던 남편 김익겸은 강화도가 함락되자 자결했다. 그 뒤 윤씨 부인은 혼자 집안을 꾸려가고 두 아들을 키웠다. 두 아들은 잘 자라 높은 벼슬을 두루 하지만 윤씨 부인은 큰 아들이 먼저 죽는 참척慘慽을 경험한다. 남은 아들 김만중조차 선천宣川 등으로 귀양살이를 하게 되어 말년을 고독하게 보내게 된다. 그 점은 김만중의 시문을 통해서도 어느 정도 짐작할 수 있다.[1] 그것은 한恨의 정서와 관련된다. 한이란 어떤 정서가 마음속에 억압된 것이다. 내면에서 꿈틀거리고 있는 이런 정서를 억압하고만 있을 때 우울증이 된다. 김만중은 어머니의 '수심을 녹여드리기 위해' 『구운몽』을 지었다고 한다.[2] 어머니의 수심 혹은 우울증을 감지한 김만중이 우울감을 경감시키기 위해 지은 것이 『구운몽』인 셈이다.

작자 김만중도 귀양살이를 하던 말년에 심각한 자기회의에 빠졌다고 추정된다. 불면의 밤을 시를 지으며 보내지만 결국 시 짓기에도 싫증이 났다거나,[3] '일체 부귀영화가 모두 꿈이라는 것이니, 아울러 그 뜻을 넓히고 슬픔을 달래기 위한 것이었다'[4]는 『서포년보』의 『구운몽』에 대한

---

1 대표적인 사례로 다음 시를 읽어볼 수 있다.
  '근래에 어머님 편지 받아보았네 / 노쇠한 연세에 병까지 드셨다네 / 차마 나를 보내기 어려웠음을 내 잘 알지 / 어떻게 그 아픈 마음을 위로할거나 / 날 저물어 성 까마귀떼 어지럽고 / 하늘 차가워 마구간의 말이 울구나 / 뜬 구름 무심히 일어나 / 아득히 동쪽으로 떠나가네[近得慈親信, 衰年病疾嬰, 極知難我送, 何以慰傷情, 日暮城鴉亂, 天寒櫪馬鳴, 浮雲無意緖, 杳杳只東征].('근득(近得)」, 『서포선생집』 권3) 어머니가 보내신 편지를 보고 병환이 들었다는 것을 알았는데, 자식으로서 '상정(傷情)'을 위로해드릴 것을 생각했다. 육신의 질병보다는 마음의 상처를 더 심각하게 생각한 것이다.
2 『五洲衍文長箋散稿』〈詩文篇 / 論文類〉〈小說〉'小說辨證說';『弘齋全書』, 日得錄 3, 文學 3; 김병국·최재남·정운채 역주, 『서포연보』, 서울대 출판부, 1992, 14면.
3 家書數紙盡, 歸夢五更迷, 謾擬詩消遣, 詩今亦懶題.(「塞邑」, 『서포선생집』 권3); 김병국, 『서포 김만중의 생애와 문학』, 서울대 출판부, 2001, 160~162면 참조.
4 以爲一切富貴繁華, 都是夢幻, 亦所以廣其意, 以尉其悲也.(김병국·최재남·정운채 역

언급은 김만중의 말년의 심정을 잘 나타내어 준다. '일체 부귀영화가 모두 꿈이요 환幻'이라는 생각은 이중적인 의미를 가진다. 먼저 사람의 일생이 다 꿈같은 것이니 허무하다는 주장으로 해석할 수 있다. 이것은 사람의 일생에 대하여 매우 부정적인 태도로 허무주의라고 할 수 있다. 이런 경향이 일반적으로 나타난다. 반면 사람의 일생이 꿈에 이루어지는 것이니 하루바삐 그 꿈에서 깨어나야 한다는 뜻으로 해석할 수 있다. 이는 불교적 해석에 가깝다. 김만중이 어머니를 위해『구운몽』이란 소설을 구상한 데는 사람의 일생에 대한 허무주의적 태도가 개입했다고 볼 수 있다. 그러나 거기서 머물렀다면『구운몽』을 짓는 데까지 나아갈 수 없었고 더욱이 그로써 어머니를 위로하기 어려웠다. 그런 점에서 『구운몽』은 김만중과 그 어머니가 말년에 느끼게 된 삶의 허무감이나 우울함을 극복하려 했던 의도와 관련된다고 볼 수 있는 것이다.[5]

작품 속에서는 성진과 양소유 둘 다 우울증 증세가 있다고 하겠다. 먼저 성진은 팔선녀를 보고서 자신의 삶의 방식과 처지에 대해 극단적 회의에 빠진다. 성진은 유가 사대부의 일생과 대조되는 승려의 일생을 초라하고도 허무한 것으로 생각함으로써 철저한 자기비하로 떨어진다. 팔선녀를 만나고 돌아와서 승려의 일생과 사대부의 일생을 전반적으로 대조하여 사대부의 일생 쪽으로 기울었다는 것은 성진이 평소에도 그런 생각을 계속해 왔음을 암시한다.

양소유는 세속 남자가 꿈꾸던 부귀영달을 다 누린 시점에서 우울한

주, 앞의 책, 330면)

[5] 박지원이 자신의 우울증을 치료하기 위해 노력하면서 경험한 바를 소재로 작품화한 것이 「민옹전」과 「김신선전」이라는 지적을 연상한다.(박기석, 「연암 박지원의 문학과 문학치료」, 『인문논총』 11, 서울여대 인문과학연구소, 2003, 6면)

기분에 젖는다. 자녀들이 열흘 동안이나 생일잔치를 열어주고 돌아가자 부인들과 함께 취미궁 서쪽 누각에 올라 경치를 감상한다. 그런데 즐겁지가 않다. 양소유가 부는 옥통소 곡조는 애원하며 우는 듯하다. 부인들이 석연찮게 여기고 그 까닭을 물으니 답변도 우울하다. 양소유는 가을의 화사한 풍경을 바라보면서 황량하고 부정적인 이미지만을 떠올린다. 그리고는 자기와 여덟 여성들의 덧없는 말로를 환기한다. 자기 일생에 대한 양소유의 인식 자세는 비관적이고 염세적이다. 물론 이런 태도는 양소유로 하여금 자기 삶을 반성하고 수행의 길을 선택하는 계기가 되었다는 점에서 깨달음으로 나아갈 수 있는 존재론적 회의라고도 볼 수 있다. 그러나 그 상황은 자연스럽지 못하다. 객관적으로 전혀 불행하지 않은 현실을 불행하다고 생각함으로써 불행한 기분을 만들어내는 우울증에 더 가깝다. 양소유의 우울증은 성진의 그것보다 더 근본적이고 심각한 것이다. 다가올 미래에 대한 암울한 예견은 지금 현재의 삶조차 부정적인 시선으로 바라보게 하였다. 여기서 우울증의 인지삼제認知三題, Cognitive triad[6]가 발견된다. 양소유는 자기 자신을 부정적으로 생각했고, 그간의 자기 경험을 부정적으로 해석했으며, 미래를 암울한 것으로 예상한 것이다.

『구운몽』은 이와 같이 우울증 성향을 보이는 작중인물이 그것을 극복해가는 과정을 보여준다. 성진의 우울증은 양소유로 태어남으로써 잠정적으로 극복되었고, 양소유의 우울증은 다시 성진으로 돌아오면서 일정하게 해소되었다. 양소유로 일생을 보내다가 돌아온 성진은 육관

---

6 내담자가 자기 자신과 자신의 미래, 자신의 경험을 부정적으로 바라보는 세 가지 주요 인지 패턴이다.(Aaron T. Beck, 『우울증 인지치료』, 학지사, 2005, 26면)

대사의 설법을 듣고 심기일전 치열한 수행의 길로 나아간다. 그런 점에서 『구운몽』 서사의 전개 과정은 우울증의 발현과 극복의 과정이라는 성격을 가진다.

『구운몽』은 주제 면에서도 이런 우울증적 상황을 극복하는 데 도움을 준다. 『구운몽』에서는 현실이 현실 아닌 것과 뒤섞여 혼동을 일으키고 있다. 현실이 가상·꿈·환상 등과 다채로운 관계를 맺고 있는 것이다. 이것은 『원각경』이나 『반야심경』 등 여러 불교 경전들이 끊임없이 지적하고 있는 현실이 꿈 혹은 환幻임을 강조하고 있는 것과 관련된 것이다. 현실과 꿈, 환幻의 관계, 진眞과 망妄의 양상에 대해 근본적인 성찰을 담고 있다는 점에서 『구운몽』은 세계 어느 소설도 흉내 내지 못할 가치를 내장하고 있는 작품이다. 독자는 『구운몽』을 읽으면서 현실과 비현실을 새롭게 경험할 수 있다. 현실과 비현실에 대한 색다른 경험은 습관화된 세계 인식 태도를 근본적으로 성찰하게 하고, 인식적 전환을 가능하게 한다. 이런 인식 전환은 현재의 우울과 절망을 벗어나서 삶에 대한 새로운 감각과 태도를 모색하게 할 것이다.

궁극적으로 『구운몽』은 인간이 영위하는 일생의 경험이 어떤 의미와 가치를 지닐 수 있을지에 대한 근본적인 질문을 던지고 있다. 『구운몽』은 우리 소설 중 이런 근본적 질문을 던지는 몇 안되는 작품 중 하나다. 이런 일련의 요소들은 『구운몽』이 유용한 우울증 치료 텍스트가 될 수 있음을 알려준다. 우울증은 자신과 삶에 대한 사람의 생각 방식과 태도에서 비롯된 것이기 때문이다.

2) 왜 꿈 경험인가?

우리는 날마다 잠을 자고 꿈을 꾼다. 꿈 경험은 이른 유년기부터 시작되어 매일매일 거침없이 이루어진다. 꿈은 프로이트에 의해 체계적으로 분석되기 이전부터 모든 사람의 관심과 흥미의 대상이 되어 왔다. 꿈이 현실과 어떤 관계에 있는 것인가에 대해서 선인들은 거듭 의견을 표시하기도 했다.

꿈은 현실과 대척의 자리에 있는 현상이면서도 사람의 삶에서 매우 중요한 구성요소라 할 수 있다. 우리는 일상생활 중에 꿈을 비롯한 허구, 가상들을 아주 다채롭게 경험한다. 더 넓게는 사람의 다양한 문화 영역은 꿈과 관련이 있다. 그런 점에서 꿈 현상을 잘 이해하고 활용하는 것이 매우 소중하다. 이 일을 잘 하게 된다면 삶에서 유발되는 많은 문제들을 해결할 가능성이 크다.

우리는 꿈과 관련하여 두 가지 다른 경험을 하고 산다. 먼저 잠을 자면서 꿈을 꾼다. 또 착각이나 환상 등 꿈에 준하는 경험도 일상적으로 한다. 다음으로 시간의 차원에서 과거를 꿈인 양 경험한다. 흘러간 옛날 일을 꿈의 일처럼 기억하는 것이다. 지금의 '현실' 경험도 세월이 흐른 뒤에는 꿈의 일과 다를 바 없어질 것이다.

분명 우리는 꿈을 다채롭게 경험하는 데도 불구하고 그것의 귀결점은 '꿈은 현실이 아니야', '꿈이 꿈이어서 참 다행이야. 난 현실에서 실제로 살아 있는 사람이야'라는 느낌이거나, '세월이 참 빠르구나!'라든가 '현실 삶은 꿈처럼 참 허망하다!' 등의 부정적 기분이다.

그런데 '꿈이어서 다행이다'라거나 '지난날이 꿈같다'는 느낌은 지금 이곳 현실은 엄연히 존재하는 것이지 꿈은 아니라는 것을 전제로 한다. 그러나 충격적이게도 지금 이곳의 현실이 꿈이 아니라는 증거는 없다. 지금 이곳의 현실 경험도 꿈속의 것일 수 있다. '현실은 꿈이다'는 은유이면서도 직서이기도 하다. '현실이 꿈이다'는 메시지는 불교 경전의 가르침 중에서도 중요한 부분이라 할 수 있다. '현실은 꿈이다'는 이 철칙을 한순간도 놓쳐서는 안된다고 한다.

그러나 현실에 안주하고 있는 사람들이 그런 가르침을 수용하기는 쉽지 않다. 사람들은 이런 가르침에 대해서 일단 저항부터 하게 된다. 그들은 여전히 상식과 타성에 매몰되어 존재에 집착하기 때문이다.

이와 관련하여 장자莊子의 위대한 우언을 떠올릴 수 있다. 호접지몽胡蝶之夢으로 지칭되는 이 우언은 동아시아 문화권에서 상식이 되었지만 그 함의가 진지하게 성찰되지는 않는다. 장자가 자다가 꿈을 꾸었는데 꿈속에서 나비가 되어 훨훨 날아다녔다. 그러나 자기가 장자임을 의식하지는 못했다. 깨어나 보니 자기가 장자였다. 익숙한 현실을 당연하게 생각하는 사람이라면 이 단계에서 사유를 멈출 것이다. 그리고 자기가 인간인 것에 안도의 숨을 내쉴 것이다. 그러나 장자는 그런 관습과 타성에 머물지 않았다. 인간 장자가 진짜이고 곤충 나비가 가짜라는 것을 입증할 수 있는가? 오히려 나비가 진짜인데, 인간 장자가 된 꿈을 꾸었다고는 볼 수 없을까?[7] 장자는 이런 질문을 시작한 것이다.

우리가 깨어 있다는 증거가 없다면, 우리는 깨어 있다고 믿고 있을

---

[7] 昔者, 莊周夢為蝴蝶, 栩栩然蝴蝶也, 自喻適志與, 不知周也. 俄然覺, 則蘧蘧然周也. 不知周之夢為蝴蝶與, 蝴蝶之夢為周與? 周與蝴蝶, 則必有分矣. 此之謂物化.(「齊物論」, 『장자익(莊子翼)』(『한문대계』 9), 1977, 46~47면)

따름이라고 하겠다. 여기서 온갖 인간 중심의 분별적 사유가 시작된다. 분별적 사유 혹은 양분법적 사고는 관점에 따라서는 우리 불행의 출발이면서 우리 현실을 꿈으로 만드는 출발이 되었다. 우리가 생각하는 현실이란 우리 망념이 만들어낸 꿈이다. 우리는 끊임없이 우리가 꿈속에 있다는 것을 환기하고 인식하고 인정해야 한다. 그것이 몽관夢觀 혹은 꿈 수행이다.

3) 활용방안

이상과 같은 이유에서 우울증적 증상의 극복에는 꿈을 활용하는 수행이 매우 유용하다고 판단한다.

특히 중심 텍스트인『구운몽』의 작자 김만중과 잠재독자 윤씨 부인, 등장인물 성진과 양소유 등이 우울증과 가까운 속성을 가졌음을 다시 강조해준다.『구운몽』은 우울증과 관련된 속성이 강하기에 우울증을 가진 사람들이 동일시할 수 있는 인물들을 적절히 만날 수 있다는 뜻이다. 그리고『구운몽』에 대한 기초적인 설명을 해준다.『구운몽』에서 '인생무상人生無常'을 발견하고 허무주의나 절망적 세계관으로 귀결되는 입장이 있는가 하면, '인생은 무상無常'하기 때문에 무상하지 않은 단계로 깨어남을 지향하는 작품으로 해석하는 입장도 있다. 둘 중 후자 쪽이 더 설득력이 있고 또 그렇게 해석하는 것이 적어도 우울증과 관련하여서는 바람직하다는 것을 설명해준다. 그러기 위해 특히 성진이 양소유로 환생하는 과정과, 양소유에서 성진으로 다시 돌아오는 부분에

대해 자세한 설명을 곁들인다.[8]

이 책은『구운몽』[9]과『금강경』[10] 및『반야심경』,『원각경』 등에서 만날 수 있는 현실과 환상, 꿈에 대한 근본적 성찰의 지혜를 활용한다. 이 책이 제시하는 프로그램을 '구운몽과 꿈 경험을 활용하는 우울증 수행치료 프로그램Meditation Therapy of Depression Utiliging *Kuwunmong* and Dream Experience, 약칭 MTD'이라 일컫는다.

3. 프로그램의 제시 ·····························

우울증을 유발하는 제 요소들과 우울증이 유발된 상황에서 악순환되는 심리적·생체적·사회적 항목들을 망라하여 도형화하면 다음과 같다.

---

8 이에 대해서는 이강옥,『구운몽의 불교적 해석과 문학치료교육』, 소명출판, 2010을 참조하게 한다.
9 『구운몽』 텍스트로는, 정규복 교수가 재구성한『구운몽』(정규복,『구운몽 원전의 연구』, 일지사, 1981)을 저자가 다시 쓴『구운몽』, 두산동아, 2006을 활용한다. 저자가 어린이와 청소년을 위해 다시 쓴 이 책은 원본『구운몽』의 핵심 부분을 빠짐없이 간추린 것이어 전공자가 아닌 일반 성인들도 쉽고 재미있게 읽을 수 있다. 또 깨어난 성진에게 해주는 육관대사의 설법 부분을 부연함으로써 공(空)과 무아(無我)의 가르침이 더 분명하게 전해지도록 하였다.
10 『금강경』 텍스트로는, 고우큰스님 감수, 전재강 역주,『역주 금강경삼가해』, 운주사, 2017을 활용한다.

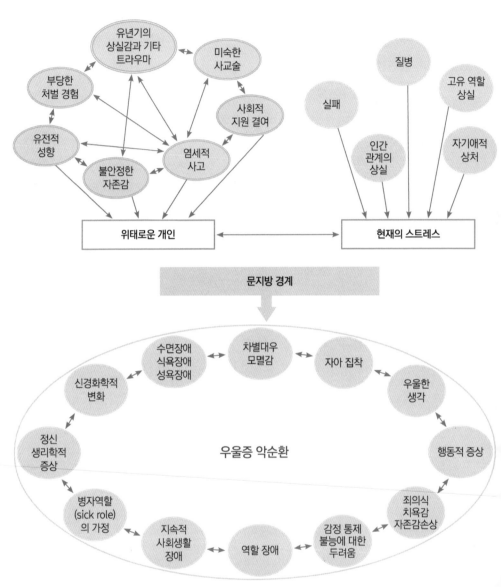

우울증의 생체심리사회적(biopsychosocial) 모델
출처 : Richard O'Connor(2003)

이처럼 우울증은 다양한 매개 변수들에 의해 지속되고 강화되어 간다. 그 매개 변수들은 크게 우울한 생각, 행동적 증상들, 신경화학적인 변화 등으로 나눠진다. 이들 매개 변수들 중 어느 하나의 변화는 우울증 사이클을 깰 수 있다.[11]

이 책은 우울증의 다양한 매개 변수 중 우선 '우울한 생각'을 변화시키려 한다. 우울증 환자는 어떤 것에 대해서든 부정적으로 생각하는 경향이 강하다. 자기를 부정적으로 생각하고 세계도 부정적으로 바라본다. 자기를 부정적으로 생각하기에 '나는 쓸모없는 인간이다'라고 단정한다. 세계를 부정적으로 바라보기 때문에 '세상살이는 쓸모없고 무의미하다'라고 단정한다. 나와 세계를 부정한 결과, 우울한 느낌과 절망적 느낌이 극에 도달하게 되고 마침내 자살을 시도하기도 한다.

이런 우울증 환자를 치료하기 위해서 먼저 나와 세계에 대한 부정적 생각을 걷어내는 상담과 수행이 필요하다. 자살 시도를 막기 위해서는 스스로 죽는 것이 바람직하지 않고 유용하지도 않은 문제해결책임을 알게 해야 한다. 그러기 위해서 죽음의 본질을 정확하게 알도록 해준다.

---

11   이 모델에서, 우울증의 기능적인 자주성은 서로 간에 원인을 제공하기도 하고 영향을 받기도 하는 몇 가지 매개하는 변수들 ― 우울한 생각들, 행동적 증상들, 신경화학적 변화 등등 ― 에 의해서 유지된다. 이 모델을 치유의 수단으로 사용하는 데 있어서, 나는 우울증이 순환적이라는 것과 이러한 매개 변수들 중에 어느 변수에서 일어나는 변화도 그러한 순환을 깨트릴 수 있다는 사실을 강조하는 것이 환자에게 매우 유익하다는 것을 알게 되었다.(In this model, the functional autonomy of depression is maintained by the mediating variables ― depressed thinking, behavioral symptoms, neurochemical changes, and so forth ― which are caused by and cause each other. In using the model as a therapeutic tool, I find that it's quite helpful to patients to emphasize the circularity of depression and the fact that change in any of the mediating variables has the potential to break the circle)(Richard O'Connor, "An Integrative Approach to Treatment of Depression", *Journal of Psychotherapy Integration* Vol. 13 No. 2, the Educational Publishing Foundation, 2003, p.138)

우울증 치료는 '나', '세계', '죽음'이라는 세 영역을 나누면서도 긴밀하게 서로 연결시켜 문제상황을 극복하도록 해야 한다. 문제상황이 극복되고 우울증이 치료된 단계를 각각 '나의 위대성 실감', '날마다 좋은 날 실현', '살아 있는 것의 소중함 통각'으로 설정할 수 있다. 이렇게 우울증을 소극적으로 치료하는 단계에 머물지 않고 위대한 긍정의 단계로 나아가기 위해서는 단지 '우울한 생각'이나 '부정적 생각'을 '우울하지 않은 생각'이나 '긍정적 생각'으로 전환시키는 것으로만은 불가능하다. 이것은 어디까지나 '우울 : 우울하지 않음'이나 '부정 : 긍정'이라는 이분법적 구분의 틀 속에 갇힌 꼴이기 때문이다. 인지치료가 부정적인 생각을 긍정적인 생각으로 나아가게 한다는 점에서 소중한 역할을 할 수 있지만, 그것은 어디까지나 이분법적 틀 속에 있는 것이기 때문에 완전하지 못하다. '긍정적인 생각'은 '부정적인 생각'을 염두에 둔 것이기에, 언제든지 다시 '부정적인 생각'으로 전환될 위험을 내포하고 있다. 우울증 치료의 재발률이 높은 것도 이런 이유에서라고 본다. 부정과 긍정의 피곤한 반복을 극복하기 위해서는 부정과 긍정에 대한 이분법적 관계 설정을 극복하여야 한다.

이 책은 화두 수행을 응용한 수행법을 우울증 상담치료에 도입함으로써 부정과 긍정의 이분법을 넘어서서 우울증 환자를 절대적 긍정의 단계로 진입시키고자 한다. 이 점이 인지치료의 방법을 수용하면서도 그 한계를 넘어서는 이 책의 우울증 치료 프로그램의 특징이라고 할 수 있다.

이 책이 고안한 우울증 치료 프로그램의 체계는 다음과 같다.

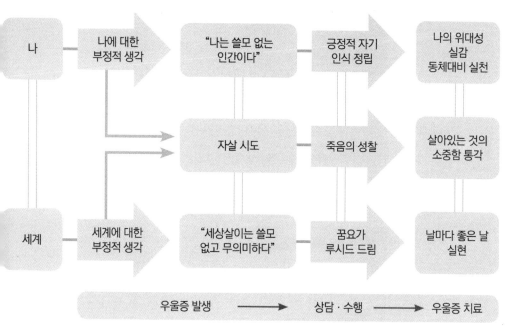

우울증 치료 프로그램의 체계

앞에서 말했듯,『구운몽』은 서사 과정에서 우울증의 발생과 전개, 극복과 관련되는 요소들을 알맞게 배치하고 있다. 그래서 이 프로그램은『구운몽』을 중심 텍스트로 삼는다.『구운몽』서사는 성진이 팔선녀를 만나는 데서 시작한다. 성진은 팔선녀를 만나고 돌아와서는 승려로서의 삶에 대해 철저한 부정적 생각을 하게 된다. 반면 사대부로서의 일생을 긍정적으로 생각하고 흠모한다. 그 순간 양소유로 태어난다. 성진은 육관대사에 의해 연화봉에서 쫓겨나 저승으로 잡혀간다. 이 과정에서 죽음을 경험한다. 그리고 환생한다. 성진이 양소유로 환생한 뒤로는 꿈·가상·속임수 등을 집중적으로 경험한다. 말년에는 또다시 우울한 감정을 지속적으로 보여 우울증 증세를 보인다. 이 단계에서 양소유는 현재 자신의 삶을 부정적으로 보고 출가하여 새로운 삶을 살아갈 것을 간절히 생각한다. 그래서 성진으로 돌아와 보살도를 이룬다.

이상과 같은 『구운몽』의 서사 전개와 등장인물들의 성격과 행동은 우울증의 발생과 그 극복을 위한 중요한 발판을 제공한다. 이 프로그램에서는 『구운몽』이 보여주는 다양한 국면들과 요소들을 매 회기 상담과 수행 내용을 구성하는 원천으로 활용한다.

이 프로그램은 일주일 간격의 12회기 상담으로 구성된다. 매 상담의 간격을 일주일로 잡은 것은, 내담자가 이전 회기 상담의 내용을 점검하며 복습하고 그것을 내면화할 뿐 아니라 다음 회기 공부 내용을 예습하는 데 최소한 일주일의 시간이 필요하다는 판단을 했기 때문이다. 매 회기 부여되는 과제를 완성하는 데도 일정한 시간을 요한다. 무엇보다 일주일의 기간은 내담자 스스로가 자기의 변화를 관찰하고 정리하는 데 적절한 시간적 간격이라 판단한다. 프로그램 전체 수행 기간인 3개월은 내담자의 내면을 변화시키는 데 충분하지는 않지만, 프로그램을 집중적으로 이행하여 내담자 스스로 달라지는 데는 알맞은 시간이라 판단한다.

그런데 지적 능력이나 수행 능력에서 내담자들은 차이가 있다. 일단 12회기로 설정하지만, 한 회기를 꼭 한 주일 안에 끝내야 한다는 부담감을 주어서는 안될 것이다. 내담자와 상담자의 사정에 따라 적절히 늘이면 된다. 길게는 한 회기를 마치는 데 한 달이 걸릴 수 있어 12개월 동안 이 프로그램을 끌어갈 수도 있을 것이다.

제1회기에서 우울증을 진단하고 라포를 형성하는 것은 상담의 자연스런 출발 형태이다. 이 프로그램은 특히 우울증에 초점을 맞추기 때문에 정확한 진단이 요청된다. 대체로 15~20%의 현대인이 우울증을 겪고 있거나 겪은 경험이 있다 한다. 또 앞으로 우울증을 앓을 가능성까지 생각하면 더 많은 사람들이 우울증을 직접적으로든 간접적으로든 경험하게 된다. 설사 우울증으로까지 진행되지는 않는다 하더라도 자기 삶에 대해 긍정적 의미를 부여하지 못하고 앞날에 대해 뚜렷한 희망을 갖지 못해 절망하며 살아가는 사람이라면 모두 우울증과 연관된다고 하겠다. 특히 '무망감 우울증상Hopelessness depression symptom'[12]은 우리나라 청소년에게 두루 나타나고 있다 하니 더욱 심각한 문제가 아닐 수 없다. 무망감 우울증이란 '희망 없음'이나 '동기 결핍'에 의해 조장되는 우울증인데, 인생을 본격적으로 시작하려는 청소년이 이런 우울증에 망연자실하고 있다는 것은 우리들을 참으로 암담하게 만든다.

우울증은 일종의 정신병이면서도 자기 삶에 행복을 느끼지 못하는 사람들의 내면 풍경을 지칭하는 개념이다. 오늘날 사람들이 자신도 모르게 내면화하고 있는 우울증 성향을 정확하게 들추어내어 자각하게 만드는 일이 중요하다. 프로그램의 출발선에서 정확한 진단을 하는 것이 그런 이유로 필요하다.

또 내담자와 상담자는 서로 편하고도 솔직하게 대화를 나눌 수 있는 분위기를 마련한다.

제2회기에서는 1회기 진단 결과를 근거로 삼아 내담자 스스로 자기 문제를 자각하게 만든다. 과연 내담자의 우울한 기분이 고정된 것인가 아니면 현재도 끊임없이 변화하고 있는가를 스스로 살피게 한다. 그리고 기본 텍스트인 『구운몽』을 정확하게 읽고 익히게 한다. 특히 내담자가 『구운몽』의 등장인물과 적극적인 관계를 설정하게 만든다. 내담자

12　윤소미·이영호, 「한국판 무망감 우울증상 척도의 타당화 연구-청소년 대상으로」, 『The Korean Journal of Clinical Psychology』 23-4, 한국심리학회, 2004, 1,052면.

가 등장인물에 대한 동일시에서 시작하여 거리두기로 나아갈 수 있도록 도와준다.

제3회기에서는 '자기서사' 쓰기와 읽기를 한다. 이때 '자기서사' 개념은 문학치료학에서 일반적으로 쓰는 개념[13]과는 다르다. 여기서 자기서사는 자기 이야기 혹은 자기 내력담이라는 일반적인 의미이다. 내담자가 써온 자기서사를 함께 읽고 이야기를 나누면서 자기 문제를 자기 경험에서 찾게 만든다.

제4회기에서는 과거 자기의 상처를 발견하고 치유하기 위하여 먼저 자기 최면을 수행하고 그 과정에서 은폐되어 있던 자기 내면의 상처와 만나고 그 상처를 스스로 치유하는 실습을 한다.

제5회기에서는 지금 여기서 시작하는 회광반조回光返照법을 배우고 현재 자기의 감정을 성찰한다. 회광반조란 지금 이 순간의 어떤 느낌이나 감정이 결국 어디서 비롯했는가를 집요하게 찾아보는 수행법이다.

제6회기에서는 생각 바꾸기를 모색하고 수행법을 실참한다. 부정적 생각을 긍정적 생각으로 전환하는 근거와 방법을 공부한다. 긍정적인 생각의 본질과 기능을 이해할 수 있도록 한다. 우울증이 부정적 생각에서 비롯한다는 사실을 강조하고, 긍정적 생각을 가짐으로써 제반 문제를 극복할 수 있다는 사실을 인정하도록 한다. 그러나 화두수행을 통해서 그런 생각까지 넘어서야 한다는 것을 절감하게 한다.

제7회기에서는 죽음에 대해 성찰하고 수면 수행법을 실참한다. 우울증 환자의 대부분은 자기에 대한 환멸감과 세계에 대한 절망감을 가지며 그 귀결점으로 죽음을 떠올린다. 자살 충동을 느끼고 또 자살을 기

---

13   정운채, 『문학치료의 이론적 기초』, 문학과치료, 2006, 324면.

도하기도 하는 우울증 환자들로 하여금 죽음 현상과 그 의미를 정확하게 이해하도록 하는 것은 중요하다고 본다. 죽음 현상과 그 의미에 대한 이해는 고통으로부터 해방되거나 회피하는 방법으로 죽음을 생각하는 것이 부당함을 알게 해줄 것이다. 죽으면 고통으로부터 해방될 것이라고 생각하는 것은 삶과 죽음을 완전히 단절된 것으로 착각한 데서 비롯하였다. 그러나 죽음은 삶의 연장에 놓여 있으며 잘 죽는다는 것이 얼마나 중요한 것인가를 인지할 필요가 있다. 죽음에 대한 성찰이 그것을 가능하게 한다.

죽음을 일상적으로 실감하는 방법을 모색한다. 수면 과정을 활용하는 수면 수행법을 실참한다.

제8회기와 제9회기에서는 '현실·가상·꿈·환상' 등의 본질을 성찰한다. 이것은 제6회기와 제7회기 수행내용과 대응된다. 제6회기가 자기에 대한 부정적 생각을 극복하려는 것이라면, 여기서는 세계에 대한 부정적 생각을 극복하려는 것이다. 제7회기가 통시적 차원에서 현실 삶의 건너편에 있는 죽음을 성찰하는 것이라면, 여기서는 공시적 차원에서 현실 삶의 건너편에 있는 가상·꿈·환상을 성찰하는 것이다. 현실은 가상이나 꿈, 환상과 어떻게 구분되고 구분되지 않는가? 우리 삶에서 꿈이나 환상의 경험은 어떤 점에서 소중한가? 이런 근본적 질문을 통하여 내담자의 현실 경험에 대한 감각을 재조정하게 할 것이다.

현실과 가상·꿈·환상의 관계는 상호적이다. 현실을 어떻게 볼 것인가는 가상이나 꿈을 어떻게 볼 것인가의 문제와 그대로 연결된다. 그래서 양쪽에 대한 배려가 대등하게 다뤄져야 한다. 현실에 대한 인식 자세를 재정립하는 것이 중요한 것만큼 가상이나 꿈을 적절히 활용하고 그에 대해 의미를 부여하는 것이 중요하다.

제8회기에서는 '현실은 꿈이다'는 명제에 초점을 맞춘다. 그렇게 보고 실천하는 '꿈 요가' 혹은 '몽관' 수행을 추구한다.

제9회에서는 '꿈은 현실이다'는 명제에 초점을 맞춘다. 그렇게 보고 실천하는 '루시드 드림' 수행을 추구한다. 일상생활을 행복하게 만드는 데 꿈이나 가상을 활용하는 방안을 모색한다. 가상·꿈·환상의 경험은 현실 경험을 새롭게 만들 뿐 아니라 그 자체가 대안 현실의 성격을 가진다.

제10회기에서는 나의 욕망을 성찰하도록 한다. 죽음과 삶, 현실 경험과 환상 경험에 대해 근본적으로 생각한 것은 결국 우리가 일상 삶에서 가지는 욕망의 본질을 성찰하기 위한 것이기도 하다. 우울증 환자는 우울증을 앓기 전까지 그 누구보다 강렬한 욕망을 가졌다. 욕망을 성취하고자 대단한 의욕을 가졌지만, 충격적인 장애나 방해 탓으로 뜻한 바를 이루지 못하고 그 부정적 결과의 책임을 자기에게로 돌린 것이다. 욕망에 대한 성찰은 욕망에 대한 착각에서 깨어나게 해줄 것이다.

제11회기에서는 '지금 이곳'의 삶을 인정하고 긍정할 수 있는 기틀을 마련한다. 나의 존재가 타인 및 세상 만물과 연결되어 있다는 연기緣起를 자각하고 내면화하여 그 결과를 동체대비同體大悲로 실천한다. 각자가 지금 이곳에서의 자기 삶을 인정하고 긍정하게 되었을 때 '매일매일 좋은 날'이 된다. 그것은 우울한 마음을 완전 뿌리 뽑았음을 뜻한다. 나아가 삶을 즐겁고 알차게 영위할 수 있는 필요충분조건을 완비한 것이다.

마지막으로 제12회기에서는 이상의 상담 과정을 통하여 내담자가 어떻게 얼마나 변화했는가를 스스로 이야기하는 시간을 갖는다. 그리고 우울증을 재진단한다. 우울증 재진단은 자기 평가와 진단프로그램 진단을 병행한다. 우울증 환자 스스로 자신이 달라진 점을 살피고 이야기하게 함으로써 달라진 점을 뚜렷이 인지하고 확인하게 한다. 그것은 달라진 자기 현실을 분명하게 인정하고 받아들이게 한다. 재진단은 그간의 상담이 뚜렷한 가시적 효과가 있음을 객관적으로 증명해줄 것이다.

이처럼 매 회기 상담 내용은 앞뒤 회기의 상담 내용과 긴밀한 관련을 가지면서도 독자적 영역을 가진다. 그 점이 우울증 환자로 하여금 한 단계 한 단계 되새기고 다져가면서 지금 이곳의 삶을 인정하고 긍정하는 궁극 지향점으로 꾸준히 나아가게 할 것이다.

상담은 2시간 전후로 진행하며 매 회기를 시작할 때 몇 가지 사항을 확인한다. 먼저 지난주 내담자의 상태를 점검한다. 한 주를 어떻게 보냈는가? 우울한 감정은 어떤 기복을 보였는가? 좋아진 면과 나빠진 면은 무엇인가? 자기감정의 변화를 자각했는가? 이런 질문을 통하여 내담자 스스로가 자기감정의 변화를 자각하고 정리하는 기회를 갖게 한다.

매 회기를 마치면서 다음 회기에 활용할 교재나 자료를 배부한다. 내담자는 그것을 읽고 와서 먼저 그에 대한 소감을 말하고 이해하지 못한 부분에 대해 질문한다. 또 지난 회기 과제를 텍스트로 삼아 피드백을 한다. 과제는 이미 이메일로 받아 상담자가 충분히 분석해놓은 단계여야 할 것이다. 과제는 이번 회기의 주제와 직결된 것이므로 상담을 시작할 때 화제로 삼을 수 있고, 상담 중 적절하게 연관되는 대목에서 자료로 활용할 수 있다. 중심 상담은 70분 전후로 진행된다. 교재 내용을 함께 읽어가면서 상담을 수행한다. 제4회기부터 수행법을 제시하여 수행 실참을 한다. 마치면서 전반적인 소감을 물어 확인한다. 1회기의 시간 안배 구조는 다음과 같다. 물론 이 시간 안배를 참조하되, 상담자와 내담자의 대화 흐름을 차단하지 않기 위해 그 순서나 시간의 재조정은 가능하다. 그리고 '교재 학습'과 '상담'의 시간은 내담자의 형편에 따라 회기를 더 늘려서 확대할 수 있다.

상담 순서

상담 및 수행	지난주 생활에 대한 대화	교재에 대한 소감	교재 학습								수행		상담 소감
			상담										
시간	10	20	30	40	50	60	70	80	90	100	110	120	

회기별 상담 및 수행 내용을 요약하면 다음과 같다.

회기별 상담 및 수행 내용

회기	상담 및 수행 내용
1	우울증 진단 및 라포 형성
2	내담자의 자기 문제 자각과 작중 인물과의 동일시 및 거리두기
3	자기서사 쓰기와 읽기
4	자기 최면과 과거 상처의 재발견
5	지금 여기서 시작하는 회광반조(回光返照)법
6	생각 바꾸기와 수행
7	죽음에 대한 성찰과 수면 수행
8	현실 가상 꿈 환상 성찰하기－현실은 꿈이다
9	현실 가상 꿈 환상 성찰하기－꿈은 현실이다
10	욕망과 삶의 본질 성찰하기
11	지금 이곳의 삶 인정하고 긍정하기
12	자기 변화에 대한 이야기하기와 우울증 재진단

4. 회기별 상담 방법 및 내용 ·····················

1) 제1회기─우울증 진단 및 라포 형성

(1) 프로그램에 대한 전반적 설명

우울증 치료 프로그램에 대한 전반적 설명을 한다. 먼저 상담의 진행 순서와 방법을 설명해준다. 그것은 내담자가 앞으로의 상담에 대해 갖가지 준비를 할 수 있게 한다. 상담에 차질이 생기지 않도록 개인 일정을 조정하게 하며, 다소 부담스러울지도 모를 앞으로의 일정에 대해 마음의 준비를 하도록 한다.

(2) 내담자에 대한 기초적 설문조사

다음으로 상담자가 내담자의 신상을 파악하고, 내담자가 상담자의 진정성을 신뢰할 수 있도록 간단한 설문조사를 한다.

일시 : 　 년 　 월 　 일 　　　　 이름 (　　　　　)

* 다음 설문에 대해 답변해주시기 바랍니다.

당신은 상담자와 다르지 않습니다. 상담자는 단지 몇 가지의 경험을 먼저 한 바가 있고 또 우울증 관련 사항에 대해 공부를 조금 더 하였습니다. 앞으로 서로 도와주고 조언을 주고받을 것입니다. 편안한 마음으로 설문과 상담에 응해주시기 바랍니다.

상담의 내용에 대해서는 그 어느 누구에게도 발설하지 않겠습니다. 상담의 내용은 앞으로 개별 상담을 하는 과정에서만 익명으로 활용하겠습니다.

답변이 솔직하고 자세할수록 상담의 효과는 커진다는 점을 생각하며 답해주기 바랍니다.

1. 출생지와 유년기 생활환경에 대해 설명해주십시오.

2. 부모와 형제자매에 대해 설명해주십시오.

3. 결혼 여부에 대해 설명해주십시오.

4. 종교생활에 대해 설명해주십시오.

5. 지금 하시는 일은 무엇이고 직업상 특징은 어떤 것이며, 직업과 관련된 앞으로의 희망에 대해 설명해주십시오.

6. 자신의 인생관이나 삶의 목표에 대해 설명해주십시오.

7. 자신이 우울증을 겪고 있다고 판단하는 근거나 이유를 제시해주십시오.

8. 우울증 관련 치료를 받은 적이 있다면 치료 약력을 알려주십시오.

9. 본 상담 프로그램에 대해 어떤 기대를 얼마나 하고 계십니까?

10. 기타 상담자에게 요청하고 싶은 것이 있으면 말씀해주십시오.

(3) 라포 형성

상담자가 상담을 원활하게 진행하는 데 가장 중요한 조건이 라포의 형성이다. 내담자로 하여금 상담자를 어렵게 여기지 않고 속마음을 편안하고도 솔직하게 털어놓고 온전한 자기서사를 만드는 것은 상담에서 매우 중요한 조건이다.

라포를 형성하는 가장 좋은 방법은 상담자가 내담자에 대해 진심어린 관심을 가져주고 그 이야기를 적극적으로 들어주는 것인데, 그러기 위해 먼저 해야 할 일은 상담자 자신이 자기의 느낌이나 생각, 자기 이야기 등을 내담자에게 들려주고 보여주는 것이다. 우울증을 앓고 있는 내담자는 대체로 자기의 처지나 느낌, 그리고 사연을 남에게 드러내지 않는 경향이 강하다. 그런 내담자로 하여금 입을 열게 하기 위해서는 상담자가 먼저 자신의 우울증 관련 경험을 진술해줄 필요가 있다. 상담자의 자기 우울증 경험에 대한 진술은 내담자가 자신의 처지와 경험에 대해 솔직하고도 부담 없이 털어놓을 수 있는 편안한 분위기를 마련해 주는 셈이 된다. 상담자도 우울증을 겪은 적이 있거나 아니면 우울증으로 고통스러워 한 어떤 사람과 이런저런 관계로 이어진 적이 있다는 사실을 내담자가 알게 된다면, 내담자는 상담자를 가깝게 느낄 것이다. 우울증이란 특별한 사람만이 앓는 것이 아니라 누구도 앓을 가능성이 있고 또 많은 사람들이 앓는 마음의 상태라는 점을 내담자가 받아들일 수 있게 되는 것이다.

상담자 자신을 내담자에게 먼저 보여준다는 취지에서 상담자가 쓴 자기고백적 일기나 수필을 배부하여 읽게 하는 것도 라포의 형성을 위해 좋은 방안이 된다. 다음 회기에서 그 글에 대한 소감을 말하는 시간도 가진다.

(4) 우울증의 본질과 특징에 대한 설명

우울증의 본질과 특징을 설명해준다. 우울증에 대한 지식을 근거로 하여 내담자 스스로가 자기의 심리 상태를 살피고 따져서 해석할 기회와 분위기를 마련하여준다. 내담자 스스로가 자기의 병증에 대해 살피보고 따져서 언어화하는 것 자체가 큰 치유력을 가진다.

우울증에 대해서는 다음과 같은 지식을 강조하면 충분할 것이다. 앞에서 제시한 리쳐드 오코너의 '우울증의 생체심리사회적biopsychosocial 모델'를 복사해주어 우울증의 매카니즘을 한 눈에 바라보게 하는 것도 좋은 출발이 된다. 우울증은 우울한 기분이 지속되어 거의 모든 활동에서 흥미와 즐거움을 상실하는 정신병이다. 우울증을 유발하는 원인은 다양하게 설명된다. 뇌 구성 물질의 균형 상실, 어린시절의 정신적 외상, 부정적 생각, 환경이나 문화적 경험에 나타난 결핍, 행동 패턴의 문제성, 인간관계의 문제성 등 다양하게 지적되고 있다.[14] 이중에서 이 책에서 가장 중요한 원인으로 생각하는 것은 '부정적 생각'이다. 우울증 환자들은 '자동화된 부정적 생각' 경향을 갖고 있어, 습관적으로 부정적인 생각을 하게 되어 우울해진다.[15] 우울증은 '정신적 감기'라 불릴 정도로 흔하지만 치명적 결과를 초래하기도 한다. 중증 우울증과 경증 우울증의 치료법은 시작부터 다르지만, 치료가 어느 단계에 이르면 비슷한 증상을 보인다.[16] 처음부터 삶의 의미를 상실했다는 '실존적 증상'을 호소하

14   Laura L. Smith · Charles H. Elliott, *Depression for Dummies*, Wiley Publishing, Inc : Hoboken, 2003, p.39에 잘 요약되어 있다.
15   이주영 · 김지혜, 「긍정적 사고의 평가와 활용－한국판 긍정적 자동적 사고 질문지의 표준화 연구」, 『The Korean Journal of Clinical Psychology』, 한국심리학회, 2002, 648면.
16   이만홍, 「현대사회에 있어서의 우울증의 영적 의미」, 『기독교상담학회지』 Vol. 10 No. 0,

는 내담자들이 많지만, 중증 우울증 환자는 그 병증이 어느 정도 해소된 단계에 이르러 실존적 증상을 호소하는 경우가 많다. 자신을 지탱해주던 세계관이 의미를 상실하고 자기 삶이 가치 없게 느껴지는 순간이 있는데 바로 그때 실존적 우울증이 생기는 것이다. 이런 실존적 우울증을 위해서는 '실존 치료'나 '영적 치료', '인지치료'가 필요하다.[17]

특히 인지치료는 우울증 치료법으로 주목을 받고 있다. 사람의 감정은 어떤 사건에 의해 곧바로 생기는 것이 아니라, 그 사건을 생각하는 태도에 의해 결정된다는 것이 인지치료의 전제다. 생각하는 방식을 바꿈으로써 우울증을 고치고 예방할 수 있다는 것이다. 우울증을 이렇게 이해한다면, 내담자의 부정적 세계관을 긍정적 세계관으로 전환하는 것이 관건이 된다.[18]

그러나 긍정적 세계관을 금방 갖는 것이 쉽지 않고 또 긍정적 세계관을 정립한다고 우울증이 온전하게 치료되는 것도 아니다. 이것이 인지치료의 한계라 하겠는데 이 책은 인지치료의 한계를 극복하고 한 단계 더 나아가기 위해 여러 수행법을 제시하여 내담자로 하여금 수행하도록 만든다.

한국기독교상담심리치료학회, 2005, 102면.

17 위의 글, 102면.

18 우울증의 성격과 일반적 특징에 대하여는 이강옥, 앞의 책, 210~212면; Z. V. Segal · J. M. G. Williams · J. D. Teasdale, 『마음챙김 명상에 기초한 인지치료-우울증 재발 방지를 위한 새로운 치료법』, 학지사, 2006, 1~435면; Aaron T. Beck, 『우울증의 인지치료』, 학지사, 2005, 1~486면 등을 참조할 수 있다.

(5) 보이는 어둠

우울증의 경험을 매우 인상적으로 묘사한 글이 있다. 『소피의 선택 Sophie's Choice』의 저자로 이름난 윌리엄 스타이런William Styron의 『보이는 어둠Darkness Visible』의 다음 구절이다. 상담자는 내담자와 이 구절을 함께 읽는다.

해질녘의 풍광은 예전보다 음울해졌으며, 아침은 예전처럼 상쾌하지 않았다. 숲으로의 산책 역시 점점 덜 향기롭게 되었다. 늦은 오후의 작업 시간에는 일종의 공포와 불안이 엄습해오는 순간도 있었다. 처음에는 그런 불안과 공포에 심한 메스꺼움까지 뒤따르는 증세가 단지 몇 분간만 지속되었지만 그 같은 발작 상태는 결국 나에게 약간의 경종을 울렸다. (…중략…)

우울증은 수년 동안 내 주변에서 서성거리면서 급습할 기회만을 노리고 있었음이 분명했다. 이제 나는 우울증의 험악한 폭풍우에서 첫 단계—거의 감지할 수 없을 정도의 깜박거리는 불빛과 같은 전조—에 접어들었다.

나는 그때 1960년부터 매해 여름 대부분의 시간을 보냈던 마서즈 비니어드 섬에 가 있었다. 하지만 그 섬의 아름다움이 주는 즐거움에 무감각해지기 시작했다. 나는 무디고, 무감각하고, 그리고 무엇보다 무기력한 상태가 되었다. 무기력하다기보다는 오히려 기이할 정도로 바스러질 것 같은 기분이었다. 내 몸은 정말로 부스러지기 쉬운 물건처럼 지나치게 민감하면서 동시에 둔감했고, 관절 마디마디가 제자리에 있지 않고 분리되어, 근육들 간의 정상적인 조정이 불가능해진 것처럼 느껴졌다. 얼마 지나지 않아 나는 심기증(心氣症)[19]이 심해져 매우 고통받았다. 육신의 어느 한 곳도 성한 데라고는 없는 것처럼 느껴졌다. 온몸에 경련이 일고 통증이 왔다. 그런 고통은 때로는 간헐적이었지만 때로는 영원히 지속될 것처럼 길게 느껴졌는데, 이런 상태는 무시무시한 질병의 전조처럼 보였다. 이런 상황이 정신적인 방어기제의 일부라는 점을 이해하기란 어렵지 않다. 자신이 점차 퇴보하는 것을 받아들이기 힘든 정신은 자신에게 깃들어 있는 의식에게, 혼란을 겪고 있는 것은 소중하고 대체될 수 없는 정신이 아니라 교정 가능한 결함이 생긴 육체라고 공표하고 싶은 것이다. (…중략…)

10월에 나는 코네티컷에 있는 집으로 되돌아왔다. 이 단계에서 보여준 정서적인 혼란 중 도저히 잊을 수 없는 특징은, 삼십년 동안 그처럼 사랑했던 나의 집이 그 무렵에는 나에게 덤벼드는 것처럼 느껴졌다는 점이다. 기분이 정기적으로 가라앉았으며, 이것은 명백한 불행의 전조였다. 사위어가는 저녁 빛에서 언제나 친숙했던 사랑스러운 가을의 모습은 흔적 없이 사라져버리고, 그것은 오로지 질식할 것 같은 우울 속으로 나를 옭아맸다. 이 익숙한 장소가 피부에 와 닿을 정도로 적대적이고 무서운 곳으로 다가왔다. 나는 물리적으로 혼자가 아니었다. 언제나 그랬듯이 아내 로즈가 늘 내 곁에서 지치지 않는 인내심으로 내 불평불만에 귀기울여주었다. 하지만 나는 이루 말할 수 없이 고통스런 고독을 느꼈다. 오후만 되면 더 이상 어떤 것에도 집중할 수가 없었다. 오랜 세월 동안 오후는 내 작업 시간이었다. 그런데 글쓰는 행위 자체가 점점 더 힘들어지고 피곤해지더니 점차 줄어들다가 마침내 완전히 멈춰버렸다.

끔직한 불안이 발작적으로 엄습했다. 햇살이 눈부시던 어느 날 개를 데리고 숲속을 산책하다가 캐나다 거위 떼가 초록으로 눈부신 나무 꼭대기에 앉

---

19   심기증(心氣症) : 자기가 중병(重病)에 걸린 것 같이 생각하는 병증.

아 끼룩거리는 소리를 들었다. 평소 같았더라면 그 소리와 광경에 기분이 들떴을 터였다. 그런데 이상하게도 새들의 비상이 내 마음을 얼어붙게 만들었고 말할 수 없는 공포의 대못을 가슴에 박았다. (…중략…)

그해 가을 병이 점차적으로 신경계를 장악하면서 나는, 시대에 뒤떨어진 시골 동네 전화교환국이 홍수에 점점 잠겨드는 것처럼, 가라앉기 시작했다. 차례차례 정상적인 회로가 물에 잠기기 시작하여 몸의 기능과 거의 모든 본능과 지성이 서서히 해체되어 갔다. (…중략…)

많은 질병의 경우가 그렇듯, 리비도 역시 일찌감치 퇴장해버렸다. 리비도는 고통으로 포위당한 비상사태의 육체가 요구하기에는 사치스러운 것이었다. 식욕을 상실하는 경우도 많다. (…중략…) 그 모든 본능적인 기능장애 중에서 가장 고통스러운 것은 꿈조차 꿀 수 없는 수면장애였다.

불면과 더불어 오는 극도의 피곤이야말로 진정한 고문이었다. 두서너 시간의 수면마저도 언제나 할시온의 도움으로나 가능했다. (…중략…)

하여튼 불과 몇 시간의 수면도 대체로 새벽 세시나 네시쯤이면 끝장났다. 하품을 하고 있는 어둠을 응시하면서 내 마음속에서 일어나고 있는 참혹한 상황에 몸부림치며 새벽을 기다렸다. 그 시간에는 열에 들뜬 상태로나마 꿈 없는 잠을 그럭저럭 잘 수 있었기 때문이다. 바로 이 불면의 마비 상태 동안, 이 과정이 계속 지속된다면 내 목숨을 앗아갈 수도 있겠다는 생각이 분명해졌다. (…중략…) 죽음이 날마다 내 앞에서 어른거리면서 차가운 돌풍으로 나를 덮쳤고 나는 내 인생이 어떤 방식으로 끝장날 것인지 정확히 알 수가 없었다. 간단히 말해 나는 여전히 자살이라는 생각이 다가오지 못하도록 금줄을 쳐놓고 있었던 것이다. 하지만 자살의 가능성은 동네 어귀까지 다가와 있었으며 조만간 나는 자살과 대면해야만 했다.[20]

상담자와 내담자는 이 글을 읽고 소감을 교환한다. 그리고 내담자의 현재 상태가 스타이런의 경우와 어떤 점에서 비슷하고 어떤 점에서 다른지 견줘가며 내담자 자신의 상태를 점검해간다. 그리고 여력이 있다면 먼저 내담자도 자신의 우울증 증세에 초점을 맞춰 스타이런과 같은 글을 써보는 것도 좋겠다.

(6) 『구운몽』에 대한 이해와 특징 공부

『구운몽』은 성진의 생각에 의해 양소유로의 탄생과 일생이 이루어졌고, 양소유의 생각에 의해 다시 성진으로 돌아오는 소설임을 다시 주지시킨다. 성진은 팔선녀를 만나고부터 자기 현실에 대해 비관적 생각을 잠깐하게 되고 그래서 결국 양소유로 태어나 양소유로의 일생을 보내게 된다. 한순간 생각은 지금 자신의 삶을 심각하게 동요되게 만들고 마침내 다른 일생을 살아가게 만들 정도로 형성력이 큰 것이라는 점을 강조한다. 또 『구운몽』에는 현실이 현실 아닌 것과 뒤섞여 혼동을 일으키고 있다. 이 소설은 현실 경험과 현실 아닌 것의 경험을 비교하게 한다. 꿈과 관련된 수행이 이루어지고 있는 것이다. 환상인 양소유 세계가 그 자체로 부정되기보다는 어떤 이유로 인정된다. 그것이 무엇인지 생각하게 한다.

내담자는 『구운몽』을 읽으면서 현실과 비현실에서의 새로운 경험을 할 수 있다. 『구운몽』은 독자로 하여금 이런 다양한 경험을 하게 함으로써 습관화된 세계 인식 태도에 대해 근본적으로 성찰하게 하고, 일정

---

20 윌리엄 스타이런, 임옥희 역, 『보이는 어둠―우울증에 대한 회고』, 문학동네, 2002, 52~61면.

하게 인식 전환을 가능하게 한다. 이런 인식 전환은 현재의 우울과 절망을 벗어나서 삶에 대한 새로운 감각과 태도를 모색하게 할 것이다.

궁극적으로 『구운몽』은 인간이 영위하는 일생의 경험이 어떤 의미와 가치를 지닐 수 있을까에 대한 근본적인 질문을 던지고 있다. 이런 일련의 요소들 덕으로 『구운몽』이 가장 유용한 우울증 치료 텍스트가 될 수 있음을 알려준다. 우울증은 자신과 삶에 대한 사람의 생각 방식과 태도에서 비롯된 것이기 때문이다.

특히 『구운몽』의 작자 김만중과 잠재독자 윤씨 부인, 등장인물 성진과 양소유 등이 우울증과 가까운 속성을 가졌음을 다시 강조해준다. 『구운몽』은 우울증과 관련된 속성이 강하기에 우울증을 가진 사람들이 동일시할 수 있는 인물들을 적절히 만날 수 있다는 뜻이다.

『구운몽』에서 '인생무상人生無常'을 발견하고 허무주의나 절망적 세계관으로 귀결되는 입장이 있는가 하면, '인생은 무상無常'하기 때문에 무상하지 않은 단계로 깨어남을 지향하는 작품으로 해석하는 입장도 가능하다. 둘 중 후자 쪽이 더 설득력이 있고 또 그렇게 해석하는 것이 적어도 우울증과 관련하여서는 바람직하다는 것을 설명해준다. 그러기 위해 특히 성진이 양소유로 환생하는 과정과, 양소유에서 성진으로 다시 돌아오는 부분에 대해 자세한 설명을 곁들인다. 육관대사의 심부름으로 용궁을 다녀오던 성진은 팔선녀를 만난 뒤로 잠시 승려로서의 삶에 근본적인 회의심을 갖게 된다. 그리고 출신입명하여 부귀영화를 누리는 사대부의 삶을 흠모한다. 그 순간 성진은 양소유로 태어난다. 성진은 생각 속에서 양소유로 태어난 것이다. 양소유는 성진이 흠모한 바대로 출신입명하여 여덟 여인을 만나 처와 첩으로 삼아 온갖 부귀영화를 다 누린다. 이 단계에서 그런 삶에 대한 회의에 빠진다. 그리고 출가를 결심한다. 그 무렵 다시 성진으로 돌아온다. 양소유로 일생을 보낸 것은 아주 짧은 시간 동안이었다. 돌아온 성진이 육관대사 앞에서 양소유로 살아온 삶이 부질없는 것이라며 회한의 눈물을 흘린다. 그러자 육관대사는 성진이 아직 꿈에서 깨어나지 못했다며 꾸중하고는 일장 훈시를 한 뒤 『금강경』을 설한다. 그 뒤 성진은 대승의 도를 이루어 보살도를 실현하고 극락으로 간다는 결말이다.[21]

『구운몽』은 이런 줄거리 자체가 우리 삶의 가치와 목적, 삶의 태도와 방식 등과 관련하여 다양한 성찰을 하도록 만든다. 거기다 『구운몽』에는 우리들의 일상적 현실 경험과는 다른 독특한 경험세계가 나타난다. 그것이 우울증을 앓는 내담자를 비롯한 우리들이 우리 삶을 새로운 각도에서 돌아보게 만든다고 할 수 있다.

이상과 같은 『구운몽』의 성격과 특징을 대강 설명한 뒤, 각 회기 별로 해당되는 『구운몽』의 특징들을 선별하여 검토한다.

또 『구운몽』에는 『금강경』을 비롯한 불교 경전의 가르침이나 상황이 암시되거나 인용된다. 육관대사는 언제나 『금강경』을 지니고 다니며, 작품 말미에서는 『금강경』의 사구게를 강설한다.

> 일체 유위법은[一切有爲法]
>
> 꿈과 같고 환상과 같고 물거품과 같고 그림자 같으며[如夢幻泡影]
>
> 이슬과 같고 번개와도 같으니[如露亦如電]
>
> 응당 이와 같이 관찰할 지어다[應作如是觀][22]

---

21   이에 대해서는 이강옥, 앞의 책, 11~52면을 참조하게 한다.

유위법有爲法이란 사람의 업식業識 혹은 마음에 의해 만들어진 이 세상의 모든 존재와 현상을 지칭한다. 현실이라고도 할 수 있다. 그렇다면 이 사구게는 '현실은 꿈과 같다' 혹은 '현실은 꿈이다'라고 가르친다. 이것은 연기緣起, 공空과 무아無我 사상과도 연결된다. 그런 점에서 『금강경』 역시 『구운몽』처럼 현실 삶의 본질에 대해 근본적으로 되돌아보고 현실을 꿈같은 것으로 보면서 현실의 제반 고통을 벗어나는 길잡이 노릇을 할 수 있다고 하겠다.

『반야심경』에서는, 오온五蘊이 모두 공空하다는 것을 알고 일체고액으로부터 벗어났다照見五蘊皆空, 度一切苦厄는 핵심 가르침을 피력하고 있다. 이 가르침은 우울증 환자의 고통을 다루는 데 도움을 준다. 색色(물질 혹은 물질세계), 수受(느낌 혹은 감수작용), 상想(개념 혹은 표상작용), 행行(마음의 작용 혹은 존재의 형성력), 식識(마음 혹은 업) 등을 지칭하는 '오온'은 주체와 대상의 물질적 정신적 영역 전반을 가리킨다. 그런 오온이 모두 공空하다는 것은 이 세상 모든 존재가 사실은 사람만이 가진 능력인 상想과 식識에 의해 조작된 것이라는 뜻이다. 일체가 오직 마음에 의해 만들어졌다는 소위 '일체유심조一切唯心造'의 뜻과도 통한다. '오온이 공하다'는 가르침은 보통 사람의 일상적 통념에 엄청난 충격을 주는 것이다. 그것을 내면화하면 각자가 가진 일상적 관념을 근본적으로 되돌아보고, 이전까지 그렇게 안타깝게 매달리는 것이 사실은 그렇게 매달릴 이유가 없는 것이라고 보는 안목이 열릴 것이다. 그리고 이렇게 주체와 대상을 바라보는 수행을 거듭한다면 우울증 환자도 자기가 심각하게 짊어지고 있는 온갖 고통과 절망 정도를 약화시키고 무화시킬 수 있다.

22　『금강경』 제32 「응화비진분(應化非眞分)」.

『원각경』은 깨달음으로 나아가기 위한 수행의 단계와 방법을 제시한다. 윤회하는 현실세계가 환(幻)임을 알아차리고 그 알아차렸다는 생각조차 내려두는 것이 곧 깨달음이라고 보고, 그렇게 되기 위해서는 청정한 마음을 가져야 되는데, 청정한 마음이란 애욕과 탐욕을 끊는 데서 생겨난다고 보았다.

『능엄경』은 지금 이곳의 황량하고 진절머리 나는 현실 자체가 진여 불성이 존재하는 곳임을 명백하게 가르쳐주고 있다.

이런 경전들의 가르침을 좀 더 쉽게 풀어보면 이렇게 될 것이다. 현실의 일체 형상 있는 것은 영원하지 않으며, 연기적 관계로 형성되어 존재하다 변화해간다. 연기로 성립하는 것은 대상 세계 뿐 아니라 '나'도 마찬가지이다. 나의 어떤 느낌이나 판단도 절대적이지가 않다. 그러므로 영원한 나는 없다. 자신의 느낌과 생각을 절대적으로 고정된 것이라고 착각하는 것은 이분법적 극단을 바탕으로 한 것이다. 이런 이분법이 우리를 괴롭힌다. 양변을 버리고 중도의 길을 가라. 이런 가르침이 세상에 대해 절망하고 우울한 감정에 빠져 허덕이는 내담자로 하여금 자신을 근본적으로 성찰하게 해준다. 그리고 자기감정으로부터 근본적으로 해방되는 길을 암시해준다.

(7) 우울증 진단 테스트 시행

내담자에 대한 우울증 진단을 시행한다. 자기보고형 척도표인 BDI Beck Depression Scale, 관찰자평가형 척도표인 HRSD Hamilton Rating Scale for Depression, 역기능 사고 및 태도에 대한 자기보고형 척도표인 DAS

Dysfunctional Attitude Scale 등이다. 여러 테스트를 시행하는 것은 현재 한국에서 통용되고 있는 우울증 테스트가 대부분 유럽인과 미국인의 경우를 기준으로 한 것이어 타당도에서 다소 문제가 있기 때문이다. 또 테스트 간 결과의 차이가 일정하게 발견된다. BDI는 21개 문항으로 구성되어 있는데 각 문항은 우울, 절망감, 죄책감, 열등감, 건강염려, 자살충동, 수면장애 등에 관한 내용으로 점수가 0~9점까지는 정상, 10~23점까지는 경미한 우울증, 24점 이상은 중증우울증으로 규정된다. HRSD는 24개 문항으로 구성되어 있는데 각 문항은 슬픔, 죄의식, 수면장애, 식욕부진, 자살충동, 건강상태 등에 관한 내용으로 점수가 0~6점까지는 정상, 7~24점까지는 경증 우울증, 25점 이상은 중증 우울증으로 규정된다. DAS는 40문항으로 구성되어 있는데 각 문항은 성격특성, 부정적 사고경향, 역기능적 태도 등에 관한 내용이다.[23] 이와 같은 유럽이나 미국 중심 우울증 척도 방법의 한계와 문제를 극복하기 위한 시도도 있다. 특히 한국문학치료학회와 건국대학교의 서사와문학치료 연구소에서 마련한 '한국 설화를 활용한 우울증 진단 척도법'을 함께 활용할 수 있다.[24]

---

23 이상 우울증 측정도구와 방식에 대해서는 American Psychiatric Association, *Diagnostic and statistical manual of mental disorders*, 3rd ed., Washington, DC : Athor, 1987; 유혜숙, 『노인의 우울증 해소를 위한 독서요법 연구』, 한국학술정보, 2005, 45~57면; Aaron T. Beck, 『우울증의 인지치료』, 학지사, 2005, 458~471면 참조.
24 이에 대해서는 정운채 외, 『자기서사검사와 심리검사의 호환성』, 문학과치료, 2011, 1~88면 참조.

기분일지(Mood Journal) 쓰기[25]

년/월/일	기분 변화	외적인 상황(누구, 무엇, 어디, 기타 상황)	내적인 상황(생각, 환상, 기억)

쓰기 방법 : 기분의 변화(가령 아무렇지도 않은 데서 슬픔으로, 혹은 슬프다가 좀 개운한 느낌으로 등)를 알아차리고 그 변화 사항을 기록하십시오. 외적인 사항이란 자기가 어디에 있었고 누구와 있었고 무엇을 하고 있었는가 등을 말합니다. 내적인 상황이란 자기가 무엇을 생각하고 있었나, 백일몽을 꾸고 있었나, 회상을 하고 있었나 등을 뜻합니다.

2) 제2회기 ─ 내담자의 자기 문제 자각과 작중 인물에 대한 동일시 및 거리두기

(1) 검사 결과 설명 및 내담자의 소감 말하기

1회기 때 시행한 우울증 진단 결과를 알려준다. 진단 결과상에서 나타난 내담자의 내면 특징을 설명한다. 그에 대한 내담자의 소감을 듣는다. 또 내담자 자신이 스스로에 대해 느끼는 부분과 진단의 결과가 상통하는지도 함께 살펴본다.

우울증 진단의 결과는 현재의 내면 풍경을 보여준다. 그런데 진단의 결과로 반영되지 않은 과거의 경험도 존재한다. 그래서 내담자가 자기 과거를 회고하고 정리하는 것이 중요하다. 진단의 결과로서 나타난 과

---

25   R. O'Connor, *Undoing Depression*, New York : Little, Brown. 1997.

거 경험이 중요하지만, 현재 분명하게 드러나지 않는 과거 경험도 소중하다. 과거 경험은 무의식 깊은 곳에다 그 흔적을 남기고 있기 때문이다. 내담자가 자기 과거를 스스로 깊이 성찰해보면 현재 앓고 있는 우울증의 원인을 찾을 수 있고, 또 지금 우울증으로 드러나지 않고 있지만 앞으로 그럴 가능성이 있는 문제 요인도 발견하게 된다.

그런 점에서 우울증 치료는 우울증 자체에 초점을 맞추기보다는, 내담자가 어떤 자세와 시각으로 살아왔고 또 어떻게 살아갈 것인가라는 근본적 삶의 자세와 방식에 초점을 맞추어야 한다. 그래서 이 우울증 치료 프로그램은 현재 우울증을 심각하게 앓고 있는 내담자에게 필요할 뿐 아니라, 잠재적 우울증 환자에게도 필요하다. 우울증에까지 이르지는 않았다 하더라도 세상을 시큰둥하게 덤덤하게 살아가는 우리 시대 수많은 냉담자들에게도 꼭 필요한 프로그램이라 하겠다.

(2) 상담자의 자기 고백 일기나 수필에 대한 소감 말하기

상담자와 내담자가 나누는 이야기는 대체로 내담자의 과거를 일방적으로 들추는 식이 되기 쉽다. 그래서 내담자는 상당한 심적인 부담감을 느끼며 자기만이 부당하게 노골적으로 들추어진다는 감정을 가질 수 있다. 그건 그리 바람직하지 않다. 그런 점을 해소하기 위하여 상담자의 과거에 대한 이야기도 곁들여야 한다. 상담자가 의도적으로 자기 과거를 이야기하며 그에 대한 내담자의 소견을 들어본다. 특히 상담자가 우울증을 앓았거나 우울한 기분을 심각하게 경험하였다면, 그 점을 적극 드러내어주면 좋다. 내담자가, 상담자의 우울증 병력을 알게 되거나 우울한 시절을 보낸 사실을 알게 되면, 내담자는 상담자에 대해 일종의 동류의식을 가질 수 있다. 상담자는 내담자로 하여금 적극적인 질문을 하도록 하고, 그 질문에 허심탄회하게 답변해줌으로써, 앞으로 내담자도 상담자의 질문에 대해 기꺼이 호응하도록 이끈다.

(3) 자기 기분의 변화에 대한 자각과 이유 살피기

우울증 환자는 언제나 자기가 우울한 기분에 빠져 있다고 생각한다. 물론 그런 우울한 기분은 상담의 과정에서 극복되어야 할 것이고 그것이야말로 상담의 궁극 목표이다.

그런데 이 우울한 기분이 언제나 조금의 변화도 없이 단단한 껍질처럼 우울증 환자를 옭죄고 있는 것일까? 그렇지 않다. 또 우울하든 우울하지 않든 기분의 변화가 아무 이유도 없이 일어날까? 그렇지 않다. 우울증 환자가 가장 두려워하는 것 중 하나는 자기의 현재 기분이나 그 기분의 변화가 외부 요인과는 아무 관계도 없이 일어나지 않을까 하는 것이다. 그렇다면 불가항력적이게 된다. 그러나 모든 기분 변화를 잘 살펴보면 그렇지 않음을 알게 될 것이다.

1회기 때 과제로 부과한 '기분일지'를 보면서 우울증 환자의 기분이 조금씩 변동했다는 것을 스스로 자각하게 만든다. 그리고 자기 기분이 변하게 된 데에는 명백한 이유가 있다는 걸 알게 한다. 그 이유에는 외적인 것도 있고 내적인 것도 있다. 어느 쪽이든 이런 확인은 우울증 환자로 하여금 대단히 중요한 각성을 하게 한다.

첫째, 자기의 기분이 변화한다는 것을 각성하고 인정하게 된다.

둘째, 자기에게 어떤 기분이 만들어지거나 그렇게 만들어진 기분이 변화하는 데에는 명백한 이유가 있다. 그런 점에서 자기는 기분을 조절할 수 있다. 아무 이유도 없이 기분이 변화한다는 것은 '미쳤다'거나 '통제능력이 없다'는 것을 의미한다.

셋째, 이렇게 그냥 자신을 내버려 두어도 조금씩 기분이 바뀐다는 것은, 좀 더 체계적인 노력이나 상담을 하게 된다면, 더 바람직한 쪽으로 기분을 달라지게 할 수 있다는 희망을 가질 수 있다.

(4) 감정이입에 의한 동일시와 거리두기에 의한 성찰

내담자는 『구운몽』을 읽어가면서 작중인물들과 자기를 동일시한다. 승려의 생활을 회의하는 젊은 성진이나 부귀영화의 허망함을 느끼는 말년의 양소유는 자기 부정 경향이 강한 인물이어 내담자가 동일시하기 쉽다. 여성 내담자라면, 양소유와 낭만적 만남을 가진 뒤 헤어져 기구하게 살아가는 여덟 명의 여성들에 대해 선별적 동일시가 가능할 것이다. 양소유에서 돌아온 성진은 심각한 각성의 경험을 한 뒤 뭔가 깨달은 듯한 우쭐한 상태에 빠졌다가 다시 근원적 허망감을 느낀다. 감정의 기복이 심하여 조울증의 경향이 강한 내담자가 동일시할 수 있는 인물이다.

작중인물들과 자신을 동일시할 수 있게 된 내담자는 자기감정을 작중인물에게 이입하고 투사하면서 작중인물의 생각이나 행동을 따라하거나 거기서 좀 더 나아가기도 한다. 가령 사대부의 화려한 삶을 꿈꾸는 성진의 경우를 참고로 하여, 내담자는 자기 나름대로 또 다른 삶을 상상할 수 있다. 말년에 우울해진 양소유는 출가를 결심하는데, 내담자는 양소유가 의도한 참선 수행을 심화하거나 다른 수행의 방식을 나름대로 추구할 수가 있을 것이다.

그러나 내담자가 작중인물에 대한 동일시나 감정이입 단계에 머물면 스스로 달라지기가 어렵다. 동일시는 '자동조종automatic pilot' 상태에 빠지게 하기 때문이다. 자동조종 상태란 나에게 무슨 일이 일어나고 있는지 자각하지 못하는 정신이 멍한 상태에서 어떤 행동을 하는 것을 말한다. 내담자가 일상생활을 하면서 자신이 자동조종 상태에 빠져 있다는 사실을 알아차리고 그로부터 빠져나오지 못하면 우울증은 더 심화된다.[26] 내담자가 자동조종 상태에서 빠져나오기 위해서는 동일시한 인물로부터 다시 멀어져야 한다. 동일시한 인물로부터 멀어지는 것은 내담자가 자기 자신을 성찰할 수 있는 거리를 확보하는 셈이다. 『구운몽』에서 동일시한 인물로부터 멀어져서 그로부터 거리를 두고 그를 비판하고 평가하는 경험은, 내담자가 자기 자신으로부터 거리를 두고 자기 자신을 바라보는 예비 훈련이 된다. 작중인물과의 거리두기는 내담자가 자기 자신으로부터 거리를 두고 자기를 바라보고 자기를 평가하고 자기를 비판하는 데로 나아간다.

서사에는 서술자가 존재하기 때문에 이런 거리를 확보하기가 유리하다. 『구운몽』의 서술자는 '성진→양소유→성진'으로 자리를 옮겨가며 그 본질을 살핀다. 숨어 있는 서술자를 간파하기 어렵다면 육관대

---

26 이상 자동조종 상태에 대한 내용은 Z. V. Segal·J. M. G. Williams·J. D. Teasdale, 『마음챙김 명상에 기초한 인지치료-우울증 재발 방지를 위한 새로운 치료법』, 학지사, 2006, 133~148면을 참조함.

사의 시선을 따라가도 좋다. 서술자는 육관대사와 가장 가까운 곳에 있으며 가끔 육관대사의 자리에 서기도 하기 때문이다.

내담자는 육관대사나 서술자의 눈을 통하여 서서히 작중인물의 사유와 행동을, 그리고 그들과 동일시된 적이 있는 내담자 자신의 사유와 행동을 대상화함으로써 자기에 대한 근본적 반성과 성찰을 시작할 수 있다.

상담자는 이상의 원리를 염두에 두면서 다양한 질문을 설정하여 대화를 진행함으로써[27] 내담자로 하여금 자기 성찰의 길로 이끌 수 있다.[28] 자기 성찰은 무엇보다 내담자 자신의 생각이 부정적인 것으로 가득 차 있고, 그런 이유로 자기 삶이 우울한 것이 될 수밖에 없었다는 사실을 알아차리는 데로 귀결된다. 이것은 제3회기 상담과 수행으로 나아간다.

┤ 과제 ├

자기서사 쓰기

자기서사는 내담자가 지금까지 살아온 내력을 자유롭게 기술하는 것이다. 내담자는 다음 회기 날 이틀 전까지 과제를 이메일로 보내어 상담자가 먼저 읽어보고 상담에 응할 수 있도록 한다.

---

27 Aaron T. Beck는 인지치료에서 '질문을 주된 치료도구로 이용하라'는 원칙을 제시하고 세부수칙을 입안했다.(Aaron T. Beck, 앞의 책, 81~93면)
28 이 항목과 관련하여 다음과 같은 질문을 설정할 수 있다. ①『구운몽』의 작중 인물 중 당신이 가장 강한 동질감을 느낀 인물은 누구입니까? 그 인물에게 공감의 편지를 써 봅시다. ②성진과 양소유, 팔선녀가 작중에서 한 생각과 행동 중 못마땅한 점은 어떤 것입니까?

3) 제3회기―자기서사 쓰기와 읽기

(1) 자기서사 읽기와 해석

'자기서사'는 두 가지로 정의된다. 첫째, 문학치료에서 작품서사와 변별되는 것으로서 '인생이 그런 방식으로 구현되도록' 만드는 서사를 뜻한다.[29] 둘째, 어떤 개인이 살아온 내력을 담은 이야기이다. 후자는 생애담 혹은 일생담이라 일컬을 수 있을 텐데, 이 책에서는 자기서사의 기능 면에서 전자를, 내용 면에서 후자를 수용한다.

자기 삶의 기록인 생애사life history와 자기 경험의 표현인 생애이야기 life story는 구분된다.[30] 전자가 자기 경험을 '있었던 그대로' 순차적으로 서술하는 반면, 후자는 자기 경험을 주관적으로 서술하고 느낌을 표현하는 데 치중한다.[31] 특히 후자는 구술자의 주체성이 현재의 시점에서 재구성되는 창작물의 성격을 갖는다고까지 해석된다.[32] 그런 점에서 구술자는 자기서사의 '저자'가 된다.[33]

---

29   정운채, 「문학치료학의 서사이론」, 『문학치료연구』 제9집, 한국문학치료학회, 2008, 247~278면; 정운채, 『문학치료의 이론적 기초』, 문학과치료, 2006; 하은하, 「대학생 K의 살아온 이야기에 대한 자기서사 분석」, 『겨레어문학』 42집, 겨레어문학회, 2008, 401면. 또는 '사람을 지배하고 있는 서사'라고 규정되기도 한다. 정운채 외, 『이상심리와 이상심리서사』, 문학과치료, 2011; 나지영, 「문학치료학의 '자기서사' 개념 검토」, 『문학치료연구』 13집, 한국문학치료학회, 2009, 35~58면.
30   오수연, 「자기서사(self-narrative)를 통해서 본 레즈비언 정체성 구성에 관한 연구」, 이화여대 석사논문, 2005, 11~12면.
31   김성례, 「한국 여성 구술사―방법론적 성찰」, 조옥라 외, 『젠더·경험·역사』, 서강대출판부, 2004, 29~60면.
32   김성례, 「여성주의 구술사의 방법론적 성찰」, 『한국문화인류학』 35-2, 한국문화인류학회, 2002, 35면.
33   유철인, 「생애사와 신세 타령 자료와 텍스트의 문제」, 『한국문화인류학』 22, 1990, 306면.

자기서사에 대한 이런 관점은 구술자료를 논거로 인정하려는 인류학이나 역사학 쪽의 꾸준한 노력의 결과라 할 수 있겠는데, 그것은 우울증 상담에서 상담자가 내담자의 자기서사를 듣거나 읽고 반응하는 데에 응용될 수 있다. 특히 우울증은 자기 삶을 부정적으로 바라보는 내담자의 태도에서 비롯한 것일 수도 있기에 자기서사에서 이뤄지는 '전환적 서술'에 대한 분석이 요긴하다. 내담자가 자기서사를 만드는 과정과 상담자가 그 자기서사를 해독하는 과정에서 일정한 분석틀이 필요한 것이다.

내담자의 삶은 귀중한 서사 텍스트이다. 내담자가 겪은 경험은 텍스트의 사건이 되고 자신은 등장인물이 된다. 사건은 크기도 하고 작기도 하며 오래 지속하기도 하고 곧 해결되기도 한다. 사건은 때로 자신의 존재를 근본에서 흔들어 놓고는 끝나버리기도 하고, 은근히 지속하며 자신을 억압하고 불편하게 하기도 한다. 그리고 또 다른 사건을 유발하기도 한다. 내담자는 그 텍스트를 관찰한 뒤 새로운 텍스트를 만들어낸다. 내담자는 새로운 텍스트의 주인공이면서 저자가 되는 것이다. 내담자가 자기 삶의 텍스트를 살펴보는 것은 자기 경험을 되풀이 하는 것이면서도 자기를 성찰하는 길이기도 하다.

> 나에게 한 권의 책이 있으니 종이와 먹으로 만든 것이 아니다. 펼쳐 열어 보면 한 글자도 없지만 언제나 크나큰 광명을 드러낸다[我有一卷經, 不因紙墨成, 展開無一字, 常放大光明].[34]

---

34   『채근담강의(菜根談講義)』, 성철, 『백일법문』, 장경각, 1992, 30면에서 재인용.

성철스님은 이 글자 없는 경經이면서 크나큰 광명을 비치는 것을 '자아경自我經'이라 불렀다. 그리고 사람은 자기 마음 가운데 있는 이 자아경을 분명히 읽을 줄 알아야 한다고도 하였다.[35] 자기서사는 모든 사람의 마음속에 존재한다는 이 경전과 긴밀한 관계가 있다.

우리들은 매 순간 자기 삶이란 텍스트를 만들어내고 속으로 읽고 있다고 할 것이다. 다만 그 점을 또렷하게 자각하지 못할 따름이다. 우리가 만들어낸 자기 삶의 텍스트가 '자아경'과 다른 것은, 끊임없이 변형되거나 왜곡된 것이라는 점이다. 그런 점에서 우리 삶의 텍스트들은 '문제가 있는' 텍스트다. 우리는 자기 삶의 텍스트를 좀 더 온전한 것으로 만들 수 있어야 한다. 그러기 위해 먼저 해야 할 일은 문제가 있으나마 자기 삶의 텍스트를 분명한 언어로 나타내고 그것을 다시 읽는 것이다.[36] 실제로 자기 삶의 텍스트를 자각적으로 쓰거나 말하고 읽는 것만 해도 크나큰 자기 변화와 치료의 효과를 가져 올 수 있다. 우울증 상담에서 내담자에게 맨 먼저 자기서사를 과제로 부과하여 쓰게 하는 이유도 여기에 있다. 자기서사 쓰기와 읽기, 그리고 다시 쓰기는 우울증 상

---

35 성철, 『백일법문』, 장경각, 1992, 31면.

36 이와 함께 소위 '아리랑곡선'을 그려보게 하는 것도 도움이 된다. '아리랑 곡선'이란 가로축은 나이, 세로축은 기쁨이나 슬픔의 정도(행복도)를 나타내는 그래프이다. 이는 한 개인의 일생 가운데 기억에 남을 만한 특별한 사건(예컨대, 살면서 가장 기뻤던 일, 가장 슬펐던 일, 가장 잊고 싶은 기억, 가장 자랑하고 싶은 일, 가장 힘들었던 일 가장 소중하게 간직하고 싶은 일 등)이 있었을 때를 떠올린 후에, 0을 기준으로 하여 기쁨이 많다고 생각하면 그만큼 그래프의 지점이 위로 가도록 그리고, 반대로 슬픔이 많다고 생각되면 그만큼 아래로 가도록 점을 표시한 다음 점과 점을 선으로 연결하여 그림으로 나타내는 방법이다. 이것을 '인생희비극 곡선'이라고도 한다. 이것은 자기 삶의 굴곡을 일목요연하게 관찰할 수 있게 한다. 주상영, 「쓰기와 말하기를 통한 이야기치료 연구―고등학생들의 자기서사에 나타난 생(生)의 문제점과 그 해결을 중심으로」, 영남대 교육대학원, 2009, 7면 참조.

담의 출발이고 마무리가 되는 것이다.

상담자는 자기서사를 어떻게 읽고 그것을 어떻게 상담과 치료에 활용할 것인가를 알아야 한다. 먼저 자기서사가 가지는 기본적인 특징들을 알고 자기서사의 서술 형식을 나누어 검토할 수 있어야 할 것이다. 마침내 내담자가 자기서사의 문제성을 극복하고 '대안적 자기서사'를 만들 수 있도록 도와주어야 하겠다.

(2) 자기서사 활용과 유의 사항

① 말하기와 쓰기

우울증 상담에서 자기서사는 말하기로도 쓰기로도 가능하다. 글쓰기에 대해 부담을 느끼는 내담자는 말로써 자기 생애를 진술하는 게 편할 수 있다. 또 상담자는 내담자의 자기진술에 대해 즉각 반응을 해줄 수 있다. 상담자의 반응은 내담자의 자기진술에 대한 추임새가 되는 것이다. 내담자의 이야기를 상담자가 그냥 들어주는 것만 해도 내담자에게 큰 위안이 되고 또 치료가 된다. '신세타령'이나 '넋두리'가 그 두드러진 사례가 된다.

그러나 다른 한편 내담자가 상담자 앞에서 자기 과거를 말로 술회한다는 것은 부담스런 일이 아닐 수 없다. 그 대신 자기서사 쓰기를 과제로 부여받은 내담자는 편한 마음으로 자기가 살아온 길을 떠올리며 자기 성찰과 반성을 도모할 수 있다. 물론 이야기하기도 그런 역할을 할 수는 있지만 성찰의 정도 면에서 글쓰기를 따라가기는 어렵다.

자기서사를 써오게 하는 것이 더 중요한 까닭은, 내담자가 충분한 시간을 두고 서술의 내용을 선택하고 서술의 순서와 방법을 정하도록 해준다는 점이다. 글쓰기에는 내담자가 현재 시점에서 과거 자신을 바라보는 시각이 훨씬 또렷하게 나타난다. 상담자는 내담자의 자기서사를 읽고서 내담자의 과거는 물론 그 과거를 바라보는 내담자의 시선과 관점, 그리고 그 시선과 관점에 담겨있는 현재의 심경을 포착할 수 있는 것이다.

이런 이유에서 자기서사의 큰 골격은 쓰게 하는 게 좋다. 그리고 그것을 내담자와 상담자가 함께 읽어가면서 의견을 나누고 또 부족한 부분을 보완하게 한다. 이런 부분적 보완은 말하기로 하는 게 바람직하다.

② 내담자의 자기 경험에 대한 관점

우울증이 있는 내담자는 자기 과거를 부정적으로 바라보는 성향이 강하다. 그런데 그런 부정적 시선이 주로 어떤 점에 초점이 맞춰지며 그것이 어떻게 재구성되느냐를 따져야 한다. 부정적 시선이 집중되는 특정 국면을 살펴보아야 한다. 아울러 부정적 시선이 노골적으로 적용되지 않거나 나아가 비교적 긍정적인 시선을 주기도 하는 삶의 국면도 살핀다. 이런 부정과 긍정의 공존과 대조가 의미심장한 암시를 준다. 가령 '부정적 시선이 가해지는 국면을 긍정적인 시선으로 볼 때 어떻게 될 것인가?' '긍정적 시선이 가해지는 국면을 확장할 때 내 삶의 분위기는 어떻게 달라질까?' 상담자는 이런 질문을 내담자에게 던짐으로써 내담자가 스스로의 삶을 바라보는 시선을 바꿀 수 있도록 도와준다.

내담자가 가진 자기에 대한 부정적 시선은 타자나 세계에 대한 부정적 시선으로 확장된다. 특히 공격적 성향이 강한 내담자의 경우가 그러하다. 상담자는 이 점을 먼저 포착하여 환기시켜줄 수 있다. 부정적 시선의 확장은 내담자 자기 자신은 물론 온 세상이 비관으로 점철되게 만든다. 상담자는 그런 비관이 초래하는 결과의 예를 들어주면서 내담자와 함께 고민한다.

③ 서술과 판단

서술로 일관되는 자기서사가 있는가 하면, 서술을 주로 하면서 판단을 곁들이는 경우도 있다. 판단을 위주로 하고 서술을 곁들이기도 하며, 판단으로 일관하는 자기서사도 있다. 가능한 한 '있었던 그대로 기술한다'는 태도를 견지하다가, 어느 대목에서는 강한 어투로 가치판단을 하고 의미를 부여한다. 화를 내거나 울분을 표출하는가 하면, 원망하고 비난하기도 한다. 자기서사에 나타나는 이 같은 편집자적 개입이 어떤 맥락에서 자주 나타나는가를 상담자는 파악해야 할 것이다. 그런 대목은 내담자가 매우 불편하게 느끼는 곳이기도 하여 문제적이다. 판단이나 편집자적 개입이 강하거나 자주 나타나는 자기서사는 가장 깊은 상처 부분을 과장하는 경우가 있는가 하면 반대로 자기 상처를 구체적으로 보여주지 않기 위한 은폐의 수단이 되기도 한다.[37]

---

37 노영심의 편집자적 개입 사례 : '나는 ○○년 ○월 ○일, 비오는 새벽에 용띠 계집아이로 태어났다. 사내로 태어나면 큰 인물감이지만 계집아이로 태어나면 팔자가 드세고 드세다는 새벽 용으로 말이다. 그 말이 맞을까? 지금까지 나는 단 한 번도 쉽게 살아본 적이 없다. 대충 살아본 적도 없다. 항상 불꽃같이 살았고, 무엇이든 평범하게나 쉽게 얻지 못했다. 꽤 이성적이고 기분도 괜찮을 때 나는 이 사실에 대해 긍정하고 감사하기도 한다. 단 한 가지도 쉽게 얻을 수 없었던 나의 소위 '드센 팔자'는 나를 꽤 용감하고 적극적이고 물러설 줄 모르는 인간으로 만들었으니 말이다. 하지만 이성보다 감정이 앞설 때나 무언가 뜻대로 되지 못할 때, 특히 무엇엔가 상처를 받았을 때 나는 나의 '드센 팔자'를 원망하거나 한탄하거나 좌절한다.'

상담자는 판단 부분을 통하여 내담자의 진심을 파악하면서도 내담자에게 좀 더 구체적으로 자기 경험을 서술할 수 있도록 유도하는 것이 바람직하다. 판단 위주의 자기서사를 서술 위주의 자기서사로 다시 쓰는 과정에서 내담자는 좀 더 찬찬히 자기 과거를 관찰하고 성찰할 수 있게 된다. 이렇게 하는 것은 대안적 자기서사를 이끌어내는 발판이 된다고 하겠다.

④ 상담자의 자세

상담자는 상담 과정에서 내담자의 삶을 부분적으로 조금씩 알아가게 될 것이지만, 상담을 시작하는 마당에 내담자의 삶과 그 삶에 대한 내담자의 태도를 먼저 전체적으로 조망할 수 있어야 한다. 그래야만 내담자가 안고 있는 문제의 성격을 진단해낼 수 있고, 상담의 일정과 수위를 정할 수 있다. 우울증 진단지는 계량적 수치를 통하여 내담자의 병증 수위를 알려주기는 하지만, 내담자의 은밀한 내면상태를 보여주지 못한다. 또 내담자의 삶의 어떤 부분이 우울증을 유발하였는가에 대해서도 설명해주지 못한다. 자기서사는 우울증 진단지가 보여주지 못하는 이러한 점들을 보여준다. 내담자의 자기서사를 통하여 그 점들을 파악하는 것이야말로 상담자의 가장 요긴한 과업이기도 하며 그것이 앞으로의 상담의 성공 여부를 결정하기도 한다.

사실 자기서사 쓰기는 내담자에게 적잖은 부담감을 준다. 내담자는 부끄러워 머뭇거리기도 한다. 자기서사 쓰기에서 내담자가 느끼는 부담감을 줄여주기 위해 상담자가 먼저 자신의 자기서사의 전부나 일부를 제시해주는 것도 좋은 방법이다. 이에 대해서는 꺼려하는 상담자가 있을 수 있다. 상담자 자신의 프라이버시를 보호하려는 점에서 그러할 수 있고 또 초기 프로이트주의자들처럼 상담과정에서 상담자가 개입하지 않는다는 상담 원칙 차원에서도 그러할 수 있겠다. 그러나 내담자의 입장에서 보면 큰 도움이 된다. 절박한 처지에 있는 내담자에게 상담자는 아득한 윗자리에 있는 것처럼 보인다. 적잖은 상담자들은 이런 내담자에게 위압적 권위를 행사하기도 한다. 그래서 내담자는 더욱 움츠러들게 마련이다. 만일 상담자가 내담자에게 자기도 내담자가 고민하고 있는 문제로부터 자유롭지 못하다는 사실을 말해준다면 내담자는 상담자에 대해 동류감 같은 것을 느낄 수 있으며 더 편안하게 상담자에게 자신을 보여줄 수 있게 된다. 내담자가 봉착한 문제나 상처가 자기만의 특수한 것이 아니라 상담자처럼 권위를 갖춘 사람에게도 존재할 수 있는 것임을 확인하고 안도하며 위안을 얻는 것이다.

저자는 상담을 시작하면서 자기 고백적인 수필 한 편을 내담자에게 주며 읽어오게 한다. 어느 내담자는 그것을 읽고 저자가 '모든 것을 내려놓'았다며 감동하였다.[38] 이렇듯 상담자가 조금만이라도 자기의 경험을 내담자가 알게 해준다면 내담자는 더 편한 마음으로 자기를 드러낼 수 있을 것이다.

상담자가 자기 이야기를 내담자에게 먼저 보여줄 수 있다는 것은 상담자가 자기를 대상화하였다는 것을 의미한다. 상담자는 자신이 먼저

---

[38] '사실 나는 두렵다. 숨겨야 할 것들이 많아서라기보다는, 어쩌면 다시 떠올리기에는 너무나 아픈 것들이 많아서인지도 모른다. 하지만 쓸 것이다. 상담자가 모든 것을 내려놓은 마당에 내가 그냥 입 다물고 있을 수는 없다는, 일종의 채무감 같은 것일지도 모른다. 어쩌면 글을 써놓고 보면, 나의 아픔은 그다지 대단한 것이 아닐지도 모른다. 자기서사라는 것이 글로 만들어지는 순간 나의 이야기는 이미 주관인 일기의 차원을 넘어서 하나의 이야기가 되어버릴 테니까 말이다.'(노영심, 교사, 2012년 4월 20일 씀)

자기를 대상화할 수 있음을 보여줌으로써 내담자 역시 그러하기를 권유해야 한다.

상담자는 내담자의 자기서사를 듣거나 읽고서 그냥 있을 수만 없다. 자기서사를 둘러싼 내담자와 상담자의 소통 과정은 그 자체로 독립된 세션으로서 의의를 가진다. 내담자는 앞으로 단편적인 자기 이야기를 진술하겠지만, 이처럼 자기 생애를 전체로 이야기하거나 글로 쓰는 경우는 처음이다. 상담자도 내담자의 자기 이야기를 전체로 듣거나 읽는 기회는 유일하다.

그런 점에서 상담자는 내담자의 자기서사에 대해 뚜렷한 공감을 표시하며 적극적인 의사를 개진해주어야 한다. 상담자는 대체로 신중하고 조심스럽게 의견을 개진하겠지만 때로는 단호하게 개입할 필요가 있다. 물론 이 점에 대해서는 상담을 시작할 때 미리 내담자에게 주지를 시켜 놓는 게 좋다. 내담자의 내면 문제를 해결한다는 목표를 위해 다소 당돌한 참견이나 개입이 있을 것이라는 언질이다.

이와 관련하여 '이야기치료'의 '표출시키는 대화externalizing conversation' 방식을 활용하면 좋다. 이야기치료에서 상담자는 문제 상황에 있는 내담자를 위하여 문제 상황과 그 사람의 정체성을 분리하여준다. 문제 상황이 '문제'이지, 사람 자신이 '문제'인 것은 아니라는 점을 분명히 해주는 것이다. 그렇게 되면 문제 상황에 봉착한 내담자도 가벼운 마음을 가질 수 있다. 상담자의 이러한 말하기 방식을 '표출시키는 대화externalizing con-versation' 또는 '문제에 이름 붙이기'라고 한다.[39] 자기 문제로부터 비교적 자유로워진 내담자는 자신과 분리된 문제들에 대해 좀 더 편안한 자세로

---

[39] 앨리스 모건, 고미영 역, 『이야기치료란 무엇인가?』, 청목출판사, 2003, 78~82면.

이야기할 수 있게 된다. 자기 이야기를 마치 남의 이야기인 것처럼 담담하게 진술할 수 있게 되는 것이다.

상담자가 적극적으로 의견을 제시한다는 것은 당연히 내담자의 이의 제기나 반론의 기회를 보장하는 것이다. 내담자가 당면한 심각한 국면을 해결하는 데 서로가 마음의 문을 활짝 열어놓고 지혜를 최대한 모은다는 취지에 동의를 해야 한다.

(3) 자기서사의 서술 형식과 상담자의 착목처

내담자는 자기 삶의 어떤 국면을 과장하거나 축소하고 은폐한다. 혹은 꾸며내기도 한다. 이것은 보상적 심리나 착각의 소산이다. 또 사람이 망상妄想에서 자유로울 수 없기 때문이기도 하다.

사람의 삶은 색色 · 수受 · 상想 · 행行 · 식識이라는 오온五蘊으로 구성된다. 색色이 대상 세계에 가깝다면, 식識은 마음에 가깝다. 색과 식 사이에 있는 수受 · 상想 · 행行이야말로 사람이 경험세계를 재구성하는 가장 중요한 속성을 만들어낸다. 즉, 수受가 대상을 육감六感으로 느끼는 단계라면, 상想은 그런 수受에 의해 만들어진 느낌을 바탕으로 하여 개념을 만드는 단계이고 행行은 개념을 근간으로 한 모든 감성적 이성적 작용이다. 상想에 의해 만들어지는 개념은 언어에 의해 더 정교하게 되고 표현된다. 그런데 이 개념이야말로 사람이 있는 그대로에 다가가는 것을 방해한다. 개념에 의한 언어화는 왜곡과 변형을 전제하는 것이다. 나아가 행行은 욕망과 성향을 만들어내어 어떤 것이 옳다 그르다 좋다 나쁘다 등을 구분하는 분별심을 일으킨다. 이것이 업業이 된다.

더 근본적으로 생각하면, '경험 내용 자체'가 성립되기 어렵다. 있는 그대로의 경험은 존재하기 어렵고 매 순간 우리는 자기 경험이라는 것을 재구성해낸다. 그러는데 결정적 역할을 하는 것이 상想 · 행行 · 식識이라는 단계이다. 그래서 불교에서는 대상 물질이라는 색色조차 있는 그대로가 아니고, 업력業力에 의해 재구성된 것이라고 가르친다. 일체유심조一切唯心造란 말도 이런 뜻이다. 세상 모든 존재는 우리 마음이 만들어낸 것이라는 뜻이다.

그런 점에서 자기 경험을 있는 그대로 재구성한다는 것은 원천적으로 불가능하다. 모든 자기서사는 착각과 왜곡을 전제한다. 다만 우울증을 앓는 내담자는 이런 심리적 성향이나 망상이 더 심하기에 자기 경험에 대한 왜곡이 매우 크다. 먼저 내담자는 자기 경험 내용에 대하여 격심한 심리적 호오好惡를 가진다. 나쁘다 여긴 부분을 부각시키거나 좋다고 여긴 부분을 축소시킨다. 물론 그 반대도 가능하다. 자랑하고 싶은 경험 내용을 과장하여 부각시키고, 그렇지 않은 부분을 축소하여 기술하게 된다. 축소하다 결국 은폐시킨다. 은폐된 국면은 결락 부분이 된다.

자기서사에서 으레 나타나야 할 부분이 나타나지 않는다면 명백하게 배제 작용이 일어났고 그 결과 결락이 생겼다고 할 수 있다. 가령, 부부관계, 부자관계, 부녀관계, 모자관계, 모녀관계, 조손관계, 형제관계, 자매관계, 남매관계 등 중에서 내담자의 가족관계를 고려할 때 나타나야함에도 불구하고 나타나지 않는 부분이 있다면 그 점을 세심히 따져보아야 할 것이다. 결락 부분은 내담자의 어떤 의도나 상처에서 비롯했을 가능성이 크기 때문이다. 또 청소년기 필수적인 교우관계가 잘 나타나는지도 살펴야 할 것이다. 상담자는 이 결락 부분을 정확하게 파악한 뒤, 상담의 과정에서 내담자에게 그 점에 대해 암시를 주어야 한다. 또 내담자로 하여금 자기최면을 통하여 결락 부분을 복구할 수 있도록 도와줄 수 있다.

요컨대 상담자는 내담자의 자기서사에 나타나는 과장과 축소, 결핍이라는 서사적 왜곡 양상을 또렷하게 간파할 수 있어야 할 것인데, 자기서사의 서술 형식의 특징에서 그 점을 찾을 수 있다.

모든 자기서사는 다양한 서술 형식을 기반으로 한다. 특정 서술 형식에는 내담자가 자기 과거 삶에 대해 가지는 일정한 인식적 정서적 자세가 투영되어 있다. 혹은 내담자는 자신의 인식적 정서적 자세를 최대한 담기 위하여 특정 서술 형식을 선호하는 경향을 보인다. 자기서사의 전반적 특징을 밝혀서 내담자의 내면 문제들을 파악하기 위해서는 먼저 그 서술 형식을 살피는 것이 중요한 것이다.

① 기억망실에 의한 지리멸렬

자기 경험을 이야기하는데도 앞뒤가 안 맞고 서술의 일관된 맥을 찾을 수 없는 경우이다. 내담자가 글쓰기에 서툴러서 그렇기도 할 것이다. 글쓰기 능력 때문에 자기서사가 지리멸렬해졌다면 상담적으로 심각하게 생각할 이유는 없다. 말로서의 자기진술로 보완하면 된다.

다른 한편 우울증 환자는 기억망실과 난독을 겪게 되는 바, 그것이 자기서사의 지리멸렬을 가져왔을 가능성도 있다. 지리멸렬한 자기서사를 보고 상담자가 가장 민감하게 고려해야 할 사항이 바로 이것이다. 기억망실은 대체로 우울증에 의한 기억중추 해마의 심각한 손상과 관련있을 터인데, 이 경우 시급한 조치가 필요하다.

② 상처를 덮고 있는 나열

나열은 유사하지 않는 경험내용들을 이어놓은 경우를 지칭한다. 시간 순으로 나열되는 것이 일반적이다. 자기서사가 나열의 서술 형식을 취한 것은 다음 세 가지 경우에 해당한다.

첫째, 내담자 생애의 각 단계가 그리 특별한 것 없이 꾸려진 경우이다.

내담자의 삶 자체가 그저 그런 식으로 꾸려졌고 또 그에 대한 내담자의 태도도 시큰둥하다. 그리하여 가랑비에 옷이 젖듯 생의 각 단계에 깃든 아주 미세한 우울증적 요인들이 누적되어 마침내 우울증 증세를 가져왔다고 할 수 있다.

내담자는 그런 자기 생에 별 매력을 못 느낀다. 자신이 변변찮고 하찮은 존재로 인식될 따름이다. 이럴 때 상담자는 내담자가 고만고만하다고 해석하는 그 부분에 대해서 특별한 의미를 부여할 수 있음을 지적해 줄 수 있다. 우리의 일상은 얼핏 반복되기만 하는 듯하지만, 보기에 따라 작지 않은 의미와 매력을 머금고 있다. 평범한 것 속에 깃든 특별한 것을 찾는 안목을 가질 수 있도록 노력한다.

즉 우리가 좀 더 섬세한 눈으로 바라보면 무미건조하게 반복되는 듯한 사람의 일상에도 '일탈'이 이뤄지고 있다. 일탈은 무미건조하게 반복되는 삶에다 일정한 의미를 부여할 수 있게 하고 그럴듯한 장식의 결을 만들어주기도 한다.[40] 그런 점에서 일탈을 포착하여 그에 대해 글을 쓴다는 것은, 무미건조한 듯한 내담자의 삶에서 특별한 의미와 가치를 찾아내는 것이며, 특별하거나 아름다울 수 있는 삶의 무늬를 발견하는 것이기도 하다.

---

40   이강옥, 『일화의 형성원리와 서술미학』, 보고사, 2014, 188~207면.

둘째, 내담자가 상처나 문제적 부분을 드러내지 않으려 한 결과이다. 상처가 된 부분을 은폐하면서 그냥 고만고만한 경우들만을 내세운 것이다. 내담자는 그런 평범한 내용으로 상처를 숨겼다고 할 수 있다. 상담자는 이런 점을 알아차려야 한다. 은폐한 상처 부분을 예민하게 포착하는 것도 상담자의 몫이다.

셋째, 내담자가 자기 삶의 결절점이나 상처를 포착하지 못한 경우이다.

내담자는 분명 생의 여러 단계에서 상처를 입어 그 상처가 응어리져 내면에 가라앉아 있다. 하지만 그 부분을 스스로 인지하지 못한 내담자는, 그 상처 부분을 그렇지 않은 다른 부분과 똑같이 기술했을 수 있다. 상담자는 이런 내담자를 위하여 자기 삶을 찬찬히 돌아보고 문제적인 부분을 놓치지 않고 관찰할 수 있도록 도와줄 수 있다. 이러는 데는 제 4회기 자기 최면법이 큰 도움을 줄 수 있을 것이다.

③ 문제해결을 염원하는 반복

반복은 상황이나 사고 등에서 비슷한 구조가 거듭 나타나는 경우를 말한다.

먼저 내담자의 삶의 실상이 그러한 데서 비롯하기도 한다. 내담자의 우울은 부정적 상황이나 처지가 반복된 것과도 관련되기 때문이다. 이를 '부정적 상황의 반복'이라 규정한다.

반복되는 부정적 상황은 내담자의 삶을 힘들게 만들어왔다. 그런 반복구조의 귀결이 어떤 것인가를 따져본다. 귀결처가 해결 국면이라면, 부정적 상황을 거듭 제시한 것은 내담자가 스스로 그 문제를 해결한 것을 과시하려 한 의도가 강하다 할 것이다. 그러나 우울증 상담에서 만나는 대부분의 반복구조는 문제가 해결되지 않은 경우다. 그런 점에서 생의 어떤 부분에 대한 서술이 반복되면 반복되는 빈도만큼 문제는 심각할 가능성이 크며, 또 내담자는 그 문제의 해결을 그만큼 더 간절히 염원하고 있다고 보아도 좋다.

가령 오경주[41]는 면역력 저하와 골다공증으로 응급 후송과 입원, 퇴원을 거듭하며 살았다. 그런고로 그녀의 자기서사는 '어떤 일의 가장 중요한 단계에서 중단해야만 하는' 상황의 반복이다. 그녀는, '무엇이든지 열심히 하려고 할 때마다 나를 옭아매는 몸 탓에 아무것도 할 수 없는 사람'이 되었고, 거기서 유발된 좌절과 절망 끝에 중증 우울증을 앓게 되었다. 몸의 차원에서 일어나는 이런 구조의 반복이 그 내면에 작용한 바를 찬찬히 살펴가는 것을 상담의 핵심으로 삼았다.

자기서사에 반복 구조가 더 심각하면서도 빈번하게 일어나는 것은, 우울증 환자들에게 전형적으로 나타나는 '자동화된 부정적 사고'와 직결된다. 삶의 구조가 아니라 삶에 대한 태도와 의미해석이 비슷하게 반복되는 것이다. 부정적 사고를 자동적으로 하는 내담자는 자신이 겪는 어떤 경험에 대해서도 비슷한 태도를 보인다. 경험 자체의 구조가 아니라 재구성된 경험의 구조가 동질적이어 그것이 반복된 것이다. 상담자는 이 점을 내담자에게 먼저 지적해주고 그런 부정적 사고를 극복하기 위해 함께 노력한다. 이때 '역기능 사고에 대한 일일 기록지'[42]를 적극 활용한다.

---

41 오경주, 대학원생, 30세.
42 역기능 사고에 대한 일일 기록지.
이름( ) 조사일( )

상황	느낌	자동적 역기능 사고	대안적 사고

④ 자기 부정으로 귀결된 대조

관계나 상황이 반대되는 경우들을 나란히 제시하는 경우를 말한다. 한 의미단위나 사건단위를 대조의 방식으로 기술하기도 하고, 단락들을 대조시키기도 한다. 가령 관계나 상황이 밝고 어두운 것, 좋고 나쁜 것이 대조된다. 사람들의 행동이나 생각이 우열·선악·능불능 면에서 대조된다.

내담자는 자기 삶의 몇 국면들을 대조시켜 제시함으로써, 어느 한쪽을 부정하거나 문제 삼는다. 물론 자기와 직접 관련된 부분을 부정하거나 문제 삼는 경향이 강하다.

내담자는 직접적 관계가 없는 두 항목이나 단락을 대조시켜 한쪽을 부정한다. 또 직접적 관계가 있는 두 항목이나 단락을 대조시키기도 한다. 후자의 경우, 내담자의 의도가 더 강하게 개입한다. 내담자 자신이 대조되는 상대에 의해 평가절하되거나 부정되기 때문이다.

나는 공부를 못해서 많이 혼이 났다. 두 누나들은 시내 인구가 7만밖에 안되는 작은 도시에서 언제나 최고의 성적을 받았다. 하지만 나는 누나들만큼 하지 못했다. 어머니는 그 점이 늘 불만이었다. 초등학교 4학년 여름방학 통지표에서 수학에 우가 나왔는데 내 초등학교 시절 단 하나의 우였다. 하지만 두 누나들은 초등학교 시절 한 번도 우를 맞지 않았다. 그래서 그 여름방학의 시작에 죽도록 맞았고 지금도 내 인생에서 가장 아픈 매로 남아 있다.[43]

위에서 내담자의 어머니는 누나들과 내담자를 대조해갔다. 그 대조

---

43 김수남, 남, 대학 4학년.

는 내담자의 열등감을 조장했다. 대조의 서사는 내담자 어머니의 머릿속에 존재하다가 상황만 마련되면 내담자가 꾸려가는 일상 속으로 관철되었다. 그 결과 내담자의 유년은 철저히 대조의 구조로 기억되고 그런 기억은 내담자의 절망을 증폭시켰다. 그것이 내담자의 내면에 큰 상처를 만들었고 결국 우울증을 유발한 주원인이 되었다.

그때는 어른들이 '그래도 그때가 좋은 때야'라고 하면 이해할 수가 없었고, 내 상황을 겪고 있지 않은 사람들이 할 수 있는 배부른 소리라고 생각했다. 하지만 요즘 그 말이 이해되려고 해서 당황스럽다. 그때가 그립다. 그때에 비하면 시간도 넘쳐나고 할 수 있는 것들도 참 많고 꿈에 그리던 대학생활이라는 것을 하게 되었지만 그때 느낄 수 있었던 무언가가 없어진 느낌이다. 매점에서 먹는 빵 하나로도 행복했던 시간, 수업시간 선생님들에게 듣던 모든 이야기들, 복도에서 마주치는 친구들의 웃음, 수업시간 종소리 그 모두가 그립다. 요즘은 살아가는 것은 그 자체가 행복할 수 없다는 생각이 든다. 행복이라는 것은 없고 그냥 행복을 찾아가는 것 그 자체가 인생인 것 같다. 행복할 것이라고 꿈꿔왔던, 정작 행복해야 하는 순간이 찾아오면 사람들은 또 다른 모습의 행복한 순간을 꿈꾼다. 나 역시도 그렇다. 요즘 나는 행복해야 하는 순간에 행복하지 않은 것이 고민이다.[44]

위에서 현재는 행복했던 과거와 대조되어 그 불행감이 증폭되었다. 그런데 내담자가 행복했다고 규정한 과거는 객관적으로 보아 그리 행복한 것이라 하기 어렵다. 강아지 키우던 일이나 아파트 마당에서 친구

---

44   서은진, 대학 1학년.

들과 놀던 일들은 그래도 행복한 기억이 될 수 있겠지만 할아버지의 죽음과 졸업식에서의 슬픔 등은 그리 행복한 기억이 아니다. 그럼에도 불구하고 불행한 현재와 대조되는 과거는 모두 행복한 것으로 지적된다. 아니, 현재의 불행을 두드러지게 하기 위해 과거는 행복한 것이어야 하고 그래서 '과거는 행복했다'고 단정한 것이다. 우울증 내담자의 자기서사에서 가장 일반적으로 관철되는 서술형식이 이와 같은 과거와 현재의 '시간적' 대조라고 할 수 있다. 상담자는 이 부분에 착목해야 하겠다. 자기서사에서 시간적 대조는 현재의 불행과 우울을 심화시킨다.

⑤ 드러냄과 은폐가 공존하는 초점화

초점화는 중심이나 정점이 있는 서술을 일컫는다. 중심이나 정점은 긍정적으로든 부정적으로든 내담자가 자기 삶에서 중요하게 생각한 부분이고 또 그것을 드러내고자 한 부분이다. 그런 점에서 상담자가 그 중심이나 정점의 성격을 살펴보는 것이 필요하다.

내담자가 자기 삶의 몇 국면에 초점을 맞추기 위해 상당 부분을 배제하게 된다. 그러므로 초점화는 은폐나 결락을 전제한다. 이를 밝히기 위하여 가족관계가 빠뜨려지지 않고 언급되었나 살피고 또 교우관계, 사제관계, 이성관계, 직장동료관계 등 가정 밖의 관계 중에서 어떤 것이 빠뜨려졌나를 잘 살피도록 한다.

초점화된 부분은 내담자에게 가장 문제적인 부분이다. 내담자를 우울하게 만든 핵심이 거기에 들어 있다. 상담자는 이 부분에서 상처나 우울요소를 찾아낼 수 있어야 한다. 아울러 초점화 부분은 내담자가 상담자에게 관심을 가져주도록 신호를 보내는 곳이기도 하다. 상담자는 그 부분에 대해 알맞은 반응을 해주면서도 그런 요구에 숨겨져 있는 욕망이 어떤 것인지도 포착할 수 있어야 하겠다.

> 어린 시절부터 보고 들었던 어른들의 모습이 불합리하고 부도덕하며 심지어는 비인간적으로 보이기조차 했던 광경들 때문인지, 저는 세상에 대해 조금은 삐딱한 시선을 유지하며 살아왔습니다.[45]

위 글에서 내담자는 어린 시절 토지 소유권을 둘러싸고 아버지와 삼촌 사이에 벌어졌던 지루하고 부끄러운 다툼[46]에 초점을 맞추었다. 다른 유년의 기억들은 그냥 스쳐 지나갈 따름이다. 내담자가 세상의 사람들과 맺는 관계의 대부분은 내담자가 초점화한 그 부분과 연결되고 있으며, 바로 그 점을 내담자도 또렷하게 의식하고 있다. 그런 점에서 초점화된 부분은 쉽게 포착된다. 상담은 그렇게 드러난 부분을 중심으로 이루어질 수 있다.

이와는 달리 둘 이상의 초점도 나타난다. 노영심의 자기서사에서는 가정의 '아버지'와 학교의 '학생들'이 두 개의 초점을 만든다. 두 초점은 시간적 선후로 연결되었다. 아버지는 '피터팬이나 돈키호테'였다. 그는 '꿈꾸고, 그 꿈을 이루고자 하고, 누군가에게 한없이 베풀고, 그러다가 뜻대로 되지 않으면 어린애처럼 투정하거나 도망쳐버'렸다. 이런

---

45 권희수, 대학 4학년.
46 '이때부터 우리 집안은 조금씩 시끄러워지기 시작했습니다. 아버님께서 아주 어린 시절부터 일해 사 둔 토지를 둘러싸고 벌어진 진실공방이었습니다. 제자리에 가만히 있었던 토지가 그때 갑자기 문제가 된 것은 산격동으로 이사를 나오면서 변변한 전셋집 구할 돈조차 없었던 우리 집안 형편 때문이었던 것 같습니다.'

아버지가 내담자의 유년과 사춘기를 뒤흔들었다. 그래서 내담자는 아버지 같은 남자를 배필로 만날 것이 두려웠다. 자신의 남편은 적어도 '여자를 배신하거나 쓸데없는 허세를 부려 여자를 경제적 도탄에 빠뜨리거나 갑자기 고함을 질러대 온 집안을 긴장시키거나' 하지는 않을 것이라 기대하였다. 그래서 만난 남편은 아버지와 반대이기는 했지만 바람직하지는 않았다. 의처증과 알코올중독의 병증이 있었고 결국 아내에게 폭력을 구사하기에 이르렀다. 그래서 이혼했다.

두 번째 초점은 이혼 뒤의 시점에 있다. 이혼하면서 아들 양육권까지 잃게 된 노영심은 헌신적 교사로서 살아가기로 다짐했다.

> 초등학교 2학년 때부터 꿈꾸었던 '국어교사'라는 직업은 내겐 딱 맞는 옷이었다. 나는 아이들이 좋았고, 가르친다는 것이 좋았고, 내가 교사라는 사실이 너무나 행복했다. 하나님은 내게 남자 복과 직업 복을 50%씩 주시는 대신 직업 복만 100% 주셨다고 생각했다.

이렇게 하여 새로운 초점으로 떠오른 교단은 내담자를 철저히 좌절하게 했다. 교사로서 최선을 다한 내담자에게 이기심 가득 찬 학생들과 학부모들은 모욕과 원망만을 안겨주었다. 그래서 내담자의 자존감과 자긍심을 잔인하게 짓밟았다. 교사로서 헌신적으로 살아가고자 한 내담자에게 교실은 오히려 우울증의 진원지가 되었다.

내담자가 자기서사에서 만들어낸 두 개의 초점은 내담자의 삶의 특징은 물론 내담자에게 우울증이 생겨난 과정도 잘 조명해준다. 그러나 경제난을 한 몸에 감내해야 했던 어머니의 삶, 아들을 빼앗긴 자신의 갈등과 아픔 등은 내담자의 삶에서 매우 중요한 부분인데도 불구하고 두 개의 초점 때문에 은폐되고 배제되었다.[47] 저자와의 상담 과정에서 내담자 노영심은, 자기서사는 물론 자신의 일상 의식에서 두 가지 상처가 철저히 회피되고 은폐되어 왔다는 사실을 깨닫고 무척 놀라워했다.

(4) 대안적 자기서사 쓰기의 가능성과 효과

상담의 과정은 문제가 있는 자기서사의 수정 보완의 과정이기도 하다. 상담 중 회상이나 자기 최면, 자기 진술의 절차를 통하여 내담자는 먼저 쓴 자기서사의 내용과 관점을 조정하면서 새로운 자기서사를 써간다. 애초 자기서사가 문제적인 것이라면, 그 문제성을 밝히고 극복함으로써 마침내 '대안적 자기서사alternative story'[48]를 창출하기에 이를 수 있다.

'대안적 자기서사'가 되기 위해서는 '문제적 자기서사'에서 은폐되고 결락된 부분이 복구되어야 할 것이다. 그러기 위해 내담자는 먼저 자신이 특정 부분을 왜 은폐하거나 결락했나를 성찰해야 한다. 그리고 지금

---

[47] 초점화에 의한 배제 혹은 결락은 자기서사에서 쉽게 발견할 수 있는 문제적 부분이다. 가령, 여성희는 고등학교 3학년 때 대학 입시를 준비하고, 대학 입학 원서를 쓰고 수시 면접을 받는 과정에 초점을 맞춰 기술함으로써 정작 더 중요한 대학 4년의 경험을 이야기하지는 않는다. 이런 초점화와 그로 인한 결락 현상은 아주 어색하게 보이는 바, 그 점이 상담자의 착목처이다. '이제 수능 성적만 뒷받침해주면 나는 국어교육과에 입학을 할 수 있었다. 정말 다행히 수능도 내가 평소 나오던 모의고사 성적보다 훨씬 높게 나왔다. 몇날 며칠을 방방 뛰면서 다녔다. 그렇게 꿈에 그리던 대학교를 입학하고 어느 덧 3년의 시간이 흘렀다. 그리고 이제는 4학년이고 진짜 선생님이 될 수 있는 날이 얼마 남지 않았다.'(여성희, 대학 4학년)

[48] 자기서사의 문제적 상황을 극복하면서 다시 쓴 자기서사를 말한다. 앨리스 모건, 고미영 역, 『이야기치료란 무엇인가?』, 청목출판사, 2003, 103~116면 참조.

이 단계에서 그런 은폐와 결락의 이유가 다 극복되었나에 대해 솔직하게 따져보아야 한다. 그런 점이 다 해결되었을 때 비로소 은폐되고 결락된 부분은 온전하면서도 당당하게 보완될 수 있다. 이미 선택한 부분에 대해서도 세심한 주의가 필요하다. 내담자가 어떤 관점에서 그 부분을 선택하였는가를 따져봐야 한다. 대안적 자기서사에서는 선택한 부분에 대한 관점 전환도 이루어진다. 아울러 과장되거나 왜곡된 부분은 가능한 한 있었던 그대로의 수준으로 서술 톤의 수위가 조절되어야 할 것이다. 마침내 자기 과거에 대한 부정적 시선을 거두고 담담하게 바라보거나 가능하다면 긍정적인 쪽으로 전환할 수 있도록 해야 할 것이다.

자기서사는 내담자가 자기 과거를 정리하고 성찰하는 역할을 할 뿐 아니라 자기 미래를 규정하고 형성해가는 역할을 한다. 그런 점에서 자기서사에는 미래에 대한 시각이나 기대가 자연스럽게 개입한다. 그리고 지금 이곳의 자기 현실에 대한 의미부여도 이루어진다. 과거에 대한 무작정의 지탄이나 혐오가 아니라 과거에 대한 이해를 바탕으로 하여 연민의 시각을 회복하여야 한다. 그럼으로써 지금 이곳 현실의 가치를 인정하고 매일의 일상에 긍정적 의미를 부여해야 하며, 현재에 대한 그런 태도가 미래에까지 확장되도록 노력해야 할 것이다.

내담자는 일정한 시점마다 먼저 쓴 자기서사를 읽은 뒤 수정하고 보완해간다. 상담의 과정에서 의미심장한 변화를 자각하게 된 날이나 아니면 4회기, 8회기, 12회기를 마친 때에 자기서사를 수정하고 보완하여 제출하는 것이 바람직하다. 자기서사를 다시 읽고 수정 보완할 때마다 새 파일을 만들고 파일명에 일련번호와 날짜를 명기하는 게 좋다. 그러면 다시 쓰는 것에 대한 부담을 덜고 다시 쓰는 시점의 기분이나 생각에 충실하게 마음껏 써갈 수 있다. 이렇게 조금씩 다시 써가서 마지막까지 보완한 것이 최종적 자기서사이다.

최종적 자기서사를 만든 뒤, 그간의 파일들을 순서대로 읽어 가면 내담자가 자신의 과거와 현재, 미래를 보는 안목과 태도가 얼마나 달라져 갔는가를 확인할 수 있다. 특히 최초 문제적 자기서사와 최종 자기서사를 비교해보면 그 차이를 더 명료하게 확인할 것이다. 새로운 자기서사는 내담자로 하여금 앞날의 자기 삶을 더 밝고 힘차게 만들 수 있는 힘을 제공한다. 맨 먼저 파일이 최초 문제적 자기서사라면, 최종 파일은 대안적 자기서사가 될 수도 있고 그렇지 못할 수도 있다.

내담자의 대안적 자기서사는 '항상 큰 광명을 비치는' '자아경自我經'을 발견하는 데 이르러야 할 것이다. 자기 삶을 통찰하는 과정에서 발견한 자기의 위대성을 발견하고 인정하는 것이다. 자기의 위대함은 앞으로 새롭게 만들어야 할 것이면서도 과거 자기 삶에 깃들어 있는 것이다. 그것이야말로 자기 안의 불성을 찾아내어 인정하는 셈이다. 그것이 미래의 밝은 자기를 만들어내는 원동력이 될 것이며, 이미 그 속에 미래가 배태되어 있다. 이상과 같은 자기서사의 다시 쓰기 과정은 우울증 극복의 과정이기도 하다.

(5) 요약

우울증 상담에서의 자기서사는 말하도록 하는 것보다 쓰게 하는 것이 좋다. 상담자는 내담자가 자기 경험에 대해 긍정적인 시각을 갖추게 하는 방안도 마련해야 한다. 상담자는 내담자가 편하게 자기서사를 쓰고 그에 대해 이야기할 수 있도록 배려를 해야 한다. 내담자가 반론할 기회를 보장해주면서 상담자도 적극적인 의견을 개진해야 할 것이다.

내담자의 자기서사에 대해 상담자가 특별히 착목해야 할 사항들을 제시하였다. 자기서사가 지리멸렬한 것은 내담자의 서툰 글쓰기 혹은 기억망실 현상과 긴밀한 관련이 있다. 나열의 구조는 내담자가 자기 삶의 특별한 부분을 알지 못한 데서 비롯하기도 한다. 또 자기 상처 부분을 의도적으로 숨기려거나 아니면 상처 부분을 자각하지 못한 것과도 관련이 있다. 반복은 상황이나 사고 등에서 비슷한 대목들이 거듭 나타나는 경우를 말한다. 내담자의 실제 상황이 그러한 데서 비롯하기에 '부정적 상황의 반복'이라 할 수 있다. 우울증 환자들이 '자동화된 부정적 사고'를 하기 때문에 자기서사에 특정 서술 구조가 되풀이되기도 한다. 삶의 구조가 아니라 삶에 대한 관점과 해석이 반복되는 것이다. 대조는 내담자의 자기 부정으로 귀결된다. 우울증 자기서사에서 가장 일반적으로 관철되는 것은 '시간적 대조'이다. 초점화 부분은 긍정적으로든 부정적으로든 내담자가 자기 삶에서 중요하게 생각한 부분이고 또 그것을 드러내고자 한 부분이다. 그런 점에서 상담자가 그 중심이나 정점의 성격을 살펴보는 것이 필요하다.

상담의 과정은 자기서사의 수정 보완 과정이기도 하다. 상담 중 회상이나 자기 최면, 자기 진술의 절차를 통하여 내담자는 먼저 쓴 자기서사의 내용과 시각을 조정하면서 새로운 자기서사를 써가는 것이 바람직하다. 애초 자기서사가 문제적인 것이라면, 그 문제성을 밝히고 극복함으로써 마침내 '대안적 자기서사'를 창출할 수 있다. 대안적 자기서사는 자기의 위대성을 발견하고 인정하는 쪽으로 귀결되어야 할 것이다. 그것이 미래의 밝은 자기를 만들어내는 원동력이 되며, 이미 그 속에 미래가 배태되어 있다고 하겠다. 이상과 같은 자기서사의 다시 쓰기 과정은 우울증 극복의 과정이기도 하다.

4) 제4회기 – 자기 최면과 과거 상처의 재발견

인지치료는 생각을 중시하고 생각 바꾸기를 통하여 느낌과 기분을 결정적으로 달라지게 할 수 있다고 본다. 그런데 생각은 사람의 인격을 구성하는 중요한 요소이기는 하지만 가장 결정적 요인이라 보기는 어렵다. 생각보다는 '마음 씀씀이'로 규정될 수 있는 좀 더 포괄적 범주를 고려해야 할 것이다. 그리고 그 마음 씀씀이의 바탕에는 성품 혹은 인격이 있다는 것을 부인할 수가 없다.

인지치료는 부정적 느낌의 상당 부분이 부정적 현실 처지에서 비롯한 것이라는 점을 간과하곤 하였다. 자신의 암담한 현실 처지 때문에 절망하고 마침내 우울증의 덫에 걸린 내담자에게 오직 생각을 바꾸기만 하면 문제가 해결된다고 말한다면 내담자의 거부감을 불러오거나 심지어 분노를 초래할 수도 있다. 그리고 설사 생각을 바꾸게 한다 하더라도, 과연 얼마만큼 내담자의 인격과 기분을 근본적이고 지속적으로 달라질 수 있게 할 것인지 의문이 든다.

내담자를 감싸고 있는 지금 이곳의 '부정적 현실'은 우선적으로 개선되어야 한다. 가령 사랑하는 사람과 헤어져 우울증에 걸린 사람은 어느 정도 마음의 정리가 된 뒤, 다른 사람을 만나는 기회를 만들고 또 다른 사랑을 할 수 있어야 한다. 시험에 낙방하여 우울증에 걸린 사람에게는 심기일전 다시 준비하여 다음 시험에 합격하는 것이 우울증 치료의 첩경이다. 이렇게 내담자를 힘들게 만든 현실이 개선 가능한 것이라면 현실의 형편을 개선하는 것이 우선해야 할 일인 것이다.

그러나 내담자가 당면한 현실 처지 중에는 쉽게 개선되기 어려운 경우가 많다. 부자가 되려는 목표를 갖고 주식 투자 등 온갖 시도를 했지만 오히려 빈털터리가 되어 우울증에 걸린 내담자를 위하여 그를 부자로 만들어주는 것은 쉽지 않을 것이다. 더욱이 과거의 특별한 현실 처지에서 상처를 받아 우울증에 빠진 내담자를 위하여 과거의 현실 처지를 개선해주는 것은 불가능하다.

이런 점에서 내담자의 현실 처지도 개선 가능한 것과 개선 불가능한 것이 있다는 점을 명확하게 고려해야 한다. 현재 현실 처지가 개선 불가능하다는 것은 그 목표치가 지나치게 높거나 황당한 경우다. 과거가 되어버린 현실 처지는 그 어떤 경우이든 개선이 불가능하다.

내담자의 개선 가능한 현실 처지를 개선하기 위해 상담자는 함께 고민해주어야 하겠지만, 내담자의 현실 처지를 개선해주는 것이 불가능한 경우, 생각 바꾸기나 그에 준하는 방법에 기댈 수밖에 없다. 그런데 내담자가 과거의 특별한 현실 처지나 경험 때문에 상처를 입은 경우는 생각 바꾸기로써만은 문제가 해결되지 않을 공산이 크다. 저자의 상담 경험에 의하자면, 내담자의 우울증이 과거 상처와 무관한 경우는 없었다.[49] 그래서 과거 경험이 준 마음의 상처를 먼저 치유하는 절차가 필요하다. 과거에 입은 마음의 상처를 치유하면서 과거의 현실 처지에 대한

---

49   물론 과거의 상처는 결국 현재의 부정적 처지와 연결되었다.

내담자의 부정적 생각을 바꿔주는 조치를 마련해야 하는 것이다.

'생각 바꾸기'가 피상적으로 이뤄질 때, 바뀌진 생각이 지속되기 어려울 뿐만 아니라 지속된다 하더라도 현실에 깊이 관철되기가 어렵다. 내담자를 여전히 옭죄고 있던 부정적 '현실 처지'는 다시 위력을 발휘하여 내담자를 암울하게 만든다. 그래서 우울증이 재발하는 것이다. 그런 점에서 우울증 치료 상담 과정에서 내담자의 생각을 얼마나 근본적으로 바꾸어 지속하게 할 수 있는가가 하나의 관건이 된다.

이 책의 우울증 수행치료 프로그램은 인지치료의 관점에 입각하면서도 궁극적으로는 그 틀을 넘어선다. 생각 바꾸기로써 우울증 치료의 출발을 삼을 만큼 생각을 삶의 중요한 요인으로 보기는 한다. 그러나 그 생각에 집착하는 한 다시 망상에 이끌려 흔들릴 수밖에 없기에, 그 생각조차 내려두고 넘어서기를 권유하는 것이다.

과거 마음의 상처를 자각하고 치유하는 데에 자기 최면법을 활용한다. 현재 기분에 좌우되어 흔들리지 않도록 하기 위해 회광반조법回光返照을 구상한다. 생각 바꾸기를 근본적으로 이루고 마침내 그 생각에 대한 집착까지 넘어서기 위한 수행법을 제시한다. 생각과 기분은 상호 상승작용을 하는 두 축이다. 부정적 생각이 우울한 기분을 초래하는가 하면 우울한 기분은 부정적 생각을 더욱 조장한다. 생각과 기분은 상호 상승 작용을 하여 우울증을 더욱 악화시킨다. 회광반조법이 기분의 축을 극복하려 한다면 수행법은 생각의 축을 넘어서려 하는 것이다.

과거 상처 치유	현재 자각	흔들리지 않은 미래
자기 최면법	회광반조법	수행법

제3회기 상담을 위하여 자기서사를 써오게 하였고, 상담의 과정에서 자기서사의 특징과 문제점을 두고 대화를 나누었다. 그런데 자기서사는 내담자가 과거에 입은 상처를 일부는 드러내고 일부는 숨긴다. 상담자는 자기서사를 읽거나 들으며 내담자가 드러낸 상처는 물론 숨긴 마음의 상처도 간파해야 한다.

내담자의 마음 상처 치유는 내담자가 그것을 또렷이 자각하게 하는 데서 시작된다. 찬찬히 자기 마음의 상처를 자각하며 상처의 맥락, 즉 어떻게 상처가 생겨났고 어떤 상태로 그 상처가 존재하는지를 살펴보아 주는 것만으로도 상처는 상당 정도 경감되게 한다. 그리고 이렇게 상처가 경감된 상태라면, 내담자의 마음 바꾸기나 생각 바꾸기에 의해 치유가 좀 더 진척될 수 있다. 왜냐하면 '우리가 마음 상했다고 느끼는 사실이, 마음 상하게 하는 행위 그 자체보다는 오히려 우리 자신과 더 관계가 있기 때문이다.'[50] 우리를 더욱 아프게 만드는 존재는 그 상처를 만든 타자가 아니라 그것을 상처라고 인지하고 느끼는 우리 자신인 것이다.

그런데 과거의 상처는 쉽게 드러나지 않는다. 그 이유는, 내담자가 자기 상처를 뚜렷하게 감지하지 못하기 때문이기도 하고, 또 내담자가 자기 상처를 드러내는 걸 기꺼워하지 않기 때문이기도 하다. 그 상처는 우리 의식 깊은 곳과 심층의식 속에 숨어서 시시각각 우리 자신에게 부정적 영향을 주고 있다.[51]

---

50 배르벨 바르데츠키, 장현숙 역, 『따귀 맞은 영혼』, 궁리, 2011, 35면.
51 이와 관련하여 바르데츠키의 다음과 같은 진술을 참고할 만하다. '지금 손에 사과 한 개를 들고 있다고 해봅시다. 사과와 우리는 피부 접촉을 통해 연결되어 있습니다. 사과를 한 입 베어 물고 씹어서 맛을 본 다음 삼킴으로써 우리는 사과를 우리 것으로 변화시키지요. 위 속에서 사과가 소화될 때 우리는 몸에 필요한 영양분이 될 부분을 몸속으로 받아들입니다. 동시에 우리 몸이 처리할 수 없는 부분을 분류하여 밖으로 배출하지요. 몸속으로

대부분의 내담자는 자신의 부정적인 경험을 중심으로 자기서사를 서술한다. 그것은 내담자가 부정적 생각의 경향이 있었기 때문이기도 하겠지만, 그만큼 내담자가 그 경험의 과정에서 받은 상처가 컸다는 것을 의미한다. 내담자는 평소 자꾸만 그런 면을 떠올리고 되새기곤 하였다. 그 결과 자기 과거 삶의 부정적인 면을 더욱더 빈번하게 선택하여 과장하게 된 것이다.

과거 경험 중에서 어떤 것을 떠올리고, 그에 대해 어떤 태도를 가지는가가 현재의 내담자에게 가장 중요하다. 내담자는 상담자를 의식하고 자기서사를 작성했기에 그 자기서사는 선별적이고 불완전한 것이다. 상담자는 내담자의 자기서사를 읽어가면서 결락 부분과 생략 부분, 그리고 축소 부분을 찾아내야 한다. 다음으로 자기 최면을 통하여 내담자 스스로 숨어있는 자기 상처를 찾도록 도와준다. 자기 최면법은 내담자로 하여금 검열되지 않은 과거 자기(혹은 타인)를 만나고 관찰하고 대화하고 화해하도록 도와준다.

내담자는 자기서사를 쓰거나 말하는 과정에서 자신에게 상처를 준 과거의 장면이나 국면을 떠올리게 된다. 그 상처들은 분명하게 드러나

받아들인 부분은 우리 몸의 일부가 됩니다. 우리가 사과를 동화시킨 겁니다. 하지만 사과를 씹지 않고 삼킨다면 사과는 돌처럼 우리의 위 속에 들어앉아 애를 먹일 겁니다. 그러면 사과의 유익한 부분을 우리 것으로 할 수 없을 뿐만 아니라 유해 물질을 배설하지도 못합니다. 사과는 우리 몸의 일부가 되지 못한 채, 소화되지 않은 이물질로 남게 됩니다. 그리하여 바깥에서 무언가가 우리를 건드릴 때마다 고통스럽게 뱃속의 이 이물질을 의식하게 되는 것이지요. 제대로 처리되지 못한 체험과 관련해서도 이와 비슷한 일이 일어납니다. 그러한 체험은 우리를 압박하고, 불쾌한 기분을 일으키며, 우리를 힘들게 합니다. 언젠가는 위액에 의해 소화되어버릴 사과와는 달리, 체험은 껍질에 싸인 채로 그 자리에 남아 있으면서 외부에서 어떤 사건이 일어날 때마다 자극을 받아 불쾌한 기분을 느끼게 합니다. 내가 '상처 부위'라고 부르는 것이 바로 이것입니다.'(위의 책, 84면)

야 치유될 수 있다. 그래서 가능한 한 들춰져야 한다. 그러나 심각한 마음의 상처일수록 내담자가 의식 상태에서는 쉽게 드러내지 않거나 자각하지 못하는 경우가 많다. 그럴진대 상담자는 내담자로 하여금 의식에 의해 은폐된 상처들을 자각하도록 도와준다. 의식 상태를 벗어나는 가장 좋은 방법이 최면 상태(trance 상태)로 들어가는 것이다.

자기 최면은 스스로에게 암시를 주어 의식 상태에서 진입하기 어려운 깊은 기억 속으로 들어가게 한다. 그런 기억은 대체로 시간적으로 오래된 것이기도 하고 최근의 것이라도 철저한 의식 검열에 의해 은폐된 것이다.

내담자는 최면 상태에서 과거의 어느 시점으로 돌아가서 그때 자신이나 타인을 관찰하고, 대화하고, 화해하고, 치유한다. 그로써 스스로를 달라지게 할 수 있다.

상담자는 내담자의 자기서사를 읽고 거기서 문제적 상황이나 요소를 감지한다. 특히 과장되거나 결락되었을 가능성이 있는 부분을 포착한다. 상담자는 내담자에게 자기서사에서 과장되거나 결락된 지점을 환기하며, 그 부분을 다시 살피고 성찰할 필요가 있다고 알려준다. 그러기 위해 그 부분을 그대로 바라볼 수 있어야 하는데 가장 좋은 방법이 자기 최면법이라는 점을 설득한다. 내담자는 상담자의 유도에 따라 가벼운 최면 상태가 된다. 내담자는 자신의 과거로 돌아가서 상처를 찾아내고 그 상처가 치유된다고 암시를 줌으로써 어느 정도 상처를 치유한다.

상담자는 내담자의 자기 최면을 통한 마음 상처의 치유 과정을 다음처럼 이끈다.

(1) 이완 명상

본격적인 최면에 들어가기 전에 몸과 마음의 이완을 위한 명상을 한다. 머리끝부터 발가락까지 몸의 각 부분에 의식을 옮겨가며 이완시켜가는 것이다. 이것 역시 해당 부분에 의식이 이르렀을 때, '여기가 이완되었습니다'라고 암시를 준다는 점에서 일종의 최면을 거는 것이라 할 수 있다.

① 편안하게 앉는다. 눈은 벽을 바라보거나 바닥을 희미하게 바라본다. '내가 복식 호흡을 하면서 정수리부터 발가락까지 옮겨가며 이완을 시켜주면 내 몸 전체와 마음이 편안하게 이완된다'는 암시로써 최면 유도를 한다.

자기 최면의 말 : "편하게 앉는다. 앞의 벽을 바라본다(바닥을 내려다본다). 마음이 편안해진다. 내가 복식 호흡을 하면서 정수리부터 발가락까지 옮겨가며 이완을 시켜주면 내 몸 전체와 마음이 편안해진다."

② 복식호흡(혹은 단전호흡)을 자연스럽게 하면서 숨이 들어가고 나가는 것을 관찰한다.

자기 최면의 말 : "숨을 코로 들이쉬자. 숨이 기관지를 지나 허파를 지나 배꼽 아래 단전까지 내려갈 것이다. 숨이 천천히 내려가는 모습이 보인다. 숨이 몸속으로 들어가면 몸과 마음에 맑은 기운이 가득 찰 것이다. 몸과 마음에 맑은 기운이 가득 찬다. 숨을 내쉰다. 숨이 단전에서 배꼽을 지나 허파를 지나 기관지를 지나 코로 나간다. 숨이 빠져나가면

내 몸과 마음속 찌꺼기들도 모두 나갈 것이다. 몸과 마음속의 찌꺼기들이 다 나간다. 상쾌하다."

③ 호흡이 편안해지고 마음이 가라앉으면 눈을 감는다.
자기 최면의 말: "숨을 들이쉬고 내 쉬는 것이 편안해졌다. 마음이 차분히 가라앉는다. 눈을 감자. 완전히 고요한 세상이 만들어진다."

④ 머리 부분부터 감각을 집중시켜 천천히 내려온다. 감각을 옮겨 갈 때마다, '내 근육과 정신이 이완되어 부드러워졌다'라고 암시하며 최면을 건다.
정수리—이마 중앙—왼쪽 이마—오른쪽 이마—미간—왼쪽 눈썹—왼쪽 눈—오른쪽 눈썹—오른쪽 눈—왼쪽 귀—오른쪽 귀—콧잔등—코끝—인중—윗입술—아랫입술—턱 끝—목젖—목덜미—가슴 중앙—왼쪽 가슴—오른쪽 가슴—명치—배꼽—단전—왼쪽 허벅지—오른쪽 허벅지—왼쪽 무릎—오른쪽 무릎—왼쪽 정강이—왼쪽 장딴지—오른쪽 정강이—오른쪽 장딴지—왼쪽 발등—오른쪽 발등—왼쪽 다섯 발가락—오른쪽 다섯 발가락
이렇게 신체의 각 부분으로 감각을 옮겨간다. 너무 번거롭게 느껴지면 적당하게 줄여도 좋다.
자기 최면의 말: "머리끝에서부터 발가락까지 의식과 감각을 집중시켜 가자. 정수리다. 정수리가 이완되어 편안하다. 이마 중앙이다. 이마 중앙이 이완되어 편안하다. (…중략…) 오른쪽 다섯 발가락이다. 다섯 발가락들이 이완되어 편안하다."

⑤ 감각과 의식이 열 개의 발가락까지 옮겨가서 우리 몸과 마음이 다이완되었을 때, 열 개의 발가락을 동시에 움직여서 몸과 마음이 이완되었다는 신호로 느끼게 한다.[52]

자기 최면의 말 : "마침내 정수리부터 발가락 끝에까지 내 몸의 긴장은 풀리고 모든 곳이 편안하게 이완되었다. 편안한 이완을 자축하는 의미에서 열 개의 발가락들을 꼼지락꼼지락 한다. 내 몸 모든 곳이 편안해졌다. 내 마음도 한없이 편안하다."

(2) 마음 상처를 보고 치유하기

몸과 마음이 이완되어 편안해진 것을 확인한 뒤 자기 최면을 시작한다. 몸과 마음의 긴장이 풀리고 편안해지면 사람이 근본적으로 갖춘 긍정적인 심성이 작동한다. 저자가 상담한 내담자 대부분은 아무리 심각한 우울증으로 고통받아왔다 하더라도 그 본원적 심성은 화해와 용서, 너그러움을 지향하였다. 그래서 과거의 마음 상처는 몸과 마음이 편안한 상태에서 떠올리는 순간 어느 정도 치유될 수도 있었다. 물론 마음의 상처가 깊고 심각한 경우는 그렇지 않았다.

지금 이곳에 있는 나는 '관찰하는 나'이다. 관찰하는 나는 서서히 시간을 거슬러 올라가 과거의 어느 장면으로 돌아간다. 과거 어떤 일이 일어났던 그 자리를 발견한다. 거기에 내가 있고 내가 만나서 관계를 맺었던 사람들이 있다. 과거의 나와 그 주위의 사람들은 현재까지 나에

---

52 이 이완명상법은 임경자 · 김병석, 『최면으로 창조하는 삶』, 하나의학사, 2011이 소개한 것을 저자가 우리 실정에 알맞게 재조정한 것이다.

게 영향을 미쳐온 존재들이었으면서도 현재의 나와는 무관한 타인들이기도 하다. 현재의 나는 더 이상 과거의 내가 아니다. 과거의 타인은 현재의 나와 직접적 관계가 없다. 과거의 나와 과거의 타인은 오직 내 잠재의식이나 무의식 속에 기억되어 있는 존재들이다. 그러니 과거의 나는 현재의 내가 아니고, 과거의 그 타인은 현재의 타인이 아니다.

현재의 나는 과거로의 여행을 하면서 지금까지 나를 괴롭혀왔던 사람이나 장면을 떠올린다. 이 과정에서 내 잠재의식이나 무의식 깊은 곳에 가라앉아 지금까지 한 번도 떠오르지 않았던 사람이나 상황이 떠오를 수도 있다. 그것들은 나의 자의식이 작동하는 동안 숨어 있었지만, 자기최면 상태에서 의식의 검열이 약해지고 사라지면서 드러나 자각된다. 또 평소 나 자신이 기억하고 있던 일 중에서 잘못 기억해왔거나 왜곡하고 과장해온 부분을 확인할 수 있다. 과거의 상처와 관련된 타인은 현재에 존재하진 않지만 그 사람의 모습은 우리 의식 깊은 곳이나 무의식에 각인되어 있어 지금의 삶에 영향을 미치고 있는 것이다.

자기최면으로 아픈 과거를 찾아가는 여정은 이렇게 꾸려진다.

① 눈을 감고 호흡을 고른다. 평소 호흡 간격을 유지하되 가능한 한 복식 호흡을 한다. '내가 복식 호흡으로 들숨 날숨을 열 번 반복한 순간 나는 최면 상태에 들어간다'라는 암시로써 최면 유도를 한다. 자기 최면의 말은 소리 내지 말고 속으로 말하는 게 좋다.

자기 최면의 말 : "눈을 감는다. 복식 호흡을 한다. 내가 복식 호흡으로 들숨 날숨을 열 번 반복한 순간 나는 최면 상태에 들어간다. 숨을 깊이 들이쉬고 내쉰다. 숨이 골고루 편안하다. 한 번, 두 번, (…중략…)

아홉 번, 열 번. 내가 최면 상태에 들어갔다."

② 고요한 마음 상태를 유지하면서 내가 마음의 상처를 받았던 몇 년 전 어느 곳으로 가리라고 암시를 준다.

자기 최면의 말 : "마음이 참 고요하다. 천천히 내 마음속 여행을 떠나자. 내가 가장 아팠던 순간을 찾아가보자. 혹은 내가 가장 그리운 순간을 찾아가보자. 문을 연다. 아득한 곳으로 긴 길이 나 있다. 길가 풀꽃들이 바람에 흔들린다. 나는 저 길을 걸어갈 것이다. 내가 길을 걷기 시작한다. 새 한 마리가 내 머리 위로 날아간다. 지평선 저 너머로 아득히 날아간다. 새를 따라가면 옛날의 나를 만날 것이다. 나는 새가 날아간 곳을 향하여 걸어간다. 걸음이 빨라질 것이다. 걸음이 빨라진다. 아, 그리운 얼굴들이 나타난다. 보고 싶지 않은 얼굴들도 나타난다. 한 아이가 있다. 찡그리고 있는 듯하다. 울고 있는 듯도 하다. 묘한 표정이기도 하다. 측은한 마음이 일어난다. 그 아이에게 다가간다. 아, 그 아이는 ( )년 전의 나이다. 그 아이가 뭔가 이야기를 하고 싶어 한다."

③ 관찰하는 내가 과거의 나(혹은 나에게 상처를 준 타인)를 발견하고 바라보며 살핀다.

자기 최면의 말 : "울고 있는 나를 바라본다. 찡그리고 있는 나를 바라본다. 내가 그 모습을 우두커니 바라본다."

("험상궂은 그를 바라본다. 그는 나를 향해 또 무슨 짓을 할 것만 같다. 그런 그를 내가 우두커니 바라본다. 그가 두렵다. 내 몸에 소름이 돋는다.")

④ 그 옛날 마음에 상처를 입은 내(혹은 나에게 마음의 상처를 준 타인)가 관찰하는 나에게 말을 건넨다. 관찰하는 내가 듣기만 한다. 얼마 뒤 자연스럽게 말을 주고받는다.

만일 과거의 내가 침묵한다면 관찰하는 내가 먼저 말을 걸고 대화를 유도한다.

자기 최면의 말 : "과거의 내가 지금의 나에게 이야기할 것이다. 과거의 내가 이야기를 시작한다. 처음 듣는 것도 있고 조금 알고 있는 것도 있다. 나도 자꾸만 울고 싶다. 내가 울기 시작한다."

("험상궂은 그가 무슨 말을 하기 시작한다. 모진 말을 참 많이도 한다. 나는 그대로 듣고만 있다. 듣고 보니 내가 몰랐던 것, 오해한 것도 있구나. 그래서 내가 대꾸를 한다. 자꾸만 억울한 생각이 든다. 울고만 싶다.")

⑤ 과거의 나(혹은 나에게 상처를 준 타인)와 화해하고 상처를 치유한다. 나에게 상처를 준 타인의 마음에 공감하고[53] 용서하거나, 그게 쉽지 않다면(가령 성폭행의 경우) 그냥 자기 주위에서 사라지게 하고 다시는 떠오르지 않도록 한다.

이 단계에 이르는 데는 시간과 노력이 필요하다. 자기 최면을 거듭한 결과 이 단계에 이를 수 있다.

자기 최면의 말 : "이야기를 나누고 울고 나면 마음과 정신이 맑아질

---

[53] '마음 상함을 극복하는 열쇠가 되는 단어는 자기를 아프게 한 사람의 마음을 역지사지(易地思之)로 느껴보는 일, 즉 공감입니다. (…중략…) 이해심과 공감을 갖는다는 것은 우리가 상처받고서도 화를 내지 않고 저항도 하지 않는다는 뜻이 아닙니다. 아픔에도 불구하고 상대에게 여전히 마음을 열어놓는다는 뜻일 뿐입니다. 공감을 갖게 되면 우선 성급하게 반응하지 않게 되고, 상대를 계속 존중할 수가 있습니다. 우리가 마음 상한 상태에서 하는 것과는 정반대되는 태도지요.'(배르벨 바르데츠키, 앞의 책, 278~279면)

것이다. 이야기를 나눈다. 나도 모르게 눈물이 흐른다. 어느덧 내 마음과 정신이 맑아진다. 내가 옛날 나의 머리를 쓰다듬어준다. 내 손에 느껴지는 감촉이 참 따뜻하다. 옛날의 내가 고개를 끄덕인다. 다 용서하겠다고 말할 것이다. 옛날의 내가 모든 걸 용서하겠다고 말한다. 나를 아프게 했던 상처도 아물 것이다. 옛날의 내가 그 아픈 곳이 다 나았다고 말한다. 몸과 마음이 날듯이 가뿐해졌다고 말한다. 우리가 행복한 미소를 짓는다."

("힘들기는 하지만 그래도 이야기를 나누면 조금은 통할 것이다. 정말 이야기를 나누니 그 사람과 내가 통하는 게 있다. 내가 몰랐던 부분을 알게 되고 오해한 부분을 바로 잡아서 참 다행이다. 험상궂은 표정을 짓고 있던 그가 미안하다는 표정을 지으며 용서를 구한다. 내가 그를 용서하겠다고 말한다. 그러니 내 마음이 홀가분해진다.")

이렇게 과거에 만들어진 문제나 상처는 해결되고 치유되어야 한다. 그런데 깊이 숨어 있는 상처는 그걸 건드리는 순간 엄청난 아픔을 초래한다. 상처를 치유하기 위해서라면 그 상처를 건드릴 때의 아픔은 감내해야 할 것이다.

(3) 행복으로 상처 어루만지기

과거 나의 상처는 그 자체로 관찰되어 치유될 수 있지만, 과거 내가 행복했던 순간들을 떠올림으로써도 치유될 수 있다. 우울증 환자는 자신의 과거 중 부정적인 면만을 떠올려 과장함으로써 상처를 덧나게 하곤 한다.

그와는 달리 작심하고 과거 경험 중에서 흥겹고 즐겁고 설레는 장면들을 떠올린다. 그리고 그것으로써 아픈 나를 위로하고 내면의 분위기를 일신하여 밝게 만든다.

① 눈을 감고 호흡을 고른다. 평소 호흡 간격을 유지하되 가능한 한 복식 호흡을 한다. '내가 복식 호흡을 하여 들숨 날숨을 열 번 반복한 순간 나는 최면 상태에 들어간다'라는 암시로써 최면 유도를 한다.

자기 최면의 말: "눈을 감는다. 복식 호흡을 한다. 내가 복식 호흡을 하여 들숨 날숨을 열 번 반복한 순간 나는 최면 상태에 들어간다. 숨을 깊이 들이쉬고 내쉰다. 숨이 골고루 편안하다. 한 번, 두 번, (…중략…) 아홉 번, 열 번. 내가 최면 상태에 들어갔다."

② 고요한 마음 상태를 유지하면서 내가 가장 행복하고 즐거웠던 몇 년 전 어느 곳으로 가리라고 암시를 준다.

자기 최면의 말: "마음이 고요하다. 이제 내 마음속의 여행을 떠날 것이다. 내가 가장 행복했던 순간을 찾아 떠날 것이다. 내 마음이 설렌다. 내 마음의 문을 연다. 아득한 곳까지 긴 길이 나 있다. 길가에 낯익은 풀꽃들이 바람에 한들거린다. 나는 저 길을 걸어갈 것이다. 내가 길을 걸어가기 시작한다. 새 한 마리가 내 머리 위로 날아간다. 새가 지평선 저 너머로 아득히 날아간다. 저 새를 따라가야지. 내가 가장 행복했던 순간을 만날 것이다. 내가 그곳을 향하여 걸어간다. 걸음이 서서히 빨라진다."

③ 관찰하는 내가 행복해하는 나를 발견한다. 내 주위 모든 분들이 웃고 박수치고 떠들썩하게 흥겨워하는 모습을 발견한다.

자기 최면의 말 : "한참 걸어간다. 그리운 얼굴들이 나타난다. 모두들 함빡 웃음을 웃으며 왁자지껄 이야기를 나누고 있다. 그들 가운데에 한 아이가 있다. 그 아이도 의기양양 웃고 있다. 궁금해서 다가간다. 아, 놀랄 일이다. 그 아이는 바로 ( )년 전의 나이다. 온 집안 잔치에 내가 주인공이 되어 있다. 행복한 내가 웃고 있다. 주위의 모든 분들도 박수 치고 좋아하고 있다. 내가 뭔가 큰일을 해낸 것 같다."

④ 관찰하는 나도 그 분위기를 즐긴다. 거기에 상처로 아파하는 옛날 나를 불러온다. 관찰하는 나와 상처로 아파하는 내가 함께 그 분위기를 즐긴다.

관찰하는 현재의 내가 아파하는 나에게 말해준다. 너에게도 저렇게 좋은 순간들이 있었다고 말해준다.

자기 최면의 말 : "나도 덩달아 웃는다. 내가 기분이 아주 좋아진다. 세상이 따뜻하고 아름답게 느껴진다. 사람들도 다 좋아 보인다. 나는 세상 모든 것을 다 얻은 것 같다. 이렇게 좋은 날이 있다니 내 운명에 감사한다."

⑤ 과거 불행한 분위기는 행복하고 흥거운 분위기에 의해 많이 혹은 말끔히 사라졌다고 최면을 건다.[54]

---

54 어릴 적 이혼한 부모로부터 내처진 폴커 흰이란 사람의 상처를 치유한 배르벨 바르데츠 키의 방법이 이와 관련하여 참조된다. 폴커 흰은 자기가 부모에게 속았다고 느끼며 깊은 상처를 입었다. 배르벨 바르데츠키는 그에게 만족스럽고 행복했을 때를 이야기해보라고 주문했다. '어린 시절의 자기 모습에 대해 이야기하면서 그는 점점 더 예의 그 행복감에 접하게 되었습니다. 생기를 더하면서 점점 더 기쁨에 겨워했지요. 뱃속이 간질간질해오 면서 풍성한 의욕과 용솟음치는 힘이 느껴진다고 했습니다. 바로 그 순간, 그는 자신과

자기 최면의 말: "웃고 있는 나에게 울고 있는 내가 찾아올 것이다. 울고 있는 내가 웃고 있는 나를 찾아온다. 울고 있는 내가 웃고 있는 나를 바라본다. 관찰하는 내가 울고 있는 나의 등을 두드려준다. 이렇게 말해준다. 우리에게도 참 좋은 날들이 있었지? 이렇게 행복한 날들이 있었으니 우리는 축복을 받았지. 앞으로도 얼마든지 이렇게 행복한 날들이 있을 거다. 더 좋은 사람들과 더 좋은 시간을 보낼 수 있단다."

이상과 같은 순서로 내담자는 혼자서 자기 최면을 수행해간다. 물론 시작할 때는 상담자가 도와줄 수도 있다. 처음에는 상담자가 자기 최면의 말을 낮은 목소리로 천천히 읽어주거나, 둘이 함께 연습을 해보는 것이 좋다. 상담자 앞에서 최면의 각 단계를 경험한 내담자는 어느 정도의 자기 최면의 방법과 감각을 터득할 것이고, 그것을 바탕으로 하여 혼자만의 자기 최면을 되풀이함으로써 자기 상처를 치유해 가도록 한다.

자기 최면은 내담자의 과거 상처를 있는 그대로 자각하게 하여 치유의 발판을 마련한 뒤 상처의 아픔을 경감시키거나 상처 자체를 치유하게 한다. 자기 잠재의식과 무의식 깊은 곳에 깃들어 있는 상처와 상처

자신을 둘러싼 세상 모두에 만족하고 있었습니다. 이러한 행복감을 자신의 현재 삶 속으로 끌어와 자리잡게 할 수만 있다면, 그리하여 기쁨과 생기와 힘을 얻어낼 수만 있다면, 그것이야말로 '스스로 자기 마음에 상처를 내는' 그의 증상을 치료할 좋은 기회가 될 겁니다. 왜냐하면 최고의 행복감이란 만족감과 결부된 것인데, 도달할 수 없는 목표를 향해 끝없이 노력하는 것만으로는 이 만족감이 얻어지지 않기 때문입니다. 만족감은 사람의 내면에서 솟아납니다. 그러려면 우선, 자신과 세상에 대해 만족해야 합니다. 그러면 자신과 삶을 업신여길 이유가 저절로 없어집니다. 먼 미래에, 먼 목표점에 도달할 필요 없이, 지금 여기서 이미 그 성취감을 맛보았으니까요. 지금 내적인 충만감을 맛보는 것이야말로, 마음 상함을 치료하는 가장 좋은 방법입니다.'(배르벨 바르데츠키, 장현숙 역, 『따귀 맞은 영혼』, 궁리, 2011, 222~223면)

난 옛날의 자기와 자기에게 상처를 준 타인을 만나 소통하고 마음의 상처를 치유해갈 것이다.

몸과 마음을 이완하는 명상을 몇 번 더 하는 것으로써 자기 최면을 마무리한다. 마무리 단계에서는, 감각과 의식이 신체 각 부위로 옮겨갈 때마다, '이로써 나는 내 몸과 마음을 완전히 새롭게 만들었다'는 암시를 한다. 과거 마음 상처의 경감과 치유는 우울한 내담자가 현재와 앞날을 밝게 보고 앞날에 대한 희망을 갖게 한다.

5) 제5회기 ─ 지금 여기서 시작하는 회광반조(回光返照)법

우리들은 대체로 어떤 느낌에 감정이 일어나면 그 감정 때문에 행복해하거나 불행해한다. 그런데 우리 일상에서 느낌과 감정은 시시각각 달라진다. 느낌과 감정에 따라 금방 행복해하거나 불행해하는 사람은 그런 느낌이나 감정에 끌려 다니는 꼴이 된다. 순간적 느낌과 감정에 휘둘리기만 하면 일이 불안정하게 된다. 정도의 차이는 있겠지만 대부분의 사람들이 이렇게 느낌과 감정에 휘둘리며 살아간다고 할 수 있다. 사람들은 그것을 '기분 전환'이란 말로 미화하기도 하지만, 사실 기분이 시시각각 변한다는 것은 고통스런 일이다.

우울증 환자는 그런 경향이 특히 더 강하다. 부정적 느낌이나 감정에 끌려가기만 하는 경우가 우울증이고, 부정적 느낌 감정과 긍정적 느낌 감정을 오가며 끊임없이 흔들리는 경우가 조울증이다.

이렇게 순간적인 느낌이나 감정에 휘둘리지 않고 비교적 평정을 유지하는 삶을 위하여 회광반조법을 수행한다.

진리에 들어가는 길은 많지만,

그대에게 한 문[一門]을 가리키어

본원처(本源處)로 돌아가게 하리라.

"그대는 저 까마귀 우는 소리와 까치 지저귀는 소리를 듣는가?"

"예, 듣습니다."

"그대는 듣는 성품을 돌이켜 들어 보아라. 거기에도 많은 소리가 있는가?"

"거기에는 일체의 소리와 일체의 분별도 없습니다."

"기특하고 기특하다. 이것이 바로 관음보살이 진리에 들어간 문이다.

내가 다시 그대에게 묻는다.

그대는 거기에 일체의 소리와 일체의 분별이 모두 없다고 하였으니

그렇다면 그것은 허공과 같지 않은가?"

"원래 공하지 않아서 밝고 밝아 어둡지 않습니다."

"그러면 어떤 것이 공하지 않은 것의 본체인가?"

"형상이 없으므로 말로 표현할 수도 없습니다."

"이것이 모든 부처님과 조사의 생명이니 다시는 의심하지 말라."[55]

---

[55] "且入理多端, 指汝一門, 令汝還源 汝還聞鴉鳴鵲之聲?" 曰 : "聞" 曰 : "汝返聞汝聞性, 還有
許多聲?" 曰 : "到這裏, 一切聲, 一切分別, 求不可得." 曰 : "奇哉奇哉! 此是觀音入理之門.
我更問爾, 爾道, 到這裏, 一切聲, 一切分別, 總不可得, 旣不可得, 當伊時, 莫是虛空麼?" 曰
: "元來不空, 明明不昧." 曰 : "作麼生是, 不空之體?" 曰 : "亦無相貌, 言之不可及." 曰 : "此
是諸佛諸祖, 壽命, 更莫疑也."(보조국사 지눌, 『수심결』, 『보조법어』, 보성문화사, 1979,
188면)

'듣는 것을 돌이켜 보는 것'을 확장하면, '보고 듣고 냄새 맡고 맛보며 느끼고 생각하는 것을 돌이켜보는 것이 된다.[56] 회광반조란 이런 것들을 돌이켜보아 관찰하는 것이다. 출발점은 지금의 느낌과 감정이다. 지금 즐겁다거나 괴롭다는 느낌이 들고 감정이 일어나면 다음과 같은 순서로 돌이켜 보고 관찰한다.

① 느낌과 감정에 이끌려 금방 행복하다거나 불행하다는 기분으로 떨어지지 않도록 노력한다.
② 내가 그런 느낌과 감정을 갖게 되었다는 사실을 정확하고도 냉철하게 자각하고 관찰한다.
③ 어느 정도 안정을 되찾으면, 그런 느낌과 감정이 도대체 어디서 왔는가 그 출발점을 찾아들어가 살펴본다. 혹은 그런 느낌과 감정을 일으킨 그가 누구인지를 돌이켜 관찰한다.

매우 우울하고 괴로운 느낌이 들면 "도대체 이 우울하고 괴로운 느낌이 어디로부터 일어나고 있지? 이렇게 우울하다거나 괴롭다고 느끼는 사람이 누구이고 어디 있는 거지?"라고 물어가는 것이다.

『구운몽』의 경우를 살펴보자. 한순간 생각에 의해 양소유로 환생했

---

56 회광반조에 대해서는 다른 설명도 참조할 수 있다. "선(禪)에서 말하는 '회광반조'는 생각하는 마음을 돌이켜 다시 생각하는 것이다."(대혜종고, 고우 감수, 전재강 역주, 『서장』, 운주사, 2008, 216면 각주 414) "앙산(仰山)이 말하기를 "저곳의 누대와 공원에는 사람과 말이 분주하니, 너는 생각하는 것을 돌이켜 생각하라(山이 曰彼處樓臺林苑에 人馬駢闐하나니 汝返思思底하라)." (…중략…) "만약 정히 화두를 잡아 갈 때에 능히 잡아가는 것을 돌이켜 생각하십시오(若於正提撕話頭時에 返思能提撕底하라).""(위의 책, 216~218면)

던 성진은 마침내 깨어난다. 깨어난 성진은 허망하다는 느낌에 사로잡힌다. 그 순간 이렇게 돌이켜 본다.

돌이켜 생각하니 처음에 스승의 꾸중을 듣고 풍도로 잡혀갔다 인간 세상에 환생하여 양 씨 집의 아들로 태어나고 장원 급제하여 한림학사를 하고 출장입상(出將入相)하며 공을 이루고 벼슬에서 물러나 두 공주와 여섯 낭자와 같이 즐기던 것이 하룻밤 꿈과 같은 것이었다. 그리고 다시 생각하였다.

'이 분명 사부께서 내가 그릇된 생각을 하고 있는 것을 아시고 꿈을 꾸게 하여 인간 세상 부귀영화와 남녀 사이의 정욕이 모두 헛된 것인 줄 알게 만들어 주심이로다.'

급히 세수하고 가사를 갖춰 입고 스승의 방으로 가니 다른 제자들이 이미 다 모여 있더라. 대사가 큰 소리로 물었다.

"성진아 인간 세상 부귀영화를 겪어보니 과연 어떠하더뇨?"

성진이 머리를 조아리고 눈물을 흘렸다.

"성진이 이미 깨달았나이다. 소자 어리석어 마음을 잘못 먹고 죄를 지으니 마땅히 인간 세상에서 계속 윤회할 것이거늘 사부께서 자비를 베푸시어 단 하룻밤의 꿈을 꾸게 해주시어 소자의 마음을 깨닫게 해주셨으니 사부의 은혜를 갚을 길이 없습니다."

대사가 말하였다.

"네가 스스로 흥이 나서 갔다가 그 흥이 다하여 돌아왔으니 내가 무슨 관여를 했단 말이냐? 또 너는 인간 세상의 양소유로 윤회하는 꿈을 꾸었다고 말했다. 이것은 네가 꿈과 인간 세상을 둘로 나누어서 서로 다르다고 보는 것이다. 너는 아직 어리석은 생각과 꿈에서 완전히 깨어나지 못하였도다. 장자가 꿈속에서 나비가 되었는데 깨어나서는 나비와 장자 중 어느 것이 가짜이며 어느 것이 진짜인지 모르겠다고 한탄하였지. 그럼 성진과 양소유 중 누가 꿈속의 사람이고 누가 현실의 사람이뇨?"[57]

위 인용문에서 성진은 자신이 양소유로 환생하여 이런저런 느낌과 감정에 이끌리어 살아온 것을 허망하다고 자각한다. 그리고 성진 자신이 꿈을 꾸었는데 그 꿈속에서 양소유가 되었으며, 그렇게 꿈을 꾼 것은 육관대사가 은혜를 베풀어주셨기 때문이라 생각한다. 그런 성진을 육관대사는 꾸짖는다. 아직 꿈에서 깨어나지 못했다고.

생각에서 깨어난 성진은 자신이 거쳐 온 길을 회광반조하였지만 정확하게 살펴보지 못한 채 성급한 결론을 내어버렸다. 육관대사는 그런 성진으로 하여금 다시 더 찬찬히 돌이켜 볼 것을 권한다. 육관대사는 성진이 '스스로 흥이 나서 갔다가 그 흥이 다하여 돌아왔'음을 꿰뚫어보기를 바랬다. 즉, 돌아보면, 그 어떤 심각한 느낌이나 아련한 기억도 근거가 없다는 것, 그 모든 것은 자기 마음자리 혹은 망상에서 일어난 바람 같은 것이라는 것을 알게 된다는 것이다.

도대체 즐겁다거나 슬프다는 느낌이 지금 나를 어떻게 만들고 있는가? 즐겁다거나 슬프다는 느낌은 어디서 일어났는가? 그런 느낌이 일어나는 자리는 어디에 있는가? 그 자리에서 그런 느낌을 보내는 주체는 누구인가? 이렇게 질문하고 돌아보는 것이다. 그것이야말로 즐거움과 슬픈 느낌이 일어나는 그 자리를 바로 바라보는 것이다.

그렇게 돌아보면 온갖 느낌이 시작했을 듯했던 그 자리에는 아무 것

---

57 김만중, 이강옥 다시 씀, 『구운몽』, 두산동아, 2006, 97면.

도 없음을 확인하게 된다. 혹은 그 자리는 내가 이렇게 심각하게 슬퍼하고 한정 없이 기뻐할 만큼 뚜렷한 것은 없다는 것을 알게 된다. 이렇게 알게 되면 즐겁다거나 괴롭다거나 하는 느낌이 약해지거나 사라지게 된다. 느낌의 근거가 사라지기 때문이다.

'지금 나의 성품을 되돌아보는' 회광반조를 수행하면, 무아無我와 공空을 발견하게 된다. 이와 관련하여 유명한 이야기가 전한다. 중국 선종의 2대조 혜가慧可가 달마達磨를 찾아가 "마음이 괴롭다"고 하소연했다. 그러자 달마는, "그 괴로운 마음을 가져오거라. 그러면 내가 고쳐주겠다"고 하였다. 혜가는 돌아가 괴로운 마음을 찾아내려고 애썼다. 그런데 분명 그 마음이 있는 줄 알았는데 그걸 찾으려고 하면 할수록 그것은 없는 것 같았다. 마침내 혜가는 달마를 찾아가 말했다. "괴로운 마음은 없습니다"라고. 그러자 혜가의 괴로움은 사라졌다는 것이다.

이와 관련하여 용수龍樹는 『중론中論』에서 '고통스럽다는 느낌苦受', '즐겁다는 느낌樂受', '고통스럽지도 즐겁지도 않다는 느낌不苦不樂受'이 실재하지 않는다는 점을 형상色의 경우와 연결시켜 철저히 논리적으로 입증했다.

> 지금까지 살펴보았듯이 그 어느 경우건 형상(=色)을 찾아 보았지만 그 확고한 모습은 없었다. 형상은 다만 세속의 언설(言說)의 차원에서 존재하는 것이다. 마치 파초 나무가 그 속이 텅 비고 껍질과 잎새만 있는 것과 같다. (…중략…) 형상(=色)의 상(相)은 순간 순간 소멸하여 잡을 수 있는 실제의 형상은 전혀 없어서 그 형태나 그 상(相)에 머무르고 있지 않다. (…중략…) 그러므로 형상은 자성(自性)이 없고 또 그러기에 공(空)하다. 다만 세

속의 언설에 따라 존재할 뿐이다. (…중략…)

감수(感受) 작용도 또한 (형상의 경우와) 마찬가지다. 지혜로운 자가 여러 가지로 관찰해 볼 때 차례대로 비슷하게 이어지므로 생멸(生滅)한다고 하나 매 순간 순간을 따로 떼어서 인지(認知)하기는 곤란하다. 마치 흐르는 물처럼 상속(相續)하는 중에서 다만 어떤 느낌이 들기에 세 가지 감수(感受) 작용[58]이 나의 한 요소라고 설한 것이다. 그러므로 감수 작용도 형상(＝色)에 대한 설명과 똑같이 논파된다는 것을 알아야 한다.[59]

이렇게 '고통스럽다는 느낌', '즐겁다는 느낌', '고통스럽지도 즐겁지도 않다는 느낌'은 실제로 존재하는 것이 아니라 우리가 그렇다고 느낄 따름인 것이다. 그렇게 실체가 없는 그 느낌에 우리 스스로를 옭아맬 이유는 전혀 없다. 특히 내담자는 '고통'의 느낌에 휘말려 정상적인 삶을 꾸려가지 못하는 경우이니, 그 고통스럽다는 느낌이 헛것이고 실제로 존재하지 않는다는 진실을 받아들여 자기를 해방시켜주어야 한다. 이렇게만 되면 감정이나 느낌에 휘둘려 살지 않을 수 있을 것이다. 느낌이나 감정이 어떻게 변하든, 나는 흔들리지 않고 나의 일상에 충실하게 살아갈 수 있는 것이다.

회광반조법은 내담자가 현재 봉착한 느낌이나 감정의 근본을 간파하게 함으로써 그것을 극복할 수 있게 하는 유용한 성찰 방법이다. 상담자는 내담자로 하여금 과거의 상처를 발견하고 치유하게 할 뿐만 아

---

[58] '고통스럽다는 느낌[苦受]', '즐겁다는 느낌[樂受]', '고통스럽지도 즐겁지도 않다는 느낌[不苦不樂受]'.

[59] 용수보살, 청목 역, 구라마즙 한역, 김성철 역주, 『중론』, 경서원, 2012, 227면.

니라, 지금 내담자의 마음에서 일어나고 있는 느낌과 감정을 자각하고 그 근본을 찾아가보도록 한다. 그런 시도가 곧 느낌과 기분을 사라지게 한다는 것을 경험하게 한다.

① 현재의 기분을 정확하게 느끼고 말하게 한다. 말하게 하는 것은 자각을 촉진한다. 말하기 위해 더 집중하여 자신의 기분을 관찰하게 한다.

상담자의 말 : "자, 지금 어떤 감정을 느끼는지 말해보세요. 지금의 감정이 뚜렷하지 않으면 얼마 전의 어떤 감정을 되살려 그때의 기분을 느끼고 그에 대해 말해보세요."

② 현재의 기분이 자기를 어떻게 만들고 있는가 관찰하고 이야기하게 한다.

상담자의 말 : "그 감정으로 어떤 기분이 되었는가요? 당신은 지금 행복한가요 슬픈가요?"

③ 정확하게 감지한 그 느낌이 어디서 비롯된 것인지 살펴간다. 지금 괴롭다면 그 괴로움이 가장 가까이는 무엇 때문에 생겨났고, 그 무엇은 또 무엇 때문에 생겨났는가……. 이런 단계를 계속 밟아 거슬러 올라간다.

상담자의 말 : "이제부터 그 감정이 출발한 곳으로 돌아가 봅니다. 지금 내가 느끼는 감정이 무엇에서 비롯하였는지 냉철히 따져봅시다. 차근차근 하나하나 짚어가며 끝까지 돌아가 봅시다. 그렇게 계속 돌아가니 무엇이 남습니까?"

④ 느낌과 감정의 근거를 찾아가본 결과 그 근본에는 아무 것도 없음을 알게 된다. 그러므로 내가 지금 가지는 느낌과 감정, 그리고 그 느낌과 감정이 유발하는 기분은 근거가 없다는 엄연한 사실을 받아들이게 된다.

상담자의 말 : "당신은 조금 전 당신을 힘들게 한 그 느낌과 감정이 온 곳을 짐작하여 따라가 보았지만 거기에는 그럴 만한 것이 없음을 알게 되었습니다. 그렇다면 조금 전까지 가졌던 느낌과 감정은 도대체 어디서 왔던 것일까요? 그것은 그 근본이 있다고 여긴 내 마음의 착각에서 비롯하였습니다. 나의 느낌과 감정의 근본에는 내 착각만 있지 그 외는 아무 것도 없습니다. 그래서 내가 슬퍼하거나 괴로워할 이유가 없습니다."

과제

① 성진과 양소유의 자기 부정에 대해 당신은 어떻게 생각합니까? 그 부분을 읽었을 때의 느낌은 어떠했습니까?

② 당신은 자기를 부정적으로 생각합니까 아니면 긍정적으로 생각합니까? 부정적으로 생각하게 되었다면 언제부터이며 그 이유는 무엇입니까? 긍정적으로 생각하게 되었으면 언제부터이며 그 이유는 무엇입니까?

③ 당신은 무엇인가 간절히 생각하거나 기도한 적이 있습니까? 있었다면 결과는 어땠습니까?

④ 남을 위해 간절히 기도해준 적이 있습니까? 있었다면 결과는 어땠다고 생각합니까?

⑤ '역기능 사고에 대한 일일 기록지'를 작성하여 오세요.

6) 제6회기 — 생각 바꾸기와 수행

(1) 생각의 오류와 부정적 생각

우울증 성향이 강한 사람들은 부정적 생각을 하는 경향이 있다. 그런 부정적 생각의 바탕에는 특징적 스키마Schema가 있다. 스키마란 사람이 자신의 경험을 의미 있는 방식으로 해석하게 하는 '깊은 인식적 구조deep cognitive structures'이다.[60] 우울증 환자는 왜곡되고 부정적인 스키마를 가지고 있다.("나는 어리석다") 이 스키마는 어떤 사건에 의해 활성화되는데, 그러면 부정적 자동 사고negative automatic thoughts를 일으키고("나는 이 일을 할 수 없다"), 문제적 기분problematic moods을 일으키고('우울함', '외로움'), 부적응 행동maladaptive behaviors을 일으킨다.('꾸물거림', '지연')

아론 티 벡Beck, A. T.은 스키마를 4가지 타입으로 나누었다. 자아를 보는 관점, 타자를 보는 관점, 세계를 보는 관점, 미래를 보는 관점 등이다. 우울증 환자는 자신을 왜곡되고 부정적으로 보는 관점을 가진다.('가치 없다', '소용없다', '패배자다', '나쁘다', '결점 투성이다', '사랑할 수 없다', '쓰레기 같다') 우울증 환자는 타자를 왜곡되고 부정적으로 보는 관점을 가진다.('냉담하다', '공격적이다', '비판적이다', '거부적이다') 우울증 환자는 세계를 왜곡되고 부정적으로 보는 관점을 가진다.('부담스럽다', '어둡다', '냉혹하다', '황량하다', '충족적이지 않다', '가혹하다') 우울증 환자는 미래를 왜곡되고 부정적으로 보는 관점을 가진다.('희망 없다', '보상 없다', '헛되다')[61]

---

60   Beck, A. T., *Cognitive therapy and the emotional disorders*, New York : International Universities Press, 1976.

61   Jacqueline B. Persons · Joan Davidson · Michael A. Tompkins, *Essential Components of*

상담의 과정에서 이 타입들을 다 대상으로 하기는 어렵다. 이 중 어느 한두 타입에 초점을 맞추면 다른 것도 연결하여 확인할 수 있다. 일단 자아와 세계에 대한 스키마에 초점을 맞춰보자.

우울증 환자가 우울한 한 것은 첫째, 우울증 환자의 현실 처지가 지나치게 부정적이기 때문이거나 둘째, 우울증 환자가 세상 모든 것에 대해 부정적으로 생각하기 때문이다. 우울증 환자가 생각을 긍정적으로 바꾸면 부정적 생각 경향을 사라지게 할 뿐 아니라 현실 처지도 개선할 가능성이 커진다. 생각은 강력한 형성력을 갖고 있기 때문이다.

우울증 환자들의 부정적 생각은 다음과 성향들이 뒤엉켜진 결과이다. '우울증 환자들이 자주 보이는 인식적 오류들'[62]은 다음과 같다.

Cognitive-Behavior Therapy for Depression, Washington, DC : American Psychological Association, 2001, p.172.

62 Ibid., p.138. 또 인지이론에서는 우울증을 유발하는 역기능적 신념으로 '사회적 의존성'과 '자율성'이란 두 가지 신념을 제시하였다. '사회적 의존성(sociotropy)'은 타인의 인정과 애정에 과도하게 집착하는 경향성'으로, 이와 관련된 역기능적 신념으로는 '나는 주변의 모든 중요한 사람들로부터 사랑과 인정을 받아야 한다', '다른 사람의 사랑과 인정 없이 나는 행복해질 수 없다' 등이 있다. 자율성(autonomy)은 '개인의 독립성과 성취에 과도하게 집착하는 경향성'으로, 이와 관련된 역기능적 신념으로는 '다른 사람에게 종속되거나 지배당해서는 안 된다', '모든 일을 완벽하게 해야 한다. 절대로 실수해서는 안 된다' 등이 있다. 생활사건에 이러한 역기능적 신념이 결부되면 인지의 왜곡이 일어나서 자동적 사고가 형성되고, 이로 인해 우울증이 야기된다고 보았다.(권석만,『현대 이상심리학』, 학지사, 2003, 218~219면; 정운채 외,『이상심리와 이상심리서사』, 문학과치료, 2011, 28면) 한편 우리나라 설화 중에서 이러한 우울서사에 해당하는 작품이 추출되기도 하였다. 정운채 외,『이상심리와 이상심리서사』는 '사회적 의존성-타인의 애정과 관심의 상실'에 해당하는 우울서사를 16편, '자율성-완벽 추구의 좌절과 능력 부족에 대한 자책'에 해당하는 우울서사를 7편 제시하고 있다.(위의 책, 29~51면) 이는 생활사건을 통해 우울증적 성향 혹은 인지적 오류를 구체적으로 보여주는 것으로 내담자로 하여금 타인의 우울적 성향 혹은 인지적 오류들을 살펴보게 하는 데 좋은 자료가 될 것이다.

① 지나친 일반화(Overgeneralization)

"영희는 나를 미워한다. 영희는 여자다. 모든 여자들은 나를 미워한다."

② 부정적 판단의 극대화, 긍정적 판단의 극소화

"모든 사람들이 나의 연설을 좋아한다고 말했다. 그러나 다섯번째 줄에 좀 지루한 표정을 지은 사람이 있었다. 나의 연설은 지루했음에 틀림없다. 다른 대부분의 사람들도 다만 내가 기분 좋으라고 위장하고 있을 따름이다."

③ 지나친 책임의식

"극장으로 가는 길에 펑크가 나서 우리는 늦었다. 나는 타이어들을 더 자주 체크했어야 했는데 그렇지 않았다. 나는 차를 운전할 자격을 상실했다."

④ 시간적 인과성을 가정한다.

"나는 오늘 아침 우울함을 느꼈다. 나는 앞으로 언제나 우울함을 느낄 것이다."

⑤ 지나치게 자기의 부정적인 모습을 의식하거나 가정한다.(Excessive self-reference)

"아무도 내가 말하는 건 듣지 않고 단지 내가 실수할까봐 허둥대는 짓만 보았다."

⑥ 파국적인 것만 생각하다

"극장으로 가는 데 펑크가 났다. 나는 새 타이어가 필요했는데 그걸 살

여유가 없었다. 모든 게 잘못되어 회사까지 운전을 해 가지 못하면 어쩌지? 나는 내 직장을 잃게 될 것이다. 결국 나는 굶어 죽겠지."

⑦ 이분법적 생각(All-or-nothing thinking; Dichotomous thinking)

"극장으로 가는 길에 펑크가 났다. 개떡 같은 차다. 절대로 사지 말았어야 할 차다."

⑧ 감정적 추론(Emotional Reasoning)

"내 상관은 오늘 복도에서 나에게 찡그렸다. 그것은 상관이 나를 해고하려고 생각하고 있었음을 뜻한다."

⑨ 완벽주의

"극장으로 가는 길에 펑크가 났다. 나는 펑크가 날 것이란 사실을 알았어야만 했다. 나는 차를 더 잘 관리했어야만 했다. 나는 더 좋은 차를 살 수 있도록 더 좋은 직업을 가졌어야 했다. 나는 영어를 전공하기보다는 의과대학에 갔어야만 했었다."

상담자는 내담자에게 이와 같은 인식적 오류들을 설명해주고, 내담자 스스로 자신이 이런 인식적 오류들을 일상생활 중에 자주 범하고 있다는 사실을 자각하게 한다. 그리고 그 모든 오류들이 축적되어 '부정적 생각'의 경향을 만들어낸다는 것을 알게 한다.

(2)『구운몽』과 『금강경』에 나타나는 생각의 영향력과 형성력

『구운몽』은 사람이 세계에 대한 지각 작용을 통하여 욕망을 구성해내는 과정을 생생하게 보여준다. 특히 성진이 팔선녀를 만나 마침내 자기 생에 대한 회의에 빠지는 과정이 그러하다.

성진은 용왕을 만나고 돌아오다 연화봉 아래에 이르러 세수를 한다. 그때 물에서 나는 강렬한 향기를 감지한다. 코로 포착되는 향기[香]이다. 향기는 팔선녀란 욕망의 대상을 환기시키는 가장 앞선 감각이다. 향기에 강력히 이끌려 석교 근방에 이른 성진은 거기서 팔선녀를 눈으로 보게 된다. 눈에 포착된 모습이기에 색色이라 할 수 있다. 성진은 그들과 희롱의 말을 나눈다. 팔선녀의 목소리와 웃음소리가 매혹적이다. 그건 귀에 포착된 소리聲이다. 향香·색色·성聲은 색色·성聲·향香·미味·촉觸·법法이란 육경六境 혹은 六塵(감각의 대상)을 대표하는 것이다.

성진은 선방으로 돌아왔지만, 팔선녀의 목소리가 귀에 은은하고 아름다운 자태는 눈에 삼삼하다. 잊으려 해도 잊기 어렵고 생각지 않으려 해도 생각이 난다. 황홀하여 우두커니 앉아 있으니 여인들에 대한 생각은 더 강렬해진다.

그것은 성진이 강렬한 생각을 일으킨 것에 해당한다. 생각의 중심에 '어여쁜 여자'에 대한 애착이 있다. 그 애착은 점점 강화되어 마침내 유가 사대부로서의 일생을 형성해낸다.

『원각경』은 "모든 중생들이 예부터 여러 가지 은애恩愛와 탐욕이 있는 까닭에 윤회가 있다"[63]라 하여 '은애'와 '탐욕'이 원동력이 되어 윤

---

63 『원각경』 제5 「미륵보살장」. 그리고 중생이 생사를 벗어나고 모든 윤회를 면하고자 한다

회가 이루어진다고 하였다. 팔선녀에 대한 성진의 생각은 강력하면서도 애욕과 관련된 것이기에 윤회를 초래한다.

성진이 자기 생각에 의해 양소유로 환생하는 과정은 십이연기十二緣起의 각 단계에 잘 대응한다. 십이연기는 ① 무명無明 ② 행行 ③ 식識 ④ 명색名色 ⑤ 육입六入 ⑥ 촉觸 ⑦ 수受 ⑧ 애愛 ⑨ 취取 ⑩ 유有 ⑪ 생生 ⑫ 노사老死의 12단계이다.

그중 특히 ⑤ 육입六入이 안眼·이耳·비鼻·설舌·신身·의意의 육근六根이 갖추어진 것을 말한다면, ⑥ 촉觸은 갓난아기가 바깥세상인 외경外境에 접촉하여 단순한 지각작용을 일으키는 것을 말한다. ⑦ 수受는 갓난아기가 좀 더 자라나면서 지각작용의 결과에 대하여 고苦·낙樂의 감각을 가지는 것이다. ⑧ 애愛는 고통을 피하고 즐거움을 구하는 것이다. 특히 재물과 이성異性 등에 강한 애착을 일으키는 것이다. ⑨ 취取는 탐욕하는 바에 집착하여 소유하려 하는 것이며 ⑩ 유有는 애愛와 취取에 의해 지은 선악의 업業이 결과를 불러 오는 것을 말한다. 이런 과정을 거쳐 마침내 다음 생의 몸을 받으니 그것이 ⑪ 생生이다. 즉 애愛·취取·유有의 3인因에 의하여 다음 생을 받는다.

이런 십이연기는 일찰나에 이루어지기도 하고, 전생·현생·내생 등 삼세三世에 걸쳐 이루어지기도 한다. 『구운몽』에서 성진이 양소유로 태어나는 과정은 십이연기가 일찰나에 일어나는 것이다. 성진이 팔선녀를 만나 갖게 된 감각접촉과 느낌은 곧 애愛를 만들었고 취取로 이어져 생生(태어남)이 된 것이다.

이런 일련의 단계로 나아가게 한 힘은 성진의 생각에서 나왔다. 사람

면, 먼저 탐욕을 끊고 갈애(渴愛)를 없애야 한다고도 했다.

은 한 심찰나心剎那[64] 동안 강력한 생각을 일으킨다. 성진은 사대부가 되어 팔선녀와 같이 아름다운 여성과 함께 부귀영화를 다 누리며 살아가는 것에 대해 강력하게 생각한다. 그런 생각의 내용은 그대로 실현되니, 성진은 양소유로 태어나 일생을 보낸다. 이처럼 『구운몽』의 가장 독특한 설정은 성진의 생각에서 성진이 양소유로 태어나고 그 뒤로 양소유의 일생이 전개된다는 것이다.[65]

성진은 육관대사의 후계자로 촉망을 받은 수행승이었지만, 색色·수受·상想·행行·식識 등 오온에 의해 구성된 자아를 실체라고 착각했다. 그것은 '오온은 모두 공하다五蘊皆空'란 『반야심경』의 핵심 가르침을 망각한 것이다. '오온개공'을 받아들이면, '일체의 고액苦厄을 넘어서지만渡一切苦厄', '오온'이 실체라 착각하면 일체의 고액을 겪지 않을 수 없다.

---

64 부처님은 마음의 변화만큼 빠른 것이 없다 했다. 『아타살리니[勝義說]』에는 '물질의 한 단위가 일어나 지속되는 동안 16개의 심찰나(心剎那)가 일어났다 흩어지는데, 어떤 예를 든다 해도 그들이 차지하는 시간의 짧음을 표현할 수는 없다'고 했다.(구나라뜨나, 『우리는 어떤 과정을 통하여 다시 태어나는가』, 고요한 소리, 1980, 34~35면) 사선정을 성취한 사람은 삼매에서 나오는 지혜의 빛으로 깊은 통찰을 할 수 있다. 그 빛으로 자신의 몸과 타인의 몸을 관찰하면 물질의 가장 작은 단위인 깔라빠(kalaapa)를 식별하고, 그 깔라빠를 구성하고 있는 궁극적 물질(paramattha) 땅, 물, 불, 바람의 요소, 색깔, 향기, 맛, 냄새, 생명기능 그리고 영양소 등을 볼 수 있다. 이 궁극적 물질은 찰라 간에 생멸을 거듭한다. 이 물질이 일어나고 사라짐을 보면 이 몸이 무상하고 괴로움이고 무아임을 뼈저리게 느끼게 되고 해탈을 원하게 된다. 정신은 물질보다 생멸이 더 빨라서 물질이 한 번 일어나고 사라질 때 심찰라는 16번 또는 17번 일어난다고 한다. 삼매를 성취하지 않은 사람은 빠르게 일어났다 사라지는 심찰라를 볼 수 없다. 이 하나하나의 심찰라 속에 여러 가지 심소(心所, 대상의 전체를 주체적으로 인식하는 심왕(心王)에 부수적으로 일어나 대상의 부분을 구체적으로 인식하는 마음 작용. 마음 부수)가 같이 일어나는데 이것을 식별하려면 깊고 강한 집중이 필요하다. 삼매에서 나오는 집중력으로 이것을 식별해야만 무상, 고, 무아를 통찰할 수 있고 깨달음을 이룰 수 있다.(파아욱 또야 사야도 법문, 무념 역, 『사마타 그리고 위빠사나』, 2003)
65 사념의 실현에 의한 성진 → 양소유의 환생 양상에 대해서는 이강옥, 『구운몽의 불교적 해석과 문학치료교육』, 소명출판, 2010, 11~52면을 참조할 것.

성진은 오온에 대한 환상에 이끌려 생각을 전개하였고 그 생각이 강력한 업(카르마)을 형성하였다. 마침내 순식간에 양소유라는 또 다른 환상적 자아를 만들어내어 다채로운 일생을 경험하게 된 것이다. 그런 점에서 그 경험은 고통스런 것이다. 그러나 과연 양소유로서의 경험이 고통일 따름일까? 그렇지만은 않다는 것을 이 프로그램이 전개되는 과정에서 절실히 받아들이게 될 것이다. 이 점에 대해서는 제11회기에서 집중적으로 다룬다.

『구운몽』은 사람의 생각이 엄청나게 강력한 힘으로 환상적 실체를 만들어낸다는 사실을 충격적으로 보여준다. 한순간 생각의 형성력은 믿기 어려울 정도로 강력하다. 그래서 업의 전개나 십이연기를 수용하기 어렵거나 이해하지 못하는 사람들은 그것을 꿈속에서 일어난 것으로 착각하는 것이다.

요컨대, 팔선녀를 만나고 돌아온 성진은 승려로서 살아가는 것을 부정적으로 생각하기 시작하였다. 그러니 승려로서 일생을 보내는 것이 쓸쓸하고 초라하게만 느껴진다. 부정적 생각이 스승의 기대를 받았던 수행승 성진을 아주 불행하게 만든 것이다.

내담자는 먼저 성진의 이런 모습에서 자신의 현재 모습을 찾아낼 수 있다. 내담자가 성진과 자신을 동일시하는 단계이다. 이것을 '알아차림'이라 할 수 있는데, 다음 단계로 나아가는 발판이 된다. 다음 단계란 '거리두기'이다. 내담자는 성진으로부터 거리두기를 함으로써, 성진과 동일시된 자기 자신에 대해서도 거리두기를 할 수 있는 것이다. 부정적 생각으로 우울해진 자기 자신을 물끄러미 바라보게 된다. 마침내 철저한 자기반성에 이른다.

부정적 생각은 어떤 사실이나 경험에 대해 우울한 느낌을 갖게 한다. 나아가 또 다른 결과를 가져온다. 생각은 생각대로 만들어가는 강력한 형성력이 있기 때문이다. 성진은 승려로서의 자기 삶을 부정적으로 생각하는 순간, 다른 삶을 구성해낸다. 승려로서의 삶을 부정적으로 생각하는 것만큼 그와 반대되는 삶을 긍정적인 쪽으로 과장하여 흠모한다. 그런 생각이 양소유의 일생을 만들어내었다. 한순간 생각의 힘은 이렇게 강렬하다. 생각은 이미 존재하는 것에 대한 느낌을 만들 뿐만 아니라, 새로운 상황이나 존재를 만들기에 이른다. 설사 그것이 환상에 가까운 것이라도.

생각이 이런 속성을 갖고 있고 이런 힘을 갖고 있다는 점을 충분히 환기시키면서 다음과 같은 단계로 상담과 수행을 진행한다.

(3) 생각의 형성력 활용하기와 생각의 극복

'생각은 현실 형성력이 매우 강하다'는 명제를 환기한다. 이것은 앞에서 말한 자기 최면에서의 긍정적 자기 암시suggestion가 내담자의 현재와 미래를 밝게 만드는 것과 동궤이다.[66]

---

66 최면 상태로 유도한 다음 피최면자에게 긍정적 조언과 분명한 권고를 하는 것을 최면용어로 '암시(suggestion)'라고 한다. 최면할 때 이 암시의 성향과 방법이 최면의 성패에 영향을 준다. 암시가 의미하듯 이래라저래라 하는 직접 명령이 아니라 간접적 암시를 주어서 본인이 스스로 선택하여 행동하게 하는 최면방법이 가장 바람직하다. 예를 들자면 비만으로 고민하는 딸에게 '너 먹는 것 좀 줄여라, 뚱뚱해서 보기 싫다'라고 해서 비난조로 말하여 딸이 수치를 느끼게 하는 것보다 '네 친구 미영이가 날씬하니 참 보기 좋구나. 너도 그렇게 날씬해질 수 있어, 얼마나 멋질까?' 이렇게 긍정적 말로 밝게 희망으로 그려진 미래상이 딸의 마음속에 간직되어 움직이고 있다가 자신도 다이어트 하고 싶은 마음으로 바뀌어 실행될 가능성이 커진다.(임경자 · 김병석, 『최면으로 창조하는 삶』, 하나의

부정적 생각은 어떤 사실이나 경험에 대해 우울한 느낌을 조장하는 단계에서 멈추지 않고 더 나아간다. 생각은 그 생각대로 무언가를 실현되게 하는 강한 형성력을 발휘하기 때문이다. 성진은 승려로서의 자기 삶을 부정적으로 생각하는 순간, 다른 삶을 떠올렸고, 그 생각이 양소유라는 사대부의 일생을 형성해내었던 것이다.

상담자는 이런 예를 들어주기도 하면서, 생각하기가 강력한 형성력을 가진다는 점을 내담자에게 계속 암시해준다. 그 암시는 내담자로 하여금 긍정적인 생각을 하게 하여 우울한 기분을 바꾸어 줄 뿐 아니라 그 긍정적인 생각에 부합하는 긍정적인 현실을 가져다준다.

'생각 바꾸기 → 기분 변화 → 현실 처지의 변화'로 나아가는 단계를 다음과 같이 정리할 수 있다.

① 과거와 현재에 대한 내담자의 생각이 지금의 느낌과 기분을 만들어내었다는 점을 환기한다.

이와 관련하여 『능가경』의 구절을 근거로 읽을 수 있다. 『능가경』은 '뜻과 같은 몸如意身' 혹은 '뜻에서 만들어진 몸意生身'이란 개념을 사용했다.[67]

　　대혜 보살은 부처님께 아뢰어 말하였다.

　　"세존이시여, 무슨 까닭으로 뜻과 같은 몸이라 하나이까?"

학사, 2011)

[67] 『楞伽經會譯』 상, 한국정신문화연구원, 280~281면; 『한글대장경 입능가경 외』, 동국역경원, 1985, 84~85면 참조할 것.

부처님은 대혜 보살에게 말했다.

"대혜여, 뜻을 따라 빨리 갈 수 있고 생각하는 대로 곧 이르되 걸리는 것이 없으므로 '뜻과 같은 몸'이라 하느니라. 대혜여, 뜻과 같다고 말한 것은 석벽(石壁)과 산이 막히기를 한량없는 백 천 만 억 유순(由旬, 8km 정도)이어도 본래 보았던 온갖 경계만을 생각하면 자기 마음속 장애물에 걸리지 않고 자유로이 가게 되느니라. 대혜여, '뜻과 같은 몸'도 또한 그와 같아서 여환삼매(如幻三昧)의 자재한 신력을 얻어 그 몸을 장엄하게 하고 모든 거룩한 지혜의 종류에 나아가기에 몸은 걸림 없이 뜻을 따라 가느니라."[68]

이처럼 '뜻대로', '생각대로' 몸이 따라갈 수 있기에, 생각은 몸이 담고 있는 우리의 현실을 달라지게 하는 것이다.

내담자가 쓴 자기서사를 보면 그 점을 스스로 알 수 있다. 내담자는 자기서사를 쓰면서, 나의 경험 내용 중 어떤 것을 선택하고 어떤 것을 배제했는가? 선택한 것은 다시 어떤 자세로 서술했는가? 그것은 내담자의 생각에서 비롯한 것이다. 내담자는 자기 삶에 대한 생각에 따라 자기서사를 재구성했다. 그렇다면 그전에는 어떤 상황이 벌어졌는가? 즉, 자기서사의 대상이 되는 실제 경험 자체도 이미 내담자의 생각에 의해 이끌어진 것이다. 내담자의 삶은 내담자가 어떤 생각을 하는가에 따라 이미 구성된 것이다. 이런 점을 다시 잘 살펴본다.

상담자는 먼저 내담자의 역기능 사고에 대한 검사를 시행한다. 이 단

---

[68]　大慧菩薩白佛言, "世尊, 何故名爲如意身?" 佛告大慧, "隨意速去, 如念卽至, 無有障礙, 名如意身. 大慧, 言如意者, 於石壁山障, 無量百千萬億由旬, 念本所見種種境界, 自心中縛不能障礙, 自在而去. 大慧, 如意身者, 亦復如是, 得如幻三昧, 自在神力莊嚴其身, 進趣一切聖智種類, 身無障礙, 隨意而去."(『楞伽經會譯』상, 한국정신문화연구원, 281면)

계에서 제5회기 과제로 부여되었던 '역기능 사고 일지'를 자료로 활용한다. 상담자는 검사의 결과와 역기능 사고 일지를 내담자와 함께 살피면서 내담자가 얼마나 부정적 생각에 이끌려 삶의 분위기를 부정적인 쪽으로 이끌어왔는가를 확인하게 한다. 그리고 대안적 사고의 적절성 여부를 함께 따져본다.

상담자의 말 : "당신이 거듭한 부정적 생각이 당신의 기분을 우울하게 만들었습니다. 그에 대해 몇 가지 사례를 함께 생각해봅시다."

② 자기 처지를 대하는 태도를 바꾸기 위해 노력한다. 지금 내담자의 현실이 부정적으로 느껴지는 것은 현실 자체가 부정적이어서 그렇기도 하겠지만, 내담자의 생각이 부정적이어서 더 그렇다. 내담자가 부정적으로 생각하지 않고 긍정적으로 생각하면 내담자의 부정적 느낌이나 기분은 많이 좋아질 것이다.

상담자의 말 : "지금까지 당신은 자신의 어떤 처지에 대해서도 부정적으로 보고 해석했습니다. 거의 자동적 반응이었지요. 이제부터 그 점을 정확히 자각하고 생각을 바꿔봅시다. 긍정적 생각은 당신의 기분을 금방 좋아지게 할 것입니다."

③ 내담자의 생각은 강력한 형성력을 가진다. 고로 내담자의 생각은 앞날의 현실 처지를 결정한다. 긍정적인 생각은 긍정적인 현실을 실현시켜준다.

상담자의 말 : "우리의 현실은 우리가 생각하는 대로 이루어지게 되어 있습니다. 다만 어떤 생각을 하면 금방 그대로 되기도 하고 얼마 뒤

에 그대로 되기도 하고 한참 뒤에 그와 비슷하게 되기도 합니다. 어느 경우이든 생각은 어마어마한 형성의 힘을 갖고 있습니다. 당신도 이런 경험이 있을 테니 그에 대해 이야기해봅시다. 이제 당신의 생각대로 더 좋은 일이 언젠가는 실현될 것입니다."

④ 이처럼 생각은 현실 처지와 현실에 대한 기분을 긍정적으로도 부정적으로도 만든다. 그런데 회광반조해보면 '긍정적인 생각', '부정적인 생각' 혹은 '행복한 느낌', '불행한 느낌'도 그 근거가 없는 분별심에 따른 착각의 소산이다. 그런 착각조차 내려놓아야 한다. 생각과 생각의 결과로부터도 자유로울 수 있어야 한다는 것이다. 궁극적으로 말하자면, '아상我相'이나 '산냐'[69]를 버려야 한다. 산냐를 극복하면 부정적 생각이란 폐단은 자연히 사라질 것이고, 그렇게 되면 우울한 느낌이나 감정도 성립되지 않는다.

상담자의 말 : "내가 생각을 간절히 가져 마침내 이루고자 하는 것은 무엇입니까? 그것으로써 무얼 하려 합니까? 나는 언제나 옳다고 고집하는 자세와 내가 모든 판단의 기준이 되는 것을 반성합니다. 영원히 변하지 않는 나란 존재하지 않습니다. 내가 이 세상에서 혼자만 동떨어져 살 수도 없습니다. 그런 점에서 변하지 않는 절대적 나는 존재하지 않습니다. 절대적 내가 존재하지 않기에 절대적 생각이란 것도 없습니다."

---

69   산냐란 대상을 받아들여 개념 작용을 일으키고 이름 붙이는 작용으로서, 사람을 집착하게 하고 불행하게 만드는 기본 성향이다.(각묵, 『금강경 역해』, 불광출판부, 2001, 76~82면)

(4) 생각을 넘어서서 평온을 경험하는 수행

생각은 어디까지나 생각이고 그 생각이 결국 자신을 옭아매고 괴롭히기에 그 생각까지 넘어서서 평온을 확보하기 위한 수행법을 공부한다. 이미 상담이 본 궤도에 올랐고 내담자도 생각 차원에서 큰 변화를 경험한다. 중요한 것은 생각의 변화에 머무르면 안된다는 것이다. 생각 자체에 몰입하는 것은 또 다른 집착을 불러온다. 부정적인 생각을 바꾸어 긍정적인 생각을 가지는 것은 물론 중요하지만, 그 단계를 발판으로 삼아 한 단계 비약하는 것이 더 중요하다. 그것은 생각의 굴레를 벗어나는 것이다. 생각의 굴레를 벗어나는 것은 자기 본성을 바라보고 감지하고 인정하려 하는 마음가짐이 갖춰질 때 가능해진다. 우리 모두는 위대한 본성의 소유자이다. 위대한 본성을 소유한 우리들이 구차한 이 생각 저 생각에 노예가 되어 이리저리 헤맨다는 것을 내 스스로 용납할 수가 없다. 이처럼 우리가 위대한 본성의 소유자란 진리를 깨닫고 받아들이기 위해서는 수행이 필요하다.

상담자는 내담자에게 매일 비슷한 시각에 규칙적으로 다음과 같은 사항을 떠올리며 내면을 돌아보라고 권고한다. 그 내용은 참선 수행의 '이뭐꼬' 화두 들기를 대중의 수준에 맞게 변형한 것이다.

나의 문제는 무엇인가? 내 불행의 본질과 근원은 무엇인가? 지금 내가 느끼는 불안이나 고통을 극복하기 위해서는 내 생각을 어떻게 바꾸어야 할까?

이러한 사항에 대해 아는 것이 중요하지만, 아는 것에 머물러서는 안된다. 나의 존재와 삶에 대한 생각을 바꾸고 그에 따라 행동하는 것도 중요하지만,

그 생각조차 넘어서기 위한 수행이 필요하다.

조용한 곳에 앉아서 몸을 편안하게 하자. 마음을 가라앉히자. 숨이 들어가고 나가는 것을 관찰하자. 한곳에 집중하자.

어떤 것에 집중할까?

나는 이 세상에 태어나기 전에는 무엇이었는가? 어머니 뱃속으로부터 나올 때 나는 얼마나 작은 몸이었는가? 그렇게 작은 몸으로 태어난 내가 어떻게 하여 지금 이렇게 컸는가? 태어났을 때 아무 생각도 못했던 내가 이렇게 복잡한 생각을 하게 된 데에는 어떤 깊은 뜻이 있는가? 마침내 지금 나는 정말 누구인가? 지금 나의 본성은 무엇인가?

이런 주제들에 대해 명상한다. 이 일련의 명상 주제들을 하나의 문장으로 만든다. 어떤 다른 생각도 하지 말자. 다만 다음 한 문장만을 떠올리자. 쉽게 해답을 구하지 말고 한없이 간절하게 의심하자.

"이 몸과 마음을 끌고 다니는 이것이 무엇인가?"[70]

이상과 같은 수행문을 속으로 읽으면서 마음을 정돈하다가 마음이 고요하게 되면, 오직 "이 몸과 마음을 끌고 다니는 이것이 무엇인가?"라는 의문만을 되풀이 한다. 그것은 놀랄 만한 집중과 안정, 해방을 가져온다.

---

70   이강옥, 「구운몽과 불교경전을 활용하는 우울증 치료 프로그램(DTKB Program) 구안」,
      『문학치료연구』 제12집, 한국문학치료학회, 2009, 200~201면.

① 내가 싫어하거나 증오하는 사람을 위해 기도하고 축원하여 봅시다. 그때 나의 내면에 어떤 느낌과 변화가 일어났는지 기록하여 봅시다. 이때 다음과 같은 『마태복음』 구절을 참고합니다.

"'네 이웃을 사랑하고 원수를 미워하여라'고 하신 말씀을 너희는 들었다. 그러나 나는 이렇게 말한다. 원수를 사랑하고 너희를 박대하는 사람들을 위하여 기도하여라. 그래야만 너희는 하늘에 계신 아버지의 아들이 될 것이다. 아버지께서는 악한 사람에게나 선한 사람에게나 똑같이 햇빛을 주시고 옳은 사람에게나 옳지 못한 사람에게나 똑같이 비를 내려주신다."

"하늘에 계신 아버지께서 완전하신 것같이 너희도 완전한 사람이 되어라."(『마태복음』 22장 43~48절)

② 당신은 죽음을 어떤 태도로 맞이할 수 있습니까?
③ 당신은 죽음 뒤에 세계가 있다고 생각합니까, 없다고 생각합니까? 있다고 생각한다면 사후 세계는 어떻게 묘사될 수 있습니까?

7) 제7회기 ─ 죽음에 대한 성찰과 수면 수행

죽음에 대한 관념은 종교나 개인의 경험, 신념체계 등에 따라 다양하게 마련이다. 여기서는 주로 불교 쪽의 죽음 통찰이나 임사臨死 체험 및 환생 체험을 바탕으로 하면서, 기독교 쪽의 사후경험 해설서나 죽음 보고 등도 참조하여 죽음 성찰론을 모색한다.

상담자는 내담자의 종교나 신념체계를 고려하면서 죽음에 대한 성찰을 융통성 있게 이끌어야 할 것이다. 만일 다음부터 제시하는 내용이 내담자의 종교적 신념이나 죽음관과 어긋난다면, 내담자로 하여금 자신의 죽음관을 진술하게 하고 그와 관련하여 상담자와 내담자가 생각을 교환하는 방법으로 상담을 이끌어가는 것도 매우 유익할 것이다.

(1) 죽음에 대한 기초적 이해[71]

상담자와 내담자는 죽음에 대해 자유롭게 의견을 교환한다. 사람이 죽는다는 것은 어떤 것이며 죽으면 어떻게 되며 궁극적으로 죽음이란 어떻게 규정지어야 될 것인가에 대해 생각을 수렴해간다. 그러는 데 참고할 만한 죽음관은 다음과 같은 것이다.

① 임종

죽음이 다가오면 스스로 내 삶의 가장 결정적인 순간이 다가오고 있다는 것을 명심하는 게 중요하다. 내가 죽는 순간에 다가간다는 것은 내 삶이 결정적으로 달라질 기회가 다가온다는 뜻이기도 하다. 그 순간은 내 마음에 평화와 기쁨을 가져다 줄 수도 있다. 마음이 흐트러지게 하지 말고 소중한 어떤 것에 집중한다. 남과 싸웠거나 남을 미워한 기억을 되살리기보다는 내가 자비심을 내어 남을 용서하고 사랑한 기억

---

71 이하의 내용은 다음 책들을 두루 읽은 결과와 선지식으로부터 들은 설법 내용을 저자가 정리한 것이다. 참고한 대표적인 책들은 다음과 같다. 툴쿠 퇸둡 림포체, 도솔 역, 『평화로운 죽음 기쁜 환생』, 도서출판 청년사, 2007; 구나라뜨나, 『우리는 어떤 과정을 통하여 다시 태어나는가』, 고요한 소리, 1980; 파드마 삼바바, 『티벳 死者의 書』, 정신세계사, 1995; 엘리자베스 퀴블러 로스, 『사후생』, 대화출판사, 2002; 디팩 초프라, 『죽음 이후의 삶』, 행복우물, 2007.

을 되살린다. 그리고 그렇게 되려고 노력한다. 탄식하기보다는 축원을 한다. 증오하고 집착하고 혼란된 부정적인 마음이 아니라, 열려 있고 안정되며 평화로운 긍정적인 마음을 갖도록 노력한다. 마음이 안정되지 않고 온갖 망상이 일어난다면 그 모든 것은 실재하지 않는 꿈이라고 자기에게 암시를 준다.

임종을 지켜보는 사람은 임종자가 죽음의 과정에 있는 동안 그의 몸의 아래쪽이나 발치에 앉지 말며, 임종자의 몸의 아래쪽이나 발치에 물건들이 놓이지 않도록 해야 한다. 임종자의 주의가 몸의 아래쪽으로 쏠리면, 죽음의 순간에 그의 의식이 아래에 있는 입구 중의 하나로 빠져나갈 수 있다고 한다. 아래에 있는 입구는 더 낮은 세계에서 환생하도록 만드는 문이 될 수 있다. 따라서 임종자가 위쪽으로 주의를 향하도록 돕는 것이 좋다. 임종을 지켜보는 사람은 임종자의 머리맡에 앉아 임종자의 정수리 부분을 가볍게 만져준다. 머리 쪽에 종교적인 물건이나 제단을 설치하고, 머리 쪽을 향해 기도문을 암송한다. 그리고 사망 뒤 며칠 동안은 고인의 물건 등을 평소대로 보관해야 한다. 고인의 혼을 혼란시키지 않을 수 있기 때문이다.[72]

고인의 이름이나 시신 등이 다른 사람의 집착이나 분노, 혐오의 대상이 되지 않도록 배려해야 한다. 다른 사람이 고인에 대해 부정적인 생각을 하거나 부정적인 감정을 일으키면 고인의 혼에게 좋지 않은 영향을 준다고 한다. 고인에게 평화와 기쁨을 가져오기 위해서는 차분하고 평화로운 마음과 분위기를 유지하여야 한다. 평화와 기쁨은 더 많은 평화와 기쁨을 불러온다. 이것이 업의 법이요 인과의 법칙이다.

---

72 툴쿠 퇸둡 림포체, 앞의 책, 350면.

② 바르도

이제 혼이 이생과 다음 생의 경계 공간에 잠시 머물 텐데, 그것을 바르도라 부른다. 바르도 기간을 잘 보내는 것 역시 매우 중요하다. 그러기 위해 고인의 혼으로 하여금 자신이 죽었다는 사실을 분명하게 인정하게 해야 한다. 혼이 자신의 죽음을 확인하는 방법도 있다 한다.[73]

바르도 기간에는 정신만 존재하지 육체는 없다. 살았을 때의 부정적인 습관들은 망상과 두려움의 세계로 나타나고, 긍정적 습관들은 평화와 기쁨의 세계로 나타난다. 바르도 기간은 49일쯤 된다. 불교 쪽에서 49재를 지내는 것도 이런 판단에 근거해서다.

바르도 기간의 전반부에서 사람은 몸과 감정을 여전히 갖고 있다고 느낄 수 있지만, 후반부에서는 환생한다는 것을 느낄 수 있다.[74] 바르도

---

73 이를 구체적으로 소개하면 다음과 같다. ① 거울이나 물을 들여다보라. 물 표면에 자기 모습이 비치지 않는다면, 당신은 죽은 것이다. ② 모래나 눈 위를 걸어보라. 발자국이 찍히지 않는다면 당신은 죽은 것이다. ③ 햇빛 아래를 걸어보라. 몸 옆에 그림자가 드리워지지 않는다면 당신은 죽은 것이다. ④ 다른 사람을 쳐다보고 말을 걸어도 다른 사람이 예외 없이 대꾸를 해주지 않으며, 또 당신을 쳐다보지도 않으며, 당신에게 어떤 음식도 가져다주지 않는다면 당신은 죽은 것이다.(위의 책, 163면)

74 『티벳 사자의 서』에서도 이와 비슷하지만 약간 다르게 설명한다. 즉, 바르도를 '치카이 바르도', '초에니 바르도', '시드파 바르도'로 삼분한다. 치카이 바르도는 죽음 뒤 3~4일경까지인데, 이 무렵 의식체(혼)는 자신이 육체로부터 분리되었다는 사실을 알지 못하고 기절 상태나 수면 상태에 빠진다. 존재의 근원으로부터 밝아오는 순수한 빛이 다가오지만, 사자는 자신의 카르마 때문에 그 빛을 흐릿하게만 인식한다. 초에니 바르도에서 사자는 비로소 자신이 죽었다는 사실을 깨닫는다. 그래서 존재의 근원을 체험하지만, 육체를 소유하려는 강력한 욕망을 갖기 시작하기도 한다. 마지막 시드파 바르도에서는 의식체가 인간계나 다른 세계, 또는 극락세계에 환생한다. 이 세 단계가 보통 사람의 경우이다. 반면 수행을 깊이 하여 깨달음의 경지에 이른 사람은 바르도를 거치지 않고 곧바로 '대평화의 니르바나'로 들어가거나, 곧바로 이 세상에 환생한다.(파드마 삼바바, 앞의 책, 86~87면; 같은 책, 227~447면) 또 단정자취는 임종(臨終) 중음, 법성(法性) 중음, 수생(受生) 중음 등으로 나눈다. 임종 중음은 죽음의 첫 단계로 우리 몸의 생명을 이루고 있던 기본 요소들이 해체되어 사라지는 과정이고, 법성 중음은 빛, 소리, 색깔의 양상으로 사람의 본성이 드러나는 과정이며, 수생 중음은 죽은 이가 다시 태어날 때까지 저승에서 생활

에서 고인의 마음은 어떤 구조적인 제약도 없이 빠르게 변화할 수 있다고 한다. 그러나 바람직한 쪽으로 변화하는 길을 발견하고 그것에 집중하는 것은 매우 어렵다고 한다. 육신이 더 이상 뒷받침해주지 않는 상황에서 마음 스스로가 자신을 변화시키는 것이 쉽지 않을 것이다. 이때 마음은 살아생전 자신이 습관적으로 해오던 것에 의지하여 그대로 살아가기 십상이다.

바르도에서 혼의 마음은 더욱 날카롭고 민감하게 경험한다. 살아 있는 동안에 긍정적인 경험을 축적해놓았다면, 이 바르도의 통로에서 혼은 매우 쉽고, 분명하게 나아갈 것이다. 그러므로 살아 있을 때 긍정적인 경험을 쌓고 그것을 습관으로 내면화하는 것이 중요한 것이다. 살아 있는 동안에 평화와 기쁨, 개방성 등이 마음의 일부가 되어 있다면, 바르도에서 우리를 둘러싼 모든 정신 상태들과 현상들이 긍정적인 모습과 경험으로 일어날 것이다.

한편 죽음 뒤의 상태는 잠들어 꿈을 꿀 때와 비슷하다고도 한다.[75] 어떤 꿈을 꾸는가는 잠들기 전 마음의 상태에 의해 좌우된다. 그렇듯 사람이 죽은 뒤 바르도 기간에 보는 것은 살아있을 적 마음의 상태에 달린 것이다.

사람이 좋은 공덕을 이루고 수행을 많이 했다면 바르도를 지나면서 두려움이나 고통을 느끼지 않는다. 진정한 공덕의 힘과 수행을 통한 깨달음에 의해 정토에 환생하거나 최소한 행복한 세계로 환생할 수 있을 것이다.

하는 기간이라 한다.(단정쟈춰, 『꿈─삶과 죽음을 바라보는 티베트 사람들의 지혜』, 호미, 2003, 7면) 이런 설명법은 모두 동일한 통찰과 깨달음, 경험을 바탕으로 한 것이다.
75 위의 책, 8면.

③ 환생

바르도의 후반부가 되면 갖가지 색깔의 빛을 보게 된다고 한다. 그 빛깔은 살아 있을 적 업이나 감정, 욕망이 가진 에너지를 상징한다. 그리고 환생할 세계에 대응된다.

어느 정도 선행을 했지만 대체로 거만하거나 욕망에 사로잡혀 있는 사람은 하얀빛을 보게 된다. 하얀빛은 사람을 각각 천상계나 인간계에서 태어나도록 한다. 질투나 무지에 사로잡힌 사람은 부드러운 노란빛을 보게 된다. 그것은 각각 아수라계와 축생계에 태어나도록 한다. 핏빛을 보는 사람은 축생계에 환생하고, 눈보라나 비바람 색깔을 보는 사람은 아수라계에서 환생할 수 있다. 악행을 저지르고 인색함과 탐욕의 감정을 여전히 가진 사람은 흐릿한 빛을 목격한다. 그것은 아귀계로 가도록 밀어붙인다. 증오심이 지배적인 감정인 사람은 통나무 조각이나 둥둥 떠다니는 검은색 양털 같은 빛을 본다. 그것은 지옥계에 환생하도록 만든다. 이렇게 다시 태어날 세계가 평소의 업에 의해 대체로 결정되지만, 죽음의 순간이나 바르도 기간을 어떻게 보내는가에 따라서도 영향을 받는다.

이런 환생의 고리를 초월하는 것이 극락정토 탄생이다. 일단 극락정토의 존재를 믿고 마음을 아미타불과 그의 정토에 집중하는 것이 중요하다. 이런 조건이 갖춰졌을 때 사람의 혼은 몸을 벗어나자마자 정토를 향해 솟아오르는 느낌을 받는다. 그 순간 사랑하는 사람이나 적들을 만나거나 그들이 뒤에서 부르는 소리를 들을 것이다. 그러나 그들은 정말로 사랑하는 사람들이 아니고, 정토로 나아가는 자신을 방해하는 자신의 감정일 뿐이다. 오로지 정토에만 온 정신을 집중하여야 한다. 이 단계를 위해 『티벳 사자의 서』는 이렇게 충고한다.

> 이때 그대에게 나타나는 환영을 따르지 말라. 거기에 매혹되지 말라. 마음이 약해지지 말라. 만일 그대가 나약해져서 환영에 이끌리게 되면 그대는 다시금 윤회계의 여섯 세계에 떨어져 방황하며 고통받을 것이다.

> 그대는 어제까지도 초에니 바르도[76]를 깨닫지 못했었다. 그 결과 방황하여 이곳에 이르렀다. 만일 지금이라도 진리를 단단히 붙들려고 한다면 그대는 그대의 영적 스승으로부터 설명을 들었듯이 밝고 순수하고 티없이 맑으며 텅 빈 충만으로 가득한 무위(無爲)와 무집착의 상태에 그대의 마음을 머물게 해야 한다. 그럼으로써 그대는 자궁에 들어가지 않고 대자유에 이를 것이다. 그러나 그대가 그대 자신을 알 수 없을 때는 그대의 수호신과 영적 스승이 누구든지 강한 애정과 겸허한 믿음으로 그들에 대해 명상하라. 그들이 그대의 정수리에 그림자를 드리우고 있는 것처럼 상상하라. 이것은 너무도 중요한 것이다. 마음을 다른 곳에 빼앗기지 말라.[77]

이상 죽음을 어떻게 볼 것인가에 대해 불교적으로 정리했다. 이 부분은 내담자의 종교적 성향에 따라 다소 신축성 있게 응용되어야 하겠다. 내담자가 불교적 성향이 강하거나 내세우는 종교가 없다면 위와 같은 죽음에 대한 설명법은 충분히 설득력을 갖추어 수용될 수 있다. 반면 내담자가 기독교적 성향이 강한 경우라면, 약간의 수정과 선택이 필요하다. 즉 환생을 실제로 일어나는 현상으로 설명하기보다는, 일생 동안

---

76   각주 75를 참조할 것.
77   파드마 삼마바, 앞의 책, 370~371면.

어떤 생각을 했고 죽는 순간 어떤 마음의 상태였는가에 의해 결정되는 일종의 의식 현상으로 설명해주는 게 더 좋겠다.

내담자가 어떤 종교를 신봉하든, 사람이 죽는 순간의 마음의 상태야 말로 중요하다는 것은 인정할 수 있을 것이다. 또 죽는 순간의 마음의 상태는 그 사람이 한 평생을 어떤 마음가짐으로 행동하며 살아왔는가에 그대로 연결되어 있다는 점도 분명하다.

이와 관련하여 기독교는 '부활'로 설명한다. 『다니엘서』 12 : 2~3과 『마카베오서』 하 7 : 14 등에서 그것을 확인한다. 『다니엘서』에 이렇게 기록되어 있다.

> 땅의 티끌 가운데서 자는 자 중에 많이 깨어 永生을 얻는 자도 있겠고 羞辱을 받아서 무궁히 부끄러움을 입을 자도 있을 것이며 지혜 있는 자는 穹蒼의 빛과 같이 빛날 것이요 많은 사람을 옳은 데로 돌아오게 한 자는 별과 같이 영원토록 비취리라.(12장 2절)

또 『마카베오서』 하 7장은 소위 '마카베오의 일곱 형제와 어머니의 순교'를 서술하면서 다음과 같이 부활의 메시지를 전한다.

> 그(넷째 아들)는 죽는 마지막 순간에 왕에게 다음과 같이 말하였다. "나는 지금 사람의 손에 죽어서 하느님께 가서 다시 살아날 희망을 품고 있으니 기꺼이 죽는다. 그러나 너는 부활하여 다시 살 희망은 전혀 없다."(7장 14절)

여기서 죽어서 부활하는가 않는가는 평소 행위와 죽는 순간이 하느님의 뜻에 부합하는가 않는가에 의해 결정된다는 것을 주장하고 있다. 이 역시 죽음 뒤의 세상은 살아 있을 때의 삶의 태도와 죽는 순간의 의식 상태와 긴밀히 연관되어 있다는 점에서 불가적 환생과 비교된다.

또 이 세상에 부활하는 경우도 명백하게 보여주기도 한다. 『마태복음』에 이렇게 되어 있다.

> 죽은 자의 復活을 議論할진대 하나님이 너희에게 말씀하신바 나는 아브라함의 하나님이요 이삭의 하나님이요 야곱의 하나님이로라 하신 것을 읽어보지 못하였느냐 하나님은 죽은 자의 하나님이 아니요 산 자의 하나님이시니라 하시니 무리가 듣고 그의 가르치심에 놀라더라.(22장 31~33절)

여기서 예수님께서 사두가이파 사람에게 부활의 존재를 명확히 제시한 것으로 해석된다. 하나님은 조상 누구의 하나님"이다"라 말했지, "이었다"고 말하지 않았다. 조상들은 아직도 완전히 죽어버린 것이 아니다. 하나님은 살아 있는 그들의 하나님인 것이다. 이 세상에 죽은 조상들의 영혼은 살아 있다. 영혼의 불멸성이 있다면 육체의 부활이 있어야 하는 법이다.[78]

---

[78] 『마태복음』, 534면. 『누가복음』은 더 분명하게 부활과 영생의 메시지를 전한다. "그들은 천사들과 같아서 죽는 일도 없다. 또한 죽었다가 다시 살아난 사람들이기 때문에 하느님의 자녀가 되는 것이다. 모세도 가시덤불 이야기에서 주님을 가리켜 '아브라함의 하느님, 이사악의 하느님, 야곱의 하느님'이라고 불렀다. 이것으로 모세는 죽은 자들이 다시 살아난다는 것을 분명히 보여주었다. 이 말씀은 하느님께서 죽은 자의 하느님이 아니라 살아 있는 자의 하느님이시라는 뜻이다. 하느님 앞에 있는 사람들은 모두 살아 있는 것이다."(20장 36~38절)

천상계, 인간계, 아수라계, 극락 등 사람이 죽고 난 뒤 간다는 세계가 과연 실재하는 것일까? 이에 대해 상담자와 내담자는 진지하게 이야기를 나누어봄 직하다. 그러나 상담자와 내담자가 받아들여야 할 가장 중요한 내용은, 사후 세계의 실재 여부라기보다는, 사람이 가지고 있는 '사후 세계에 대한 생각(혹은 관념, 이미지, 믿음)'이 죽음 이후의 형편을 결정한다는 점이다. 어떤 사람이 평소 '나는 내가 죽으면 이렇게 된다고 생각해' 혹은 '나는 죽어서 이렇게 될 거야'라 말하거나 생각했다면, 과연 그렇게 된다는 것이다. 죽음 이후에는 살아 있을 때보다 더 예민하고도 뚜렷하게 순간적 생각에 좌우되기 때문이다. 상담자와 내담자는 이런 차원의 확신을 갖고서 좋은 환생이 이루어지도록 노력해야 할 것이다.

(2) 『구운몽』을 통해 읽는 죽음의 과정

육관대사가 연화도량으로부터 성진을 쫓아내려 하자 성진은 엉엉 울면서 연화도량에서 계속 살게 해달라고 애걸한다. 그때 황건역사가 나타나 성진을 잡아서 염라대왕 앞으로 데리고 간다. 성진이 염라대왕 앞으로 끌려간다는 점을 고려한다면, 성진이 연화도량으로부터 쫓겨난다는 것은 즉 성진이 죽어가는 과정에 해당한다.

앞에서 성진이 양소유로 환생하는 것은 성진의 생각 속에서 일어나는 일이라 하였다. 그 맥락에서 본다면, 육관대사가 성진을 쫓아내려 하는 것은 육관대사가 성진에게 아상我相을 버리라고 가르치는 것에 해당한다. 그러나 아상에 집착해 있는 성진에게 아상을 버리는 것은 죽음과 다를 바 없이 힘들고 충격적인 일이다. 내가 있다는 생각은 내 생명의 근본적 전제 조건이라고 생각하기 때문이다. 내가 없으면 도대체 이 세상이 존재할 수 있을까? 아니 설사 이 세상이 존재한다 하더라도 내가 없는데 무슨 의미가 있단 말인가? 이렇게 회의에 빠질 것이기 때문이다. 그런 점에서 이상을 버리는 것은 죽는 것과 다를 바 없다. 그래서 육관대사가 성진에게 연화도량을 떠나라고 하자 성진은 발버둥치는 것이다. 그것은 죽지 않겠다고 발버둥치는 모습과 같다.

황건역사에 의해 염라대왕 앞으로 끌려간 성진은 환생을 위한 심판을 받는데, 심판 기준은 전생의 공덕 정도다. 그 뒤 성진의 혼은 양씨 집안으로 환생하기 위하여 바람을 타고 간다. 성진의 혼은 자기가 환생할 공간을 바라보면서 전생의 자기 육신을 걱정한다.

> 성진이 묵상했다. '지금 나는 인간 세상에 환생할 것이다. 나를 돌아보니 혼만 있을 뿐이네. 내 골육은 연화봉에서 이미 재가 되었을 것이지. 나는 연소한 고로 제자조차 기르지 못했으니 누가 나의 사리를 거두어줄까?'[79]

혼과 육신이 분리되고 혼이 육신을 대상화하여 물끄러미 바라보는 상황은 임사자 체험기에서 공통적으로 발견되는 바와 동일하다. 염라대왕 사자에 의해 떠밀린 성진은 앞으로 나뒹구는데, 그 순간 하늘과 땅이 뒤바뀐 듯하여 '살려줘요, 살려줘요' 소리쳐도 그 소리가 목구멍 밖으로 나가면서 말이 되지 않고 다만 아기 울음소리가 될 뿐이었다. 혼과 육신이 걸맞지 않은 과도기를 이렇게 묘사하였다. 양소유는 한동

---

79 性眞默想曰 : "今者我當輪生於人世, 而顧此形身, 只簡精神而已, 骨肉正在蓮花峰上, 已火燒矣. 我以年少之故, 未畜弟子, 更有何人, 收我舍利?"(정규복, 앞의 책, 173면)

안 남악 연화봉의 전생을 기억하기는 했지만 점점 자라면서 전생 일은 잊어버렸다.

『구운몽』의 이 부분은 죽음과 환생의 과도적 통로인 '바르도'와 환생 자체를 보여준다. 성진의 입장에서 보면, 실제로는 죽지 않고 관념적으로 죽어 환생한다. 독자의 입장에서 보면 비교적 가벼운 마음으로 성진의 죽음을 바라볼 수 있으면서도 실질적으로는 매우 심각하게 스스로의 죽음을 대상화하여 관찰할 수 있다. 그런 점에서 『구운몽』의 이 부분은 내담자로 하여금 죽음의 과정을 바라보고 성찰할 기회를 제공한다. 상담자는 이 장면을 계기로 삼아 죽음에 대해 내담자와 솔직한 대화를 나눌 수 있다.

(3) 죽음의 본질과 죽음을 맞이하는 바람직한 마음가짐

죽음 앞에서 우리는 어떻게 생각하고 행동할 것인가? 이런 의문을 가질 때 가장 먼저 떠오르는 사람이 실존주의자 카뮈이다. 그는 교통사고로 사망했지만, 자살일 가능성도 있다고 한다. 카뮈의 유명한 소설 『시지프의 신화Le Mythe de Sisphe』에는 이런 구절이 있다.

> 진정으로 진지한 철학적인 주제는 오직 하나인데, 그것은 자살이다. 인생이 살 만한 가치가 있는지 없는지를 판단하는 것은 근본적으로 철학적 질문에 대답하는 것이다.

인생이 살 만한 가치가 있는지 없는지를 판단하는 것을 가장 중요한 철학적 과제로 생각하고, 그런 판단에 따라 자살을 할지 말아야 할지를 결정하는 것이다. 카뮈는 마침내 생이 죽음을 지배해야 하며, 그것이야 말로 생의 승리라고 했다. 그는 '희망이 부재하지만 그래도 우리는 살아남기 위해 끊임없이 투쟁해야 한다. 그리고 우리는 그렇게 하고 있다 —가까스로'라고 죽음이 아닌 생의 손을 들어준다.

그러나 생에 대한 카뮈의 변명은 너무나도 초라하다. 또 그런 수준의 변명밖에 하지 못하는 그가 안쓰럽기도 하다. 만일 카뮈의 말처럼 우리가 '투쟁해야만 살아남을' 수 있다면, 과연 살아가는 것이 가치가 있다고 주장할 수 있을까? 계속 살기 위해 투쟁해야만 할 정도로 살아가는 것 자체의 의미가 없다면 차라리 빨리 죽는 게 더 낫지 않을까 하는 생각을 하는 것도 정당할 것이다. 카뮈가 심각한 우울증과 정서장애를 가졌던 사실도 그가 이와 같이 생에 대해 적극적인 의미를 부여하지 못한 것과 무관하지 않을 것이다.

죽음과 자살 문제는 삶에 대한 근본적 시각과 삶의 방식에 대한 성찰, 그리고 삶 자체에 대한 의미부여 등과 긴밀히 연결된다. 우울증 환자가 자살하려는 충동을 느끼지 않고 또 자살하지 않도록 하기 위해서는 사람의 보통 삶이 가치가 있는 것이고 그 의의도 적지 않다는 진실을 설득력 있게 이야기할 수 있어야 한다. 자살을 막기 위해서는 삶에 대한 성숙하고 심오한 성찰이 필요한 것이다.

내담자는 이미 자살을 기도한 경험이 있을 수 있고, 자살을 생각해본 경우는 더 많을 것이다. 상담자는 조심스럽지만 또렷하게 죽음의 본질과 죽음을 맞이하는 사람의 마음가짐에 대해 이야기를 시작할 수 있어야 한다. 우울증을 앓는 사람들이 자살을 기도하는 것은, 죽음이 삶의 고통에서 해방될 수 있는 방법이 된다고 보았거나 혹은 죽으면 삶의 문제가 다 해결될 것이라고 생각했기 때문이다. 그러나 자살은 결코 그런 막연한 기대를 충족시켜주지 못한다. 죽음으로써 삶의 문제나 고통을 해결하려 하는 잘못을 저지르지 않기 위해서는 죽음의 본질에 대해 정확하게 알아야 한다.

죽음 현상을 어떻게 이해하여야 할까? 죽음 뒤의 세계는 있는가? 있다면 어떻게 존재하는 것일까? 종교나 인생관에 따라 이에 대한 답은 차이가 있을 것이다. 그리고 이런 질문과 답은 대단히 추상적인 주장과 믿음으로 귀결될 가능성이 크다. 그리고 아마도 대부분의 사람들은 죽음 자체나 죽음 뒤의 세상에 대해서 불가지론의 입장에 서 있을 것이다. 그렇지만 우리 삶에 있어서 가장 중요한 요건 중 하나는 죽음에 대한 바람직한 견해를 갖는 것이다. 그리고 어떤 죽음관을 갖든, 죽음에 대한 정확한 이해는 자살이란 것이 옳지도 않고 유용한 것도 아니라는 것을 알게 해준다는 것이다.

내담자로 하여금 죽음은 끝이 아니라 새로운 시작임을 알고서 그런 생각을 받아들이게 해야 한다. 죽음은 사람이 살아 있을 때 일궈온 일들이 업業의 인과법칙에 따라 결실을 맺는 순간이다. 그런 점에서 죽는 것은 새 삶을 시작할 기회를 잡는 순간인 것이다.

업의 영향은 살아 있을 때보다 죽었을 때 더 결정적이고도 직접적으로 나타난다. 사람이 살아 있을 때는 혼이나 마음이 육체의 구속으로부터 자유롭지가 않다. 그에 비해 사람이 죽으면 혼이나 마음은 육체의 구속으로부터 해방되어 자기만의 길을 갈 수 있게 된다. 혼이나 마음이 가는 길을 결정하는 것은 살았을 때 일상적으로 만들어놓은 습관이나 업이라 한다.

사람이 살아 있을 때 그 마음이 기쁨으로 가득 차 있다면, 보고 듣는 것이 기쁘다. 마음이 분노로 가득 차 있다면, 보고 듣는 것이 화가 난다. 마음의 상태에 따라 지각과 인식, 느낌이 결정되는 것이다. 이런 현상은 죽는 과정에서 더 강하게 나타난다 한다. 사람의 육체가 죽게 되면 혼은 더욱 자유롭고 유동적이게 된다. 이 단계에서 혼은 살았을 때 만들어놓은 정신적 감정적 성향을 따라가게 되어 있다. 일종의 관성을 따르는 것이다.

죽은 뒤 무엇이 자신을 기다리고 있을지 분명하게 알지 못하는 대부분의 사람들은 죽음에 대해 불안해한다. 그러나 죽음이란 더욱 편안하고 아름다운 다음 세계로 들어갈 수 있는 귀중한 기회라는 것을 받아들이면 그렇게 불안하지는 않을 것이다. 그리고 그런 죽음을 찬찬히 대비할 수 있는 시간을 아껴야 할 때에 섣불리 스스로 목숨을 단축하는 것이 어리석은 짓이라는 것을 절감하게 될 것이다.

아무리 늙었다 하더라도 숨이 끊기기 직전까지 삶의 방향을 바꿀 가능성은 있다. 그래서 평화로운 임종이 중요하다. 죽음의 순간을 직면했을 때, 긴장을 풀고서 각자가 살아생전 일구어온 평화와 기쁨을 최대한 느끼도록 하면 된다.

반대로 나이가 많지 않다면, 시간은 충분하다. 우리는 지금 당장 자신의 미래, 사후의 삶을 개선하기 위해 최선을 다해야 한다. 죽음의 세계 입구에서도 삶의 방향을 바꿀 가능성은 있지만, 약해진 혼이 자신을 추스르지 못할 가능성도 크다. 육신과 혼이 생생한 힘을 갖고 있을 때 준비를 하는 것이 현명하다.

상담자는 이와 같은 내용을 내담자와 이야기함으로써 내담자로 하여금 죽음에 대한 기본적인 생각을 정립하게 한다.

(4) 수면수행과 매일 경험하는 죽음과 환생

살아 있는 사람은 죽음을 직접 경험할 수 없지만 임사체험은 그것을 가능하게 한다. 임사체험을 한 사람들은 그 체험 뒤에 상당한 변화를 경험한다고 한다. 특히 그들은 자기와 세계에 대한 근본적 통찰을 할 수 있게 되어 남은 삶을 행복하게 영위한 경우가 많다. 또 그 체험 뒤에 죽음에 대한 공포가 현저히 줄어들었다고 한다.[80] 임사체험을 하지 않은 사람들도 임사체험자들의 체험담을 읽으면서 임사체험자가 먼저 겪었던 변화를 미약하게나마 누릴 수 있을 것이다.

이처럼 중요한 것은 체험이다. 임사체험을 통하여 죽음을 직접 체험할 수 없다면, 그와 유사한 체험을 해보는 것은 차선책이 될 수 있다. 잠자는 과정은 죽는 과정과 가장 유사하다는 사실은 이미 깨달은 분들에 의해 지적된 바 있고[81] 우리 스스로도 절실히 느끼고 있는 바다.

졸음을 느끼고 침대에 누워 차분히 잠들기를 기다리는 과정이야말로 죽음의 과정을 연상하며, 죽음의 과정과 별 차이 없다. 존 로크John Locke는 매일 밤 신이 내려와 나의 영혼을 죽이고 새로운 영혼을 불어넣는 경

---

80 '아이러니하게도 죽음의 문턱에 발을 들여놓은 끔찍한 체험에도 불구하고, 대부분의 체험자들은 죽음에 대한 공포가 늘어나기보다는 오히려 줄어들거나 완전히 없어진다고 보고한다.'(제프리롱・폴 페리, 한상석 역, 『죽음, 그 후─10년간 1,300명의 죽음체험자를 연구한 최초의 死後生 보고서』, 에이미팩토리, 2010, 219면)

81 단정쟈춰, 『꿈─삶과 죽음을 바라보는 티베트 사람들의 지혜』, 호미, 2003, 8면.

우를 떠올린 바 있다. 물론 로크가 이런 시나리오를 설정한 것은 그럴 경우 사람의 자기 동일성이 유지되는가 않은가를 성찰하기 위한 것이다.[82] 아마도 로크는 사람이 잠들어 자는 과정이 자기 동일성을 심각하게 달라지게 할 수 있다는 것을 의식하고 우려하기도 한 것 같다. 그럼에도 불구하고 잠을 죽음의 과정과 연결시켜보지는 않은 것 같다.

하루는 나의 일생이고 잠자기 위해 침대에 누운 것은 내가 병에 들거나 육신의 힘이 다하여 생을 마무리하기 위해 누운 것이다. 잠들기 직전에 어떤 것을 떠올리고 어떤 생각을 하고 누구에게 어떤 말을 하고자 하는가는 내가 죽기 전에 내 일생을 떠올리고 임종 전 어떤 생각을 하고 임종 시 누구에게 어떤 유언을 하는가에 해당한다.

잠자기 위해 누운 침대는 병실의 침대거나 임종의 침대이다. 좀 더 실감을 내기 위해서 침실을 널 안이나 무덤 안과 동일시하는 것도 괜찮다.

① 잠들기 과정

가. 몸을 씻고서 몸과 마음을 정화시킨다

몸을 씻는 것은 모든 의식의 출발이다. 몸을 씻으면서 자기 몸을 마지막으로 깨끗이 한다고 생각한다. 몸만 깨끗하게 될 뿐 아니라 마음도 정화된다는 생각을 한다. 몸과 마음의 정화는 잠들기 위한 필수적 조건을 갖춘 것이다.

나. 편하게 앉아서 하루를 정리한다

하루를 되돌아보며 정리한다. 일기를 쓰면 하루가 더 명시적으로 또렷하게 정리된다. 하루를 일생에 비견하면 일기 쓰는 것은 회고록을 쓰

---

82   셸리 케이건, 박세연 역, 『죽음이란 무엇인가』, 엘도라도, 2013, 242면.

는 것이다.

다. 침대에 누워 하루를 회상한다

앉아서 정리한 하루를 누워서 다시 떠올린다. 두 번째 떠올리는 하루는 좀 더 정돈된 모양이 된다. 누웠기 때문에 잠들기 전이라는 의식이 더 강해진다. 졸음이 다가오지만 이미 한번 정돈한 일련의 일들이기에 쉽게 떠오른다. 하루가 빨리 지나갔다는 느낌은 임종 때 나의 일생이 참 빨랐구나 하는 느낌과 동일하다. 하루가 빨리 흘러갔다는 느낌에서 일생이 빨리 흘러갔다는 임종 때의 느낌으로 나아간다. 하루를 찬찬히 떠올리는 과정에서 임종 때 차근차근 떠올리는 일생으로 나아간다.

하루 중 어떤 문제적 국면에 의식이 머물게 된다. 특히 하루의 어느 시점 어느 장소에서 자기를 힘들게 했던 사람, 난감했던 상황이 떠오르게 마련이다. 그러면 여기에 꽂혀 불만이나 분노, 슬픔 등의 감정이 일어나서 평정을 잃게 된다. 특히 의식이 희미해질 때 이런 감정이 더 과장되어 일어난다. 이럴 때 하루 동안 있었던 좋았던 일, 멋진 순간, 고마운 사람들을 떠올리고, 나 스스로도 노력하여 자비와 용서의 마음을 일으킨다. 분노와 흥분의 마음을 누그러뜨린다. 그런 마음의 변화가 임종의 경험으로 전환된다. 임종 때 일생 동안 있었던 좋은 일, 아름다운 일, 빛난 일, 나의 공적, 좋은 사람, 좋은 순간을 떠올리는 것이 편안한 죽음과 환생을 가능하게 하는 것이다.

라. 용서와 자비로 평정의 마음을 만든다

일생 동안 다른 사람과 원한을 만들지 않고 원만한 관계를 이끌어온 것이 중요하듯, 오늘 하루 만난 사람들에게 내가 잘 대해주었고 그들과 좋은 관계를 만들었음을 환기한다. 혹 불편하거나 안 좋은 관계가 있었다면 그런 것을 죽는 순간까지 가져갈 수 없듯이 잠들기 직전 화해하고 해결하고 용서하고 용서를 빈다. 일생을 마무리하며 작별을 하듯이 오늘 만난 사람들과의 이별의 장면을 떠올린다. 임종 순간 일생 동안의 일에 대해 만족해야 하듯 오늘 한 일에 대해 만족한 마음을 가지도록 한다. 임종 때 마음 상태가 중요하듯 잠들기 직전 이 순간의 기분을 찬찬히 살핀다. 만족, 보람, 기쁨, 평화, 자비의 마음으로 만들도록 힘쓴다.

마. 잠들기 전 마지막 말을 남긴다

졸음이 몰려오는 것이 느껴지고 곧 잠들려 할 것 같으면 하루를 마감하는 마지막 말을 떠올린다. 그것은 한 두 문장이나 한 단락 정도면 족하다. 이 훈련은 임종의 순간에 의식의 끈을 놓치지 않고서 일생을 마무리하는 유언을 남길 수 있게 한다. 자기가 떠올린 그 말을 천천히 충분히 음미한다.

바. 잠 든 뒤의 꿈과 깨어날 순간을 떠올린다

꿈 없는 잠을 잘 수 있지만, 꿈을 꾼다면 어떤 꿈을 꿀까 떠올린다. 꿈은 현실에서 쉽게 경험할 수 없는 어떤 경지를 경험하게 한다. 꿈은 그 본질이 바르도와 흡사하여 다시 깨어났을 때의 형편을 결정하는 중요한 요소가 되기에[83] 더욱 중요하다. 구태여 떠오르는 꿈이 없으면 애써 떠올리려고 노력할 필요는 없다. 환생을 인정한다면, 잠 자는 동안 좋은 꿈을 꾸는 것은 바르도 기간 중 좋은 의식상태를 유지하는 것에 대응한다. 좋은 꿈의 경험은 다음 생을 이끌어오는 데 소중한 역할을 해줄 것이다. 좋은 꿈을 꾸고 그 꿈의 힘도 함께 얻어 내일 아침 흡족한 마음으로 깨어나기를 기원한다. 그런 경험의 축적은 임종의 순간 좋은 바르도 기

---

83 강선희, 『체험으로 읽는 티벳 사자의 서』, 불광출판사, 2008, 93면.

간을 염원하고 좋은 환생을 기원하는 것으로 이어질 것이다.

사. 잠이 임박했음을 느끼며 숨을 약하게 느리게 들이쉬고 내쉰다

잠이 임박했음이 느껴지면 숨을 더 약하게 하고 느리게 한다. 의식의
작동을 멈춘다.[84] 매 들숨과 날숨이 마지막이라 느낀다. 어느 순간에든
의식을 놓아버린다. 그리고 잠을 청한다. 이것은 죽음의 순간이 왔을 때
들숨 날숨에 집착하지 않고 기꺼이 빨리 놓는 훈련이 된다. 이때 감정적
이거나 의식적 활동이 다시 작동하는 것 같으면 그걸 의식함으로써 멈
추게 한다. 그리고 더 힘을 빼고 조금 더 약하게 더 느리게 숨을 쉰다.

② 잠자는 과정

어떤 잠을 자는가와 어떤 꿈을 꾸는가는 다음날 깨어났을 때의 몸과
마음의 상태를 좌우한다. 그런 점에서 죽음 뒤 바르도 경험과 대응된
다.[85] 바르도 기간 중 일어나는 현상을 꿈속에서 경험할 수도 있다는 생
각을 하며 잠을 청한다.

③ 깨어나기 과정

가. 깨어난 직후 침구에 누워 잠들기 전과 꿈을 회상한다

깨어나 금방 일어나지 말고 누운 채 잠들기 직전과 꿈과 깨어나기까

---

84 이즈음에 대해서는 다음과 같은 분석이 믿을 만하다. '우리가 잠에 들 때 감각과 의식의
    좀 더 거친 층은 해체되고, 점차적으로 근원적인 빛이 짧게 순간적으로나마 드러나게 된
    다. 이렇게 감각과 의식의 거친 수위가 가라앉는다는 것은 카르마의 에너지 활동이 줄어들
    다가 마침내 멈추게 되고, 짧은 순간 지혜의 에너지로 전환된 영향임을 알 수 있다. 이는
    죽음의 바르도 흐름과 비교해 볼 때 첫 번째인 '죽음의 순간 바르도'로 죽음을 맞이하면서
    나타나는 마음의 본성인 정광명의 상태와 비교될 수 있다.'(위의 책, 93~94면)
85 단정자줘, 『꿈―삶과 죽음을 바라보는 티베트 사람들의 지혜』, 호미, 2003, 8면.

지를 떠올린다.

'아, 내가 되살아났구나', '내가 환생했구나'라고 생각한다. 그리고 잠들기 전의 기분과 상태가 오늘 아침에 이어진 것을 차근차근 확인한다. 더욱이 환생이나 윤회를 '이전 단계의 어떤 것에 연繟하여 다음 것이 현상화되는 것'으로 이해할 때 아침의 나는 명백하게도 어젯밤의 나의 환생이라 할 수 있다. 환생을 인정하지 않는 기독교인이라면 깨어남을 임사체험을 하고 돌아온 것이나 부활과 연결시킬 수 있을 것이다.

나. 새롭게 시작하는 하루에 대해 감사하고 언젠가 깨어나지 않을 아침을 떠올린다

하루를 다시 시작하는 것을 또 한 생을 받아서 살아가는 것과 같다고 생각한다. 새롭게 태어난 것을 감사한다.[86] 그와 함께 나의 몸이 죽어 내가 다시 깨어나지 않을 어느 아침을 떠올린다. 그럴수록 오늘 아침에 대해 더 감사한다.

다. 일어나 앉아서 떠올린 바를 기록한다

꿈이 기억된다면 일기장에 꿈 내용을 기록한다. 아침에 일어난 소감도 기록한다.

라. 몸을 씻고 거울을 통해 자기 얼굴을 관찰한다

몸을 씻으면서 깨어난 자신을 확인한다. 거울을 통해 자기 얼굴을 찬찬히 관찰하면서 자기가 얼마나 달라졌나를 확인한다. 환생 혹은 부활이 이런 것이 아닐까 생각한다. 덤으로 얻는 새로운 하루에 대해 감사한다.

---

86 카톨릭 쪽의 '새롭게 태어남'은 프란치스코 교황이 세월호 침몰사고와 관련하여, "한국민들이 세월호 참사를 계기로 윤리적 · 영적으로 새롭게 태어나기 바란다"고 말한 것이 좋은 참고가 된다.(「프란치스코 교황, 한국민 위로 "윤리적으로 새롭게 태어나길"」, 『경향신문』, 2014.4.25)

마. 하루를 기획한다

새롭게 얻은 하루를 알차게 보내기 위해 하루의 계획을 세운다. 하루를 소중하게 여기고 최선을 다하자고 자기 암시를 한다. 내가 다시 품부 받은 하루는 또 다른 나의 한 일애이기에 일생을 소중하게 여기듯 하루를 알차게 보내자고 스스로 다짐한다. 그리고 다시 저녁노을과 지는 해를 떠올린다. 그렇게 속절없이 하루가 마무리 되는 시간을 떠올리면서 하루 시간의 짧음을 연상한다.

이렇게 잠들고, 깨어나는 과정을 반복하면서 죽음을 경험하고 환생혹은 부활을 맞이할 수 있다. 잠들고 깨어나며 다시 잠드는 과정이야말로 우리가 죽음을 가장 유사하게 그리고 긍정적으로 경험하는 최고의 과정이다.

우리는 잠들고 깨어나는 과정을 의식적으로 경험하면서 매일 죽음과 환생을 추체험한다. 불교적으로 보면 환생이란 연기의 사슬을 벗어나지 못해 초래되는 고통의 연속이라 하겠지만, 매일 매일 이루어지는 죽음과 환생은 끊임없는 새로운 태어남을 뜻하기에 경사로운 일이라고도 할 수 있다. 잠들고 깨어나는 것을 통해 경험하는 긍정적인 죽음과 환생의 과정은 정작 우리 숨이 끊어지고 심장이 멈춰지는 진짜 죽음을 자연스럽고 편안하게 맞이할 수 있게 할 것이다. 수면 수행으로 죽음을 연습하여 간접적으로 경험하고 죽음을 맞이할 준비를 충분히 한 사람이게 진짜 죽음은, 윤회의 사슬을 박차고 나가 니르바나나 천국으로 향하는 결정적 기회가 될 수도 있다.

수면 수행의 과정을 요약하면 다음과 같다.

수면 수행의 단계

잠들기와 깨어남	(죽음과 환생)
잠 1	몸을 씻고서 몸과 마음을 정화시킨다	(몸을 씻긴다)
잠 2	편하게 앉아서 하루를 정리한다	(일생의 일들과 기록들을 살핀다)
잠 3	침구에 누워 하루를 전체적으로 회상한다	(일생을 전체로 회상한다)
잠 4	자비와 용서로 평정의 마음을 만든다	(자비와 용서로 평정의 마음을 만든다. 주위에서 도와준다)
잠 5	잠들기 전 마지막 말을 남긴다	(유언을 한다)
잠 6	잠 든 뒤의 꿈과 깨어날 순간을 떠올린다	(임종과 바르도를 떠올린다. 평소 내가 생각하는 사후를 환기한다. 주위 사람들이 권고하고 소개하는 사후 삶을 받아들인다)
잠 7	잠이 임박했음을 느끼며 숨을 약하게 느리게 들이쉬고 내쉰다	(내 죽음이 임박했음을 몸과 혼으로 느낀다. 숨을 약하고 느리게 들이쉬고 내쉰다)
잠 8	잠과 꿈	(죽는다. 혼으로 느끼고 본다. 바르도 경험을 한다)
깸 1	깨어난 직후 침구에 누워 잠들기 전과 꿈을 회상한다	(환생한다. 전생의 기억을 더듬는다) (천국이나 극락으로 간다. 부활한다)
깸 2	새롭게 시작하는 하루에 대해 감사하고 언젠가 깨어나지 않을 아침을 떠올린다	(환생하거나 부활한 것에 대해 감사한다) (해탈을 떠올린다.)
깸 3	일어나 앉아서 떠올린 바를 기록한다	(의식이 뚜렷해지고 기록의 능력을 얻었을 때 전생을 기록한다)
깸 4	몸을 씻고 거울을 통해 자기 얼굴을 관찰한다	(자기 얼굴을 보고 거기 깃든 전생의 흔적을 관찰한다)
깸 5	하루를 기획한다	(일생을 기획한다)

과제

① 당신은 살아가는 것이 꿈의 일이라고 느낀 적이 있습니까? 있다면 자세하게 적어봅시다.

② 영화 〈매트릭스 1〉, 〈13층〉 보고 오기

8) 제8회기─현실·가상·꿈·환상 성찰하기 : 현실은 꿈이다, 꿈 수행

(1) 꿈과 현실

꿈 수행이란 꿈과 관련된 인식과 경험을 수행주체나 내담자의 변화를 위해 활용하는 수행이다. 꿈은 현실과 대척의 자리에 있는 현상이면서도 사람의 삶에서 매우 중요한 구성요소라 할 수 있다. 우리는 일상생활 중에 아주 다채롭게 꿈을 비롯한 허구, 가상들을 경험한다. 더 넓게는 사람의 다양한 문화 영역은 꿈과 관련이 있다. 그런 점에서 꿈 현상을 잘 이해하고 활용하는 것이 매우 소중하다. 이 일을 잘 하게 된다면 삶에서 유발하는 많은 문제들을 해결할 가능성이 크다.

먼저 꿈 수행의 원리를 활용하는 문학치료 프로그램을 구안하고 그것을 활용할 방안을 살펴본다. 그러는데 꿈 관련 경험을 이끌어올 뿐 아니라 꿈과 관련되는 문학작품, 불경 및 성경 구절들을 활용할 수 있다.[87]

87　이 책이 불교 담론과 함께 기독교 담론을 인용하고 활용하게 된 이유는 이런 것이다. 저자의 기존 문학치료 프로그램은 종교 면에서 보면 불교 쪽으로 기운 것이었다. 그것은 저자의 개인적 종교성향에 충실한 것이기는 했지만, 종교적 편중이라는 오해를 불러일으킬 수도 있었다. 더욱이 우울증 내담자 중 상당수는 기독교 신앙인이라는 점을 고려해야 한다. 저자는 기독교 신앙인을 위한 대안적 프로그램 만들기를 제안한 바도 있다.(이강옥, 「구운몽과 불교 경전을 활용하는 우울증 치료 프로그램(DTKB Program) 상담사례 연구」, 『문학치료연구』 18집, 한국문학치료학회, 2011, 64~65면) 그 뒤 저자는 종교적 성향이 다른 내담자를 위한 대안적 프로그램을 만드는 것도 한 방법이기는 하지만, 한 프로그램 속에 다양한 종교적 담론을 활용하는 것이 더 바람직하다는 생각을 하게 되었다. 오늘날 우리 주위에서 발생하고 있는 종교간 오해와 갈등은 관련된 사람들이 좀 더 열린 마음으로 자신과 타자를 성찰할 때 상당 부분 해결될 수 있는 것이라 판단한다. 저자는 한국에서 종교적 화해와 상생이 이루어지는 것을 꿈꾸면서 불교 담론을 중심으로 하되 그와 관련될 수 있는 기독교 담론도 이 프로그램에 수용한다. 이슬람교 등 다른 종교의 담론도 참고하고 반영해야 하겠지만 저자의 능력 밖이어서 그러지 못하는 점을 양해 바란다.

우리는 꿈과 관련하여 두 가지 다른 경험을 하고 산다. 먼저 잠을 자면서 꿈을 꾼다. 또 착각이나 환상 등 꿈에 준하는 경험도 일상적으로 한다. 다음으로 시간의 차원에서 과거를 꿈인 양 경험한다. 흘러간 옛날 일을 꿈의 일처럼 기억하는 것이다. 지금의 '현실' 경험도 세월이 흐른 뒤에는 꿈의 일과 다를 바 없어질 것이다.

먼저 잠을 자면서 경험하는 꿈을 생각해보자. 우리는 잠을 자면서 꿈을 꾸다가 잠에서 깨어나면서 꿈도 중단하게 된다. 더 정확하게 말하면 잠에서 깨어나면서 꿈을 기억하게 된다. 이때 우리의 태도는 다음과 같은 것이다.

① 참 나쁜 것을 꿈꾸었는데 그게 꿈이어 다행이다.
② 참 좋은 것을 꿈꾸었는데 그게 꿈이어 허망하다.
③ 참 좋은 것을 꿈꾸었는데 그건 꿈이라도 해도 참 좋다.

이와 같은 실재 꿈 경험에 대한 태도가 과거 현실 경험을 기억할 때에도 비슷하게 나타난다. 그 느낌은 다음 3가지 정도로 나눠질 수 있다.

① 힘들던 날들이 꿈같이 지나가서 다행이다.
② 참 좋았던 날들이 꿈같이 지나가서 허망하다.
③ 참 좋았던 날들은 지금 생각해도 참 좋다.

분명 우리는 이렇게 꿈을 다채롭게 경험하는 데도 불구하고 꿈에 대한 인식은 보통 ①과 ② 쪽으로만 쏠린다. 특히 현실이 꿈인 듯하다는 느낌은 우리가 일상적으로 거듭 갖게 되는 것인데, 그 느낌을 그냥 "세월이 빠르다" 혹은 "삶이 허망하다"는 부정적 기분으로 나아가게 내버려둔다. 그러나 오히려 삶의 덧없음 같은 감정을 극복하는 계기로 그런 느낌을 활용할 수도 있다.

그런데 "꿈이어서 다행이다"라거나 "지난날이 꿈같다"는 말은 지금 이곳 현실은 엄연히 존재하는 것이지 꿈은 아니라는 것을 전제로 한다. 그러나 충격적이게도 지금 이곳의 현실이 명백한 실존이며 그래서 꿈이 아니라는 증거는 없다. 지금 이곳의 현실 경험도 꿈속의 것일 수 있다. '현실은 꿈이다'는 은유이면서도 직서이기도 하다. '현실이 꿈이다'는 메시지는 불가의 가르침 중에서도 중요한 부분이라 할 수 있다. '현실은 꿈이다'는 이 철칙을 한순간도 놓쳐서는 안된다고 한다.

그러나 현실에 안주하고 있는 사람들이 그런 가르침을 수용하기는 쉽지 않다. 사람들은 이런 가르침에 대해서 일단 저항부터 하게 된다. 그들은 여전히 상식과 타성에 매몰되어 있기 때문이다.

이와 관련하여 장자莊子의 위대한 우언을 떠올릴 수 있다. 호접지몽胡蝶之夢으로 지칭되는 이 우언은 동아시아 문화권에서 상식이 되었지만 그 함의가 진지하게 성찰되지는 않았다. 장자가 자다가 꿈을 꾸었는데 꿈속에서 나비가 되어 훨훨 날아다녔다. 그러나 자기가 장자임을 의식하지는 못했다. 깨어나 보니 자기가 장자였다. 익숙한 현실을 당연하게 생각하는 사람이라면 이 단계에서 사유를 멈출 것이다. 그리고 자기가 인간인 것에 안도의 숨을 내쉴 것이다. 그러나 장자는 그런 관습과 타성에 머물지 않았다. 인간 장자가 진짜이고 곤충 나비가 가짜라는 것을 입증할 수 있는가? 오히려 나비가 진짜인데, 인간 장자가 된 꿈을 꾸었다고는 볼 수 없을까?[88] 이런 질문을 시작한 것이다.

우리가 깨어 있다는 증거가 없다면, 우리는 깨어 있다고 믿고 있을 따름이라고 하겠다. 여기서 온갖 인간 중심의 분별적 사유가 시작된다. 분별적 사유 혹은 양분법적 사고는 관점에 따라서는 우리 불행의 출발이면서 우리 현실을 꿈으로 만드는 출발이 되었다. 우리가 생각하는 현실이란 우리 망념이 만들어낸 환상이요 꿈이다. 우리는 끊임없이 우리가 꿈속에 있다는 것을 환기하고 인식하고 인정해야 한다. 그것이 몽관夢觀 혹은 꿈 수행이다.

여기서는 '현실은 꿈이다'는 명제를 인식 차원에서 살펴본 뒤, 그 명제가 경험 차원에서 어떻게 관철되는가를 살펴본다. 마침내 이런 인식적 경험적 확인을 활용하는 문학치료 프로그램을 제시한다.

(2) '현실은 꿈이다'를 인식차원에서 확인하기

① 현실은 현상이지 실체가 아니다

현실은 꿈이나 가상과 다를 바 없다. 현실은 속임수로 점철되어 있다. 깨달은 상태에서 보면 현실이 꿈인 것이 명백하게 보인다. 그 근거는 육근六根의 원리에 대한 통찰이다. 사람은 안眼·이耳·비鼻·설舌·신身·의意를 통하여 세계를 지각한다. 그런데 그게 정확한 것이 아니다. 사람은 언제나 눈, 귀, 코, 혀, 몸, 뜻으로써 세계를 지각하되, 있는 그대로의

---

[88]　昔者, 莊周夢爲蝴蝶, 栩栩然蝴蝶也, 自喻適志與, 不知周也. 俄然覺, 則蘧蘧然周也. 不知周之夢爲蝴蝶與, 蝴蝶之夢爲周與? 周與蝴蝶, 則必有分矣. 此之謂物化.(「齊物論」, 『장자익(莊子翼)』(『한문대계』 9), 1977, 46~47면)

세계를 지각하고 받아들이지 않는다. 언제나 분별심이나 편견을 갖고 세계를 받아들인다. '아름다운' 모양과 '추한' 모양, '좋은' 음악과 '혐오스런' 소음, '좋은' 향기와 '나쁜' 똥 냄새, '맛있는' 음식과 '역겨운' 물질의 맛…… 등등의 이분법을 통해 차별적으로 받아들인다. 객관세계는 그 자체로 존재할 뿐 사람이 분별하는 것처럼 나누어져 있지 않다.

이렇게 분별심을 경계한 것은 분별심이 사람으로 하여금 세상을 있는 그대로 보지 못하게 하기 때문이다. 더 나아가 분별심을 가진 우리가 현실이라고 생각하고 있는 것은 왜곡되고 부정확한 우리의 육근을 통하여 우리 식으로 재구성한 것일 따름이다. 있는 그대로 정확하게 재구성되지 않았다는 점에서 우리의 현실은 꿈이요, 가상이요, 허구요, 속임수인 것이다.

> 실재한다는 것은 실제로 존재한다는 것이다. 그러나 감각은 어떤 존재의 현존을 지시하지 않는다. 다시 말해서 우리는 감각을 통해 어떤 것의 성질을 확인할 수 있을 뿐 그 어떤 것이 존재한다는 것을 확인할 수 없다. 가상현실 속의 사과는 사과의 속성을 가지고 있고 우리의 감각은 그것을 확인할 수 있다. 그러나 그 사과는 존재하는 것이 아니다. 감각의 레벨에서 볼 때 가상과 현실은 전혀 구분되지 않는다.[89]

그런 점에서 우리가 현실이라고 생각하는 것은 현상만을 지칭한다. 우리 눈에 보이고 우리 귀에 들리고 우리 코에 맡아지는 세상은 현상일 따름이다. 실체가 없는 현상은 실제로 존재하는 것이 아니다.

---

89   조용현, 『보이는 세계는 진짜일까?』, 우물이있는집, 2006, 93면.

미혹함으로 인해 생사에 윤전(輪轉)함을 보지만 각상(覺相)을 원조(圓照)하여 생사(生死)하는 바와 미혹을 일으키는 바를 반추하기에 이르면, 생사가 자취가 없을 뿐 아니라 미혹함도 역시 체(體)가 없게 되어, 마치 사람이 꿈을 꿀 적에 갖가지 물건들을 보다가도 깨어나서는 그 물건들을 얻을 수 없으며 그 꿈조차 자취가 없는 것과 같다. 꿈과 물건이 모두 생겨나는 곳이 없기 때문이다. 또한 병이 든 눈으로 허공을 바라보면 허공 중에 꽃이 생겨났다가 병이 나으면 꽃이 사라짐을 보는 것과 같으니, 비록 허공의 꽃이 생겨나고 사라짐을 보기는 하지만 그 허공 중의 꽃은 본래 난 곳이 없고 또 가는 곳도 없다. 생사의 윤전이란 정녕 꿈의 경우와 같고 또 허공 꽃의 경우와도 같아서 만일 그 근원을 추구해가면 실로 난 곳이 없는데도 불구하고 다만 망계(妄計)로 나는 것을 보고 멸하는 것을 보는 고로 생사에 윤전한다고 설명하는 것이다.[90]

무릇 상(相)이 있는 것은 다 허망하다. 온갖 상(相)이 상(相) 아닌 줄 알면 여래(如來)를 보게 될 것이다.[91]

우리 눈에 보이는 세상은 우리의 업식業識을 의지해서만 존재한다. 세상은 그것 자체로 있지 못하고 업식에 의지해 있기 때문에 본래 있다고 할 수 없다. 업식이 사라지만 세상도 사라진다. 그것은 꿈에서 깨어나면 꿈속에서 그렇게 소중하게 여기던 보물도 사라지는 것과 같다.

90　因迷, 見有輪轉生死, 及其圓照覺相, 而反推其所以生死, 所以起迷, 則非唯生死無蹤, 迷亦無體, 如人作夢, 見種種物, 及至於醒, 物不可得, 夢亦無蹤, 夢與物, 皆無生處故也. 亦如病眼, 望空, 空中花起, 病若得差, 見花還滅, 雖於空花, 見起見滅, 彼空中花, 本無生處, 亦無去處, 生死輪轉, 正如夢境, 亦如空花, 若推其原, 實無生處, 但以妄計, 見生見滅, 是故, 說名輪轉生死.(함허득통, 김탄허 현토역해, 『현토역해 원각경』, 교림, 2011, 71~72면)

91　凡所有相, 皆是虛妄, 若見諸相非相, 卽見如來.(『금강경』「如理實見分」)

일체 유위법(有爲法)은 꿈이나 환상과 같고 거품과 그림자와 같으며 이슬과 번개와도 같다. 응당 이렇게 볼 지어다[一切有爲法, 如夢幻泡影, 如露亦如電, 應作如是觀].(『금강경』「應化非眞分」)

일체 유위법이 꿈이나 환상, 거품이나 그림자와 같은 까닭은 일체 유위법이라는 것이 여러 가지 조건의 결합에 의해서만 생겨나기 때문이다. 유위법은 분별적 세상에 있는 모든 존재이다. 유위법은 그것 자체로 독립적으로 존재하지 못하고 다른 것과의 관계 속에서 다른 것에 의지하여 존재하기 때문에 실체나 자성이 없는 것이다. 「대승기신론」은 마음 혹은 망심妄心에서 모든 존재가 만들어진다고도 하였다.

세간의 모든 경계는 다 중생의 무명(無明)에서 비롯된 망심(妄心)에 의지해서 유지된다. 그래서 일체의 사물과 현상은 거울 속 형상처럼 얻을 수 있는 실체가 없다. 오로지 마음만이 허망하다. 마음이 생기면 온갖 사물과 현상이 생겨나고, 마음이 없어지면 온갖 사물과 현상이 사라지는 까닭에서다.[92]

이처럼 이 세상 모든 사물과 현상이 오직 마음이나 망념에 의존해서만 존재하기에 실제로는 존재하지 않는다. 그것은 꿈속의 것이 꿈을 꾼다는 조건 없이는 존재할 수 없는 것과 같다. 그런 점에서 이 세상에서의 살아가기는 꿈꾸기와 다름없다.

이것을 기독교 신약의 가르침과도 연결할 수 있다. 『마태복음』은 이

---

92   世間一切境界, 皆依衆生無明妄心, 而得住持. 是故一切法, 如鏡中像, 無體可得, 唯心虛妄, 以心生則種種法生, 心滅則種種法滅故.(이홍우, 『대승기신론 통석』, 김영사, 2006, 362면)

렇게 예수님의 말씀을 전한다.

> 내가 그들에게 비유로 말하는 이유는 그들이 보아도 보지 못하고 들어도
> 듣지 못하고 깨닫지도 못하기 때문이다. 이사야가 일찍이, '너희는 듣고 또
> 들어도 알아듣지 못하고, 보고 또 보아도 알아보지 못하리라. 이 백성들이
> 마음의 문을 닫고 귀를 막고 눈을 감은 탓이니, 그렇지만 않다면 그들이 눈으
> 로 보고 귀로 듣고 마음으로 깨달아 돌아 서서 마침내 나한테 온전하게 고침
> 을 받으리라'고 말하지 않았더냐?[93]

여기서 예수님은 완고하고 눈먼 군중들이 하느님께 치유를 받고 눈
뜨기를 거부한다고 본다. 눈먼 군중들은 있는 그대로 진리를 받아들이
지 못하고 헛된 어둠의 세계만을 진짜라고 보는 것이다. 예수님의 깨달
은 입장에서 보면 눈먼 군중은 꿈을 꾸고 있어서, 꿈속의 사물과 현상
을 진짜 존재라고 착각하고 있는 것이다.

꿈속의 존재나 현실의 삼라만상이나 다 실체는 없고 현상으로만 존
재한다. 그런 점에서 삼라만상 혹은 현실은 꿈과 같은 것이다.

② 분별심의 극복

사람은 깨어 있다가 잠이 들고 잠이 들면 꿈을 꾼다. 꿈을 꾸다가
잠에서 깨어나면 현실로 돌아온다. 잠에서 깨어났을 때 느끼는 '개운함'
혹은 '맑음'은 육체적인 것이면서도 정신적인 것이다. 그중 정신적인 개운
함이나 맑음은 있는 그대로의 세상을 꿰뚫어 아는 명징한 의식이 회복된

---

93 『마태복음』13장.

상태라기보다는 양분법을 구사하는 분별심의 회복을 가리킨다. 그런 점에서 사람이 깨어나 현실생활을 시작한다는 것은 분별심의 재가동을 뜻한다.

잠은 현실과 꿈의 관계에서 세 가지의 심각한 문제를 유발한다. 먼저 잠을 자는 것은 꿈을 꾸게 만든다. 꿈은 명백히 잠이라는 조건에 의해 잠시 만들어진 것에 지나지 않는데 꿈을 꾸고 있는 사람은 꿈이 마치 실재하는 것인 양 집착한다. 둘째, 잠을 깨는 과정은 현실을 꿈과는 완전히 다른 실재로 착각하게 하고 거기에 집착하게 한다. 셋째, 잠은 자고 깨어나는 과정을 반복되게 함으로써 꿈과 현실을 구분하게 만드는 분별심을 일으킨다. 꿈과 현실의 분별은 사람이 일으키는 분별심의 원천이다.

이것이 수행에서 잠을 경계하는 가장 근본적인 이유라 할 수 있다. 불교수행의 용맹정진에서 며칠이고 잠을 자지 않는 것도 이와 관련될 것이다. 『장개경障蓋經』에서 사람의 마음에 번뇌를 일으키게 하고 지혜를 약하게 하는 다섯 가지 장애와 덮개障蓋를 거론하면서[94] 수개睡蓋 혹은 수면개睡眠蓋를 부각시킨다. 이것은 흐리멍덩한 상태인 혼침昏沉을 경계한 것이기도 하지만 잠들었다 깨어나는 과정이 초래하는 정신상태

---

[94] 이와 같이 나는 들었다. 어느 때 부처님께서 사위국 기수급고독원에 계셨다. 그때 세존께서 모든 비구들에게 말씀하셨다. 다섯 가지 장애[障]와 덮개[蓋]가 있어서, 마음에 번뇌를 일으키게 하고 지혜를 약하게 한다. 그것은 막고 걸리는 물건으로, 밝음이 아니요 바른 깨달음이 아니어서 열반으로 나아가지 못하게 한다. 어떤 것이 그 다섯 가지인가? 탐욕개(貪欲蓋)・진에개(瞋恚蓋)・수면개(睡眠蓋)・도회개(掉悔蓋)・의개(疑蓋)를 이르는 말이다. 이러한 다섯 가지 개(蓋)는 은폐하고 덮어서 마음에 번뇌를 일으키게 하고 지혜를 약하게 한다. 그것은 막고 걸리는 물건으로, 밝음이 아니요 바른 깨달음이 아니어서 열반으로 나아가지 못하게 한다[如是我聞, 一時, 佛住舍衛國祇樹給孤獨園, 爾時, 世尊告諸比丘 : 有五障五蓋, 煩惱於心, 能羸智慧, 障閡之分, 非明, 非正覺, 不轉趣涅槃, 何等為五? 謂貪欲蓋・瞋恚蓋・睡眠蓋・掉悔蓋・疑蓋, 如此五蓋, 為覆為蓋, 煩惱於心, 令智慧羸, 為障閡分. 非明, 非等覺, 不轉趣涅槃].(장개경(障蓋經),「七覺偈五蓋七覺」,『잡아함경』2, 동국역경원, 2006)

를 경계한 것이기도 하다.

잠이 분별심을 일으킨다는 점이야말로 수행에서 잠을 경계하는 이유이다. 잠을 자고 꿈을 꾸다 깨어나는 과정의 반복이 사람의 분별심을 부추긴다면, 잠을 자지 않는 훈련은 분별심을 극복하는 데 결정적인 도움을 주는 것이다.

사람의 본성은 분별심과는 거리가 멀다. 그럼에도 불구하고 자고 깨어나는 과정을 습관적으로 계속 하면서 꿈과 현실을 전혀 다른 것으로 착각하고 분별하게 되었다. 잠들어 꿈을 꾸다가 잠에서 깨어나는 과정은 결국 우리 본성을 망각하게 하고 분별심을 갖게 한다고 할 수 있다.

이처럼 잠들었다 깨어나는 것이 분별심을 조장하지만, 꿈의 경험은 분별심을 넘어서게도 한다. 남효온南孝溫 선생은 「수향기睡鄕記」에서 온갖 꿈의 세계를 유람하고 돌아와서는, "드디어 마음이 홍몽鴻濛의 앞에서 노닐고 매미가 탁예濁穢한 가운데에서 허물을 벗음으로써 나의 시비是非를 일으킬 짝이 없어지고 나의 비교하려는 마음을 이룰 물건이 없게 되었다遂心游於鴻濛之先, 蟬蛻於濁穢之中, 無耦起我是非, 無物逐我較心"고 하였고, "수향에서 돌아왔을 때에 노비는 쳐다보며 욕하고 실인室人은 자리를 다투고 친척은 기뻐하지 않고 벗들은 공경하지 않았다. 내가 기뻐하고 경하하며 천군天君에게 고하였더니, 천군이 좋다고 하였다. 내가 공경히 이에 기록하노라"고 하였다.[95] 상상할 수 있는 온갖 꿈을 경험하는 것은 현실에서의 분별심이 얼마나 부질없는 것인가 확인하게 하고 마침내 그 분별심을 넘어서게 하는 것으로 기술했다. 그러나 이것 역시 서사적 허구에서나 가능한 일이었다.

---

95 남효온, 박대현 역, 『추강집』 2, 민족문화추진회, 2007, 45면.

그렇다고 분별심을 완전히 버리는 것이 가능할까? 최소한의 사려분별은 필요하지 않을까? 이런 상식적인 이의를 제기하게 된다. 사실 세속에서 살아가는 사람들이 한순간이라도 분별심을 일으키지 않고 살아가기는 쉽지 않다. 또 옳고 그름을 따지는 분별심은 인간만이 가진 능력으로 깨달음으로 나아가는 수행에서 가장 소중한 것이기도 하다. 분별심은 지혜로 전환될 수 있기 때문이다. 그런 점에서 분별심은 어떤 전제를 붙일 때 인정된다. 그 전제란 궁극적인 무분별無分別이다. 분별심은 무분별 혹은 원圓을 이루기 위한 것일 때 인정된다. 그것은 마치 문자를 통하여 불립문자不立文字를 주장하는 것과 같다. 『화엄경』에서 말한, '선분별善分別이 무분별無分別이다'라거나 『원각경』의 함허당涵虛堂 득통得通의 주에 '먼저 분별하고 난 뒤에 원圓을 이룰 수 있다'[96]는 가르침과 같다. 분별심은 무변별이나 원圓으로 가는 수단 혹은 과정으로서만 그 의의를 인정해줄 수 있다.

③ 현실이 꿈이라는 비유를 통한 인식의 전환

보통 사람은 자기 현실이 꿈이라고 생각하기가 쉽지 않다. 그렇기 때문에 인식의 전환을 도우기 위하여 비유를 활용한다. 특히 '꿈속의 꿈'의 비유가 빈번하다. 원효의 『대승육정참회大乘六情懺悔』는 '꿈속의 꿈' 비유를 완벽하게 보여준다.

원효는 먼저 직서법으로 핵심을 이야기한다.

---

[96]　欲得成此圓, 先須方於圓, 是也, 經中, 先列凡賢聖位, 而結之以如來曰 : "一切障礙, 卽究竟覺." 如儒典, 先擧諸賢, 統之以夫子曰 : "無可無不可." 此所以先方而後圓者也.(함허득통, 김탄허 현토역해, 『현토역해 원각경』, 교림, 2011, 18~19면)

안으로는 여섯 감각을 세워 놓고 그것에 의지하여 식(識)을 일으키고[內立六情 依而生識] 밖으로는 육진(六塵)[97]을 지어서 실제로 존재한다고 집착하여[外作六塵 執爲實有] 그 모두가 자기 마음이 지어낸 것임을 알지 못한다[不知皆是 自心所作]. **환상 같고 꿈 같아서 영원히 존재하는 것이 없는데[如幻如夢 永無所有]** 그런 가운데 멋대로 남녀 등의 상을 구분하고[於中橫計 男女等相] 온갖 번뇌를 일으켜서는 스스로 얽매여[起諸煩惱 自以纏縛] **오래도록 괴로움의 바다에 빠진 채 건져 달라 하지도 않으니[長沒苦海 不求出要]** 고요히 생각하면 참으로 괴이한 일이라[靜慮之時 甚可怪哉].

우리가 객관 세계라고 보는 육진六塵은 실제로 존재하는 것이 아니라 우리 식識(혹은 마음)이 만들어낸 환상과 같고 꿈과 같은 것이어 영원히 존재하는 것이 아니다. 객관 세계를 실제로 존재한다고 착각하는 데서 온갖 분별망상과 번뇌가 일어난다. 그런데 사람은 그 분별망상과 번뇌에 고통받고 있음에도 불구하고 거기서 벗어나려고 발버둥치지도 않는다. 원효에게는 그게 참 괴이한 일이라고 하였다. 원효는 이런 진술을 실감나게 하기 위해 더 또렷한 비유를 제시한다.

비유컨대 잠잘 때 수개(睡蓋)[98]가 마음을 덮어서[猶如眠時 睡蓋覆心] 제 몸이 큰물에 떠내려가는 것을 보고[妄見己身 大水所漂] 그게 꿈꾸는 마음이 빚어낸 것임을 알지 못하고[不知但是 夢心所作] 정말로 자기가 물에 빠진

---

97 여섯 가지 감각의 대상인 색(色)·성(聲)·향(香)·미(味)·촉(觸)·법(法).
98 수개(睡蓋) : 잠이 사람의 마음에 작용하는 장애. 마음에 번뇌를 일으키고 지혜를 약하게 하여 깨달음을 방해하는 5가지 덮개[蓋] 중 하나.

줄 알고 큰 두려움을 일으킨다[謂實流溺 生大怖懅]. 미처 그 꿈에서 깨어나지 못한 때에 또 다른 꿈을 꾸니[未覺之時 更作異夢] 그러면 내가 보는 것은 꿈이지 현실이 아니라 여긴다[謂我所見 是夢非實]. 심성이 총명한고로 꿈속의 꿈에서는[心性聰故 夢內之夢] 자기가 물에 빠져도 두려움을 일으키지 않는다[卽於其溺 不生其懅]. 그러나 아직 제 몸이 침상에 누워 있다는 사실을 알지 못하니[而未能知 身臥床上].

여기서 두 개의 꿈이 설정되었다. 사람이 잠을 자다가 꿈(꿈A)을 꾸는데, 그 꿈에서 채 깨어나기 전에 또 꿈(꿈B)을 꾸는 것이다. 두 번째의 꿈(꿈B)이 '꿈속의 꿈'이다. 꿈B는 꿈A 속 사람에 의해 자각된다. 그래서 꿈B의 내용이 아무리 무서운 것이라 할지라도, 꿈A 속 사람은 꿈B를 두려워하지 않는다. 자기가 꿈을 꾸고 있다는 사실을 자각하기 때문이다. 그러나 꿈A도 꿈B와 다를 바 없는 꿈이다. 꿈A 속 사람은 자기도 꿈속 인물이라는 사실을 알지 못한다. 그래서 꿈A와 자기 자신이 실제로 존재한다고 착각하는 것이다. 그것이 '아직 제 몸이 침상에 누워 있다는 사실을 알지 못하'는 단계이다.

원효는 꿈A야말로 중생들의 현실이라고 설명한다.

머리를 흔들고 손을 내저으며 완전히 깨어나려고 애를 쓰라[動頭搖手 勤求永覺]. 완전히 깨어났을 때 앞의 꿈을 돌이켜 생각하면[永覺之時 追緣前夢] 물도 물에 떠내려가던 몸도 다 실제로 존재하는 것이 아니며[水與流身 皆無所有] 다만 본래 침상에 고요히 누워 있었다는 것을 보게 될 뿐이다[唯見本來 靜臥於床].

(인생의) 긴 꿈도 또한 그러하니[長夢亦爾] 무명으로 덮인 마음이 망령되이 육도(六道)[99]를 지어내고[無明覆心 妄作六道] 여덟 가지 고통[100]을 겪는다[流轉八苦]. 안으로는 여러 부처님의 불가사의한 훈습에 말미암고[內因諸佛 不思議薰] 밖으로는 여러 부처님의 큰 자비의 원력에 의지하여[外依諸佛 大悲願力] 믿음과 이해에 가까워지리라[髣髴信解]. 나와 중생은[我及衆生] 오직 (인생의) 긴 꿈을 허망되게도 실재하는 것이라 여길 따름이니[唯寢長夢 妄計爲實].

요약하자면, 밖으로 보이고 안으로 느껴지는 모든 것은 스스로의 마음이 지어낸 것으로 그림자나 꿈과 같은 것이다. 그럼에도 불구하고 보통 사람은 거기에 집착하여 온갖 상대적인 것을 분별하여 갖가지 번뇌를 일으킨다. 스스로를 결박하는 업을 지어 오래도록 고통의 바다에 빠져 있으면서도 거기서 벗어나려 하지 않는다.

원효는 나의 감각기관인 육정六情과 감각의 대상이 되는 육진六塵이 그림자나 꿈과 같은 줄을 알지 못하는 데서부터 나의 죄업이 비롯된다고 보았다. 그래서 육정과 육진을 잘 다스리기만 하면 죄업은 사라진다. 육정과 육진을 잘 다스리면, 모든 것이 꿈과 같은 줄을 깨닫게 된다는 것이다. 아예 죄업이란 것이 성립되지 않게 된다. 그것을 단계별로 설명하면 이렇다.

① 잠을 자다가 자기 몸이 큰물에 떠내려가는 꿈을 꾸고는 실제로 자기가

---

99 육도(六道) : 지옥·아귀·축생·아수라·인간·천상 등 여섯 가지 윤회의 길.
100 팔고(八苦) : 생로병사(生老病死)의 4고에다, 사랑하는 것과 헤어지는 고통인 애별리고(愛別離苦), 싫어하는 것과 만나는 고통인 원증회고(怨憎會苦), 구하여도 얻지 못하는 고통인 구불득고(求不得苦), 오음(五陰) 즉 오온(五蘊)에 대한 집착에서 생기는 고통인 오음성고(五陰盛苦) 등 4고를 추가한 것이다.

떠내려간다고 착각하고는 매우 두려워한다.

②꿈속에서 또 다른 꿈을 꾸고는, '내가 지금 보고 있는 것은 꿈일 뿐 현실이 아니다'라 생각한다. 그래서 큰물에 빠진 것도 두려워하지 않는다.

③그러나 제 몸이 언제나 침상 위에 누워있다는 사실을 깨닫지 못한다. 부지런히 몸을 움직여 완전히 깨어나기 위해 노력해야 한다.

④완전히 깨어나서 보면, 큰물과 떠내려가던 몸 모두 존재하지 않은 것이다. 오직 보이는 것은 고요한 침상 위에 누워있는 본래의 모습뿐이다.

번뇌와 죄업으로 고통스럽게 살아가는 우리의 현실은 꿈일 따름이다. 깨고 보면 현실은 실체가 없는 꿈에 불과하다. 원효는 그 꿈에서 깨어나기 위한 노력을 참회라고 보고, 그 참회의 끝이 해탈이라 보았다.

이와 관련하여 기독교 쪽의 입장도 고려할 수 있다. 『다니엘』에는 수많은 꿈이 나타난다. 대부분의 꿈은 기이한 형상을 보여주는데 그에 대해 다니엘은 끝까지 그 꿈에 대한 해석을 해주며 과연 그 해석대로 꿈의 예언은 들어맞는다. 일련의 꿈과 해몽의 귀결은 '개국 이래로 그때까지 없던 환란'인 일종의 종말이다. 그 종말의 순간에 맨 먼저 나타나는 현상이 다음이다.

땅의 티끌 가운데서 자는 자 중에 많이 깨어 永生을 얻는 자도 있겠고[101]

이는 구원이요 부활이다. '땅의 티끌 가운데서 자는 자가 깨어나' 영생을 얻는 다는 데서, 인생살이를 자면서 꿈꾸는 것이라고 보는 관점을

---

[101] 『다니엘』12장 2절.

찾을 수 있다. 그리고 영생을 얻는다는 것은 그런 잠에서 깨어나는 것이라는 점에서 불교적 관점과 통하는 면을 찾을 수 있다.

(3) '현실은 꿈이다'를 경험하고 내면화하기

① 〈매트릭스〉의 가상현실과 현실

〈매트릭스 1〉(워쇼스키 형제, Laurence Larry Wachowski · Andrew Andy Wachowski)은 가상과 현실 간의 관계를 생생하게 보여준다. 인공두뇌를 가진 컴퓨터AI, Artificial Intelligence가 사람의 뇌세포에 '매트릭스'라는 프로그램을 입력하였다. 그 내용은 1999년의 가상현실이다. 사람은 그 매트릭스 프로그램에 따라 평생 1999년의 가상현실을 살아간다. 사람의 뇌는 그 컴퓨터의 철저한 통제를 받게 되어 사람이 보고 느끼는 것들은 항상 그들의 검색 엔진에 노출되어 있고, 사람의 기억 또한 그들에 의해 입력되거나 삭제된다. 이러한 가상현실 속에서 진정한 현실을 인식할 수 있는 사람은 거의 없다. 이 상태는 모든 사람이 꿈을 꾸고 있는 것과 같다. 반면 매트릭스 밖은 가상현실이란 꿈에서 깨어난 사람들이 살아가는 곳이다. 모피어스Morpheus를 지도자로 한 해커들은 통제 컴퓨터의 인큐베이터에서 탈출해서, 인류의 구원자로서 유능한 컴퓨터 프로그래머인 토머스 앤더슨Thomas Anderson을 찾는다.

앤더슨은 자기가 살아온 세계가 컴퓨터에 의해 만들어진 가상 세계에 지나지 않는다는 것을 깨닫고는 엄청난 충격을 겪는다. 앤더슨이 보게 된 실재의 세계는 컴퓨터가 지배하는 삭막하고 쓸쓸하고 잔인한 세계다.

이런 〈매트릭스〉의 세계관은 불교와 상당 부분 상통한다. 가령 가상 세계의 '네트워크'는 불교의 연기緣起를 연상한다. 어떤 존재도 자기만의 고유한 본성을 갖지 않는다는 제법무아諸法無我 사상은 더 구체적으로 네트워크와 대응될 수 있다.[102] 세상의 존재들이 자기 것이라고 착각하는 특징이나 속성은 모두 존재 사이의 관계의 네트워크 속에서만 성립되는 것이다. 나는 '내 것 아닌 것'으로 구성되는 것이다. 연기에 의해 잠시 형성된 세상 현실은 곧 깨어나게 마련인 꿈과 같은 것이다. 사람들은 자기가 살아가는 세상이 연기에 의해 잠시 형성된 것임을 모르고 거기에 집착한다. 영화 〈매트릭스〉에서 뉴욕 사람들 역시 자기들이 몸담고 있는 뉴욕 맨해튼이 꿈속 공간과 같은 가상적 공간이라고는 결코 생각하지 않고 그곳에서의 향락적 삶에 궁극의 의미를 부여한다. 그곳에서의 삶이 가상적인 것이고 꿈속의 것이라 누가 말해준다 한들 뉴욕 사람들은 절대 수긍하지 않을 것이다. 그 점은 다음과 같은 장 보드리야르의 통찰을 통해 이해할 수 있다.

디즈니랜드는 '실제의' 나라, '실제의' 미국 전체가 디즈니랜드라는 사실을 감추기 위하여 거기 있다(마치 감옥이 사회 전체가 그 평범한 어디서고 감방이라는 사실을 감추기 위하여 거기 있는 것과 약간은 유사하게). 디즈니랜드는 다른 세상을 사실이라고 믿게 하기 위하여 상상적 세계로 제시된다. 그런데 사실은 그를 감싸고 있는 로스앤젤레스 전체와 미국도 더 이상 실재가 아니고 파생실재와 시뮬라시옹 질서에 속한다.[103]

---

102 오윤희, 『매트릭스, 사이버스페이스 그리고 선』, 호미, 2003, 223~227면.
103 장 보드리야르, 하태환 역, 『시뮬라시옹』, 민음사, 2008, 40면.

디즈니랜드를 경험한 사람들은 디즈니랜드가 환상이지 실재가 아니라는 것을 내면화하면서 '현실'로 돌아간다. 디즈니랜드는 명백한 환상의 세계이고, 그 디즈니랜드의 문을 분명히 나서서 돌아가는 자기들의 세상은 그것과 명백하게 분별되기 때문에 분명하게 실재하는 세계라고 믿는다. 그래서 디즈니랜드와 같은 환상 세계의 경험은 현실의 실재성을 더 단단히 믿게 만드는 역할을 한다. 마치 잠이 꿈을 꾸게 하고, 잠에서 깨어난 사람들이 꿈은 꿈이라 여기면서 자기 현실을 명백하게 실재한다고 여기는 것과 같은 구도이다.

이상과 같은 〈매트릭스 1〉의 서사는 현실이 가상이요 꿈이라는 것을 충격적으로 경험하게 한다. 이 영화를 감상하면서 '현실이 꿈이다'는 명제를 더 또렷하게 경험할 수 있게 된다.

② 야담-현실을 허구로, 허구를 현실로 경험하기

꿈이 현실로 실현되는 사례가 종종 있다. 특히 잠을 자면서 꿈을 꾸었는데 그 꿈 내용이 현실에 그대로 실현되는 경험을 하고는 한다. 나아가 꿈이 현실을 이끌어가는 역할을 하기도 한다. 야담은 이런 사례를 적잖이 보여준다. 「현부지납채교녀賢婦智納綵轎女」(『동야휘집』 하)에서 만석군의 외동딸은 13세 때 꾼 꿈의 기억을 떠올리면서 살아간다. 그 꿈 내용은, 신인神人이 한 선비를 데리고 와서 "이 사람이 너의 배필이다"라고 말한 것이다. 그녀는 그 선비의 이목구비와 풍채를 정확하게 기억한다. 그래서 남편감을 만날 때도 언제나 꿈속 그 선비의 이목구비와 비교하여 닮지 않으면 거절했다. 그러다 우연하게도 자기 집에 묵게 된 남자가 그간 그렇게도 찾아오던 선비를 닮았음을 확인하고 그 여자가 되기로 작정한다. 그 남자가 유부남인 것을 안 외동딸은 그 첩이 되어 많은 재산을 가지고 남자를 따라간다. 외동딸에게 있어서 꿈과 현실은 그대로 이어졌다. 꿈은 현실에 지속적으로 개입하며 현실 인물을 크게 달라지게 한다. 꿈의 위력이 직접적으로 구사된 것이다.[104] 꿈의 위력이 간접적으로 나타나기도 한다. 즉, 현실 인물이 현실을 꿈인 양 경험하거나 허구를 현실인 양 경험하면서 스스로 크게 달라지는 것이다. 「외엄구한부출시언畏嚴舅悍婦出矢言」(『청구야담』 하)에서 그 점이 두드러진다.

① 안동 권진사는 매우 엄격하게 집안 사람들을 다스렸다. 그러나 하나뿐인 며느리가 투기심이 매우 심했다.

② 아들이 처가에 다녀오던 중 비를 만나 객점에 들렀는데, 거기서 또래의 청년을 만나 술을 마시다가 취하여 잠이 들었다.

③ 깨어보니 소복 입은 예쁜 여자가 곁에 있었다. 자기 오빠가 과부인 자기를 개가시키기 위해 일은 꾸민 것이라 했다.

④ 권생은 그 여인과 인연을 맺긴 했으나 엄격한 아버지와 투기심 심한 아내가 무서웠다. 여인을 객점에 기다리게 하고는 지혜 있는 친구를 찾아가 도움을 청했다.

⑤ 친구는 술자리를 열도록 하고 그 자리에서 권진사에게 '고담(古談)'을 들려주겠다 하고는 권생이 겪은 일을 고담인 것처럼 들려주었다. 그리고 권

---

104 이런 양상은 『마태복음』에도 나타난다. 즉, 요셉이 이런 생각을 하고 있을 무렵에 주의 천사가 꿈에 나타나서 "다윗의 자손 요셉아, 두려워하지 말고 마리아를 아내로 맞아들이어라. 그의 태중에 있는 아기는 성령으로 말미암은 것이다. 마리아가 아들을 낳을 터이니 그 이름을 예수라 하여라. 예수는 자기 백성을 죄에서 구원할 것이다" 하고 일러주었다. (…중략…) 잠에서 깨어난 요셉은 주의 천사가 일러 준 대로 마리아를 아내로 맞아들였다.(『마태복음』, 70~72면)

진사라면 이 상황에서 어떻게 하겠느냐 물었다. 권진사는 남자가 여인을 취하는 것이 당연하다고 대답하였다.

⑥ 그러자 친구는 그때까지 자기가 해준 이야기는 꾸며진 것이 아니라 바로 권진사의 아들 이야기임을 실토했다.

⑦ 권진사는 노발대발하여 아들을 죽이려 하였다.

⑧ 며느리가 남편을 살려주기를 간청했다. 권진사는 며느리가 절대 투기하지 않겠다는 각서를 받은 후 아들을 놓아주었다.

⑨ 객점에 있던 여인을 데려오게 하여 첩으로 삼으니 아내도 투기하지 않고 화목하게 살게 되었다.

권생은 꿈속 일과 같은 경우를 현실에서 경험하였다. 술에 취해 자다 깨어보니 어여쁜 여인이 자기 곁에 앉아 있었고 그 여인이 자기의 첩이 되기를 간절히 원한다는 것은 분명 현실에서 있기 어려운 상황이다. 물론 그것은 여인의 오빠가 다 꾸민 일이었다. 일을 꾸민 여인 오빠의 입장에서 보면 그 일은 현실 논리에 충실한 것이지만, 일을 당한 권생의 입장에서 생각해보면 그것은 꿈이나 가상과 비슷하다. 권생은 이왕 시작된 일에 자기 몸을 맡길 수밖에 없다. 그러나 마침내는 그 행위가 현실적 권위의 출발인 아버지 권 진사에 의해 인정되어야만 했다. 권 진사는 엄격하여 그 상황을 받아들일 것 같지가 않았다. 권생은 친구의 지혜를 빌리기로 했다.

권생 친구의 전략은 현실 경험과 허구 경험에 대하여 보통 사람들이 보이는 차별적 태도를 활용하는 것이다. 권생의 친구는 현실 경험을 허구 경험으로 전환하고 다시 허구 경험을 현실 경험으로 전환하는 과정을 통하여 사람이 달라지고 또 어떤 심오한 진리를 깨달을 수도 있다는 점을 꿰뚫어 알고 있다. 권생 친구는 권진사 아들의 사연을 '고담'인 체하며 권진사에게 이야기해준다. 권생의 친구는 권진사로 하여금 현실을 허구로 경험하게 한 것이다. 권진사는 아들 친구가 이야기해주는 '고담'에 빠져들어 구구절절 감탄한다. "기이한 일이다! 기이한 일이야! 옛날에야 혹 그런 기연奇緣이 있었을지 몰라도 요사이는 도무지 못 보았지"라며 그 사연을 적극적으로 인정하고 수용한다. 권진사는 현실의 일이라면 도저히 용납하기 어려운 것을 허구의 일이라고 여겼기에 적극적으로 인정해 줄 수 있다. 권진사는 현실에서 너무나 엄격하고 완고한 규범주의자이다. 현실에서 그는 어떤 융통성도 없고 관용도 없다. 집안 아랫것들이 조금이라도 잘못하면 가차 없이 벌을 주어 죽이기까지 한 냉혈한이다. 이러한 그는 분별적 사고에 집착한 사람이 세상을 대하는 태도의 한 극단을 보여준다. 그런 권진사가 허구세계에 대해서는 아주 관대하고 낭만적인 태도를 보인다. 권진사는 허구 세계를 경험하기 시작하는 순간 분별심에서 해방된다. 규범이나 도덕률을 엄하게 적용하지 않고 아집이나 집착에서도 다소 벗어난 것이다.

권생의 친구가 권진사의 그런 마음을 다시 확인한다.

"만약 어르신께서 그 지경에 당하시면 어떻게 처하겠습니까? 밤중에 아무도 없는 방에서 절대 가인을 곁에 두고 그를 가까이 하시겠습니까? 안하시겠습니까? 이미 가까이 하셨다면 그를 데리고 사시겠습니까? 아니면 버리시겠습니까?"[105]

---

[105] "若使尊丈當之, 則當何以處之? 中夜無人之際, 絶代佳人在傍, 則其將近之乎? 否乎? 既近

그러자 권진사는,

"고자가 아닌 담에야 황혼에 가인을 만나 어찌 헛되이 보낼 이치가 있는
가? 그리고 기왕 동침했으면 데리고 사는 거지, 어찌 버려서 적악을 한단 말
인가?"[106]

라 하여 여인을 맞이하는 것이 당연하다고 분명히 선언하였다. 이런 권
진사의 태도는 평소 그가 자제들에게 보인 엄격한 태도와는 매우 다르
다. 그 까닭은 권진사가 허구 세계와 현실 세계에 대해 이중 잣대를 가
졌기 때문이다. 허구 세계에서는 낭만과 여유, 탈선도 인정한다. 반면
현실에서는 그럴 수 없다. 허구 세계란 것을 전제하여 권진사는 모든
일탈과 작첩을 인정한 것이다.

이때 권생 친구는 '잣대는 하나여야 한다는 통념'을 끌어들인다. 분
명 권진사는 이야기 속 인물이 첩을 맞이하는 것을 아주 낭만적으로 채
색하기까지 하면서 인정하였다.

아들 친구가 그 사연이 바로 권진사의 아들의 것이라 하자, 권진사는
한동안 아무 말도 할 수 없었다. 그 시간은 온갖 생각이 떠올라 뒤섞여
충돌하다 교섭하고 타협하는 과정일 것이다. 권진사는 자기 아들의 일
을 남의 일로, 현실의 일을 허구의 일로 경험하게 되어, 마침내 아집과
오만에서 벗어났을 것이다. 권진사는 허구 세계란 것을 조건으로 하여

之, 則其將率畜乎? 抑棄之乎?"(『청구야담』 하, 426～427면)
106 "旣非宮刑之人, 則逢佳人於黃昏, 豈有虛度之理也? 旣同寢席, 則不可不率畜, 何可等棄而
積惡乎?"(『청구야담』 하, 427면)

스스로 달라졌다. 이제 그 조건이 바뀌어도 옛날 태도로 돌아갈 수 없다. 잣대는 하나이어야 하게 때문이다.

이 야담은 권진사가 허구 세계에서 현실 세계로 옮겨가서 적응하는 과정을 묘사하지 않음으로써 결락 부분을 만든다. 독자는 그 부분에서 나름대로 생각을 전개한다. 가상의 일이라고 생각했던 것이 현실이라는 것을 확인했을 때 권진사는 어떤 충격을 받고 그 충격을 어떻게 해소했을까? 이런 질문에 이어서 내가 권진사라면 어떻게 할 것인가? 라는 자기 질문으로 나아갈 것이다. 결국 권진사의 가상의 경험은 현실에서의 경직된 태도를 풀어주고 아집을 벗어던지게 했다.

그리고 거기에 머물지 않았다. 순식간에 삶의 지혜를 만들어낸 것이다. 권진사는 격노하여 작도판을 가져와 아들을 죽이는 시늉을 한다. 목표는 질투심 많은 며느리의 심성을 고치는 것이다. 겉으로 보면 권진사는 명백하게 아들의 행동에 대해 격노하고 있고 마침내 아들을 죽일 것 같다. 이 장면의 궁극 목표는 두 가지다. 하나는 독자로 하여금 절대절명의 위기를 경험하게 하는 것이고, 둘은 며느리로 하여금 자기 남편의 예상된 죽음을 겪게 만드는 것이다. 권진사가 노린 것은 후자이다. 며느리는 남편이 목숨을 잃는다는 가상 상황을 엄연한 현실로 느껴 매우 절박해진다.

며느리는 시아버지에게 간절히 용서를 빈다. 그리고 몇 번이나 질투를 하지 않겠다고 맹세한다. 그제야 권진사는 아들을 용서하고 여인을 데려와 첩으로 맞이하게 하였다.

요컨대 현실 경험을 허구로 경험하다 현실로 돌아온 권진사가 좀 더 너그러운 아버지로 다시 태어날 수 있었다면, 허구적 상황을 현실로 경험한 며느리는 투기심을 버리고 남편을 이해해주고 다소곳한 여인으로 다시 태어날 수 있었다. 물론 두 종류의 경험 중 권진사의 경험이 중심 자리에서 서사의 원동력을 제공한다. 권진사는 아들 친구의 계교에 의해 본의 아니게 이런 경험을 하게 되었지만, 그걸 참조하여 독자들이 스스로 현실 삶을 허구나 가상, 꿈처럼 보는 경험을 하고 다시 현실로 돌아온다면 그 효과는 더해질 것이다.

③『구운몽』-현실과 가상, 진실과 속임수의 뒤섞임

『구운몽』에서 성진은 현실 인물이고 양소유는 성진의 생각 속에서 환생한 비현실적 인물이다. 그럼에도 불구하고 양소유가 현실 인물로 느껴지고 성진은 비현실 인물로 느껴진다. 이처럼 형식상 설정과 실질적 느낌이 상반되어 독자들은 현실과 환상 혹은 꿈을 반대로 경험하게 된다. 그런 경험은 보통 사람이 지금까지 습관적으로 가져온 감각에 큰 충격을 준다. 특히 양소유는 꿈을 자주 꾼다. 양소유는 토번 정벌 길에 동정용궁으로 가는 꿈을 꾼다. 꿈속에서 백능파를 만나 전생 인연을 확인하고 사랑을 나누며 남악형산을 찾아가 예불까지 한다. 또 양소유의 꿈에 정경패가 나타나 자기가 죽어서 천상으로 갔다고 말한다. 꿈속의 계시는 양소유의 현실에 그대로 실현되기도 하고 실현되지 않기도 한다. 그러나 둘이 다른 것은 아니다. 궁극적으로 양소유는 비현실적 가상 인물이기 때문에 양소유의 꿈속 사건은 물론 양소유의 현실에서 일어나는 사건도 가상적인 것이라는 점에서는 다를 바 없다.[107]

---

107 『구운몽』의 환몽 경험에 대해서는 이강옥, 『구운몽의 불교적 해석과 문학치료교육』, 소명출판, 2010, 172~176면 참조.

『구운몽』에서는 꿈과 현실이 거듭 교직되면서 속이고 속는 상황도 자주 연출된다. 특히 주인공인 양소유가 거듭 속는다. 정경패, 정사도, 가춘운, 태후 등 속이는 등장인물들과 그것을 목격하는 독자들은 속임의 실상을 분명히 알지만 양소유 혼자만 모른다. 그러나 시간이 흘러감에 따라 양소유는 결국 자기가 속은 줄 알게 된다. 속임수에 넘어가 가춘운이 죽었다고 착각했던 양소유는 가춘운이 죽지 않았다는 사실을 알고는 무척 기뻐한다. 또 꿈속에서 부정적인 상황을 경험하게 된 양소유는 깨어나서 그게 꿈이었다며 안도한다. 『구운몽』에서 작자는 이런 속임수와 꿈을 계속 설정하여 간다. 정경패가 죽었다며 자기를 속이는 가춘운, 진채봉, 난양공주 등의 말을 엿듣고는 자기가 더 이상 속지 않게 되었다고 우쭐대는 양소유의 모습을 보면서 독자는 웃게 된다.

양소유는 자기가 속았다는 사실을 알게 되어 속임수로부터 빠져나온다. 속임수에서 빠져나온 양소유는 부정적 상황이 속임수 속의 가상 상황이며 자기는 명백한 현실 공간에 몸을 담고 있다는 사실을 확인하면서 기뻐한다. 하지만 자기 자신이 가상적 존재라는 점을 깨닫지는 못한다. 독자는 이런 양소유를 바라보는 자리에 있다. 독자는 양소유가 현실과 가상, 진실과 속임수 사이를 방황하는 것을 응시하며 성찰하게 된다.

거듭 속임을 당하던 양소유를 바라보고 우스꽝스럽게 생각하게 된 독자의 시선은 내담자나 수행자의 시선으로 수용될 수 있다. 내담자나 수행자는 양소유를 우습게 생각하며 웃다가 자기도 모르는 사이에 "그렇다면 나는?" 혹은 "나도 이곳에서 속고 있는 것은 아닐까?" "과연 지금 내가 진짜일까?"라는 성찰로 나아갈 수 있다. 현실 경험이 가상적이라는 느낌을 갖게 되는 것이다. 자신을 우울하게 만드는 이 세상이 가

상일 수 있다는 느낌은 나의 우울 자체가 성립되지 않을 수도 있다는 단계에 이르게 할 것이다.[108]

『구운몽』을 읽으면서 가질 수 있는 속임수와 꿈의 경험은 내담자나 수행자가 자기 욕망에 대한 집착을 버리고 자유롭게 살아가는 아주 소중한 바탕이 된다.

(4) 꿈 수행과 문학치료 프로그램 구안

'현실을 꿈으로' 인식하고 받아들여 느낀다면 내담자가 지금까지 현실에서 느껴왔던 절망이나 슬픔, 우울, 분노 등을 떨쳐 내버릴 여지를 마련할 수 있다. 현실을 고착된 것으로 보고 현실을 유일한 경험 공간으로 생각하는 것은 현실에 대한 집착을 조장하며, 그런 집착이야말로 절망과 우울을 초래했다. 특히 '잃어버린 대상'에 대한 과도한 아쉬움과 집착이 우울을 초래한다는 사실이 분명하게 입증되었다.[109] 그런데 그런 현실을 꿈으로 볼 수 있다면 현실에서 경험한 상실에 대해 좀 더

---

108 『구운몽』의 속임수 문제에 대해서는 위의 책, 164~171면 참조.

109 Depressed individuals also commonly lose interest in food, sex, and many of the other things that formerly provided pleasure and gratification. This loss of interest may reflect the increased attention being devoted to the lost source of self-worth. The heightened yearning for the lost objects may interfere with the individual's interest in and ability to derive pleasure from other pursuits. In addition, the enhanced emotionality, along with the increase in physical symptoms and pains, may further erode one's appetites…… Furthermore, as discussed above, the depressed individual's absorption with the lost object is likely to interfere with motivation to pursue other goals and activities; this lack of motivation toward things other than the lost object may further contribute to the appearance of low energy and lethargy.(Tom Pyszczynski, Jeff Greenberg, *Hanging On and Letting Go*, Springer-Verlag, pp.90~91)

자유로워질 수 있다.[110] 그건 우리가 꿈에서 잃은 것에 대해서 연연하지 않을 수 있는 것과 같다.

현실에서 잃어버린 대상은 과연 우리가 집착할 가치가 충분한 것인가? '우리에게 익숙한 현실이 과연 실제로 존재하는 것인가?'라는 근본적인 의문을 갖도록 한다. 우리가 당연히 존재한다고 여겨왔던 익숙한 현실에 대한 근본적 성찰을 하게 된다.

꿈 수행과 문학치료 프로그램은 2·3절에서 제시한 수행 자료들을 알맞게 활용하여 다음과 같은 회기를 설정할 수 있다.

수행단계	회기	꿈 수행 내용	꿈 수행 자료
예비 수행 단계	1	꿈 기억하기와 꿈 이야기하기	내담자의 꿈
	2	과거 현실 경험 회상하기	내담자의 생애주기별 현실경험, 한 달 전, 1년 전, 5년 전, 10년 전, 20년 전, 30년 전의 현실경험
	3	'현실은 꿈이다'의 인식적 환기	『금강경』, 『장자』, 「대승육정참회(大乘六情懺悔)」, 『마태복음』, 『다니엘』
본 수행 단계	4	삶의 덧없음 경험하기	「침중기(枕中記)」와 「남가기(南柯記)」
	5	'현실은 가상이다' 경험하기	〈매트릭스 1〉
	6	현실과 허구의 전환 수행하기	「현부지납채교녀」, 「외엄구한부출시언」
	7	'현실은 꿈이다' 내면화하기	「수향기(睡鄕記)」, 『구운몽』
	8	꿈 수행과 꿈에서 깨어나기	「대승육정참회」, 「참선곡」, 『구운몽』

110 프로이트도 잃어버린 대상에 대한 집착이 리비도의 특징에 근거를 두고 있다고 보았다. "그러다가 대상이 없어지는 경우가 생긴다. 이때 리비도는 대상이 상실되어도 그 대상으로부터 떠나지 않는다. 여전히 자아와 대상을 연결한다. 이전 대상보다 객관적으로 더 나은 대상이 와도 리비도는 여전히 이전 대상을 향해 있고 새로운 대상에게는 관심을 두지 않는다. 정신분석이 집중적으로 관찰하는 것은 바로 상실된 대상에 대해 애착을 포기하지 않는 리비도이다."(강응섭, 『프로이트, 무의식을 통해 마음을 분석하다』, 한길사, 2010, 130면)

① 예비적 수행 단계

상담자는 수행 프로그램을 시작하면서 내담자에게 이런 질문을 던진다.

"살아가는 것이 꿈의 일이라고 느낀 적이 있습니까?"

"지금 이곳의 내가 꿈속의 존재라고 볼 수 있습니까? 있다면 어떤 이유에서입니까? 그렇다면 내가 어떻게 달라질까요?"

이런 질문으로 분위기를 유도한 뒤 다음과 같은 구체적 단계를 시도한다.

1회기 – 꿈 기억하기와 꿈 이야기하기

내담자가 지금까지 꾼 꿈 중 특이하다고 기억하는 꿈에 대해 이야기하게 한다. 그 이야기에 대해 내담자와 상담자가 대화를 나눈다. 꿈을 꾸고 난 뒤의 기분을 기억해내어 이야기하게 한다. 꿈이 현실에서 실현된 경우와, 현실에서의 어떤 요소가 꿈에 나타난 경우에 대해 이야기하게 한다.

이런 대화를 통하여 내담자는 자신의 꿈을 자각하고 기억하고 이야기하는 것이 소중하며, 꿈 경험 자체가 자기 삶을 구성하는 중요한 요소임을 인정하도록 한다.

2회기 – 과거 현실 경험 회상하기

지금 시점에서 과거를 회상한다. 한 달 전, 1년 전, 5년 전, 10년 전, 20년 전, 30년 전의 일을 회상하여 본다. 그것이 ①에서 기억한 꿈의 내용과 어떤 점에서 같고 어떤 점에서 다른가를 살핀다. 20년 전이나 30년 전의 현실경험에 대한 회상은 꿈 이야기보다 더 어렴풋하고 모호할 수 있음을 느낀다.[111] 그런 점에서 과거 현실 경험에 대한 회상을 의도적으로 지속적으로 시도하면 현실에 일어났던 일을 꿈으로 인식하고 꿈으로 느끼는 것이 가능해진다. 회상은 꿈 수행의 출발이다.

3회기 – '현실은 꿈이다'의 인식적 환기

앞 장에서 제시한 바를 근간으로 하여, '현실은 꿈이다'고 주장할 수 있는 인식적 근거를 공부한다. 이렇게 공부한 결과를 위 1회기와 2회기의 수행 경험과 연관시켜본다.

② 본 수행 단계

4회기 – 삶의 덧없음 경험하기 : 「침중기(枕中記)」와 「남가기(南柯記)」

가장 널리 알려져 있는 '한단지몽邯鄲之夢'과 '남가일몽南柯一夢'의 스토리를 이끌어 와서 삶의 덧없음을 추체험한다.

「침중기枕中記」에서 초라한 서생인 주인공 노생은 평소 소망하던 바를 꿈속에서 다 이루었을 뿐 아니라 그로 인해 발생한 생의 고뇌까지 경험한 뒤 깨어난다. 꿈에서 깨어난 노생은 자신이 여전히 누워있고 여옹도 그 옆에 그대로 앉아 있으며 주인이 짓던 기장밥은 아직 뜸도 들

---

111 실제 경험보다 꿈 경험이 더 오래 기억되는 경우를 프로이트는 분명하게 언급하였다. 즉, "또 어떤 것들은 아주 잘 보존되기도 해서 예를 들어 어린 시절의 꿈들 중 어떤 것들은 30년이 지나서까지도 생생한 체험처럼 기억 속에 남아 있기도 합니다. (…중략…) 이와 같은 밤 동안의 정신 활동은 매우 많은 레퍼토리를 가지도 있으면서 본질적으로는 우리의 정신이 낮 동안에 수행하는 모든 일을 할 수 있습니다."(프로이트, 임홍빈·홍혜경 역, 『정신분석강의』, 열린책들, 2007, 122~123면)

지 않은 채 있어 모든 것이 잠들기 전과 같았다. 이에 노생은 크게 놀라며 "어찌 이것이 꿈이란 말인가?"라고 말한다. 그에 대해 여옹은 "인간 세상의 일도 또한 이와 같다네!"라고 대꾸한다. 즉, 노생은 여옹이 말한 대로 인생은 꿈과 같아 세상의 부귀영화도 뜬 구름처럼 허무하고 가치가 없음을 느끼고 주장하게 되는 것이다.

「남가기南柯記」에서 당나라 순우분이라는 사람이 술에 취해 자기 집 남쪽에 서 있는 큰 느티나무 밑에서 잠이 들었다가 괴안국槐安國 사신의 인도를 받아 괴안국으로 초빙되어 간다. 순우분은 사신을 따라 느티나무 구멍 속으로 들어가 괴안국에 이른다. 괴안국 국왕은 자기 딸을 순우분에게 주고 남가군 태수 자리를 내렸다. 태수로서 능력을 인정받았지만 다른 나라가 쳐들어와 아내까지 죽자 태수직을 그만두고 서울로 돌아오면서 깨어났는데 그 모두가 꿈이었다. 나무 밑둥에는 과연 큰 구멍이 하나 있었고 거기를 파 보니 개미들이 가득 모여 있었고, 커다란 개미 두 마리가 있었다. 여기가 괴안국의 서울이며, 커다란 두 개미는 국왕 부처였다. 또 한 구멍을 찾아 들어가니, 남쪽 가지 사십 척쯤 올라간 곳에 또 개미떼가 있었다. 여기가 순우분이 다스리던 남가군이었다. 순우분은 구멍을 원래대로 고쳐 놓았다. 이튿날 아침에 가 보니, 구멍은 밤에 내린 비로 허물어지고 개미도 없어졌다.

「침중기」와 「남가기」는 동아시아 꿈 서사의 대표적인 사례로 후대에 거듭 인용되거나 수사에 자주 활용되어 왔다. 두 서사는 '현실-입몽-꿈-각몽-현실'의 구조를 충실하게 보여주면서 꿈 서사의 원형 역할을 해 왔다. 구태여 둘을 구분하자면 「남가기」는 꿈의 증거를 현실에서 찾았다는 점이다. 그 증거는 사람과 개미를 동일시하는 역할을 한다. 그럼으로써 현실 삶의 부질없음을 더욱 인상적으로 강조할 수 있게 되었다. 둘 다 사람의 부귀영화란 꿈과 같이 헛된 것이라는 메시지를 강하게 담고 있다. 그런 점에서 둘은 '현실은 꿈이다'는 명제를 가장 뚜렷하게 실천 하는 서사라고 할 수도 있지만, 현실 삶 자체를 다루는 것이 아니라 현 실을 꿈속에서 경험하게 함으로써 '현실 삶은 부질없다'는 메시지만을 강조한다. 그런 점에서 "현실은 꿈이다"는 명제를 그대로 보여주는 것 은 아니다. 그리고 허무주의나 자포자기의 성격이 너무 강하다.

그런데 「침중기」와 「남가기」의 이와 같은 현실과 꿈에 대한 태도는 동아시아 문화에 심대한 영향을 주어왔다. 그래서 우리가 현실과 꿈을 떠올릴 때 우선적으로 이 두 사례를 염두에 두거나 이 관점을 따르게 된다. 그런 점에서 두 작품에 대한 비판적 성찰은 내담자가 꿈 수행을 하는 출발점이 된다.

5회기 – '현실은 가상이다' 경험하기 : 〈매트릭스〉의 가상과 현실

오늘날 사람들은 다양한 가상현실을 경험한다. 영화나 게임, 세컨드 라이프secondlife.com 등이 그 예이다. 보통은 그것이 가상임을 알고 경험 하기에 그 자체가 크게 문제될 것은 없다. 다만 그 가상 경험을 마무리 하고 현실로 돌아올 때가 문제된다. 그런 가상현실과 다른 이곳 현실이 야말로 명백한 실체라는 신념을 더 강화하기에 문제가 된다. 그 결과 현실 세계에 대한 집착이 더 강해진다. 자기 것을 잃었을 때 엄청난 상 실감과 불행감을 느끼게 되고 그것이 마침내 우울한 느낌 혹은 우울증 으로 귀착되는 것이다.

〈매트릭스〉를 보면서 수행자는 이 세계가 가상이나 꿈일 가능성을

충격적으로 느낄 수 있다. 그것은 프로그래머 토머스 앤더슨이 느꼈던 충격과 흡사하다. 내담자는 영화 속에서 묘사하는 것처럼 사람들의 일상적인 모습이 완벽한 네트워크 프로그램에 의해 만들어진 환상이라는 단계까지는 인정하기 어렵다 할지라도, 현실세계가 사람의 착각이나 왜곡에 의해 재구성된 성격이 강하다는 사실을 충격적으로 환기할 수 있을 것이다. 이런 경험은 '현실은 꿈이다'는 3회기의 인식적 환기를 내면화 단계로 이끌어간다.

6회기 – 현실과 허구의 전환 수행하기 : 「외엄구한부출시언(畏嚴舅悍婦出矢言)」

「외엄구한부출시언畏嚴舅悍婦出矢言」(『청구야담』 하)에서 고지식하고 엄격하기만 했던 권진사는 평소라면 아들의 축첩 행위를 결코 용납하지 않았을 것이다. 권진사는 축첩을 한 아들은 가혹하게 응징하였을 것이고 질투심 많은 며느리를 내쳤을 것이다. 그러나 권진사는 허구를 경험한다. 아들의 실제 경험을 허구로 경험함으로써 더 느긋하고 관대한 인간으로 재탄생한 것이다.

상담자는 내담자로 하여금 이 야담에 등장하는 인물과 내담자 자신을 긴밀하게 만들기 위하여 다음과 같은 질문을 던질 수 있다.

고담이 자기 아들 이야기라는 말을 들었을 때, 권진사의 생각은 어떻게 달라져 갔을지 이야기하여 봅시다.

내담자는 이 질문에 대한 답을 생각하면서 권진사의 경험을 자기화할 수 있다. 그런 경험을 바탕으로 하여 내담자는 문제적인 자기 경험을 허구적 서사로 재구성함으로써 분별심과 집착으로부터 다소 멀어질 수 있다. 자기서사를 기술하되 사실에 충실하면서도 특별히 문제적인 국면을 허구적으로 재구성하는 말하기 혹은 쓰기는 자기 경험을 새롭게 혹은 다른 각도에서 바라보고 재해석하게 하는 것이다.

내담자가 자기서사를 허구의 형식으로 쓴 다음 다른 사람으로 하여금 그것을 읽게 하고 그 반응을 관찰한다. 집단상담이라면 상담 동료가 읽어주며, 단독상담이라면 상담자가 읽어주고 반응해준다. 자신의 이야기가 부담 없이 타인에 의해 읽혀지고 그에 대해 반응을 듣는 과정은 내담자가 자기를 대상화하고 자기의 번뇌에 대해 거리를 둘 수 있는 좋은 기회가 된다.

7회기 – '현실은 꿈이다' 내면화하기 : 『구운몽』

『구운몽』을 읽으면서 그 속에 다양하게 담겨 있는 현실, 꿈, 속임수, 착각 등의 정황을 적극적으로 감상하고 그 느낌을 정리한다. 꿈과 현실의 뒤섞임, 빈번한 속임수 등이 전개되는 과정에서 중심에 놓인 양소유에 주목한다. 양소유는 꿈에서 깨어나도 자기가 더 큰 꿈을 꾸고 있다는 진실을 모르는 점을 내담자가 떠올린다. 내담자는 양소유에 대해 동일시를 하면서도 거리두기도 하면서 수행을 계속해간다.

『구운몽』의 마지막 대목은 현실과 꿈의 관계를 통찰하게 하는 최고의 수행 텍스트이다. 돌아온 성진은 자기가 꿈에서 깨어났다고 생각하기도 하고 윤회를 겪었다 하기도 한다. 성진 스스로에게도 양자는 혼동되고 있는 것이다. 성진은 먼저 육관대사가 자신으로 하여금 하룻밤의 꿈을 꾸게 하였다가 깨어나게 해주어 자신을 깨닫게 해주었다며 육관대사에게 감사한다. 이에 대해 육관대사의 설법이 시작된다.

대사 가로되, 네 흥에 따라 갔다가 흥이 다하자 왔으니 내가 무슨 간섭을
했겠는가.[112]

이 대목은 양소유로의 환생이 성진의 사념이 실현된 결과라는 사실
을 분명하게 지적한 부분이다.

"네가 또한 '제자 윤회의 일을 꿈꾸었습니다' 했는데, 이로 보면 너는 꿈
과 인세를 구분하여 둘로 본 것이니, 너는 꿈에서 완전히 깨어나지 못한 것
같구나. 장주가 꿈에 나비가 되었고 나비 또한 변하여 장주가 되었다. 이에
장주는 '장주가 꿈을 꾸어 나비가 되었는가? 나비가 꿈을 꾸어 장주가 되었
는가?'라 하며 끝내 구분치 못했으니 어느 것이 꿈인지 어느 것이 진인지
그 누가 아리오. 지금 너는 성진을 너의 육신이라 생각하고 또 꿈을 그 육신
의 꿈이라 생각했다. 그리하여 너 역시 육신과 꿈으로 (분리시켜) 일물이
아니라 했다. 성진과 소유 중 어느 쪽이 꿈이고 어느 쪽이 꿈이 아니냐?"[113]

먼저 이 구절에서 육관대사는 꿈과 인간의 현실세계를 분명하게 구분
하는 것이 불가능하고 바람직한 것도 아님을 밝혔다. 양소유(꿈)와 성진

---

112 大師曰 : "汝乘興而去, 興盡而來, 我有何干與之事乎?"(노존A본, 281면)
113 "汝又曰 : '弟子夢人間輪回之事', 此汝以夢與人世, 分而二之也. 汝夢猶未盡覺也, 莊周夢
爲蝴蝶, 蝴蝶又變爲莊周, 莊周曰 : '莊周之夢, 爲蝴蝶耶? 蝴蝶之夢, 爲莊周耶?' 終不能卞
之, 孰知何事之爲夢, 何事之爲眞耶. 今汝以性眞爲汝身, 以夢爲汝身之夢, 則汝亦以身與夢,
謂非一物也, 性眞少遊, 孰是夢也? 孰是非夢也?"(같은 곳)

(현실세계) 모두 꿈일 수도 있다는 것을 설파한 것이다. 이 대목에서 성진이 보여주는 태도야 말로 내담자들이 일차적으로 동일시하며 유심히 살펴보아야 할 것이다. 성진은 자기가 실재하는 인물이라는 것에 대해 전혀 의심하지 않았다. 현실을 꿈으로 보지 못하는 보통 사람의 한계를 그대로 보여주는 것이다. 이런 성진을 육관대사가 꾸중한 것이다.

내담자는 돌아온(혹은 깨어난) 성진이 양소유의 존재를 부정하는 장면을 유심히 관찰한다. 그런 성진을 육관대사가 꾸중하는 이유를 생각한다. 이럴 때 내담자는 육관대사와 자신을 동일시하여 육관대사의 자리에서 성진의 정당성을 살핀다.

내담자는 이 대목을 유심히 살피며 꿈 수행을 마무리할 수 있다. 이 회기는 '현실은 꿈이다'는 인식을 구체적으로 내면화하게 한다.

8회기 – 꿈 수행과 꿈에서 깨어나기 : 여몽삼매(如夢三昧)와 무생법인(無生法忍)

현실이 꿈임을 관찰함으로써 스스로 달라지는 훈련이다. 원효의 「대승육정참회」의 일부를 다시 인용하여 보자.

어긋나든 순조롭든 육진(六塵)과 남녀의 두 상은

모두 내가 꾸는 꿈이지 영원한 실제의 일 아니거늘

무엇을 걱정하고 기뻐하며, 무엇을 탐내고 무엇에 대해 성내리오

자꾸자꾸 사유하고, 이와 같이 꿈으로 보면

점점 닦아 여몽삼매(如夢三昧)[114]를 얻으리니

이 삼매로 말미암아 무생법인(無生法忍)[115]을 깨닫고

---

114 여몽삼매(如夢三昧) : 인생을 꿈과 같이 여기는 삼매.

그리하여 긴 꿈에서 문득 깨어나면

흘러다니는 것은 본래 없었다는 것을 알 것이며

다만 한 마음(一心)이 한결같이 그러한(一如) 침상에 누워 있었음을 알게

될 것이다.

끊임없이 '현실은 꿈이다'라고 사유하고 느낀다. 내가 지금 꿈을 꾸고 있는데, 잠에서 깨어나면 조금 전까지 현실이라 느끼던 것이 꿈이었다는 사실이 분명해진다는 사유를 거듭하는 것이 몽관夢觀이다. 물론 우리 앞에 분명히 펼쳐져 있는 산과 들의 모습이 꿈속 모습이라고 생각하기는 쉽지 않을 것이다. '산'과 '들'이라는 개념, 산과 들에 대한 좋고 나쁜 생각이 문제다. 우리 마음은 개념과 망상을 만들어낸다. 특히 불교의 오온五蘊 중 수受·상想·행行·식識이 그런 일을 한다. 오온이 망상을 일으키지 않는다면 산과 들의 개념도 존재할 수 없다. 산과 들이라는 개념들에 의해 구성되는 현실은 꿈이다.

이렇듯 현실이 꿈이라는 것을 거듭 떠올려가면 '여몽삼매如夢三昧' 단계에 이른다. 여몽삼매 단계에서는 현실이 꿈으로 여겨지는 상태가 지속된다. 궁극적으로는 무생법인을 얻는다. 무생법인 단계에서는 지금까지 한 번도 여기저기 떠다닌 적이 없고 오직 침상 위에 고요히 누워있다는 비유처럼, 이 세상 모든 존재는 실제로 생겨나는 일이 없었다는 가

---

115 무생법인(無生法忍) : 이 세상의 모든 존재는 다만 겉보기에 생겨나는 듯할 뿐, 실제로는 생겨나는 일이 없다. 생겨나는 일이 없으므로 당연히 잠시 머물렀다가 변하면서 사라져 가는 이 모든 현상도 모두 꿈과 같고 허깨비와 같다. 보는 것 듣는 것에 대해 비판하거나 분별하지 않고, 바깥의 사물을 다만 있는 그대로 보고 듣는다. 그러면 늘 고요하면서도 늘 환히 비추게 되는데, 이것이 상락아정(常樂我淨)의 열반이다. 이렇듯 무생법인은 모든 존재가 생겨나도 사실은 생겨난 적이 없다는 존재원리를 받아들이는 수행을 말한다.

르침을 완전히 받아들인 단계이다. 이렇게 모든 존재가 생겨난 적이 없다는 것을 근본적으로 인정하고 내면화한 단계라면, 현실의 모든 현상이나 존재가 모두 꿈과 같고 허깨비와 같다는 비유가 체현될 것이다.

경허 스님이 지은 가사 「참선곡參禪曲」의 아래 구절을 읽으며 재삼 꿈 수행의 취지와 태도를 환기한다.

> 홀연히 생각하니 도시몽중(都市夢中, '모두가 꿈속 일')이로다.
> 천만고(千萬古) 영웅호걸 북망산 무덤이요
> 부귀문장 쓸데없다 황천객을 면할소냐
> 오호라 나의 몸이 풀 끝에 이슬이요 바람속에 등불이라……
> 오온색신(五蘊色身) 생각하되 거품같이 관(觀)을 하고
> 바같으로 역순경계(逆順境界) 몽중(夢中)으로 관찰하여
> 해태심(懈怠心)을 내지 말고 허령(虛靈)한 나의 마음
> 허공과 같은 줄로 진실히 생각하여

마침내 꿈인 현실에서 깨어나는 단계를 간절히 떠올린다. '현실이란 꿈에서 깨어나기'는 내담자로 하여금 세상을 꿈같이 살아가는 자신을 반성하고 그런 자신을 극복하게 한다.

③ 꿈 수행과 문학치료 프로그램의 효과

꿈 수행과 문학치료 프로그램은 우리가 실재한다고 당연시하는 이곳 현실이 꿈이고 환상이며 가상일 수 있다는 점을 통각하도록 이끈다. 이런 통각은 현실에서의 처지나 상황에 얽매여서 그 행복과 불행으로

부터 끊임없이 동요하며 시달리는 우리들의 고통을 경감시켜준다. 현실 경험에서 좀 더 느긋해지고 현실 경험에서 지금까지와는 매우 다른 의미를 추출해낼 수 있다. 반대로 그런 현실과 다를 바 없는 꿈이나 가상, 환상에 대한 태도 역시 바꿀 수 있다. 가상이나 꿈, 환상에서 '실재하지 않는 대상'을 지각하는 것은 현실에서 대상을 지각하는 것과 다르지 않다는 마음가짐이다. 꿈이나 가상, 환상에서의 지각 경험은 무시할 수 없고 무시하는 것이 바람직하지도 않다. 그보다는 그 경험을 일정하게 활용할 필요가 있다. 특히 현실과 현실에서의 경험에서 절망하고 있는 내담자라면, 또 다른 '대안적 경험'을 추구해보는 것은 의의가 크며, 거기서 예상하지 못한 소득을 얻을 수도 있다.

우울증 상담에 국한하여 생각해보자. 내담자와 상담자는 현실과 가상, 현실과 꿈의 관계에 대해서 다양하게 대화를 나눌 수 있다. 내담자는 자신을 집착하게 하여 절망하게 하고 우울하게 만든 현실이 실재가 아닐 수 있다는 것을 자각하게 된다. 실재가 아닌 것 때문에 내담자는 지금까지 상처를 받아왔다. 그것은 부질없는 일이었음을 깨닫게 된다. 그것은 마치 절망적인 꿈을 꾸고 깨어나서 절망해하는 것과 같다. 다음으로 내담자는 꿈같은 현실을 좀 더 느긋한 태도로 맞이할 수 있게 된다. 내담자는 앞으로 꿈같은 현실에서 다양한 욕망을 갖고 그 욕망을 이루기 위해 갖가지 행위를 할 것이다. 현실이 꿈이라면, 꿈이 거듭되듯 현실의 기회도 거듭 찾아올 것이다. 현실의 시도에서 최선을 다하되 편안한 마음으로 거듭할 수 있기에 언젠가는 흡족한 결실을 맺을 수 있다는 희망을 가질 수 있다.

꿈 수행은 현실의 실재에 대해 조금도 의심하지 않는 사람들의 습관적 지각작용과 상투적 인식에 충격을 주고 경직된 삶의 태도를 깨뜨리는 데서 시작한다. 꿈 수행이 치열하게 이루어져 어느 단계에 이르게 되면 "현실은 꿈이다"는 명제를 그대로 받아들이게 된다. 그런데 그렇다면 "현실은 다만 꿈이다"라는 데서 머물 수 있을까? "현실은 다만 꿈이다"라고만 생각하고 믿으며 받아들인다면 우리는 행복해질 수 있을까? 현실이 꿈인데, 뭘 위해, 무슨 이유로 아등바등 살 것인가? 이런 삶의 태도가 조장될 수도 있다. 또 현실이 꿈임을 내면화하면 심리적 불안이나 허무를 느낄 수도 있다. 보통 사람들의 일상이 행복한 것이든 불행한 것이든, 적어도 그 삶의 영역이 분명히 실재한다는 느낌이야말로 자신의 존재적 안정을 지탱하는 것이기 때문이다. 그러나 현실을 꿈으로 보게 되고 지금 자신이 몸담고 있는 세상의 실재를 근본적으로 부정하는 단계를 지나면, 있는 그대로의 세상을 발견하고 인정하는 데로 귀결되는데 그것이야말로 뜻하지 않은 반전이다.[116] 지금 우리가 보는 것 듣는 것에 대해 이러쿵저러쿵 분별하지 않고, 바깥의 사물을 다만 있는 그대로 보고 듣는다. 마치 거울이나 허공처럼 늘 고요하게 있으면서도 세상 모든 것을 다 비춰주고 다 받아주는 것이다. 「대승육정참회」의 비유에서 분명하게 설명하고 있듯이, 꿈을 꾸고 그 꿈속에서 다시 꿈을 꾸지만, 양쪽 다 꿈이라는 것을 깨닫고 마침내 평온하게 누워있는 자신으로 돌아온 상태가 그것이다. 이렇게 되면 더 충만한 일상이 전개되는 것이다. 사람이 재구성한 현실은 꿈이기 때문에 그 꿈에서 깨어나 우리가 제멋대로 재구성하기 전의 세상, 있는 그대로의 현실을 회복하는 것이야말로 번뇌 망

---

116 『화엄경(華嚴經)』의 '만법(萬法, 모든 존재)이 다 환(幻)과 같아서, 법계(法界)가 모두 평안(平安)하다'는 경구에서 이 점이 입증된다.

상으로부터 해방되는 길이다. 꿈 수행은 이 단계까지 나아간다.

그런데 여기서 멈추면 또 다른 집착이 된다. '있는 그대로의 세계'가 또 다른 망상이 될 수 있는 것이다. 그런 점에서 어디에도 머물지 않고 꿈 수행을 지속하기 위해서는 쌍차쌍조雙遮雙照의 중도를 지향해야 한다. 쌍차쌍조란, '있는 것도 **아니고** 없는 것도 **아니다**'雙遮와 '있기도 **하고** 없기도 **하다**'雙照이다. 구름이 걷히면雙遮 찬란한 해가 나타나는 것이다雙照.[117]

> '있는 것도 아니다'='현실은 꿈이다'
>
> '없는 것도 아니다'='현실은 꿈 아니다'
>
> '있기도 하다'='현실은 꿈 아니다'
>
> '없기도 하다'='현실은 꿈이다'

이렇게 되면, '현실은 꿈이기도 하고 꿈 아니기도 하다'와 '현실은 꿈 아니기도 하고 꿈이기도 하다'라는 대對가 성립한다. 이런 일련의 수행 과정에서 여전히 분별적 사유와 망상에 젖어 있는 우리들은 철저히 존재론적 단계에 갇히게 된다. 즉, 과연 현실은 현실이어 존재하는가? 아

---

117 "쌍차(雙遮), 즉 양변을 막는다는 것은 양변을 떠나는 것을 말하며, 쌍조(雙照), 즉 양변을 비춘다는 것은 양변이 완전히 융합하는 것을 말합니다. 양변이란 모두 변견인데 변견을 버리면 중도(中道)입니다. 비유하자면 하늘에 구름이 걷히면 푸른 하늘에 해가 그대로 드러나고, 해가 완전히 드러나 있으면 구름이 완전히 걷힌 것입니다. 그러므로 구름이 걷혔다는 것은 해가 드러났다는 말이며, 해가 드러났다는 것은 구름이 걷혔다는 말과 같습니다. 쌍차(雙遮)란 양변을 완전히 떠난 것이니 구름이 걷혔다는 말이고, 쌍조(雙照)란 양변이 서로 융합한다는 것이니 해가 드러나 비친다는 말입니다. 그러므로 구름이 걷혔다는 것은 즉 해가 드러난 것이며, 해가 드러났다는 것은 구름이 걷혔다는 것입니다. 그러므로 쌍차가 즉 쌍조며 쌍조가 즉 쌍차입니다."(성철, 『백일법문』 상, 장경각, 2004, 63~64면)

니면 현실은 꿈이어 존재하지 않는가?라는 질문을 끊임없이 하게 되는 것이다. 그러나 그것 역시 분별논리다.

결국은 존재하는가 존재하지 않는가라는 '진망론眞妄論'을 넘어서야 한다.[118] 우리가 꿈 수행을 계속해갈 때, 존재하는가 존재하지 않는가 만을 따지는 진망론에서 살활론殺活論으로 나아가야 한다. 현실은 꿈일 수도 있고 꿈 아닐 수도 있다. 현실을 현실로만 보는 사람에게는 현실은 꿈이어야 한다. 현실을 꿈으로만 보는 사람에게는 현실은 꿈이 아니라 현실인 것이 필요하다. 우리는 이렇게 활발발活潑潑하게 현실과 꿈에 대한 명상을 이끌어갈 수 있다. 그 결과 어느 순간, '아, 이래서 현실은 꿈이구나!' 나아가 '아, 이래서 현실은 현실일 수 있구나!'라는 단계에 이르게 되는 것이다. 설사 꿈 수행이 이 마지막 단계까지 나아가지 못한다 하더라도 꿈 수행의 과정은 사람을 근본적으로 달라지게 하는 힘을 갖고 있다.

(5) 요약

이상 꿈 수행의 원리를 활용하는 문학치료 프로그램을 구안하였다. 꿈 수행의 원리를 마련하기 위해 '현실은 꿈이다'는 명제를 인식차원에서 확인하는 방안을 제시하였다. 현실은 현상이지 실체가 아니다는 사실을, 불교의 기본 가르침과 『마태복음』, 『다니엘』, 『금강경』, 「대승기

---

118 이에 대해서는 불교 차원에서 더 근원적으로 설명할 수 있다. 즉, '번뇌를 상대(相對)하여 보리의 호(號)를 세우고 생사를 상대하여 열반의 이름을 만들었다. 묘원각심(妙圓覺心)은 본래 진망(眞妄)이 없으며 또한 미오(迷悟)도 없나니, 성불(成佛)이나 불성불(不成佛), 윤회니 비윤회(非輪回)니 하는 것 등 무릇 상대적인 것들을 어찌 그 사이에서 의논할 수 있겠는가?[對煩惱, 立菩提號, 對生死, 設涅槃名, 妙圓覺心, 本無眞妄, 亦無迷悟, 成佛不不成佛, 輪回非輪回, 凡有對待之法, 何更擬議於其間哉?](「금강장」, 『원각경』, 27면)

신론」 등을 통하여 알 수 있었다. 그리고 현실이 꿈일 수밖에 없는 근본 원인을 분별심에서 찾았다. 분별심은 현실과 꿈의 분별을 유발함으로써 현실에 집착하게 하고 현실이 꿈임을 알지 못하게 한다. 원효의 「대승육정참회」 구절을 분석하여 현실은 깨고 보면 실체가 없는 꿈에 불과하다는 진실을 제시하였다.

'현실은 꿈이다'를 경험하기 위해서 〈매트릭스 1〉과 야담인 「현부지납채교녀賢婦智納綵轎女」(『동야휘집』 하)와 「외엄구한부출시언畏嚴舅悍婦出矢言」(『청구야담』 하)을 활용하는 방안을 제시하였다. 〈매트릭스 1〉은 가상현실과 현실의 관계를 경험하게 하고, 야담 작품들은 현실을 허구로, 허구를 현실로 경험하게 한다는 점에서 유용한 꿈 수행 자료가 됨을 밝혔다. 『구운몽』은 현실과 가상, 진실과 속임수가 뒤섞여 있기에 그에 대한 읽기와 해석은 '현실은 꿈이다'를 내면화하는 데 적절하다. 『구운몽』을 읽으면서 가질 수 있는 속임수와 꿈의 경험은 수행자가 자기 욕망에 대한 집착을 버리고 자유롭게 살아가는 아주 소중한 바탕이 된다.

이러한 인식과 경험, 내면화를 근간으로 하는 문학치료 프로그램을 제시하였다. 먼저 수행단계를 예비 수행 단계와 본 수행 단계로 나누고, 8회기로 구성되는 프로그램을 제시하였다. 꿈 기억하기와 꿈 이야기하기, 과거 현실 경험 회상하기, '현실은 꿈이다'의 인식적 환기 등이 예비 수행 단계의 내용이라면, 삶의 덧없음 경험하기, '현실은 가상이다' 경험하기, 현실과 허구의 전환 수행하기, '현실은 꿈이다' 내면화하기, 꿈 수행과 꿈에서 깨어나기 등이 본 수행 단계의 내용이다.

끝으로 꿈 수행과 문학치료 프로그램의 효과를 요약제시하였다. 꿈 수행과 문학치료 프로그램은 우리가 실체로서 실재한다고 당연시하는 이곳 현실이 꿈이고 환상이며 가상일 수 있다는 점을 통각하도록 이끈다. 이런 통각은 현실에서의 처지나 상황에 얽매여서 그 행복과 불행으로부터 끊임없이 동요하며 시달리는 우리들의 고통을 경감시켜준다. 현실 경험에서 좀 더 느긋해지고 현실 경험에서 지금까지와는 매우 다른 의미를 추출해낼 수 있다. 있는 그대로의 세계를 인정하게 된다. 그런데 이런 견해는 또 다른 집착이 될 수 있다. 어디에도 머물지 않고 꿈 수행을 지속하기 위해서는 쌍차쌍조雙遮雙照의 중도를 지향해야 한다. '현실은 꿈이기도 하고 꿈 아니기도 하다'와 '현실은 꿈 아니기도 하고 꿈이기도 하다'라는 대對를 끊임없이 떠올려야 한다.

결국은 현상이 진짜인가 가짜인가만을 따지는 '진망론眞妄論'을 넘어서야 한다. 진망론에서 살활론殺活論으로 나아가야 한다. 현실은 꿈일 수도 있고 꿈 아닐 수도 있다. 현실을 현실로만 보는 사람에게 현실은 꿈이라는 면이 더 부각되어야 한다. 현실을 꿈으로만 보는 사람에게는 현실은 꿈이 아니라 현실인 것이 필요하다. 설사 꿈 수행이 궁극의 단계까지 나아가지 못한다 하더라도 꿈 수행의 과정은 사람을 근본적으로 달라지게 하는 힘을 갖고 있다.

9) 제9회기 ─ 현실 · 가상 · 꿈 · 환상 성찰하기 :

꿈은 현실이다, 루시드 드림(Lucid dream) 수행

이 회기에서는 꿈을 현실적으로 경험하는 다양한 방법과 효과에 대해 알아보고 실행한다. 이는 기본적으로 가상 · 꿈 · 환상의 경험이 현실의 경험과 다르지 않다는 인식을 전제로 한다.

(1) 가상이 현실이다

불교 경전이나 선지식들의 어록에 '현실은 꿈이다'는 가르침이 거듭 나타난다. 사실 우리가 지금 잠을 자지 않고 깨어 있다는 증거가 확실한 것은 아니다. 지금 우리가 깨어 있다는 증거는 아침에 잠에서 깨어난 것이라고 하겠지만, 그조차 분명하지 않다. 우리가 아침에 잠에서 깨어나는 꿈을 꾸었을 수도 있기 때문이다. 『구운몽』의 양소유가 꿈을 꾸다 깨어나서는 자기가 현실의 인물이라는 것을 확신하는 것과 같은 상황이다. 양소유가 잠에서 깨어난 것이야말로, 양소유가 깨어나는 꿈(생각)을 성진이 꾼(한) 것이다. 그런 점에서 인생은 꿈이라는 가르침은 진리일 수 있다.

더 근본적으로 생각해보자. 양소유에서 성진으로 돌아오는 대목에 대해서다. 양소유에서 성진으로 돌아오는 과정에서 도대체 주체는 누구라 할 수 있는가? 양소유인가? 성진인가? 양소유가 성진으로 돌아가는 꿈을 꾸거나 생각을 한 것인가? 아니면 지금까지 양소유로 살아가는 생각을 하거나 꿈을 꾼 성진이 그 생각을 접고 꿈에서 깨어난 것인가? 육관대사는 후자로 보고 성진을 꾸짖었다. 그러나 전자의 경우는 고려하지 못했다. 정말 그럴 가능성은 없을까? 분명 양소유는 말년에 자기 삶에 대한 심각한 회의에 빠졌다. 그래서 또 다른 삶을 추구했다. 출가하여 수도하는 것을 떠올렸다. 만일 이 경우라면, 양소유 다음의 국면은 한 단계 더 깊은 꿈속 혹은 생각 속으로 들어간 것이다. 이처럼 우리는 꿈속의 꿈을 더욱더 분명한 현실로 착각하는 경우가 많지 않은가? 그런 점에서 '꿈은 현실이다'라는 말은, '꿈은 현실이 된다'는 뜻과 함께 '우리가 생각하는 현실은 더욱 분명한 꿈이다'는 의미를 공유하고 있다고 할 수 있다. 그래서 '꿈은 현실이다'는 명상은 ① 꿈에 대한 기대감을 갖게 하고, 꿈을 통해 현실에서 가질 수 없는 경험을 하게 하는 것을 가능하게 하면서 ② 우리가 지금 생각하고 있는 현실은 철저한 꿈이라는 점을 환기하게 한다. 이 ②의 경우를 통해 '꿈은 현실이다'는 명상은 '현실은 꿈이다'는 명상으로 돌아간다.

(2) 생각은 현실이 된다

앞 회기에서 생각의 형성력에 대해 공부했다. 생각은 결국 현실에서 이뤄지는 경향이 강하다. 그런데 근본적으로 볼 때 그 생각은 꿈과 다를 바 없다. 생각은 사람의 오온五蘊 중 수受·상想·행行·식識에 의해 일어난다. 그래서 근본적으로 망상妄想이다. 망상을 하는 것이나 꿈을 꾸는 것이나 비슷하다. 그 망상이 현실에서 이루어지는 것은 크게는 꿈이 현실에서 이루어지는 것이나 다를 바 없는 것이다.

우리가 망상을 통하여 우리의 현실을 만들어낸다. 우리의 현실을 좀 더 좋은 것이 되도록 좋은 망상을 하도록 노력해야 한다. 설사 망상 자체는 끊어버리고 넘어서고 없애버려야 할 것이지만, 그것이 현실에서 이루어지는 한, 망상을 잘 이끌어주어야 한다는 것이다.

(3) 꿈은 현실을 보완한다

루시드 드림Lucid dream은 렘Rem수면 중에 전전두엽이 활성화되면서 꾸는 생생하고 명징한 꿈이다. 루시드 드림이 되는 가장 중요한 조건은 꿈꾸는 사람이 자기가 꿈을 꾸고 있다는 점을 알아차린다는 것이다. 이것을 '꿈 알아차리기'[119]라 명명한다. 렘수면은 활동성 수면, 역설수면 등으로도 불리는 것으로서, 이때 안구는 빠르게 움직이고, 근육이 씰룩거리며, 육체가 무력해지고, 뇌는 고도로 활성화된다. 렘수면은 밤 시간에 점차 증가해가다 깨어나기 직전에 최고조에 도달한다. 렘수면은 뇌가 잠에서 깨어나도록 준비를 시키는 셈이다. 이런 렘수면이 생생하고 명징한 꿈을 꾸는 최적 조건이다.

훈련을 통하여 루시드 드림을 꾸려 하는 것은, 현실에서 쉽게 갖기 어려운 경험을 그때 할 수 있기 때문이다. 우울증 환자들이 절망적인 현실로부터 도피하거나 심각하게 결여된 현실을 보상하기 위해서 죽음을 선택하려 한다. 그런데 그러기 위해서라면 루시드 드림이 훨씬 더 효과적이고 바람직한 대안이 될 수 있다. 루시드 드림을 통하여 우리는 현실에서의 자기 한계를 뛰어넘을 수 있으며, 새로운 자기를 만들 수도 있다. 그리고 그 꿈에서의 경험을 현실화할 수도 있다. 한계를 넘어서서 새로운 자기를 만들 수 있는 것이다. 이것을 '꿈 바꾸기'[120]라 명명한다.

보통 사람들은 꿈을 꿀 때 의식을 놓아버리는 경향이 있다. 그러나 자기가 꿈을 꾸고 있다는 사실을 자각하면 꿈속에서 이루고 경험할 수

---

119 단정쟈춰,『꿈―삶과 죽음을 바라보는 티베트 사람들의 지혜』, 호미, 2003, 33면.
120 위의 책, 38면.

있는 것이 매우 많아진다. 꿈에서는 시간적·공간적 규제를 받을 필요가 없기 때문에 꿈의 세상은 현실 세계에 비해 훨씬 다채롭다. 현실 세계에서는 불가능한 일을 얼마든지 경험할 수 있다. 사회적 규범이나 물리적인 법칙 등 어떤 외부 조건도 꿈속에서의 경험을 구속하지 못한다.

우리는 꿈을 꾸든 깨어 있든, 자기가 놓인 환경을 바라보는 방식을 새롭게 설정할 수 있다. 우리가 우리의 경험을 규정할 수 있다는 뜻이다. 우리가 어떤 사람이 되고 싶은지, 어떤 과정을 통해서 그런 사람이 되는지, 우리가 맞닥뜨린 상황을 어떤 관점에서 바라보길 원하는지 모두 우리 뜻에 달려 있다.

특히 꿈속에서 자기가 꿈을 꾸고 있다는 점을 분명하게 의식할 수만 있다면, 그 꿈을 자기 뜻대로 이끌어갈 수 있다. 현실에서 도저히 이룰 수 없는 소망을 꿈속에서 이룰 수도 있다. 하반신 마비가 된 사람은 루시드 드림 속에서 걸을 수 있고 춤을 출 수 있으며 성적인 쾌감도 느낄 수 있다 한다. 그것은 바르도 기간 중 팔다리가 없는 장애자의 혼이 팔다리가 온전한 새로운 몸을 가질 수 있는 것과 같다. 현실 세계에서는 곁에 없어 그립기만 했던 사람을 만날 수도 있다. 심지어 돌아가신 분도 만날 수 있다. 이런 이야기는 우리의 전설이나 야담에서 쉽게 찾을 수 있다.

'꿈 바꾸기'를 위해서도 일정한 수련이 필요하다. 우선 '나는 이제 꿈을 바꿀 수 있는 능력을 갖추었다'고 스스로에게 암시한다. 그런 다음 꿈속에서 자기를 천인天人이나 부처 또는 보살로 되게 한다. 물론 여기에 휘둘리거나 집착하는 것을 경계해야 하겠다. 중요한 것은 이런 꿈 바꾸기 경험을 통하여 자기의 의식 상태를 변화시켜가는 것이다.

루시드 드림을 추구하기 위하여, 먼저 두 종류의 꿈을 나누고 그 본질을 살펴보아야 한다. '나쁜' 꿈인 악몽과 '좋은' 꿈인 맑고 생생한 꿈이다.

(4) 악몽의 극복과 현실 삶의 지혜

악몽은 우리가 거부하고 싶은 인격이나 마음의 '나쁜' 특성과 관련되는 것이다. 그것도 우리의 한 부분이라는 점을 인정해야만 온전하고 건강한 심리가 만들어진다 한다. 보통 사람은 자기 인격의 나쁜 부분을 타자화하여 무시하거나 덮어두려 한다. 그러나 루시드 드림을 꾸는 사람은 자기가 과거에 거부했거나 멸시했던 자기 인격의 나쁜 부분조차 진지하게 인정하고 받아들여야 한다. 그 나쁜 부분이 악몽으로 나타난다는 것은 그 부분을 여전히 억압하고 있으면서 자기의 밝은 부분과 화해하지 못했음을 뜻하기 때문이다.

> 융은 (…중략…) 악마적 꿈들은 에고의 자기정당성에 의해 생성되고 경건함에 의해 부풀어오른 정신적 불균형을 바로잡으려고 애를 쓰는 보상의 한 사례라 해석했다. (…중략…) 프로이드의 견해 역시 마찬가지로 분명하다. 누가 꿈에서 악마적 충동을 느낀다면, 그 책임은 모두 바로 그 사람에게 있다. (…중략…) 꿈에 나타나는 악마적인 존재의 목을 치려고 하지 마라. 이들과 친구가 되어라. (…중략…) 루시드 드림을 꾸면서 괴물을 만난다면, 마치 오랫동안 보지 못한 친구를 대하듯이 반갑게 인사를 해보자. 그러면 그 괴물도 당신을 그렇게 대할 것이다.[121]

악몽을 해결하는 유일한 방법은 그 악몽을 당당하게 대면하여 악몽에 등장하는 부정적 존재들과 대화를 나누고 친해져야 한다는 것이다. 악몽을 꾸었을 때, 꿈에서 그냥 깨어나 도피하는 것은 오히려 또 다른 악몽을 불러오며 불안과 공포를 배가시킨다. 악몽을 피하기보다는 악몽을 악몽으로 알아차리고 기꺼이 대화를 통하여 문제를 해결해야 하는 것이다. 악몽에 나타나는 부정적 존재는 우리 자신의 투사물이기에, 악몽과 정면 대결하는 것은 근본적인 자기와 만나는 것이기도 하다. 사람의 의식을 전5식, 6식, 7식인 말라식, 8식인 아뢰야식으로 나눌 때, 7식이나 8식으로부터 우러난 망상이나 꿈은 우리들이 쉽게 자기와 관련된 것이라 믿지 못한다. 그러나 그것들을 낯설기는 하지만 분명이 우리에게서 비롯된 것이다. 악몽도 마찬가지다.

악몽을 스스로 해결한 경험은 소중한 삶의 지혜를 가져다주기도 한다. 꿈속에서 악마적 존재조차도 당당하게 만나 대화와 타협을 통해 문제를 해결했다면, 바로 그 경험을 현실에서 활용할 수 있는 것이다. 깨어 있을 때의 부정적인 상황과 그 속에서의 부정적 감정들을 인내심을 갖고 해결할 수 있는 것이다. 꿈속의 경험이 현실 삶을 더 유연하고 꾸준하게 꾸려가게 한다.

(5) 꿈에서 이루는 깨달음

설사 우리의 현실에서 진짜 '깨어 있다'고 주장할 결정적 근거가 있다 하더라도 그때의 '깨어 있음'은 완전한 것이 아니라 흐리멍덩한 것

---

121 스티븐 라버지, 이경식 역, 『루시드 드림』, 북센스, 2008, 74~77면.

일 수가 있다. 이와 관련하여 M. 화이트 먼의 경험이 큰 감동을 준다.

내가 어떤 공간을 부드럽게 통과하는 듯 했다. 현실처럼 생생한 냉기가
홍수처럼 나를 덮쳤고, 나는 기묘한 호기심에 사로잡혔다. 바로 그때 내가
꿈을 꾸고 있다는 생각이 들었던 것 같다. 그러자 갑자기 (…중략…) 지금까
지 혼란 속에 싸여 있던 그 모든 것들이 순식간에 사라져버렸다. 그리고 새로
운 공간이 내 앞에 생생하게 펼쳐졌다. 그것은 가상이 아니라 완전한 실체였
다. 나의 의식은 완전히 자유롭고 또렷했다. 예전에는 한 번도 경험하지 못
했던 자유로움과 명징함이었다. 어둠 그 자체가 살아 있는 것처럼 보였다.
그 순간 내 머리에서 강렬한 생각이 떠올랐다. 그것은 도저히 부정할 수 없는
진리였다. 그것은 바로, '나는 예전에 단 한 번도 깨어 있었던 적이 없었다'
라는 생각이었다.[122]

꿈속에서 가장 명징하게 깨어 있는 경험을 했다는 것은 역으로 우리
가 현실에서 깨어 있을 때 맑은 의식일 경우가 많지 않음을 뜻한다. 꿈
을 꿈으로 인식하고 좋게 구성해나간다면, 우리는 현실에서보다 더 생
생하게 깨어 있으면서 철저히 투명한 삶을 경험할 수 있다고 하겠다.
루시드 드림의 궁극 목표도 이것이다. 현실에서의 깨달음이 쉽지 않고
여러 제약을 감내해야 하는 반면, 꿈에서는 자각만 한다면 얼마든지 깨
달음을 향해 나아갈 수 있을 것이다.

그러기 위해 특별한 공간과 존재를 경험하고 만나는 것이 필요하다.

---

122 J. H. M. Whiteman, *The Mystical Life*, London : Faber & Faber, 1961, p.57; 위의 책,
118~119면에서 재인용.

꿈속에서 신선이 사는 선계나 부처님이 계신 극락정토로 가서 참배를 한다.[123] 실제 수행자들의 경우, 그 의식의 몸意形身은 육신의 몸을 떠나 정말 불국 정토에 갈 수 있다 한다. 또 꿈속 불국토에서 부처나 보살의 불법을 들을 수 있고, 선지식으로부터 법을 전해 받을 수도 있다.[124]

이 수행은 궁극 목표는 '광명 꿈'을 꾸는 것이다. 꿈 수련법에서도 가장 높은 단계이다.

먼저 잠이 든 듯도 하고 아닌 듯도 한 지점에서 의식과 무의식에 쌓여 있는 온갖 관념을 떨어 버리고 깨끗하고 맑은 무의식으로 들어가는 상태를 유지합니다. 지(地)가 수(水)로 녹아드는 과정에서부터 식(識)이 광명으로 녹아드는 과정에 이르기까지 계속 이 상태를 유지합니다. 이렇게 완전히 깊은 수면 상태에 들어가서 꿈의 흔적이 조금도 남아 있지 않은 철저한 광명 상태에 머뭅니다.[125]

이렇게 수행이 진척되면, 생生을 바꾸지 않고도 현생에서 해탈을 얻는 '즉신 성취即身成就'까지 가능하다고 한다. 이 경지에 이른 사람은 자고 있는 것 같지만 밝고 텅 비어 아무런 분별이 없는 상태를 보여준다. 형식적으로 잠에서 깨어나는 과정을 거치기는 하지만, 깨어난 뒤에도 여전히 밝고 텅 비어 아무런 분별이 없는 상태를 지속한다.

물론 이런 경지에 들어가는 것이 쉽지 않다. 그러나 우리가 매일 잠

---

123 단정쟈취, 앞의 책, 40면.
124 위의 책, 42~43면.
125 위의 책, 49면.

을 청할 때마다 이런 시도를 거듭하면 나날이 조금씩 성취가 있는 것을
느낄 수 있을 것이다.

(6) 루시드 드림 훈련법

첫째, 꿈요가 혹은 '성시환신법醒時幻身法'을 수련한다. 깨어 있는 대
낮에 어떤 상황에 있더라도 이 모든 것이 꿈이라는 것을 관찰한다.[126]

둘째, 꿈에 익숙해지기이다.[127] 자기가 진정으로 루시드 드림을 원하
고 자기도 루시드 드림을 꿀 수 있다 확신한다. 깨어나자마자 꿈의 내
용을 기록한다. 꿈 일기장을 머리맡에 놓고, 꿈의 내용을 빠뜨리지 않
고 기록한다. 잠자리에 들 때 자기가 꿈을 꾸면 완전히 깨어 있을 것이
라 다짐하고, 또 그 꿈이 내용을 다 기억할 것이라고 다짐한다.

셋째, 꿈 표시를 확인한다. 자기가 꿈을 꾸고 있다는 것을 확인하는
방법이 있다. 자기가 하늘을 난다거나 평소와는 다른 비합리적인 생각
을 한다거나 하면 자기가 꿈을 꾸고 있을 가능성이 크다. 제대로 작동
하지 않는 기계 장치들이 많다거나, 죽은 사람 혹은 저명인사와 아무렇
지도 않게 만나 대화를 나누거나 불가사의한 능력을 자기가 발휘한다
면 꿈을 꾸고 있다고 보아도 좋을 것이다.

넷째, 현실 테스트를 한다. 책의 단어들이나 시계의 숫자들을 읽는
다. 그다음에 시선을 다른 데로 돌렸다가 다시 그 단어나 숫자를 보고
그 사이에 바뀌었는지 살핀다. 그 단어나 숫자를 바라보면서 그것이 바

---

126 위의 책, 33면.
127 이하 루시드 드림 훈련법에 대해서는, 스티븐 라버지, 앞의 책, 125~137면 참조함.

꿰도록 마음속으로 노력한다. 루시드 드림에서는 그 단어나 숫자를 두 번째로 볼 때, 단어는 75%, 숫자는 95%가 바뀐다고 한다.

다섯째, 나를 둘러싼 환경이 꿈이라고 상상한다. 스스로에게 '지금 나는 꿈을 꾸고 있지 않을 수 있다. 하지만 만일 지금 내가 꿈을 꾸고 있다면, 꿈속의 세상은 어떨까?' 하며, 꿈속 세상의 모습을 생생하게 떠올린다. 눈, 귀, 코, 혀, 몸 등으로 보고, 듣고, 냄새 맡고, 맛보고, 느끼는 것 모두가 꿈이라고 의도적으로 상상한다. 내가 읽고 있는 책 속 글자들이 바뀌고, 내가 보고 있는 장면이 순식간 바뀌고, 내가 허공으로 둥둥 떠다니는 모습을 상상한다.

여섯째, 꿈속에서 즐기고 있는 자신의 모습을 떠올린다. 그림으로 그려보기도 한다. 루시드 드림을 꾸게 되었을 때 하고 싶은 행동을 미리 정해본다. 하늘을 어떻게 난다거나 어떤 곳을 찾아갈지 미리 정한다.

일곱째, 꿈속에서 생생하게 깨어 있겠다고 결심을 하고, 선택한 행동을 자신 있게 추구한다. "내가 꿈을 꿀 때 나는 내가 꿈꾼다는 사실을 깨닫기를 원한다." "루시드 드림 안에서 내가 원하는 것은 무엇이든 다 하고 싶다." 이런 식으로 자기 서원과 다짐을 한다. 이런 의도가 흔들리지 않을 정도로 확고하다고 느낄 때까지 이 말을 계속해서 반복한다.

여덟째, 깨어났다가 다시 잠을 청한다. 자연스러운 절차에 따를 때 루시드 드림이 이루어지지 않으면 의도적으로 잠에서 깨어났다 다시 자는 것도 시도해본다. 정상적인 수면 과정에 파격을 주면 루시드 드림이 일어날 가능성이 더 크기 때문이다. '아침 선잠' 혹은 '수면 방해'라는 기법인데, 평소보다 한 시간 일찍 일어나서 30분 전후 동안 깨어 있다가 다시 잠자리에 드는 방법이다.

(7) 진망론(眞妄論)에서 살활론(殺活論)으로

'현실은 꿈이다'를 명상하는 꿈 요가 혹은 몽관夢觀은 현실에 대한 집착을 덜어주고 현실 경험에서 받은 상처와 절망감을 경감시켜 준다. '꿈은 현실이다'를 명상하는 루시드 드림은 부족한 현실 여건을 보완해 줄 것이고, 궁극적으로는 현실에서 쉽게 경험하기 어려운 깨달음의 경지를 경험하게 해준다. 그런 점에서 이 두 명상법은 현실에서 절망하고 있는 우울증 환자의 치료에 큰 도움이 된다.

그런데 현실과 꿈은 서로 모순적인 항목이고, 그래서 '현실은 꿈이다'와 '꿈은 현실이다'는 생각 역시 공존하기 어렵다. 상식적으로 둘 중 어느 하나를 인정하고 다른 쪽은 부정되어야 마땅하다.

우리는 꿈을 꾸다 깨어나서는 꿈의 내용은 환幻이고 깨어난 뒤 겪는 일은 사실이라 단정한다. 꿈의 경험이 망妄이라면 현실의 경험은 진眞이라는 것이다. 진眞을 '진짜'라 생각하고 그 진의 자리에서 망妄을 바라보아 망은 쓸모없는 헛된 것이라 부정한다. 망을 부정하는 정도가 클수록 진이라고 하는 현실에 더 강하게 집착한다. 그래서 현실에서의 욕망도 진이라 여기고 그 욕망을 충족시키기에 혈안이 된다. 현실에서 욕망이 충족되면 한없이 행복해지고, 반대로 현실에서 욕망을 충족시키지 못하면 무한정 슬퍼지고 절망하리라 여긴다.

이 관계가 『구운몽』에서 또렷하게 나타난다. 수행승인 성진은 아름다운 팔선녀를 보고 세속의 부귀영달이라는 욕망에 사로잡힌다. 성진은 부귀영화만 갖추면 최고의 행복을 누릴 수 있으리라 생각하였고, 그 강렬한 생각에 의해 양소유로 환생한다. 환생한 양소유는 성진이 떠올렸던 최고의 부귀영화를 마음껏 누린다. 그러나 양소유는 완전한 행복을 느끼지 못한다. 오히려 현실에서 모든 것을 이룬 단계에서 더 심각한 불행감과 우울함을 느낀다. 그래서 출가를 생각하는데, 그 순간 양소유는 다시 성진으로 돌아온다.

문제는 돌아온 성진이 양소유로 환생하여 경험한 것을 덧없는 것으로 무시한다는 것이다.

> 성진이 머리를 두드리고 눈물을 흘리며 말했다. "성진이 이제 크게 깨달았나이다. 제자가 불초하여 마음을 바르게 잡지 못해 스스로 허물을 만들었으니 누구를 원망하겠나이까? 마땅히 좋지 않은 세상으로 태어나 영원히 윤회의 재앙을 받아야 할 몸인데, 사부께서 하룻밤 꿈을 일으켜주시어 성진의 마음을 깨닫게 해주셨으니 사부의 큰 은혜는 천만겁이라도 갚기 어렵겠나이다."[128]

이렇게 깨어난 성진은 양소유의 세계를 하룻밤 꿈의 일로 치부하고 부정한다. 성진은 자기가 진眞이라 여기고 자기와 반대쪽에 있는 양소유의 존재를 망妄으로 여긴 것이다. 이런 진망론은 양쪽 중 한쪽만을 인정하고 다른 쪽을 부정한다는 점에서 양쪽 중 한쪽에 치우친 분별론이기도 하다.

앞에서 살펴본 바와 같이, 원효는 「대승육정참회」에서 인생을 '긴 꿈'으로 비유했다. 깨달은 단계를 '진'이라 한다면, 깨닫지 못한 사람의 일생은 '망'일 수 있다. 그런 점에서 원효는 진망론의 입장에 서 있다고

128　性眞叩頭流涕曰 : "性眞已大覺矣. 弟子無狀, 操心不正, 自作之孼, 誰怨誰咎? 宜處缺陷之世界, 永受輪回之咎殃, 而師傅喚起一夜之夢, 能悟性眞之心, 師傅大恩, 雖閱千萬塵, 而不可報也."(정규복, 『구운몽 원전의 연구』, 일지사, 1981, 281면)

도 하겠다. 그러나 원효가 깨달은 자의 입장에서 깨닫지 못한 자를 '망'으로 부정한 것이 아니다. 원효가 말한 '깨어난 자리'는 진과 망의 분별에서 초월한 자리이기 때문이다. 즉, 꿈은 언제나 허망한 '망'이 아니고, 현실도 영원한 '진'은 아니다. 그 영원하지 않은 현실을 영원한 것으로 만드는 것이 진인 것이다. 그런 점에서 진망론을 초월한 진망론이다.

단순한 진망론의 입장에서 꿈과 현실을 보기만 하면, 한쪽에 대해서는 집착하고 다른 쪽에 대해서는 절망하게 마련이다. 이건 어느 쪽을 위해서도 행복한 상황은 아니다.

밤 꿈에 향을 사르고 저(대혜종고)의 방에 들어와서 매우 고요했다고 하니, 간절히 꿈이라는 생각을 하지 말고 참으로 방에 들어왔던 것으로 알아야 합니다. (…중략…) 혹 어떤 사람이 "다만 증시제가 밤 꿈에 운문(대혜종고)의 방에 들어갔다고 하니, 또 말씀하십시오. 깨어 있을 때와 같습니까? 다릅니까?"라 묻는다면, 운문은 곧 그를 향하여 이렇게 말하겠습니다. '누가 방에 들어간 사람이며, 누가 방에 들어가게 된 사람이며, 누가 꿈을 꾼 사람이며, 누가 꿈을 말한 사람이며, 누가 꿈이라는 생각을 하지 않는 사람이며, 누가 진실로 방에 들어간 사람입니까?'라고 할 것입니다. 돌(咄)! 또한 허물이 적지 않습니다.[129]

---

129 夜夢에 焚香하고 入山僧之室하야 甚從容이라하니 切不得作夢會하고 須知是眞入室이니라. (…중략…) 或有人이 問只如曾侍制夜夢에 入雲門之室이라하니 且道하라 與覺時로 同가 別가하면 雲門은 卽向佗道호대 誰是入室者며 誰是爲入室者며 誰是作夢者며 誰是說夢者며 誰是不作夢會者며 誰是眞入室者오하리니 咄亦漏逗不少로다.(대혜종고, 전재강 역주, 고우 스님 감수, 『서장—대혜보각선사 서』, 운주사, 2004, 80면)

꿈속에서 대혜종고의 방에 들어간 것이나 실제 현실에서 대혜종고의 방에 들어간 것이나 다르지 않다는 것이다. 현실과 꿈을 진과 망으로 보지 않고 꿈속 사람과 현실 사람이 동일할 수도 있다는 것이다.

그렇다면 '현실이 꿈이다'라고 말하는 것과 '꿈이 현실이다'라고 말하는 것은 동일한 것일까? '현실이 꿈이다'는 명제와 '꿈이 현실이다'는 명제는 한 줄의 양쪽 끝에 있기도 하고, 그 줄을 벗어나 있기도 하다. 한 줄에 있다고 보는 사람은, '현실이 꿈이다'라고 말하거나, '꿈이 현실이다'라고 말할 것이다. 그러나 양쪽 모두 극단적 세계 인식을 하고 있기 때문에 언젠가는 세상에 대해 절망하고 우울해할 것이다. 이것은 위태로운 상황이다.

이런 극단적 양분법 상황을 극복하는 데 살활론殺活論이 빛을 발한다. 살활론의 '살殺'과 '활活'은 먼저 본질과 형상으로 이해될 수 있다. 본질과 형상은 한 존재의 양면이기에 분리될 수 없다. 본질에서 형상을 보아야 하고, 형상에서 본질을 동시에 보아야 한다. 손등을 볼 때 손바닥을 떠올려야 하고, 손바닥을 볼 때 손등을 떠올려야 한다는 것이다. 현실이 본질이라면 꿈은 형상이고, 꿈이 본질이라면 현실은 형상이 된다. 그래서 현실과 꿈은 분별되지 않는 것이다.

둘째, 살활론을 교육론 혹은 치료 방법론의 입장에서 이해할 수 있다. 살에 치우친 사람에게는 활이 필요하기에 활을 강조해주고, 활에 치우친 사람에게는 살이 필요하기에 살을 강조해줌으로써 중도中道의 길을 갈 수 있게 한다는 것이다. 현실에 집착하는 사람常見에게는 '현실은 꿈이다'斷見는 것을 강조하여 집착을 덜어준다. '현실은 꿈이다'는 생각에 치우쳐斷見 허무주의에 빠진 사람에게는 '꿈은 현실이다'常見는 생각을 강조하여 생기를 회복하게 하는 것이다.

꿈과 현실에 대한 이런 살활론은 현실과 꿈에 대한 기존 관념의 치우침 현상을 극복하고 새롭게 구성해낸 세상에서의 자유를 만끽하게 하게 함으로써 우울증 치료에 원동력을 제공할 수 있다. '현실이 꿈이다'는 명상은 삶에 대해 지나치게 집착했다가 여의치 못한 결과 때문에 허무주의에 빠진 우울증 환자에게 집착을 덜고 담담한 마음으로 생을 꾸려가게 할 것이다. '꿈이 현실이다'는 훈련은 현실에서 뚜렷한 성취동기나 희망을 갖지 못하여 좌절한 우울증 환자에게 꿈을 통한 대안 현실을 제공함으로써 새로운 생을 꾸려갈 수 있게 할 것이다. 그런 점에서 두 명상은 우울증 환자들의 처지와 상황에 따라 적절히 활용할 수 있는 유용한 치료법이 된다고 하겠다. '살활자재殺活自在'라 했듯, 사람마다 어떤 살과 어떤 활이 필요한가는 혜안을 갖춘 선지식이나 노련한 치료사가 결정해야 할 중차대한 일이다.

과제

① 내가 가장 간절하게 가지고 있는 욕망에 대하여 쓰기.
② 말년의 양소유의 감정에 대한 소감 쓰기.

10) 제10회기 — 욕망과 삶의 본질 성찰하기

(1)『구운몽』에서 이뤄지는 욕망 성찰

욕망에 대한 집착이 강한 사람이 욕망을 충족하지 못하거나 혹은 획득한 욕망의 대상을 상실했을 때 좌절감은 매우 크게 마련인데, 우울증은 그 좌절감에서 비롯하는 경우가 대부분이다. 그런 좌절감은 욕망의 충족만이 행복을 보장한다는 생각을 전제한 것이다.『구운몽』의 서두에서 성진이 떠올린 '사대부의 일생'도 당시 남자가 꿈꿀 수 있었던 최고의 욕망을 충족하는 인생을 뜻한다. 성진은 사대부의 일생을 흠모하며 사대부로 태어나 출장입상하여 자기 이름을 드날리고 아름다운 여인들을 부인으로 맞이하여 가정을 이루면 최고의 행복을 누릴 수 있으리라 예견했다. 성진의 그런 생각에 의해 태어난 양소유는 성진이 생각한 최고의 욕망을 완벽하게 확보했다.

양소유가 확보한 욕망은 모두 밖에 있던 것들이다. 이와 관련하여 양소유의 소유가 된 여덟 여인을 생각해보자. 양소유는 그 여인들을 가졌지만, 그들 여인들이 양소유에게 해준 일은 과연 무엇이었을까?『구운몽』에서 양소유 일생의 대부분은 양소유가 여덟 여성을 차례대로 만나서 혼인을 하는 데에 할애되었다. 그렇게 만난 뒤 과연 그들은 어떤 삶을 꾸려갔던가? 분명한 것은 적어도 양소유와 내면적으로 소통한 여성은 존재하지 않았다는 것이다. 양소유가 최고로 아낀 가춘운조차 끝까지 양소유의 뒤치다꺼리를 하는 여성이라는 인상을 강하게 준다.

최대치의 세속적 욕망의 대상을 밖으로부터 확보한 양소유는 말년에 이르자 행복하기는커녕 슬프고 우울했다. 양소유가 세속 욕망을 최고 수준으로 거의 완벽하게 이룬 단계에서 심각한 허탈감을 경험한다는 사실은 충격적이다. 욕망을 이루지 못한 단계에서는 그 욕망만 충족되면 행복해지리라 생각했지만, 욕망을 완전하게 충족한 단계에서는 오히려 가장 불행하게 되었다는 것이야말로 근본적인 아이러니다.

욕망과 관련된 이런 아이러니를 목격하고 간접 경험하게 된 독자나 내담자는 욕망과 행복의 관계에 대해 그간 가져온 상식이 부정되는 충격을 받게 될 것이고, 그것을 계기로 하여 욕망의 본질과 가치, 진정한 행복의 의미 등에 대해 성찰하게 될 것이다.[130] 『구운몽』은 그런 근본적 성찰을 이끈다는 점에서 위대한 소설이다.

이를 작가론의 관점에서 살펴볼 수도 있다. 유가 사대부로서 최고의 부귀영화를 다 누린 양소유가 말년에 우울한 상념에 빠져 있는 상황을 두고서 『구운몽』의 작자 김만중은 자기와 동일시를 했을 법하다. 김만중은 사대부로서의 정치적 황금기를 보내고 『구운몽』을 쓸 무렵에는 귀양살이를 거듭하는 고난의 말년을 보내고 있었다. 『구운몽』의 잠재적 독자인 윤씨 부인도 다르지 않다. 윤씨 부인은 남편과 큰아들을 먼저 보내고 오직 남은 아들 김만중에게 의지하며 살아갔다. 김만중이 벼슬아치로든 문인으로든 최고의 경지에 올라 현달한 삶을 살아가는 것에서 큰 위안을 받았다. 그러던 김만중이 노년에 숙종과의 관계가 악화

---

130 이 항목과 관련하여 다음과 같은 질문을 설정할 수 있다. ① 성진의 욕망이 정당하다 생각합니까? 아니면 부질없는 것이라 생각합니까? ② 당신이 생각하는 최고 행복을 누리기 위해서 가장 중요한 조건은 무엇이라 생각합니까? ③ 모든 것을 다 누리게 된 양소유가 우울하게 된 이유를 짐작해보십시오. 그리고 비슷한 사례를 직접 경험하였거나 간접적으로 목격한 적이 있습니까?

되고 당쟁에 휘말리면서 귀양살이를 시작하게 되었다. 아들의 이런 비관적 처지에서 파평 윤씨는 노인성 우울증을 앓게 된다. 김만중 선생은 이런 어머니를 위로하려는 취지에서 『구운몽』을 지었다고 한다.

『서포연보』에는 『구운몽』이 '일체 부귀영화가 모두 꿈이라는 것이니, 아울러 그 뜻을 넓히고 슬픔을 달래기 위한 것이었다'[131]라고 『구운몽』 창작 의도를 밝혔다. 여기서 '일체 세속의 부귀영화가 몽환에 지나지 않는다'는 뜻 뿐 아니라, 나아가 그 뜻을 넓혀 슬픔을 위로하기에 이르렀다는 점을 놓쳐서는 안될 것이다. '세속의 부귀영화가 몽환에 지나지 않는다'는 인식은 결코 삶에 지쳐 슬퍼하고 있는 사람에게 위로가 되지는 않을 것 같기 때문이다. 그것은 오히려 삶에 대한 허무의식을 조장하기 십상이다.

김만중은 그런 허무의식을 극복하기 위해 다른 주제를 덧붙였다고 해석할 수 있다. 먼저 '대승상의 부귀풍류와 여러 낭자들의 옥용화태玉容花態가 어느덧 적막으로 변했다고 할 것이니, 이를 인생이란 눈 한번 깜짝할 순간의 일이 어찌 아니겠소?'라는 양소유의 탄식은 작자 자신의 탄식이기도 하다. 여기서 세속 삶에 대한 허무감과 허무의식이 생겨난다. 허무감은 죽음을 의식하는 데로 연결된다.[132] 이 단계에서 작자 김

---

131 以爲一切富貴繁華, 都是夢幻, 亦所以廣其意以尉其悲也.(김병국·최재남·정운채 역주, 『西浦年譜』, 서울대 출판부, 1992, 330면)

132 '우리들이 돌아간 후 높은 누각 넘어지고 넓은 연못 메워지며 오늘 춤추고 노래한 곳에는 거친 풀이 돋아나고 찬 안개 일 것이니 나무꾼 목동들 슬픈 노래 부르며 탄식[吾輩一歸之後, 高臺自頹, 曲池且堙, 今日歌殿舞榭, 便作衰草寒烟, 必有樵竪牧童, 悲歌暗歎]'할 것이라는 말년 양소유의 진술은, 김만중 자신과 어머니의 죽음에 대한 것이면서, 이미 노산(蘆山)에 묻힌 형의 죽음에 대한 것이기도 하다. 김만중은 이런 시를 짓기도 했다. '去年今日侍萱堂, 兄弟聯翩捧壽觴, 一落塞垣音信斷, 蘆山新塚已秋霜'.(「九月二十五日謫中作」, 『西浦先生集』卷六)

만중이 일생 동안 이념으로 받들어온 유가는 어떤 해결책을 제시해줄 수 있었을까? 양소유의 목소리를 통해 김만중이 답하는 듯하다. '후세에 이름을 남기게 할 따름이다'[133]라고. 유가 사대부라면 죽은 뒤에 남는 이름을 생각하며 만족스럽게 죽음을 맞이할 수 있을지 모른다. 그러나 삶의 허망감이나 죽음의 두려움을 느끼며 고통스럽게 노년을 보내고 있는 사람에게는 죽은 뒤 이름이 남는다는 사실이 위안을 주기는 어렵고 그런 점에서 당면한 고통을 해결해주지 못한다. 유배지 선천에서 죽음을 의식하며 삶을 마무리해야 할 절박한 지경에 있었던 김만중에게 삶은 어떤 의미로 다가왔을까? 자신의 죽음 앞에서 도대체 어떤 것이 가치가 있다고 느껴졌고 또 어떤 것이 홀로 계신 어머니를 위로할 수 있다고 여겼을까? 이런 근본적 질문에서부터 삶에 대한 성찰이 시작되었을 것이다. 『구운몽』은 그 성찰의 과정과 결론을 보여준 것이다.

김만중은 먼저 양소유로 하여금 유가 대장부가 소망할 수 있는 욕망을 완전하게 성취할 수 있게 하여 세속 행복의 최고치를 경험하게 했다. 양소유는 마음먹은 대로 모든 욕망을 실현하고 경험할 수 있게 되었다. 그것이 양소유의 세계에서 도덕적 성찰이나 이념적 문제제기가 이루어지지 않고 다만 걸림 없는 욕망 성취의 과정만이 나타나는 까닭이다. 조화롭고 행복한 세속 삶을 간접적으로나마 경험하는 것은 쓸쓸하게 노년을 보내고 있는 김만중과 그 어머니에게 가벼운 위안을 줄 수 있었을 것이다.

그러나 거기서 머물지 않는다. 그것을 발판으로 삼아 욕망을 충족하는 세속 삶의 의의를 전체적으로 성찰하게 하였다. 사람의 소원대로 모

---

133 留名於身後而已.(노존A본, 279면)

든 것이 순조롭게 다 이뤄지는 세속 삶을 구성해낸 뒤, '그래 그렇게 완전히 갖춰진 삶이 도대체 어떤 의의가 있단 말인가?'라는 근원적 질문을 던지게 하는 것이다. 세속 삶에서 일어나는 허무감은 부분적으로 극복되는 것이 아니라, 삶에 대한 마음가짐을 달리함으로써 극복되는 것이었다. 양소유가 말년에 말한 '불생불멸의 도를 얻어 티끌세상의 고해를 벗어나고자 한다'는 것이 그 대안 중 하나라고도 할 수 있겠다.

『구운몽』이 보여주는 이와 같은 욕망과 세속 삶에 대한 극복 방식이야말로 죽음을 앞둔 김만중이 자신과 어머니, 그리고 자기 시대 사람들을 위로해주고 그 쓸쓸하고 고단한 세속 삶을 극복하려는 방식이었다고 하겠다.

『구운몽』이 제공하는 이런 성찰의 사례를 참조하여 다음과 같은 불교적 가르침을 살펴본다.

(2) 욕망의 본질과 가치

대체로 사람의 욕망의 대상은 마음 밖에 있다. 유감스럽게도 사람은 밖으로부터 얻는 욕망의 대상을 소유한다 하더라도 영원히 행복해질 수 없다. 밖에 존재하는 욕망의 대상은 영원하지 못하고 변화해간다. 유효기간도 있다. 또 밖에 존재하는 욕망의 대상은 그 양이 한정되어 있다. 그래서 자기 욕망을 이루기 위해서는 남의 것을 빼앗거나 가능한 한 자기가 남보다 많이 가져야 한다. 욕망을 충족시키기 위한 행동은 공격적이게 마련이다. 빼앗기 위해서다. 그래서 사람과 사람 사이의 관계가 조화롭지 못하게 되는 것이다.

밖에 존재하는 욕망의 대상에 대한 사람의 집착이 사람을 고통스럽게 만든다는 가르침은 불교 경전에 두루 기술되어 있다. 먼저 사고四苦와 팔고八苦에 대한 언급이다.

사고四苦는 생로병사이다. 거기에 덧붙여지는 또 다른 사고四苦가 있다; 사랑하는 사람과 언젠가는 반드시 헤어져야 한다愛別離苦; 원한을 가지고 미워하는 사람과는 반드시 만난다怨憎會苦; 구하여도 얻지 못하는 고통이 크다求不得苦; 오온五蘊이 고통을 만든다五蘊盛苦 등이다.

이중에서도 가장 근본적인 설명은 오온성고五蘊盛苦이다. 오온五蘊은 색色(물질)·수受(감정. 감각의 집합체)[134]·상想(이성. 개념을 만들고 표상 작용을 하는 것이다. 대상을 식별하고 대상들에 이름을 부여하는 작용을 말한다)·행行(의지. 의지적 형성력. 행위를 선택하고 결정하는 정신이다)·식識(의식. 사물을 분별하여 인식하는 정신이다)이다.

보고 듣고 냄새 맡는 나(주관), 보이고 들리고 냄새나는 세계(객관), 이것을 분별하는 의식이 결합한다. 이것이 12연기[135] 중 한 단계인 촉觸

---

134 감각은 접촉에 의해서 일어난다. 형체를 보고, 소리를 듣고, 냄새를 맡고, 맛을 보고, 물체를 만지고, 의식의 대상을 인식했을 때 인간은 감각을 느낀다. 촉(觸)은 감각 기관(안이비설신의), 감각 대상(색성향미촉법), 감각에 대한 의식이 결합하는 것을 말한다. 이 촉에 의하여 수(受, 느낌)가 생긴다. 수의 종류는 좋고, 나쁘고(괴로움), 그리고 좋지도 나쁘지도 않은 세 가지이다.

135 • 전세(前世)
　　① 무명(無明) : 미(迷)의 근본인 무지(無知). 무량겁 전부터 일으킨 번뇌의 총칭.
　　② 행(行) : 무명에 의해 과거에 지은 선악의 모든 업(業).
　　• 현세(現世)
　　③ 식(識) : 과거세의 무명과 행에 의하여 금세에 태(胎) 속에 의탁하는 처음 순간에는 오온 가운데 식만이 의탁한다.
　　④ 명색(名色) : 명은 마음, 색은 물질, 즉 태 속에 의탁한 오온 뿐으로 아직 형태가 완전하지 못한 것.
　　⑤ 육입(六入) : 안·이·비·설·신·의의 육근이 갖추어진 것.
　　⑥ 촉(觸) : 사물에 접촉함. 갓난아기가 외경(外境)에 접촉하여 오직 단순한 지각작용만

이다. 오온은 이 촉에서 활성화되어 정처 없이 생겨났다 사라지고 사라졌다 생겨나는 것이다. 아니 더 정확하게 설명하자면 대상세계인 색色조차도 사람의 마음 작용인 상想과 행行과 식識이 만들어낸 것이다. 그래서 일체가 마음이 만들어내었다는 '일체유심조一切唯心造'의 가르침이 거듭 회자된다.

그런데도 불구하고 우리는 오온이 실제로 존재하고 있다고 믿고 그 오온의 덩어리를 '세계'와 '나'라고 잘못 안다. 그래서 내가 세상에 태어나서 죽는다는 착각에 빠진다. '나'를 구성하는 '오온' 가운데서 그동안 계속 존재해온 것은 없다. 우리는 이 무상한 오온을 '나'라고 믿고 있기 때문에 내가 태어나서 늙고 병들어 죽어간다고 생각하고 그래서 온갖 괴로움을 느낀다.

우리는 '오온'을 나라고 할 뿐 아니라 육근六根(眼·耳·鼻·舌·身·意)을 나라고 착각하기도 한다. 그런데 이 육근은 대상을 인식하고 지각하는 주체로서의 나이다. 대상은 육진六塵(色·聲·香·味·觸·法) 혹은 육경六境이다. 육근이 육경을 보고見·듣고聞·냄새 맡고嗅·맛보고味·감촉하고觸·아는知 인식작용이 육식六識(眼識·耳識·鼻識·舌識·身識·意

을 일으키는 것.
⑦ 수(受) : 외계로부터 받아들이는 고(苦)·낙(樂)의 감각.
⑧ 애(愛) : 고통을 피하고 즐거움을 구함. 재(財)·색(色) 등에 강한 애착을 일으키는 것.
⑨ 취(取) : 자기의 탐욕하는 바를 취하는 것.
⑩ 유(有) : 애와 취에 의해 지은 선악의 업이 미래의 결과를 불러 오는 것. 업의 다른 이름이다.
• 내세(來世)
⑪ 생(生) : 이 몸을 받아 나는 것. 현세의 애·취·유의 3인(因)에 의하여 미래의 생을 받는 것.
⑫ 노사(老死) : 늙어서 죽음. 미래세에 몸을 받아 죽음에 이르기까지이다.

識)이다. 나를 구성하는 육근과 인식 대상인 육근, 그리고 인식 작용인 육식은 서로서로 조건이 되어주며 존재한다. 어느 것도 홀로 존재하지 않는다. 그런 점에서도 철저히 조건적으로 존재한다. 조건적으로 존재한다는 것은 조건이 사라지면 존재할 수 없다는 점에서 '존재하지 않는' 가상이다.

이와 같은 자아와 세계의 존재 방식에 대한 냉철한 관찰이 필요하다. 그것을 수행이라고 보아도 좋다. 『원각경』은 그 과정을 이렇게 가르친다.

선남자여, 새로 공부하는 보살과 말세 중생이 여래의 청정한 원각심을 구하려면, 생각을 바르게 하여 모든 환(幻)을 멀리 여의어야 할 것이니라. 먼저 여래의 사마타행에 의지하여, 계율을 굳게 가지고, 대중 가운데서 지내며, 고용한 방에 잠자코 앉아 항상 이런 생각을 하라.

'지금 내 이 몸뚱이는 사대(四大)가 화합하여 된 것이다. 터럭·이·손톱·발톱·살갗·근육·뼈·골수·때·빛깔들은 다 흙으로 돌아갈 것이고, 침·콧물·고름·피·진액·거품·담·눈물·정기·대소변은 다 물로 돌아갈 것이며, 더운 기운은 불로 돌아갈 것이고, 움직이는 것은 바람으로 돌아갈 것이다. 사대가 뿔뿔이 흩어지면 이제 이 허망한 몸뚱이는 어디에 있을 것인가.'

곧 알라.

이 몸은 실체가 없는데 조건이 화합하여 형상이 이루어졌으나 사실은 환(幻)으로 된 것과 같다. 네 가지 인연이 거짓으로 모여 망녕되이 육근(六根)이 있게 되고, 육근과 사대가 안팎으로 합하여 이루어졌는데, 허망되이 인연 기운(緣氣)이 그 안에 쌓이고 모여 인연상(因緣相) 있는 듯하니 그것을 잠시 가짜로 이름하여 '마음'이라 하느니라.

선남자여, 이 허망한 마음은 만일 육진(六塵)이 없으면 있을 수 없으며, 사대가 분해되면 티끌도 얻을 수 없으니, 그 가운데 인연과 티끌이 각각 흩어져 없어지면 마침내 반연하는 마음도 볼 수 없게 되느니라.[136]

이와 관련하여 『반야심경』의 첫 구절을 읽어본다. 『반야심경』은 이렇게 시작한다.

　　관자재보살이 심오한 반야바라밀다를 행할 때 오온이 모두 공하다는 걸 비추어 알고 일체의 고액으로부터 벗어났다[觀自在菩薩, 行深般若波羅蜜多時, 照見五蘊皆空, 度一切苦厄].

관자재보살은 오온이 공空하다는 것을 비추어 보았다. 그리고 그래서 일체 고액으로 부터 해방되었다. 오온이 공하다는 것을 보았다는 것은 오온의 덩어리인 '나'와 '대상세계'가 모두 공하다는 것을 보았다는 것을 의미한다. 그것은 '나'와 '세계'가 없다는 것을 꿰뚫어 알았다는 뜻이다. 내가 없다는 것을 알아차리는 순간 우리는 모든 고통으로부터 해방되는 것이다.

---

136 善男子, 彼新學菩薩, 及末世衆生, 欲求如來淨圓覺心, 應當正念, 遠離諸幻, 先依如來奢摩他行, 堅持禁戒, 安處徒衆, 宴坐靜室, 恒作是念. 我今此身, 四大和合, 所謂髮毛爪齒, 皮肉筋骨, 髓腦垢色, 皆歸於地, 唾涕膿血, 津液涎沫, 痰淚精氣, 大小便利, 皆歸於水, 暖氣歸火, 動轉歸風, 四大各離, 今者妄身, 當在何處? 卽知, 此身, 畢竟無體, 和合爲相, 實同幻化, 四緣假合, 妄有六根, 六根四大, 中外合成, 妄有緣氣於中積聚, 似有緣相, 假名爲心. 善男子, 此虛妄心, 若無六塵, 則不能有, 四大分解, 無塵可得, 於中緣塵, 各歸散滅, 畢竟無有緣心可見.(『圓覺經』「普眼菩薩章」)

그런데 육근인 안이비설신은 그 자체로만 볼 때 부당한 욕망만 추구하는 주체는 아니다. 안이비설신 중에서 분별 작용을 일으키는 분별식分別識을 잘라내어 버리면 세계를 있는 그대로 인식하고 받아들이는 것이 가능해진다. 그 자체로 존재하는 세계에는 모든 것이 갖춰져 있다. 그 자체가 완벽하게 청정한 곳인 부처의 나라인 것이다.

이 단계에서『구운몽』을 다시 떠올린다. 양소유와 그의 세계를 사유해본다. 양소유와 이처육첩二妻六妾 여성들이 구성하고 경험한 세계는 비록 성진의 생각 속에서 재구성된 것이라 해도 결코 허망한 것만은 아니다. 거기서 소중한 가치와 희망을 찾을 수 있다. 양소유와 이처육첩의 삶에서 발견하는 가치는 이런 것이다. 옳고 그름의 상대적 분별을 넘어선 정당함을 보여준다. 높고 낮음이라는 신분적 분별을 넘어선 절대적 높음을 찾을 수 있다. 남성성과 여성성의 상대적 분별을 최소화한 남성성과 여성성을 발견할 수 있다. 너와 나의 분별을 넘어선 형제애 혹은 동성애를 찾을 수 있다. 이와 같이 양소유와 이처육첩의 현실 세계에서 찾을 수 있는 가치들이 구성하는 것은 '위대한 평등 세계'이다.[137]

양소유의 삶을 살고 돌아온 성진은 육관대사 앞에서 눈물을 흘리며 그간 양소유로서 살아온 일생이 허망하고 꿈같은 것이라고 부정한다. 그러자 육관대사는 성진을 꾸중한다. 그것은 성진이 양소유의 세계가 가진 소중한 가치들을 몰각한 탓이다. 달리 표현하면 성진이 공空을 잘못 이해했기 때문이다. 공空은 우리가 있다고 착각하는 것이 사실은 없다는 뜻에 더 가깝다. 그렇지만 완전히 없는 것이 아니다. 어딘가에 있던 것이 완전히 없어진다고 이해한다면 그것은 단멸공斷滅空이 되어 문

---

137 이강옥,『구운몽의 불교적 해석과 문학치료교육』, 소명출판, 2010, 281~287면.

제가 된다. 공空은 단멸공이 아니다. 즉 있던 것이 없다는 뜻이 아니라, 원래 없던 것을 잠시 있다고 착각하고 있었는데 바로 그것이 원래부터 없던 것임을 가르치는 것이다.

그런 점에서 공은 먼저 세상 존재가 '있는 것도 **아니고** 없는 것도 **아니다**'雙遮고 가르친다. 그중 '있는 것도 아니다'에서 우리가 있다고 보는 것이 부정되지만 동시에 '없는 것도 아니'기에 있을 수 있는 무엇으로 나아간다. 공은 또 '있기도 **하고** 없기도 **하다**'雙照고 가르친다. 있기만 한 것이 아니라 없기도 하기에, 있는 것을 영구불변한 것으로 착각하여 집착하지 않게 된다. 이것이 공空을 통해 실천하는 위대한 중도中道의 삶이다. 우리 모든 존재는 이렇게 중도로 존재한다.

이런 관점에서 현실의 욕망과 욕망 대상도 생각할 수 있다. 현실의 욕망과 욕망대상이 덧없다거나 영원하지 않다고 하면서, 현실 욕망의 한계를 지적하는 것은, 욕망 자체를 부정하는 것이 아니다. 욕망은 그것이 영원하리라 착각하지 않고 거기에 집착하지 않는다면 그 자체로 소중한 경험의 계기를 마련하는 것이다.

이 세상의 존재들은 연기緣起의 법칙에 따른다. 연기의 법칙에 의하면, 이 세상 모든 존재는 서로 연결되어 의존한다. 그래서 독립하여 고정된 '나'는 없다無我. 내가 없다는 진실을 진정으로 받아들여 내면화할 수만 있다면 나의 욕망에 대해 과도하게 집착하지 않을 것이다. 또 욕망 충족에 실패하거나 확보한 욕망의 대상을 상실했다고 하여 과도하게 절망하거나 우울해하지도 않을 것이다.

(3) 내면화를 위한 생각 나누기

생각나누기 ①

'나는 없다無我'는 명제를 나는 어느 정도 이해하는가? 그것을 어느 정도 받아들였을까? 이 명제를 받아들이며 살아가는 것과 받아들이지 않으며 살아가는 것은 어떤 차이가 있을까?

생각나누기 ②

『구운몽』과 『반야심경』의 가르침을 명심하며, 지금 내가 생각하는 행복의 조건은 무엇인지 이야기를 나눠본다. 그 조건이 완전히 충족되었을 때 나의 기분은 어떨지 상상해본다. 과연 나는 완전한 행복감을 누릴 수 있을까? 아니면 만년의 양소유처럼 또 다른 문제에 봉착하여 또 다른 목표를 향하여 허덕이며 나아가고 있을까?

생각나누기 ③

삶의 조건으로서 역경계逆境界를 만난 조신과 순경계順境界를 만난 양소유를 비교해본다. 조신의 불행 경험과 양소유의 행복 경험이 본질적으로 어떤 점에서 다르고 같은가?

과제

① 돌아온 성진에 대한 육관대사의 설법 다시 쓰기.
② 성진의 그 뒤 삶의 방식에 대한 대안 제시하기.

11) 제11회기 – 지금 이곳의 삶 인정하고 긍정하기

우울증 환자가 자신의 부정적 경험과 느낌으로부터 벗어나려면 먼저 잃어버린 대상들에 대한 미련이나 집착을 내려놓아야 한다. 그리고 간절히 원했던 대상을 다시 얻지 못할 수도 있다는 현실을 담담히 받아들여야 한다. 그래야만 절망감을 이겨낼 수 있다. '부정적 생각과 기분 →부정적 자기 평가→자기 비난'의 사이클이 되풀이 되는 것을 '우울증 도식'이라 한다면 그 지긋지긋한 되풀이를 중단시켜야 한다. 그러면 과거에 대한 부정적 생각이나 기억이 자기 자신에게 주는 영향력은 현저히 줄어들게 된다.[138] 이로써 자기 자신에 대해서만 지나치게 관심을 국한하는 태도가 극복된다. 자기 자신에 대한 과도한 관심에서 타자에 대한 배려로 나아가야 할 것이다.

---

[138] 잃어버린 대상들에 대한 생각을 내려두는 것은 그 개인으로 하여금 그것들을 되찾기 위해 자신이 규정지어 놓은 틀들로부터 벗어날 수 있게 할 것이다. 그리하여 자발적으로 규정된 순환은 사라지게 되고, 자기초점 현상은 줄어들게 되고, 보다 생산적인 활동의 추구로 관심이 돌려지게 될 것이다. 결과적으로 부정적인 영향, 자기 평가, 자기비난으로 이어지는 악의적인 순환을 깨트릴 수 있게 된다. 우울증적 자기도식은 점점 효용성을 잃어가게 되고 차후의 생각과 기억들에 대한 영향력이 현저하게 줄어든다. 자기에 대한 관심을 줄임으로써 자기가 만들어 놓은 불굴의 도식에서 야기되는 해로운 결과들이 멈춰지게 한다(Letting go of the lost object will enable the individual to withdraw from self-regulatory efforts focused on its recovery. Thus the self-regulatory cycle can be exited, self-focus can be decreased, and attention can be diverted toward more profitable pursuits. Consequently, the vicious cycle of negative affect, self-evaluation, and self-blame can be broken. The depressive self-schema becomes less available and consequently exerts less impact on subsequent thought and memory. By reducing self-focus, all of the deleterious consequences of self-regulatory perseveration are brought to a halt).(Tom Pyszcczynski · Jeff Greenberg, *Hanging on and letting go*, New York : Springer-Verlag, 1992, p.114)

(1) 돌아온 성진의 문제점 살피기

양소유로 환생하여 일생을 보내고 돌아온 성진은 양소유로서의 일생이 허망한 것이었다며 양소유의 일생을 부정한다. 이것은 삶의 경험을 부정적으로만 보는 것이다. 이것은 상견常見(자아와 세계가 영원히 존재하기만 한다는 견해)과 단견斷見(자아와 세계가 없기만 하다는 견해)[139]이라는 양 극단 중에서 단견에 빠진 것에 해당한다. 이런 태도는 사람들에게 두루 나타나지만 특히 우울증 환자에게서 두드러진다. 인지치료는 이런 태도에서 자주 나타나는 단정적 판단 경향이 바람직하지 않다고 본다. 일단 경험을 그냥 '수용하고, 허용하고, 내버려두라'[140]고 권장한다. 자기 경험을 그대로 수용하여 현재 자기에게 일어나는 일을 자각하고 관찰하는 것이 소중하다. 양소유의 일생을 부정하는 성진을 육관대사가 꾸짖은 것도 먼저 이런 맥락에서 이해할 수 있다. 환자는 육관대사의 입장을 수용하여 자기 삶의 경험을 그 자체로 수용하여 바라볼 수 있다.

(2) 일상에 대한 새로운 관찰과 건포도 명상

지금 나 자신의 마음과 몸이 어떤 상태에서 어떻게 작동되고 있는가를 바라본다. 또 다른 내가 그런 나의 모습을 가만히 바라보는 것이다. 이때 중요한 것은 그 모습이 어떤 것이든 바라보는 내가 동요되지 않는

---

139 상견과 단견은 '자기팽창(self-inflation, 과장된 자기)'과 '자기축소(self-deflation, 공허한 자기)'로 해석되기도 한다. 양쪽 모두 거짓 자아이다.(마크 엡스타인, 『붓다의 심리학』, 학지사, 2006; 임승택, 「마크엡스타인의 『붓다의 심리학』을 읽고」, 『동화(桐華)』 36호, 동화사, 2009.7.25, 16면)

140 Z. V. Segal · J. M. G. Williams · J. D. Teasdale, 앞의 책, 287면.

것이다. 『구운몽』에서 성진이 양소유가 되고 양소유가 다시 성진으로 돌아와 양소유에 대해 이러쿵저러쿵 판단하는 모습을 육관대사가 바라보았듯이, 나도 그런 육관대사와 비슷한 자리에 서서 나의 일상을 바라보는 것이다. 나의 모든 것을 내가 물끄러미 굽어보는 형국이다. 우리는 뜻하잖게 이런 경우를 가끔 경험하기도 한다. 소위 '넋 나갔다'고 표현되는 경험이다. 그러나 그런 경험은 대체로 자기의 의지와 관계없이 우연히 그렇게 된 경우가 대부분이다. '넋이 나간' 상태는 스스로 의식할 때, 자기 자신의 마음과 몸, 감정을 돌아오는 데 좋은 조건이 된다.

이런 방법으로 체계화된 것이 마음챙김 인지치료mindfulness-based cognitive therapy, MBCT방법이다. 이것은 불교 수행법 중 위파사나와 유사한 점이 많다. 특히 MBCT는 우울증 환자 스스로가 자기 우울증의 재발을 스스로 막을 수 있는 기술을 제공한다고 알려져 있다.[141]

MBCT는 우울증 발생과 관련되는 감각, 생각, 감정 등을 자각하게 하고, 또 감각이나 생각, 감정 등에 의해 만들어지는 경험까지 자각하게 한다. 우울증이 생기거나 재발하는 것은 어떤 문제적 사고방식에서 기인한다. 부정적 감정이나 행동도 영향을 준다. 그런데 이런 문제적 사고방식이나 감정, 행동 등은 나 자신의 의도와 관계없이 자동적으로 나타난다는 점에서 심각하다. 이러한 '자동적' 경향은 우울증 환자에게 특히 심하지만 보통 사람들에게도 나타난다.

---

141 Willem Kuyken · Sarah Byford · Rod S. Taylor · Ed Watkins · Emily Holden · Kat White · Barbara Barrett · Richard Byng · Alison Evans · Eugene Mullan · John D. Teasdale, "Mindfulness-Based Cognitive Therapy to Prevent Relapse in Recurrent Depression", *Journal of Consulting and Clinical Psychology* Vol. 76 No. 6, the American Psychological Association, 2008, p.968.

자기의 생각이나 감정, 행동에 대하여 무자각적이며, 그래서 일상의 경험을 건성으로 습관적으로 지나치기에 그 가치와 소중함을 느끼지 못할 때가 많다. 일상적 경험의 작은 부분까지 세밀하게 천천히 자각하며 그 감각과 가치를 되새길 수 있어야 한다. 그래야만 무미건조하고 지겨운 듯한 각자의 일상이 설레는 경험의 터전이 될 수 있다.

건포도 명상은 일상적 행동의 작은 단위 하나하나를 철저하게 알아차리게 한다. 이 명상은 일상적 행동으로부터 새롭고 생생한 느낌을 가질 수 있게 해준다.

건포도 명상의 방법은 다음과 같다.[142]

지금부터 건포도 몇 알을 나누어 주겠습니다.

이 건포도 중 하나에 집중하면서 이것을 전에는 한 번도 본 적이 없다고 상상해 보십시오.

* 주의 : 지시문 사이에는 적어도 10초간 멈추고 지시는 느리면서 침착하게 사실적인 방법으로 전달되어야 하며 다음과 같이 지시합시다.

• 건포도 한 알을 잡아서 당신의 손바닥 혹은 손가락과 엄지 사이에 잡아 봅니다.(잠시 멈춤)

• 그것에 주의를 집중합니다.(잠시 멈춤)

---

142 건포도 명상은 Kabat-Zinn J., *Full catastrophe living : Using the wisdom of your body and mind to face stress, pain, and illness*, New York : Dell Publishing, 1990; Z. V. Segal · J. M. G. Williams · J. D. Teasdale, 조선미 · 이우경 · 황태연 역『마음챙김 명상에 기초한 인지치료-우울증 재발 방지를 위한 새로운 치료법』, 학지사, 2006, 138~148면을 참조함.

- 이것을 전에는 절대로 본 적이 없는 것처럼 주의 깊게 바라봅니다.(잠시 멈춤)

- 손가락 사이로 뒤집어 봅니다.(잠시 멈춤)

- 손가락 사이로 질감을 느껴 봅니다.(잠시 멈춤)

- 빛에 비추어 보면서 밝은 부분과 어둡게 움푹 들어간 주름을 살펴봅니다.(잠시 멈춤)

- 건포도의 모든 부분을 마치 지금까지 한 번도 본 적이 없는 것처럼 탐색합니다.(잠시 멈춤)

- 이때, '지금 무슨 희한한 일을 하고 있는 거지?' 혹은 '이걸 대체 왜 하는 거지?' 혹은 '이런 것은 하고 싶지 않아'와 같은 생각이 든다면 역시 그 점도 알아차리고 주의를 건포도에 되돌립니다.(잠시 멈춤)

- 건포도를 들어서 코 밑에 가져가 봅니다. 그리고 숨을 들이쉴 때마다 주의 깊게 건포도 냄새를 맡아 봅니다.(잠시 멈춤)

- 다시 한 번 건포도를 바라봅니다.(잠시 멈춤)

- 당신의 손과 팔이 정확하게 어디에 건포도를 두는지 주목하면서, 입 안에 침이 고이는지를 느낍니다. 천천히 건포도를 입으로 가져갑니다.(잠시 멈춤)

- 건포도를 부드럽게 입에 넣어 입에 생기는 감각을 느껴 봅니다.(잠시 멈춤)

- 의식적으로 건포도를 씹어 보고 그 맛에 주목해 봅니다.(잠시 멈춤)

- 입 안에 생기는 침에 주목하고, 건포도의 밀도가 어떻게 변화되는지 느끼며 천천히 씹어 봅니다.(잠시 멈춤)

- 건포도를 삼킬 준비가 되었다고 느끼면 실제로 건포도를 삼키기 전에 건포도를 삼키려고 하고 있음을 감지합니다.(잠시 멈춤)

- 건포도를 삼킬 때 감각을 따라갑니다. 건포도가 당신의 위로 내려가는 것을 느껴 보고 마침내 당신의 몸이 정확히 한 알의 건포도 무게만큼 더 무거워진 것을 느껴 봅니다.(잠시 멈춤)

건포도 대신 곶감이나 포도도 좋다. 우리가 일상적으로 자주 쉽게 접하고 부담 없이 섭취할 수 있는 것이면 된다. 그것들을 우리는 아무렇지도 않게 보고 만지고 먹어왔다. 건포도 명상법은 그런 일상적 먹거리를 지금까지와는 다소 다르게 보고 만지고 먹어보게 하는 것이다. 그러면 그 행위가 새삼스럽게 느껴진다.

건포도의 모양과 빛깔을 관찰하고 건포도를 씹고 삼키는 과정에 대하여 관찰하고 느끼는 이런 명상법은 일상의 다른 행위에 대해서도 응용할 수 있다. 일상적으로 하는 행동을 골라서 건포도 명상을 했던 것과 같이 그 행동을 할 때마다 순간순간을 알아차릴 수 있도록 노력한다. 자기 손바닥을 유심히 바라보면서, 새벽 뒷산을 산책할 때, 돌아와 샤워를 할 때, 밥을 먹을 때, 운전할 때, 침대에 누워 잠을 청할 때 등에도 똑같은 훈련이 가능하고 또 훈련을 하는 것이 필요하다.

이 명상법은 다음과 같은 효과를 가져올 수 있다.

첫째, 참가자들은 자신들이 평소 얼마나 자동적으로 경험하고 사고하는지를 스스로 발견하게 된다. 마음은 언제나 현재보다 과거나 미래에 가 있었고, 매 순간 실제 일어나고 있는 것에 집중하지 못했다는 것을 알게 한다. 일상적인 행위를 세밀히 관찰을 하지 않거나 부분적으로만 관찰했다는 사실을 깨닫게 된다.

둘째, 특별한 방법으로 주의를 집중하게 되면 경험의 본질을 바꿀 수 있다. 단순히 주의를 집중하는 훈련만으로도 자동조종 상태에 빠져 있는 자신을 구해낼 수 있으며, 그 결과 지금 이곳과 더 충실하게 연결될 수 있다.[143]

마침내 이런 명상을 통해서 우리 일상은 좋은 깨달음의 터전이 된다. 우리는 일상적 행동에 대한 알아차림을 통해서 새롭고 생생한 감각과 느낌을 되찾을 수 있다.

(3) 시간과 공간을 새롭게 경험하기

많은 사람들은 시간과 공간을 습관적으로 경험한다. 시간과 공간이 우리 삶을 구성하는 핵심 요소일진대, 시간과 공간을 지금까지와는 다르게 경험할 수 있다면 새로운 삶을 구성해낼 수 있는 것이다.

먼저 공간 경험을 새롭게 한다. 우리가 몸담고 있는 현실의 공간에서는 대부분의 대상들이 예측 가능한 방식으로 존재한다. 대상은 비교적 안정되고 익숙한 모습으로 포착된다. 그러나 그 공간을 다른 각도에서 보면 현실의 모습은 완전히 달라진다. 예를 들어 자신의 입점을 이곳으로부터 아주 먼 곳에다 옮겨두면 여기서 분명하게 볼 수 있는 찻잔을 볼 수가 없다. 저 우주의 끝자리로 옮겨가면 지구는 사라진다. 다시 입점을 가까이 옮겨오면 다시 지구가 나타나고 대륙이 나타날 것이다. 반대로 미세한 입자 속으로 들어가면 전혀 다른 낯선 모습이 나타날 것이다. 이처럼 공간을 확장했다가 압착하는 경험은 관성으로만 살아가느라 별다른 감흥을 느끼지 못하는 지구에서의 삶을 새롭게 바라볼 수 있

---

143 Z. V. Segal · J. M. G. Williams · J. D. Teasdale, 앞의 책, 146~147면.

게 만들어준다.[144] 이와 같은 훈련은 익숙한 자기 공간에 대해 무덤덤해진 사람들로 하여금 공간을 주체적으로 경험하게 하여 현실을 새롭게 보고 또 새로운 느낌을 가질 수 있게 할 것이다. 내담자가 자신의 입점을 가까운 곳에서 먼 곳으로, 다시 먼 곳에서 가까운 곳으로 옮겨갈 수 있도록 상담자는 천천히 그곳을 지적해 주면 된다.

상투적 공간의식의 혁신은 『화엄경』에서 가장 뚜렷하고 경이롭게 나타난다. 소위 '한 티끌 속에 시방 세계가 포함되어 있다—微塵中含十方'는 가르침이다. 한 티끌 속에 시방 세계가 들어간다는 것은 분별적 공간 개념이 해체될 때 가능해진 것이다. '일—이 즉 다多이다—卽多'라는 것이다. 또 연기적 사유에서 가능해진 것이다. 일체의 것들이 서로 의존하고 연결되어 있다는 것이다.

시간도 마찬가지다. 우리의 일상적 경험은 대체로 과거에 대한 기억이 현재에 작용한 결과로써 구성된다. 과거가 현재에 대해 행사하는 통제력은 거의 관습적으로 아무 의심 없이 인정된다. 이런 상황에서 과거가 아닌 미래를 상정하고 미래로부터 현재로 다가오는 힘에 초점을 맞추면 어떨까? 그럴 때 미래는 현재에 가능성과 자유를 부여한다. 미래의 역동성을 감지하게 되는 사람은 지금 이곳의 상황이 고착된 것이 아니라는 점을 자연스럽게 내면화할 수 있게 된다. 세상의 모든 것은 변화해가고 있으며, 지금의 그 어떤 장애도 초월될 수 있다는 신념을 수용할 수 있게 된다. 미래를 시간 이해의 중심에 놓으면, 시간을 통해 온 우주가 생생하게 되살아난다고 하겠다.[145]

---

144 Tathang Tulku, *Dynamics of Time and Space*, Oakland : Dharma Publishing, 1994, pp.272~273.

다른 한편 시간을 환幻으로 해체시키는 『중론』의 논법을 되새겨볼 수 있다. 『중론』 제19품은 '시간에 대한 관찰'이다. 여기서는 다음과 같은 시간에 대한 상식적 질문에서 시작한다.

> 응당 시간은 존재한다. 삼시(三時, 과거・현재・미래)가 의존하여 성립한다. 즉, 과거의 시간이 있음으로 인하여 미래나 현재의 시간이 존재하고 현재의 시간이 있음으로 인하여 과거와 미래의 시간이 존재하며 미래의 시간이 있음으로 인하여 과거와 현재의 시간이 존재한다.[146]

이에 대해 용수龍樹는 시간에 대한 상식을 철저히 파괴한다. '과거'를 원인으로 하여 '현재'와 '미래'가 성립한다는 상식을 먼저 파괴한다. 그러기 위해 '과거' 속에 '현재'와 '미래'가 들어 있는 경우와 그렇지 않은 경우로 나누어 따졌다.

먼저 과거 속에 현재와 미래가 들어 있을 경우다.

> 만일 과거의 시간으로 인하여 미래와 현재의 시간이 존재하는 것이라면 과거의 시간 중에 응당 미래와 현재의 시간이 존재해야 하리라. (…중략…) 과거의 시간 속에 미래와 현재의 시간이 존재한다면 삼시(과거, 현재, 미래)를 모두 과거라고 부르게 될 것이다. 왜 그런가? 미래와 현재의 시간이 과거

---

145 Ibid., p.98. Tathang Tulku는 공간과 시간, 지식에 대한 인식과 경험을 새롭게 하기 위한 프로그램인 TSK vision을 미국 Berkeley, California에 있는 Nyingma Institute에서 이끌어가고 있다.(Ibid., preface 참조할 것)

146 용수, 청목 역, 구라마즙 한역, 김성철 역주, 『중론』, 경서원, 2012, 319면. 인용문은 인용자가 알맞게 다듬었다.

의 시간 속에서 존재하기 때문이다. 일체의 시간이 모두 과거의 시간이라면 미래와 현재의 시간이 존재하지 않는 꼴이 된다. 모두 과거이기 때문이다. 만일 미래와 현재의 시간이 존재하지 않는다면 결국 과거의 시간도 존재하지 않는 것이 된다. 왜 그런가? 과거의 시간은 미래와 현재의 시간을 원인으로 하기 때문이다. (…중략…) 미래와 현재의 시간이 존재하지 않기에 과거의 시간도 존재하지 않는다. 그러므로 (그대가) 말한 '과거의 시간을 원인으로 하여 미래와 현재의 시간이 성립한다'는 말은 옳지 못하다.[147]

이렇게 현재와 미래가 과거 속에 들어가는 경우, 현재와 미래는 물론 과거조차 존재하지 못함을 입증하였다. 다음으로 과거 속에 현재와 미래가 들어가지 않는 경우다.

만일 미래와 현재의 시간이 과거의 시간 속에 존재하지 않으면 어떻게 과거의 시간을 원인으로 하여 미래와 현재의 시간이 성립하겠는가? (…중략…) 삼시(三時)가 서로 완전히 다르다면 서로 의존하여 성립하는 것이 아니게 된다. 항아리나 의복 등의 사물은 각각 따로 성립하는 것이라서 서로 의존하지 않지만 (그와는 달리 시간의 경우) 과거의 시간을 원인으로 하지 않는다면 미래와 현재의 시간은 성립하지 않고 현재의 시간을 원인으로 하지 않으면 과거와 미래의 시간은 성립하지 않으며 미래의 시간을 원인으로 하지 않고서는 과거와 현재의 시간은 성립하지 않는다. (그러니) 그대가 앞에서 '과거의 시간 속에는 비록 미래와 현재의 시간이 존재하지 않지만 과거의 시간을 원인으로 하여 미래와 현재의 시간이 성립하는 것이다'라고 말한 것은 옳지 못하다.[148]

147 위의 책, 320면.

이렇게 과거 속에 현재와 미래가 들어가 있지 않다고 가정했을 때도 과거와 현재, 미래는 부정된다.

그렇다면 남은 것은 과거의 시간을 원인으로 하지 않고서 미래와 현재의 시간이 성립할 수 있느냐를 따져보는 것이다.

> 과거의 시간을 원인으로 하지 않으면 미래와 현재의 시간이 성립하지 않는다. 왜 그런가? 만일 과거의 시간을 원인으로 하지 않고서 현재의 시간이 존재한다면 그 현재의 시간은 어느 곳에 존재할 수 있을까? 미래도 역시 이와 마찬가지로 어느 곳에 미래의 시간이 존재할 수 있을까? 그러므로 과거의 시간을 원인으로 하지 않으면 미래와 현재의 시간이 존재할 수 없다.[149]

이처럼 과거, 현재, 미래라는 시간 개념을 설정하여 시간을 인식할 때, 현재와 미래가 과거를 원인으로 하거나 원인으로 하지 않거나, 현재와 미래가 과거 속에 들어가거나 들어가지 않거나 간에, 과거와 현재와 미래라는 시간은 성립하지 않는 것이다. 과거와 현재와 미래는 서로 의존하여 가상적으로 존재하므로 실제로 시간은 없다는 것이 결론이다.

이런 논리적 성찰 과정을 통해서 우리가 가진 시간관념이 해체되는 것을 경험하고 자동습관적 시간의식을 반성할 수 있는 것이다.

시간이 존재하지 않는다는 것은 우리의 시간관념이 환幻이라는 뜻이다. 그럴진대 비로소 한 생각一念에 무한한 시간인 일체의 시간이 들어갈 수 있다. 또 일념 속에 과거와 미래와 현재의 시간 전부가 갖춰져 있

---

148 위의 책, 321면.
149 위의 책, 322면.

다고 할 수 있다.

이처럼 시간과 공간을 새롭게 경험하는 것은 깨달음에서 필수적인 강렬한 충격을 의식에 준다. 각성의 계기가 되는 것이다. 그리하여 주체는 타인과의 관계나 타인에 대한 태도를 혁신하게 된다. 타인과의 새로운 관계 정립은 결국 새로운 자아를 발견하게 한다.

시간을 새롭게 경험하는 계기로서 〈시간여행자의 아내〉(로베르트 슈벤트케 감독)라는 영화를 감상하고 대화를 나눌 수 있다.

(4) 연기(緣起)의 인식과 동체대비(同體大悲) 추구

양소유로서 일생을 보내고 돌아온 성진은 육관대사 앞에서 울면서 소회를 토로했다. 다시 한 번 더 그 부분을 인용해보자.

> 성진이 머리를 조아리고 눈물을 흘렸다.
> "성진이 이미 깨달았나이다. 소자 어리석어 마음을 잘못 먹고 죄를 지으니 마땅히 인간 세상에서 계속 윤회(사람이 죽고 태어나는 것을 거듭 하는 것)할 것이거늘 사부께서 자비를 베푸시어 단 하룻밤의 꿈을 꾸게 해주시어 소자의 마음을 깨닫게 해주셨으니 사부의 은혜를 갚을 길이 없습니다."
> 대사가 말하였다.
> "네가 스스로 흥이 나서 갔다가 그 흥이 다하여 돌아왔으니 내가 무슨 관여를 했단 말이냐? 또 너는 인간 세상의 양소유로 윤회하는 꿈을 꾸었다고 말했다. 이것은 네가 꿈과 인간 세상을 둘로 나누어서 서로 다르다고 보는 것이다. 너는 아직 어리석은 생각과 꿈에서 완전히 깨어나지 못하였도다. 장

자(도가 철학자로 나비가 되는 꿈을 꾸었는데 깨어나서는 자신이 나비 꿈을 꾸었는지 나비가 자기 꿈을 꾸었는지 알 수 없다 하였다)가 꿈속에서 나비가 되었는데 깨어나서는 나비와 장자 중 어느 것이 가짜이며 어느 것이 진짜인지 모르겠다고 한탄하였지. 그럼 성진과 양소유 중 누가 꿈속의 사람이고 누가 현실의 사람이뇨?"[150]

양소유는 성진 스스로가 자기 생각을 통해서 만들어낸 존재이다. 그럼에도 불구하고 정작 성진 자신은 양소유가 '꿈속'에서만 존재한 사람이며, 자기와는 아무 관계가 없다고 단정했다. 양소유와 성진의 긴밀한 관계는 이 세상 모든 존재가 서로 의지하고 철저히 연결된 존재라는 연기緣起의 철칙을 생생하게 드러낸 것이다. 그런 점에서 성진이 양소유를 부정했다는 것은 연기의 철칙을 부정한 것이기도 하다. 나와 타인은 따로 존재하는 것이 아니라 서로 의존하며 그런 점에서 '동체同體'이다. 나와 타인, 세상의 모든 존재가 긴밀하게 서로 연결된 한 몸이기에 나는 나만의 내가 아니고 타인도 나와 무관한 타인이 아니다.

자신을 타인과 긴밀히 연결시켜 감지하고 생각하지 않는다는 것은 우울증 환자의 가장 큰 문제점 중 하나다. 철저히 자신의 입장에만 국한되는 것이다. 그래서 자기 탓을 하면 자기에 대한 부정적 생각을 극단으로 이끌고 남 탓을 하면 타인에 대한 부정적 생각을 극단으로 일으킨다.

이런 우울증 환자로 하여금 자기의 모든 것이 타인과 연결되어 있고, 그래서 관심을 그 관계로까지 확장시켜주면 자기 자신에 대한 부정적 집착이 경감된다.[151]

---

150 김만중, 이강옥 다시 씀, 『구운몽』, 두산동아, 2006, 97면.

개인의 관심을 자기 자신에게서 벗어나게 만드는 표본을 보살菩薩의 삶에서 찾아 본받을 수 있다. 보살은 존재 원리로서의 연기를 가장 정확하게 인지하고 완벽하게 실천한다. 관세음보살은 이 세상 어떤 중생의 번뇌와 고통도 외면하지 않고 그 해방과 구제를 위해 달려간다. 지장보살은 단 한명의 중생이라도 구제받지 못하고 지옥에 있는 한 성불하지 않겠다고 서언을 하였다. 보살의 이런 덕목들은 사섭법四攝法으로 요약된다. 보시布施·애어愛語·이행利行·동사同事이다. 보시는 남에게 가르침이나 재물을 조건 없이 베푸는 것이다. 애어는 부드럽고 온화한 말로 중생을 거두어들이는 것이다. 이행은 남을 이롭게 하는 행위이다. 동사는 서로 협력하고 고락을 같이하는 것이다.

『화엄경』은 구체적으로 보살의 십종 무등주無等住(비할 수 없는 최고의 삶)를 요약해주고 있는데, 그중 열 번째 보살의 삶은 이렇다.

> 보살은 비록 수행하여 원만한 경지를 이루었다 해도 보리를 증득하지 않으니라. 무슨 까닭에서인가? 보살은 이렇게 생각하느니라. 내가 짓는 모든 것은 중생을 위한 것이다. 이런 까닭에 나는 응당 생사 세계에 오래 거처하며 방편으로 중생에게 이익을 가져다주고 마침내 모든 중생을 무상 불도에 안주하게 할 것이니라.[152]

---

151 우울증을 앓는 사람들은 자신의 미래에 대해 비관적일 뿐 아니라, 자신의 과거에 대해서도 상대적으로 보다 부정적인 정보들을 회고하는 경향이 있다. 우울증을 앓는 개인의 관심을 자기 자신에게서 벗어나게 함으로써 부정적으로 기억하는 편향성을 줄이는 것이 가능하게 될 것이다(Depressed people are not only pessimistic about their futures, but the also tend to recall relatively more negative information about their pasts...It should be possible to reduce the negative memory bias by diverting the depressed individual's attention from him or herself).(Tom Pyszcczynski · Jeff Greenberg, *Hanging on and letting go*, New York : Springer-Verlag, 1992, p.84)

이처럼 보살은 최고의 깨달음을 이루었지만 그 보리를 스스로 성불하기 위한 밑천으로 삼지 않는다. 여전히 중생들의 고통번뇌 세계에 머무르며 중생에게 이익을 주고 마침내 중생들을 모두 성불하게 하려 한다. 보살이 중생을 위해 얼마나 궁극적인 희생과 보시를 감내하는가는 '보살의 십종 무하열심無下劣心(용렬하지 않은 마음)' 중 아홉 번째에 압축되어 있다.

> 내가 보살행을 닦을 때 어떤 중생이 나에게로 와서 나의 팔다리와 귀와 코, 혈육과 골수, 처자와 코끼리와 말, 마침내 왕위까지 요구하더라도 그 일체의 것을 모두 능히 회사하고도 일념에서조차 근심하거나 후회하는 마음을 일으키지 않으리라. 오로지 일체 중생을 이롭게 할 따름이지 과보를 구하지 않으며 대자(大慈)를 으뜸으로 삼고 대비(大悲)를 궁극으로 삼을 것이노라.[153]

물론 보살의 이러한 희생과 인내는 보통 사람이 실천하기 어려운 경지이다. 그러나 그런 경지를 떠올리고 명상하는 것은 조금씩 그 경지를 이해하고 그 경지로 다가가게 만들어준다. 지금 이곳의 나 자신에게만 집착하여 우울한 나날을 보내고 있는 사람들에게 그런 떠올림과 명상은 치료의 효과가 있는 수행이라고 하겠다.

---

152 菩薩摩訶薩, 雖修行圓滿, 而不證菩提, 何以故? 菩薩, 作如是念, 我之所作, 本爲衆生, 是故, 我應久處生死, 方便利益, 皆令安住無上佛道.(『화엄경』「離世間品」, 355면)
153 我修菩薩行時, 若有衆生, 來從我乞手足耳鼻, 血肉骨髓, 妻子象馬, 乃至王位, 如是一切 悉皆能捨, 不生一念, 憂悔之心, 但爲利益一切衆生, 不求果報, 以大悲爲首, 大慈究竟.(『화엄경』「이세간품」, 356~357면)

(5) 날마다 좋은 날을 위한 가르침

내담자가 자기 삶에 대해 긍정적 의의를 부여할 수 있게 하지 못한다면 우울증 치료는 헛수고가 된다. 내담자가 자기 삶에 대해 긍정적인 의미를 부여하지 못하고 허무주의에 빠질 때 귀결점은 자살이기 때문이다. 삶은 무의미하여 허망하기만 하다고 볼 게 아니라 삶이란 근본적으로 혹은 어떤 점에서는 소중하고 가치 있는 것이라고 볼 수 있어야 한다. 그리고 이것은 당위가 아니라 사실이다. 우리 삶은 있는 그대로 소중하고 가치 있는 것이다.

이런 맥락에서 앞에서 살펴보았던 『반야심경』과 『금강경』에서 거듭 가르치고 있는 공空을 다시 떠올린다. 공空은 어떤 것이 있다가 흔적도 없이 사라지는 것이 아니다. 그런 점에서 허무주의가 아니다. 있는 것이 없어지는 것이 아니라 원래 없던 것을 없던 것이라 말하는 것이다. 그런 점에서 그것은 동요되지 않은 자세로 사실을 말하는 것이다. 있는 그대로의 사실을 지적하고 인식하는 것에서 허무를 느낄 이유가 없다. 이 세상에서 우리가 있다고 인식하는 것이 실제로는 없는 것이었다. 이와 관련하여 위대한 선지식들은 자주 이런 비유를 든다.

어떤 사람이 어두운 밤길을 걸어갔다. 그 사람은 어두운 길에 뭔가 무서운 것이 나타날지도 모른다고 조마조마하며 걸어가고 있었다. 새끼줄을 발견하고는 그것이 뱀이라 생각하고 그 뱀에 물려서 죽을 것이라는 공포에 사로잡혀 도망친다. 날이 밝아온 뒤 확인해 보니 그것은 뱀이 아니라 새끼줄이었다.

뱀은 없었고 새끼줄만 있었다. 원래부터 뱀은 없었다고 말하는 것이 공空이다. 공은 뱀이 있다고 착각한 사람들에게 뱀이 없다고 가르쳐줌으로써 뱀의 공포에서 벗어나도록 만들어주는 것이다. 뱀의 공포가 사라진다면 길 가는 내내 평화로운 마음으로 여행을 즐길 수 있다. 우리가 꾸려가는 일상생활도 그러하다. 우리가, 특히 내담자가 고통스러워하고 절망해하는 대상은 사실 없는 것이었으며 다만 착각에 의해 고통을 경험하고 있었을 따름이었다.

또 공은 연기緣起라는 존재 원리와 연결되어 있기에, 있다가도 없어지며 없다가도 있게 된다. 『금강경오가해』에 대한 선지식들의 해설은 위대한 긍정의 과정을 생생하게 보여준다.

눈앞의 모든 존재를 보는 것은, 거울에 비친 형상을 보는 것과 같다. 거울에 비친 형상을 보는 것이 나를 걸리게 하지 않나니, 그 눈썹과 눈이 분명 나와 다른 사람은 아니다. 다른 사람이 아니로다! 이곳이 법왕(法王, 부처님)을 보는 곳이로다. 그런 까닭에 말한다. "거울 속에서 누구의 형상을 보는가? 골짜기 속에서 자기 소리를 듣는도다. **보고 듣기에 현혹되지 않으니 어느곳인들 통하는 길이 아니리오.**"[154]

거울이 선별하지 않고 앞에 있는 모든 대상을 그대로 비춰주듯이, 골짜기가 선별하지 않고 모든 소리를 받아서 되돌려주고 흔적을 남기지

---

154 (說誼) 目前諸法이 鏡裏看形이라 鏡裏看形不礙我하니 眉目이 分明 非別人이로다 非別人이여 此是相見法王處니 所以로 道하사대 鏡裏에 見誰形고 谷中에 聞自聲이라 見聞而不惑이어니 何處ㅣ 匪通程이리오 하시니라.(『금강경』「장엄정토분 제10」)

않듯이, 우리도 일상생활 중에 보고 듣고 냄새 맡는 과정에서 그냥 보고 듣고 냄새 맡는다면 그 자체에서 위대한 깨달음과 평화를 확보할 수 있다는 것이다. 그것은 일상적 경험 자체가 깨달음의 자리이기에 귀중하다는 뜻이다.

일상적 경험이 환상과 같은 것이라도 마찬가지다. 위에 든 비유를 다시 살펴보자. 사람이 길을 더 가다 이번에는 새끼줄이 아니라 진짜 뱀을 만났다고 해보자. 뱀은 왜 두려운가? 아프리카나 인도 밀림에서 맞닥뜨리는 코프라나 거대한 독사가 아닌 우리나라의 뱀이 과연 두려운 존재인가? 우리는 어릴 때부터 그 뱀을 보면 왜 놀라고 그러다가 갑자기 죽이고 싶어지고 그래서 돌을 던지거나 찍으려고 하는가? 뱀을 미워하고 두려워할 이유가 있는 것일까? 뱀을 애완으로 집에서 기르기까지 하는 사람도 있다. 그럴진대 우리가 편견이나 선입견을 내려두고 일상을 꾸려간다면 두려워하거나 증오할 대상은 사라지거나 최소화될 것이다. 근거 없는 분별심이나 선입견을 내려둘 때 우리는 두려움이나 절망감으로부터 해방될 수가 있다.

> 아난아! 너는 아직도 가지가지 들뜨고 장애하는 모든 허망한 것들이 그 자리에서 출생하고 곳에 따라 소멸하는 인연이기에 이러한 환망(幻妄)을 생겼다 없어지는 허망한 현상이라 여긴다. 그러나 그[幻妄] 성품이 참으로 불생불멸(不生不滅)하는 묘각명체(妙覺明體, 오묘한 깨달음의 밝은 본체)임을 알지는 못하는구나![155]

---

155 阿難, 汝猶未明, 一切浮塵, 諸幻化相, 當處出生, 隨處滅盡, 幻妄稱相, 其性眞爲, 妙覺明體. (일귀 역주, 『역주 수능엄경』, 샘이깊은물, 2007, 167면)

『능엄경』에서 부처님은 이렇게 아난을 꾸중했다. 그러면서 부처님은 환망 자체가 깨달음이란 점을 분명하게 가르쳤다. 다만 그 전제는 꿈에서 깨어나고 망상을 내려놓은 것이다. 그러면 오온五蘊, 육입六入, 십이처十二處 등 환망이라고 지목된 우리 자신과 우리 주위의 존재들이 그대로 여래장의 묘진여성妙眞如性이 되는 것이다.

『능엄경』에서 부처님이 아난을 꾸중한 것은 『구운몽』의 결말에서 육관대사가 성진을 꾸중하는 것과 동일하다. 육관대사가 성진을 꾸중한 것은, 성진이 양소유의 삶을 부정했기 때문이다. 성진이 자기 망상에서 만들어낸 것이 양소유의 삶이다. 양소유의 삶은 우리 일상을 닮았다. 양소유의 삶을 부정하는 성진은 일상생활의 가치를 얕잡아보는 우리 자신을 닮았다. 그런 점에서 육관대사의 꾸중은 현실 삶이 살만한 가치가 있다는 메시지를 담고 있다. 또 삶이 가치 있다는 태도를 생성할 계기와 근거를 제공한다.

『구운몽』 결말의 이 대목에서 우선 따져야 할 것이 성진의 아상我相이다. 육관대사가 『금강경』을 설한 것도 그와 관련이 있다.

> 만일 보살이 아상, 인상, 중생상, 수자상이 있다면 더 이상 보살이 아니다.[156]

중생은 분별심을 갖고 한곳에 머무르고 집착하기 때문에 스스로가 부처인 줄 모른다. 중생의 그런 착각이 아상[157]에서 비롯되었다. 양소유로서

---

156 若菩薩, 有我相人相衆生相壽者相, 卽非菩薩.(『금강경』 상 「大乘正宗分 第三」; 『금강경』 하 「究竟無我分 第十七」)

의 일생을 완전히 부정하면서 눈물을 흘리고 있는 성진은 여전히 분별심[158]을 갖고 있으면서 아상에서 해방되지 못한 것이다. 바로 그런 이유에서 육관대사는 성진을 꾸중한 것이다. 그러면 어떻게 살라는 것인가?

> 응당 머무는 바가 없이 그 마음을 내어라.
>
> (설의) 머무는 바가 없다는 것은, 안과 밖이 없고 가운데가 텅 비어 아무 물건도 없음이 마치 거울이 텅 비고 저울이 균형을 이룬 것과 같으니, 선악시비를 가슴에 개입시키지 않는다. 그 마음을 낸다는 것은, 머무는 것이 없는 마음으로 사물에 응하되, 사물에 얽매이지 않는 것이다.[159]

머무는 바가 없어야 한다고 했다. 아상에서 분별심과 집착이 만들어진다 했는데, 그런 아상을 없앤다는 것은 '내가 없다'는 무아無我를 받아들이는 것이다. 나아가 '내가 없'을 뿐 아니라 대상세계도 없다. '내가 없다'는 것을 더 정확히는 '인무아人無我'라 한다면, '대상세계가 없다'는 '법무아法無我'가 된다. 이렇게 무아를 받아들이면 '머무를 수 있는 근거'가 성립되지 않는다. 그래서 머무르지 않을 수 있는 것이다.

---

157 아상은 사상(四相) 중 하나지만 사상 전체를 대변한다고 볼 수 있다. 사상은 아상(我相), 인상(人相), 중생상(衆生相), 수자상(壽者相)을 말하는데, 육조(六祖) 혜능(慧能)은 사상을 범부(凡夫)와 수행인(修行人)의 경우로 나누어 설명했다. 그중 아상은 '재산과 학문, 집안이 있는 것을 믿어서 모든 사람을 가벼이 여기는 것[恃有財寶學問族性, 輕慢一切人]'(범부), '마음에 나와 남이 있어서 중생을 가볍게 여기는 것[心有能所, 輕慢衆生]'(수행인)이다. (『금강경』 상 「大乘正宗分 第三」)

158 혜능이 '수행인'의 아상의 원인으로 거론한 '能所'는 주체와 대상의 분별심을 말한다.

159 『금강경』 「장엄정토분 제10」. 應無所住하야 而生其心이니라 / (설의) 無所住者는 了無內外하고 中虛無物호미 如鑑空衡平하야 而不以善惡是非로 介於胸中也요 生其心者는 以無住之心으로 應之於事호대 而不爲物果也라.

거울은 자기 속에 어떤 흔적도 남기지 않지만 그 앞에 있는 모든 형상들을 다 나타내 보여준다. 허공은 그 품에 아무것도 담아두려 하지 않지만 어떤 물건도 다 날아다니게 한다. 사람도 그런 거울과 허공처럼 분별하는 바나 집착하는 바를 최소화하여 마음을 일으키고 행동해야 한다. 그것만이 삶의 고통으로부터 해방되는 길이라고 가르친다. 이 경지야말로 『금강경』에서 말하는 '머무르는 바 없이 그 마음을 내어라應無所住, 而生其心'는 것이다.

그렇다면 지금 이곳에서 스스로의 생명을 중단시키지 말고 수명이 다할 때까지 잘 살아가야 할 절대적 이유는 무엇인가? 이생을 중단하는 것은 부당하고, 자기 수명을 다하는 때까지 혼신의 힘을 다하여 살아가는 것이 정당하다는 확신은 어디서 나오는 것일까?

> 지금 이 순간 카르마는 우리 삶의 현실이다. 하지만 궁극적인 목적은 카르마를 초월하는 것이다. 이것은 우리가 완전한 깨달음에 이르러 더 이상 '자아'에 집착하지 않을 때 일어난다. (…중략…) 카르마를 초월하려면 긍정적인 카르마의 길을 가야 한다. 좋은 카르마를 더 많이 일으킬수록 우리는 더 많은 평화와 기쁨을 누린다. 그리고 기쁨과 평화를 누릴수록 훨씬 더 큰 평화와 기쁨을 만들어낸다. 이것은 '자아'에 대한 완고한 집착을 서서히 완화한다.
>
> 마침내 우리는 마음이 가진 진정으로 밝은 본성을 본다. 이런 깨달음에 이르면 우리는 '자아'에 대한 집착을 뿌리 뽑고 완전히 깨어 있게 된다. 이런 식으로 선한 카르마는 '저기 어딘가에 있는' 어떤 상태가 아니라 우리 안에 늘 존재하는 궁극적인 평화와 기쁨으로 돌아가도록 우리를 안내한다.[160]

160　툴쿠 퇸툽 림포체, 앞의 책, 71~72면.

(육조) 색(色)을 보고 색에 집착하여 색에 머물러 마음을 내는 것은 어리석은 사람이다. 색을 보고 색을 여의어 색에 머물지 않고 마음을 내는 것은 깨달은 사람이다. 색에 머물러 마음을 내는 것은 구름이 하늘을 가리는 것과 같고, 색에 머물지 않고 마음을 내는 것은 공중에 구름이 없어 해와 달이 멀리 비추는 것과 같다. 색에 머물러 마음을 내는 것은 망념(妄念)이요, 색에 머물지 않고 마음을 내는 것은 진지(眞智)이니, 망념이 일어나면 어둡고 진지가 비추면 밝아진다. 밝아지면 번뇌가 일어나지 않고 어두우면 육진(六塵)이 다투어 일어난다.[161]

지금 이곳의 삶은 영원하지 않다는 점에서 무상無常하지만 우리로 하여금 다채로운 경험의 기회를 제공한다. 그 점에서 소중하기 이를 데 없다. 마냥 행복하기만 했던 양소유의 삶은 물론, 고통으로 점철되었던 조신調信의 삶[162]조차 소중한 것이었다. '기쁨은 세상이 안겨주는 것이 아니라 자신이 세상을 즐기는 데서 우러나오는 것'[163]이기 때문이다. 삶이란 무상하더라도 집착을 떨쳐버리고 진정한 깨달음으로 가기 위한 노력을 가능하게 해주었다는 점에서, 혹은 망심妄心을 가진 우리가 진여眞如로 돌아가는 유일한 길이며 그 자체가 진여眞如라는 점에서 소중하다.

우리는 무상함에 감사해야 한다! 무상함의 축복 덕분에 우리가 올바로 노

---

161 『금강경』「莊嚴淨土分 제10」. (六祖) 見色着色하여 住色生心은 卽是迷人이요 見色離色하여 不住色生心은 卽是悟人이니라 住色生心은 如雲蔽天이고 不住色生心은 如空無雲하여 日月이 長照며 住色生心은 卽是妄念이요 不住色生心은 卽是眞智니 妄念이 生하면 卽暗이고 眞智가 照하면 卽明이니라 明하면 卽煩惱가 不生하고 暗하면 卽六塵이 競起니라.
162 「洛山二大聖 觀音 正趣 調信」.(최남선 편, 『삼국유사』, 민중서관, 1954, 161~163면)
163 데이비드 호킨스, 앞의 책, 176면.

력만 한다면 삶의 비참함은 끝날 것이다. 또한 그와 같은 축복은 우리의 존재를 변화시켜 고귀한 인간의 삶을 살 수 있는 기회를 줄 것이다.[164]

무상한 삶에 대해 오히려 감사해야 한다고 했다. 무상한 삶은 우리가 하기에 따라 우리의 존재를 변화시켜줄 수 있기 때문에 축복이 된다.

육관대사는 성진이 자기 자신의 존재만을 절대적 기준으로 설정하는 태도를 꾸짖었다. 양소유의 일생으로 대변되는 세속의 삶도 그 자체로 소중하다. 세속의 삶은 궁극 깨달음의 발판이요 귀결점이기 때문이다. 깨달음이나 해탈이란 지금 이곳을 삶을 벗어나 따로 존재하는 것이 아니다. 깨달음의 세계 혹은 진여의 세계를 세속 밖에서 찾는다면 나무에서 고기를 찾는 격이라 했다. 나와 중생이 그대로 부처이기 때문이다. 그만큼 세속 인간과 그 삶은 소중하다.

---

164 무명과 '진여의 체상', 그리고 망경계와 '진여의 용'이 망심에 대하여 동일한 위치에 있다는 것을 직접 지시하며, 그렇게 함으로써 훈습이 의미하는 것을 명백히 드러내고 있다. 무명과 진여자체상, 망경계와 진여용은 별도로 존재하는 것이 아니다. 무명은 곧 진여[體相]이요 망경계도 곧 진여[用]이다. 다만, 망심—처음부터 우리에게 주어진 상념—이 그 두 개의 짝 중에서 어느 쪽에 종속되는가에 따라 그 동일한 것이 무명이 되기도 하고 진여가 되기도 하며, 또한 그 동일한 것이 망경계가 되기도 하고 진여가 되기도 한다. 그러므로 훈습은 결국 '마음'—'상념'이라고 불리는 우리의 마음—의 두 가지 지향성을 설명하는 것이다. (…중략…) 망경계는 진여의 체상과 용—여래의 무한한 공덕이 갖추어져 있는 곳, 그리고 여래의 대행자들이 우리의 수행을 애써 도와주고 있는 곳—에서 떨어진 별도의 사태를 가리키는 것이 아니다. 그리고 망심은 진여의 체상과 용을 바라보고 그것에 합치되려고 노력하는 수행자의 마음과 다르지 않다. 망심과 망경계는 헛된 것이기는커녕, 그것이 없다면 진여로 돌아가는 길이 있을 수 없다. 이런 뜻에서 그것은 진여로 돌아가는 데에 우리가 의지할 수 있는 유일한 발판이다. 다만, 그래도 여전히 그것을 떠나거나 버려야 한다고 말할 수 있는 것은, 진여로 돌아가는 길은 그것과는 반대 방향을 향하고 있기 때문이다.(이홍우, 「역자 해설—교육이론으로서의 대승기신론」, 『대승기신론통석』, 김영사, 2006, 526~527면)
164 툴쿠 퇸톱 림포체, 앞의 책, 61면.

본래 부처였지만 한 생각이 미혹했도다. 미혹했으나 잃은 것이 없도다. 드러나 이루어져 있는 것을 그대로 수용하나니, 소리를 듣는 순간이 증득하는 때이고 색을 보는 순간이 증득하는 때이다. 한 번 보고 한 번 듣는 것과 발을 들었다 발을 내리는 것 모두가 적멸의 장이다. 그러므로 말하니, 생각생각마다 석가가 세상에 출현하는 것이고 한걸음 한걸음마다 미륵이 이 세상에 내려오는 것이로다. 이미 그러하기가 이와 같으니 어찌 범부다 성인이다 분별하는 것을 용납하겠는가?[165]

그래서 운문雲門이 말한 '날마다 좋은 날'이 된다.[166]

이런 깨달음의 경지까지는 인정하지 못한다 하더라도 이곳의 삶이 이런 이유로 소중하다고 인정하는 인식의 전환만은 이룰 수 있다. 자기 삶에 대한 인식의 전환은 우울증을 일으키는 근본 마음가짐에 충격을 줄 것이다. 우울증 환자는 이런 인식의 전환을 계기로 하여 자기 삶을 새롭게 보게 되고 서서히 삶의 의욕을 회복할 수 있을 것이다.

내 삶을 구성하는 조건이 행복한 것이든 불행한 것이든 그것은 고정

---

[165] 『금강경』 「淨心行善分 제23」. (說誼) 本來是佛, 一念而迷, 迷不曾失. 現成受用, 聞聲, 是證時, 見色, 是證時, 一見一聞, 擧足下足 ㅡㅡ 皆是寂場. 所以道, 念念釋迦出世, 步步彌勒下生. 旣然如是, 何容分別是凡是聖?

[166] 세상 사람은 비가 오면 "날씨가 나쁘다"고 하고, 비가 그치면 "날씨가 좋아졌다"고 한다. 그러나 우주는 인간을 위해 있는 것이 아니다. 우주의 본체에서 보면, 소나기도 태풍도 홍수도 가뭄도 모두 자연 현상일 뿐 거기에는 선도 악도 없다. "(우주의 절대적 진리를 파악하고 있는 사람에게는) 날마다가 참 좋은 날이다."(안동림 역주, 『벽암록』, 현암사, 2004, 83면) 다른 한편 석지현은 이렇게 풀이했다. 일일시호일(日日是好日, 나날이 생일 날), 그러므로 '지금 현재'는 다시는 반복될 수 없는 일회적인 시간이다. 아니 순간순간은 다시는 되돌아올 수 없는 순간순간이다. 우리는 순간순간 다시 태어난다. 말하자면 순간순간이, 나날이 그대로 생일이 되는 셈이다. 순간순간을 이런 식으로 살아갈 때 우리의 삶은 영원에 연결된다.(석지현 역주, 『벽암록』 1, 민족사, 2007, 198면)

불변의 것이 아니라 연기적緣起的 관계에 따라 변화하는 잠정적인 것이라는 생각을 받아들이고, 더 근본적으로는 행복하다 불행하다는 분별 자체가 성립되지 않는다고 보도록 이끌 수 있다. 마침내 지금 이곳의 삶의 경험이야말로 내 운명을 개선하고 비약시키는 결정적 계기가 된다는 믿음을 갖게 할 것이다.

과제

① 그동안 자기가 달라진 점에 대해 쓰기
② 대안적 자기서사 쓰기

---

12) 제12회기—자기 변화에 대한 이야기하기와 우울증 재진단

(1) 자기 변화에 대한 이야기하기

마지막 회기에서는 그동안 함께 나눈 이야기와 공부한 내용, 수행 경험을 정리하면서 그에 대한 소감을 나눈다. 먼저 『구운몽』 전반에 대한 감상과 그 가치에 대해 의견을 교환한다. 『구운몽』이란 고전소설은 무엇보다 현실과 꿈, 환상, 가상 등을 이리저리 뒤섞어 독자로 하여금 자기 현실과 꿈, 환상에 대해 다시 생각할 기회를 제공한다는 점에서 소중한 텍스트라 할 것이다. 그런 『구운몽』이 『금강경』의 가르침을 거듭 이끌어왔다는 점에서 『금강경』의 가르침을 다시 환기할 수 있다. 나아가 『원각경』이나 『반야심경』은 꿈과 공에 대한 이해를 돕고 그에 대해 실감을 가질 수 있도록 활용할 수 있었다. 『능엄경』은 꿈과 같은 지금 이곳의 존재와 삶에 대해 최고의 의미를 부여하는 데 힘을 얻을 수 있다. 그리고 수행 경험에 대해 이야기를 나눈다. 수행의 결과는 금방 뚜렷하게 나타나지 않는다 하더라도 자신의 마음 상태를 관찰하고 동요하는 마음에 평정을 가져오는 데 매우 유용한 조치임을 인정할 수 있게 될 것이다.

써온 '그동안 자기가 달라진 점'에 대해 이야기를 나눈다. 상담자는 내담자 스스로가 자각하는 자기 변화를 참조하여, 상담자가 감지한 내담자의 변화를 말해준다. 두 관점은 다소 차이가 있겠지만, 곧 근접할 것이다. 상담이 진행되는 과정에서 변화의 정도와 방향을 계속 확인하여왔기 때문이다.

대안적 자기서사는 삶에 대한 관점과 태도가 바뀌면서 자기 삶에 대한 선택과 서술비중, 서술관점이 달라진 것을 알게 할 것이다. 전체적으로는 비관적인 데서 낙관적인 데로, 과거지향에서 미래지향으로, 닫힌 서술에서 열린 서술로 나아갔음을 확인할 것이다. 결락된 부분이 보완되었을 것이고 왜곡된 부분이 바로 잡혔을 것이다. 무엇보다 자기 자신에 대한 자포자기적 태도가 사라지고 자기에 대한 연민과 사랑의 태도를 확인할 수 있을 것이다. 그것은 자기 삶을 두루 자세하게 재구성하는 서사적 태도로 나타날 것이다. 대안적 자기서사를 분석하고 검토하는 데에는 제3회기에서 공부한 '자기서사의 서술 형식과 상담자의 착목처' 내용을 활용하면 무난할 것이다.

(2) 우울증 재검사

우울증 진단 재검사를 실시한다. 결과를 정리하여 뒤에 통보하면 된다. 상담자는 그간 상담자로서 느꼈던 소회나 보람, 자부심 등을 솔직하게 긍정적으로 기술하는 편지를 재검사 결과와 함께 보내준다.

13) 우울증 재발 점검과 재발된 우울증 극복을 위한 프로그램

우울증 상담을 받은 환자들의 대부분은 이미 그전까지 1~4번 정도의 우울증 증상을 겪은 경우다. 이들이 우울증 재발을 다시 겪지 않으리란 보장이 없다. 우울증은 확률적으로 50~80%의 재발률을 보인다.

우울증은 부정적 생각, 자기비하, 절망적 생각 등이 우울한 기분을 일으킬 때 재발된다. 우울증을 경험한 적이 있는 사람에게는 이런 생각 패턴이 남아 있을 가능성이 크기 때문에 우울증이 재발할 가능성도 높은 것이다. 그래서 과거 자신이 우울증에 걸린 상황과 과정을 잘 돌아보면 문제가 된 자기의 생각 패턴을 찾을 수가 있다. 이미 작성한 바 있는 자기서사를 다시 읽어보고 또 문자로 표현되지 않은 기억까지 되돌아보면 자기에게 우울증을 유발한 그 생각의 패턴이 무엇인지를 정확하게 알 수가 있다.

우울증 치료가 끝난 뒤로도 끊임없이 자신의 생각과 감정 상태를 의식해야 한다. 그 결과 자기 고유의 부정적인 생각이나 감정이 일어나는 것이 자각된다면 '아, 내가 또 이런 부정적 생각을 하여 부정적 감정에 휩싸이기 시작하는구나' 하고 더 또렷하게 의식해야 한다. 그럼으로써 생각과 감정이 부정적 방향의 극단으로 나아가는 것에 제동을 걸어야 한다. 그리고 우울증 상담 과정에서 획득한 지식과 경험과 지혜를 재활용하여 스스로 치료를 해가야 한다.

우울증 재발을 방지하거나 자각하는 데는 본 저서의 수행치료 프로그램을 두루 활용할 수 있다. 특히 '자기 최면', '회광반조', '화두수행', '죽음명상', '현실은 꿈이다', '지금 이곳에 대한 성찰' 등을 두루 환기하여 작동시켜야 한다.

덧붙여 마음챙김에 바탕을 둔 인지치료 즉 MBCTmindtulness-based cog-nitive therapy도 부수하여 활용할 수 있다. MBCT는 우울증 인지 행동 치료법CBT(Beck et al., 1979)과 마음챙김에 바탕을 둔 스트레스 이완 프로그램 mindfulness-based stress reduction program, MBSR(Kabat-Zinn, 1990)을 결합한 것이다. MBCT가 수용한 CBT는 분산된 시각decentered views을 활성화시킨다. 즉, 내담자로 하여금 다음처럼 생각하도록 이끌어준다.

생각은 사실이 아니다. 나 자신과 나의 생각은 같은 게 아니다.[167]

MBCT는 사람들이 자기의 생각과 감정을 더 예민하게 의식하게 한다. 그리고 그 생각과 감정을 좀 더 넓은 분산된 시각과 연결시키도록 만든다. '자기의' 생각과 감정은 자아의 정확한 반영이 아니라 정신적

---

167 Teasdal, J. D. · Segal, Z. V. · Williams, J. M. G. · Ridgeway, V. · Soulsby, J. · Lau, M., "Prevention of relapse / recurrence in major depression by mindfulness-based cognitive therapy", *Journal of Consulting and Clinical Psychology* 68, 2000, p.616.

사건mental events에 가깝다는 것이다. 우울증과 연결된 생각과 감정으로부터 멀어지고 분산된 관계를 만들어내는 것이야말로 부정적 생각 패턴이 일어나는 것을 막아주는 가장 중요한 기술이다. 이것이 우울증 재발이 우려되는 상황에서 필요한 것이다.

우울증 재발을 방지하거나 재발되는 상황을 개선하기 위해서는 이와 같은 MBCT의 '나의 생각'에 대한 인지 태도가 큰 도움이 된다.

이제 상담자가 다시 본 프로그램을 처음부터 가동할 수 없고 또 그게 바람직한 일도 아니다. 내담자가 스스로 예감하고 진단하고 치료하는 방안을 추구해야 한다. 내담자는 상담자로부터 독립하도록 노력해야 하는 것이다. 물론 그렇다 하여 내담자와의 관계를 단절하는 것도 바람직하지 않다.

내담자는 상담 프로그램이 끝난 뒤에도, 수행을 계속하고 또 수행일기를 쓰는 것이 바람직하다. 그리고 상기와 같은 자각 전략에 따라 자신의 변화를 알아차리도록 한다. 자신에게 우울증이 재발해가고 있다는 점이 포착되면, 재발 치료 프로그램을 스스로 작동시키는 것이다. 이것을 '재발 우울증 자가 치료 프로그램'이라 불러도 좋다. 그것은 본 프로그램의 축약 형태이고 내담자가 스스로 이끌어가는 프로그램이다. 그것은 다음과 같이 구성된다.

수행의 지속 → 수행 일기 쓰기와 읽기 → 우울증 수치 증대 → 명백한 자각 → 자기서사 다시 읽기 → 본 저서의 프로그램 중, '자기 최면', '회광반조', '화두수행', '죽음명상', '현실은 꿈이다', '지금 이곳에 대한 성찰' 회기를 재가동 → 우울증 재검사

5. 마무리 ···

이 책은 우리가 널리 경험하는 꿈을 활용하고 한국인에게 두루 알려져 있는『구운몽』을 문학치료 텍스트로 활용한 우울증 수행치료 프로그램을 제시했다. 아울러『금강경』및『원각경』,『반야심경』등 불경에서 발견하는 죽음, 현실과 환상, 꿈과 관련된 상황이나 지혜도 두루 활용하였다. 본 저서는 그것을 '구운몽과 꿈 경험을 활용하는 우울증 수행치료 프로그램MTD Program'이라 명명한다.

우울증 환자는 무엇이든 부정적으로 생각하는 경향이 강하다. 자기를 부정적으로 생각하기에 '나는 쓸모없는 인간이다'라고 단정한다. 세계를 부정적으로 생각하기 때문에 '세상살이는 쓸모없고 무의미하다'라고 단정한다. 나와 세계를 부정한 결과, 우울한 느낌과 절망적 느낌이 극에 도달하게 되어 자살을 시도한다.

이런 우울증 환자를 치료하기 위해서 먼저 나와 세계에 대한 부정적 생각을 걷어내는 상담 및 수행 방안을 제시했다. 자살 시도를 막기 위해서 죽음의 본질을 정확하게 알게 하는 방안도 제시했다.

우울증 치료는 '나', '세계', '죽음'이라는 세 영역을 나누면서도 긴밀하게 연결시켜 문제적 상황을 극복하도록 했다. 문제적 상황이 극복된 세 단계가 '나의 위대성 실감', '날마다 좋은 날 실현', '살아 있는 것의 소중함 통각'이다. 이 단계가 우울증이 치료된 것이다.

『구운몽』은 서사 과정에서 우울증의 발생과 전개, 극복과 관련되는 요소와 계기들을 정교하게 배치하고 있다. 그래서 이 프로그램은『구운몽』을 중심텍스트로 삼았다. 『금강경』, 『원각경』, 『반야심경』, 『능엄경』 그리고 「대승육정참회」, 『마태복음』, 『다니엘』 등을 보완 텍스트로 삼아서 활용했다.

본 프로그램은 일주일 간격의 12회기로 구성된다. 상담은 2시간 전후로 진행하며 매 회기를 시작할 때 몇 가지 사항을 확인한다. 먼저 지난주 내담자의 상태를 점검한다. 한 주를 어떻게 보냈는가? 우울한 감정은 어떤 기복을 보였는가? 좋아진 면과 나빠진 면은 무엇인가? 자기 감정의 변화를 자각했는가? 이런 질문을 통하여 내담자 스스로가 자기 감정의 변화를 자각하고 정리하는 기회를 갖게 한다. 지난 회기의 과제는 다음 회기의 주제와 직결된 것이므로 상담을 시작할 때 화제로 삼거나, 상담 중 적절하게 연관되는 대목에서 자료로 활용한다. 제4회기부터 수행법을 제시하여 매 회기 20여 분간 수행 실참을 한다. 마치면서 전반적인 소감을 물어 확인한다.

회기별 상담 및 수행 내용은 이러했다.

제1회에서 우울증을 진단하고 라포를 형성한다. 대체로 15~20%의 현대인이 우울증을 겪고 있거나 겪은 경험이 있다 한다. 또 앞으로 우울증을 앓을 가능성까지 생각하면 더 많은 사람들이 우울증을 직접적으로든 간접적으로든 경험하게 된다. 설사 우울증으로까지 진행되지는 않는다 하더라도 자기 삶에 대해 긍정적 의미를 부여하지 못하고 앞날에 대해 뚜렷한 희망을 갖지 못해 불행하게 살아가는 사람이라면 모두 우울증과 간접적으로 연관된다고 하겠다.

우울증은 일종의 정신병이면서도 자기 삶에 행복을 느끼지 못하는 사람들의 내면 풍경을 지칭하는 개념이다. 오늘날 사람들이 자신도 모르게 내면화하고 있는 우울증 성향을 정확하게 들추어내어 자각하게 만드는 일이 중요하겠다. 프로그램의 출발선에서 정확한 진단을 하는 것이 그런 이유로 필요하다.

또 내담자와 상담자는 서로 편하고도 솔직하게 대화를 나눌 수 있는 분위기를 마련한다.

제2회에서는 1회기 진단 결과를 디딤돌로 삼아 내담자 스스로 자기 문제를 자각하게 만든다. 과연 내담자의 우울한 기분이 고정된 것인가 아니면 현재도 끊임없이 변화하고 있는가를 스스로 살피게 한다. 그리고 기본 텍스트인『구운몽』을 정확하게 읽고 익히게 한다. 특히 내담자가『구운몽』의 등장인물과 적극적인 관계를 갖게 만든다. 내담자가 등장인물에 대한 동일시에서 시작하여 거리두기로 나아갈 수 있도록 도와준다.

제3회기에서는 자기서사 쓰기와 읽기를 한다. '자기서사'를 함께 읽고 이야기를 나누면서 자기 문제를 자기 경험에서 찾게 만든다.

제4회기에서는 과거 자기의 상처를 발견하고 치유하기 위하여 먼저 자기 최면을 수행하고 그 과정에서 상처와 만나고 그 상처를 스스로 치유하는 실습을 하게 한다.

제5회기에서는 지금 여기서 시작하는 회광반조回光返照법을 배우고 현재 자기의 감정을 성찰하게 한다.

제6회기에서는 생각 바꾸기와 수행법을 모색하게 한다. 부정적 생각을 없애고 긍정적 생각의 본질과 역할을 이해할 수 있도록 하게 한다. 우울증이 부정적 생각에서 비롯한다는 사실을 강조하고, 긍정적 생각을 가짐으로써 제반 문제를 극복할 수 있다는 사실을 인정하도록 한다.

그러나 화두수행을 통해서 그런 생각까지 넘어서야 한다는 것을 절감하게 한다.

제7회기에서는 죽음에 대해 성찰한다. 죽음을 성찰하도록 하는 것은 자살 충동을 느끼고 또 실행하기도 하는 우울증 환자들로 하여금 죽음 현상을 정확하게 이해할 수 있게 한다. 죽음은 삶의 연장에 놓여 있으며 잘 죽는다는 것이 얼마나 중요한 것인가를 인지하게 한다. 이런 죽음에 대한 성찰이 우울증 환자로 하여금 자살충동을 극복하게 한다.

제8회기와 제9회기에서는 '현실·가상·꿈·환상' 등의 본질을 성찰하도록 한다. 이것은 제6회기와 제7회기 수행내용과 대응된다. 제6회기가 자기에 대한 부정적 생각을 극복하려는 것이라면, 여기서는 세계에 대한 부정적 생각을 극복하려는 것이다. 제7회기가 통시적 차원에서 현실 삶의 건너편에 있는 죽음을 성찰하는 것이라면, 여기서는 공시적 차원에서 현실 삶의 건너편에 있는 가상·꿈·환상을 성찰하는 것이다. 현실은 가상이나 꿈, 환상과 어떻게 구분되고 구분되지 않는가? 우리 삶에서 꿈이나 환상의 경험은 어떤 점에서 소중한가? 이런 근본적 질문을 통하여 내담자의 현실 경험에 대한 감각을 재조정하게 한다.

현실과 가상·꿈·환상의 관계는 상호적이다. 현실을 어떻게 볼 것인가는 가상이나 꿈을 어떻게 볼 것인가의 문제와 그대로 연결된다. 그래서 양쪽에 대한 배려가 대등하게 다뤄져야 한다. 현실에 대한 인식 자세를 재정립하는 것이 중요한 것만큼 가상이나 꿈을 적절히 활용하고 그에 대해 의미를 부여하는 것이 중요하다.

제8회기에서는 그중 '현실은 꿈이다'는 명제에 초점을 맞추고, 또 그렇게 보고 실천하는 것을 수행하는 '꿈 요가' 혹은 '몽관' 수행을 추구하게 한다.

제9회에서는 그중 '꿈은 현실이다'는 명제에 초점을 맞추고, 또 그렇게 보고 실천하는 것을 수행하는 '루시드 드림' 수행을 추구하게 한다. 꿈이나 가상을 행복한 일상생활을 위하여 활용하는 방안을 모색한다. 가상·꿈·환상의 경험은 현실 경험을 새롭게 만들 뿐 아니라 그 자체가 대안 현실의 성격을 가진다.

제10회기에서는 나의 욕망을 성찰하도록 한다. 죽음과 삶, 현실 경험과 환상 경험에 대해 근본적으로 생각한 것은 결국 우리가 일상 삶에서 가지는 욕망의 본질을 성찰하기 위한 것이기도 하다. 우울증 환자는 우울증을 앓기 전까지 그 누구보다 강렬한 욕망을 가졌다. 욕망을 성취하고자 대단한 의욕을 가졌지만, 충격적인 장애나 방해 탓으로 뜻한 바를 이루지 못하고 그 부정적 결과의 책임을 자기에게로 돌린 것이다. 욕망에 대한 성찰은 욕망에 대한 착각을 깨게 해줄 것이다. 『구운몽』속 양소유에게서 전형적으로 나타났듯, 최고 욕망의 충족조차 사람을 행복하게 해주는 것이 아니며, 조신에게서 전형적으로 나타났듯, 욕망의 결여가 사람을 언제나 불행하게만 만드는 것이 아니라는 것을 깨닫게 할 것이다.

마침내 제11회기에서는 '지금 이곳'의 삶을 인정하고 긍정할 수 있는 기틀을 마련한다. 각자가 지금 이곳에서의 자기 삶을 인정하고 긍정하게 되었을 때 '매일매일 좋은 날'이 된다. 그것은 우울한 마음을 완전 뿌리 뽑았음을 뜻한다. 나아가 삶을 즐겁고 알차게 영위할 수 있는 필요충분조건을 완비한 것이다.

제12회기에서는 이상의 상담 과정을 통하여 내담자가 어떻게 얼마나 변화했는가를 스스로 이야기하는 시간을 갖게 한다. 그리고 우울증을 재진단 하게 한다. 우울증 재진단은 자기 평가와 진단프로그램 진단을 병행한다. 우울증 환자 스스로 자신이 달라진 점을 살피고 이야기하게 함으로써 달라진 점을 뚜렷이 인지하고 확인하게 한다. 그것은 달라진 자기 현실을 분명하게 인정하고 받아들이게 한다. 재진단은 열두 번의 상담이 뚜렷한 가시적 효과가 있음을 객관적으로 증명해줄 것이다. 매 회기 상담과 수행 내용은 앞뒤 회기의 내용과 긴밀한 관련을 가지면서도 독자적 영역을 갖춘다. 그 점이 우울증 환자로 하여금 한 단계 한 단계를 되새기고 다져가면서 지금 이곳의 삶을 인정하고 긍정하는 궁극 지향점으로 꾸준히 나아가게 할 것이다.

이 책은 우울증 상담을 이끌어갈 상담자의 매뉴얼 역할을 할 수 있을 것이다. 그리고 스스로 우울증을 경험했거나 경험하고 있는 일반 독자들이 자기 마음의 현상을 정확하게 바라보고 마음의 문제를 스스로 극복하는 데 도움을 줄 수 있으리라 믿는다. 일반 독자들은 이 책을 읽고 자신에게 언젠가 찾아올지도 모를 우울증을 대비할 것이고, 우울증으로 괴로워하거나 삶의 의의와 가치를 내면화하지 못해 흔들리고 있는 동시대 타인에게 따뜻한 조언을 줄 수 있을 것이라 기대한다.

제2부

상담사례

구운몽과 불교 경전을 활용하는
우울증 치료 프로그램(DTKB Program) 상담사례

구운몽과 불교 경전을 활용하는
우울증 치료 프로그램DTKB Program 상담사례

1. 서론 ···

저자는 '구운몽과 불교 경전을 활용하는 우울증 치료 프로그램DTKB Pro-gram'을 구안했고[1] 그 전후로 우울증 환자들을 상담하는 과정에서 이 프로그램을 적용하고 검증했다. 여기서는 오수정(가명)의 경우에 초점을 맞추어 프로그램의 구체적 적용 및 활용 과정을 정리하고 문제점과 개선 방안을 살핀다.

그동안 저자는 수십 차례 우울증 환자를 상담하고 치료했다. 그 대표적 사례를 요약하면 다음과 같다.

---

[1] 이강옥, 「구운몽과 불교 경전을 활용하는 우울증 치료 프로그램(DTKB Program) 구안」,
    『문학치료연구』 12집, 한국문학치료학회, 2009, 177~261면.

성명	나이	성별	직업	종교	상담기간	상담 시작전 상태
전○○	20대	남	대학생	무	2008.8.18~9.22	중증 우울증
김○○	30대	남	대학원생	불교	2008.8.18~9.22	중증 우울증
권○○	20대	남	대학생	무	2008.8.18~9.22	경증 우울증
오수정	40대	여	교사	무	0000.1.19~3.3	중증 우울증
김○○	40대	남	대학교수	카톨릭	2009.1.2~7.1	중증 우울증
강○○	20대	남	대학생	무	2009.4.1~10.15	경증 우울증

*Ⓐ A. T. Beck의 우울증 척도(BDI)(0~9 : 정상, 10~23 : 경증 우울증, 24 이상 : 중증우울증
Ⓑ Hamilton 우울증 검사 척도표(HRSD)(0~6 : 정상, 7~24 : 경증 우울증, 25 이상 : 중증 우울증)
Ⓒ 김소희 우울증 척도(『불면증과 우울증 자기 점검표』)(21점 이상 임상적 우울증)

위 사례 중 전○○, 김○○, 권○○은 집단상담이었고 오수정, 김○
○, 강○○은 개인상담이었다. 상담이 중단되고 지지부진했던 사례도
있었지만, 저자가 구안한 프로그램에 의한 상담의 성과는 매우 좋은 편
이다. 매 회기별로 BDI나 HRSD 검사를 하지는 않았고, 시작과 끝 회
기에서만 시행하여 비교한 것이기는 하지만 그것만으로도 프로그램의
효과를 충분히 확인할 수 있다.

오수정과 강○○이 가족관계의 문제 때문에 우울증을 겪게 되었다
면, 김○○은 직장 동료관계의 문제에서 우울증을 겪게 되었다. 가족관
계에서도 오수정이 부부관계에서 문제를 겪었다면, 강○○은 모자관계
에서 문제를 겪었다. 이들에 대한 상담사례는 부부관계, 모자관계, 동
료관계가 어떤 방식으로 한 인간의 내면에 상처를 줄 수 있으며, 그 각
각의 관계의 문제는 어떤 방식으로 해결될 수 있을까를 따져보는 데 도
움이 될 것이다. 그리고 이를 참조한다면 앞으로의 우울증 치료가 문제
적 인간관계의 유형을 고려함으로써 치료 효과를 극대화하는 길을 마
련할 수 있으리라 본다. 여기서는 일단 오수정의 경우에만 초점을 맞추

어 부부관계 문제에서 비롯된 우울증이 어떤 방식으로 치유될지에 대해 따져보겠다.

오수정과의 상담은 다음과 같은 DTKB 프로그램에 따라 진행하였다.[2]

회기	상담 및 수행 내용
제1회기	우울증 진단 및 라포 형성하기
제2회기	내담자의 자기 문제 자각과 작중 인물과의 동일시 및 거리 두기
제3회기	부정적 생각 없애기와 긍정적 생각의 위력 이해하기
제4회기	죽음에 대해 성찰하기
제5회기	현실 · 가상 · 꿈 · 환상 성찰하기 – 현실은 꿈이다, 꿈 요가 수행
제6회기	현실 · 가상 · 꿈 · 환상 성찰하기 – 꿈은 현실이다, 루시드 드림 수행
제7회기	나의 욕망 성찰하기
제8회기	지금 이곳의 삶 인정하고 긍정하기
제9회기	자기 변화에 대한 이야기하기와 우울증 재진단

그리고 매 회기 상담 및 수행 시간 배분은 이렇게 하였다.[3]

상담 및 수행	지난주 생활에 대한 대화		교재에 대한 소감	교재 학습							수행		상담 소감
				상담									
시간	10	20	30	40	50	60	70	80	90	100	110	120	

DTKB 프로그램은 9회기로 구성되어 있다. 본 저서는 이를 바탕으로 12회기로 확장하여 MTD 프로그램으로 만들었다.

---

2 위의 글, 89면.
3 위의 글, 90면.

2. 오수정의 상담 과정 제시 ·······························

오수정의 상담사례는 독자들이 저자의 프로그램을 적용하고 활용하는 데 구체적 도움을 주기 위해서 제시한다. 오수정에게는 미리 양해를 구했지만, 개인의 프라이버시를 침해하지 않고 그 아픈 부분을 다시 다치게 하지 않기 위해 상담사례를 최대한 압축하고 변환하여 제시할 것이다. 혹여 그럼에도 불구하고 당사자에게 상처를 주지 않을까 매우 조심스럽다. 다시 한 번 더 양해를 구한다.

1) 제1회 상담(0000.1.19) ─ 우울증 진단 및 라포 형성하기

(1) 우울증과 『구운몽』, 불교 경전에 대한 설명

우울증의 전반적 성격에 대해 설명을 해주었다. 내담자는 이미 우울증에 대한 기본적 지식을 갖고 있었다. 그리고 스스로가 우울증을 앓고 있다는 사실을 자각하면서 우울증에 대해 공부도 꽤 하고 있었다. 그래서 우울증에 대한 소개는 간략하게 했다.

또 내담자는 『구운몽』에 대해 많은 것을 알고 있었다. 상담 진행 과정에서 『구운몽』을 새롭게 해석할 터인데, 내담자는 그런 해석을 위한 충분한 준비가 되어 있었다. 다만 불교 경전에 대해서는 기본적인 설명이 필요했다. 내담자는 종교적으로 편향되지 않아 불교 경전에 대한 설명도 순조로웠다.

대체로 불교적 배경을 갖고 있는 내담자는 매우 순조롭게 상담이 진행될 수 있었다. 종교적 배경이 없거나 카톨릭을 신봉하는 내담자도 큰 거부감 없이 본 프로그램의 불교 경전 관련 내용에 접근할 수 있었다.

(2) 내담자 인적 사항

오수정은 40대 이혼 여성으로 아들과 살고 있다. 우울증 테스트 결과 BDI와 HRSD 등에서 중증 우울증으로 판명되었다. 내담자는 최근 기억력이 크게 감퇴되었고 집중도 잘 못한다. 우울증의 전형적 증상들이다. 스스로 제 노릇을 못하고 있다고 판단한다.

내담자는 이미 상담을 공부하였으며 우울증 관련 책도 많이 읽어, 자기의 심리 상태에 대해 잘 알고 있다 스스로 생각한다. 자기가 자기 문제를 알지만 그것을 극복하지 못하고 있으니 답답하게 생각한다.

(3) 내담자의 상태와 부모

내담자에게 나타나는 가장 두드러진 성향은 '선택을 해야 할 상황에서 결정을 하지 못하고 망설인다'는 것이다. 상점에서 작은 물건 하나를 사는 데도 안절부절 못한다. 그것은 전혀 자기와 맞지 않은 남자를 남편으로 맞이한 경험에서 비롯되었다고 상담자는 판단한다. 자기 판단의 적절성에 대해 스스로 불신하게 된 것이다.

내담자에게 친정어머니의 영향이 크다고 판단한다. 내담자의 어머니는 70대로 우울증으로 우울증 약을 복용한 적이 있다. 어머니는 가난한 집안에서 태어나 중학교를 겨우 졸업하였는데, 중매로 내담자의 아버지와 결혼하게 되었다. 내담자의 아버지는 부유하고 '뼈대 있는' 집안에 태어나 사범대학을 졸업하고 교사 노릇을 하고 있었다. 내담자의 어머니는 남편과의 소통이 어려운 상태였고 시가 어른들로부터도 인정을 받지 못했다. 내담자는 그런 어머니의 거친 말투 때문에 어릴 적부터 상처를 많이 받았다. 그럴수록 내담자는 '따뜻한' 가정에 대한 소망을 가지게 되었고, 그러기 위해서는 '따뜻한' 남자를 만나야 한다고 생각했다.

(4) 내담자의 전 남편과 '따뜻한 남자'

내담자는 자신의 현재를 이렇게 이해한다. 친정어머니의 경우를 통해 따뜻한 가정을 간절히 바랬지만, 그리고 자기는 결코 어머니와 같은 삶을 살아가지 않으리라 다짐했지만, 지금 자신이 어머니의 삶을 되풀이하고 있다는 사실에 절망하고 있다.

내담자는 이미 이혼한 상태였지만, 상담을 시작할 때는 자신이 남편과 이혼을 한 번 했다가 재결합하였고 다시 별거 상태에 있다고 말했다.

남편은 바람기가 있고 변덕이 심했다. 내키는 대로 집을 나갔다가는 한 달 정도까지 있다가 돌아오기도 했다. 내담자의 남편은 결혼 직전에도 내담자의 신뢰를 얻지 못했다. 그는 직장을 그만두고 옮기거나 공부를 다시 하는 것 등과 관련하여 신부가 될 내담자와 아무런 상의도 하지 않았다.

내담자는 남편을 처음 만났을 때 '따뜻한' 느낌을 받았다 한다. 따뜻함이란 내담자가 지금까지 그렇게 간절히 찾아왔던 남자의 조건이다. 그래서 지위나 처지, 집안에서 현격한 차이가 있었고 또 주위 사람들이 둘의 결혼을 반대했지만, 내담자는 고집을 피워 결혼을 했다.

결혼하고 보니 남편은 따뜻한 남자가 아니었다. 그가 따뜻하다는 내담자의 판단은 잘못된 것이었다. 내담자가 남자에 대해 가져왔던 환상의 확인 이상이 아니었다.

내담자가 이혼을 결정하기까지의 과정은 매우 어려운 것이었다. 뭇사람들의 우려와 반대를 무릅쓰고 스스로 우겨서 결혼을 했는데, 그 결혼을 부정한다는 것은 자존심을 너무 상하게 하는 일이었다. 그만큼 내담자는 따뜻한 남자와 꾸려가는 가정에 대한 강렬한 집착을 갖고 있었다. 내담자는 새롭게 시작한다는 생각을 감히 하지 못하고 있었다. 그 대신 모든 사태의 책임을 운명과 자신에게 반반씩 돌렸다. 갈수록 무기력해지고 암담해질 뿐이었다. 모든 게 재미없고, 자신이 없어졌다.

(5) 내담자의 아들

내담자는 아들을 사랑했지만 가끔 아들이 미워질 때가 있어 자신에게 놀란다고 했다. 아들의 외모와 성격 등에서 남편의 흔적을 발견하게 되는 때였다. 또 아들은 비교적 밝은 성격을 보이는데, 부모의 심각한 불화 상황에서도 아들이 여전히 밝게 살아가는 모습을 보는 것이 싫어질 때가 있다고 했다.

(6) 아는 것과 바뀌는 것은 다르다.

내담자는 대단히 적극적으로 자기 과거를 술회했는데, 중간중간에 '제가 이런 이야기까지 하게 되는 것이 참 이상하고 뜻밖'이라면서 이야기를 이어갔다. 그에 대해 상담자는 그런 마음을 가질 필요가 없다고 응대해주었다. 자기의 과거를 마치 남의 일인 듯 대상화하는 게 필요하다. 그것은 현재 자기가 보이는 어떤 문제적 생각이나 감정이 바람직하지 못한 스키마에 의해 형성된 것인데, 그 스키마를 스스로 밝혀내고 대안적 스키마를 모색하는 데 꼭 필요한 작업이라고 조언을 해주었다. 그리고 내담자 스스로가 이렇게 자기의 문제적 스키마를 분석해내는 것에 머물지 말고 그 결과에 대해 어루만져주고, 동정해주고 마침내 사랑해주라고 충고해주었다. 자기 사랑의 태도를 가지게 하는 것이다.

내담자는 나름대로 자기의 처지에 대한 심리적 분석을 잘하고 있었다. 내담자는 상담자보다도 먼저 자기 심리를 분석하여 상담자에게 설명해주고는 하였다. 그 분석은 비교적 설득력을 갖추었지만 정확하지 않거나 사실을 왜곡하는 성격도 있었다. 가령 '따뜻함'에 대한 집착은 내담자의 유년기부터 시작된 매우 근원적인 것이라는 점을 놓치고 있었다. 또 분석의 결과를 내면화하지 못하고 실천으로 나아가지 못하는 것은 더 심각한 문제였다.

상담자는 내담자의 이런 문제점과 한계를 넘어서기 위해서는 성찰과 수행 등이 필요함을 강조하였다. 그래서 3회기에 수행법을 제시하겠다고 알려주었다.

내담자는 상담자와의 대화를 좋아하는 것 같았다. 상담자가 남자이기는 하지만 자신의 이야기를 참을성 있게 잘 들어주고 최소한의 반응을 해주었기 때문일 것이다. 그런 점에서 제1회기에 라포가 성공적으로 형성되었다고 본다.

(7) 배부물 및 과제

① 자기서사 쓰기

자기서사는 내담자가 지금까지 살아온 내력을 자유롭게 기술하는 것이다. 내담자는 제2회 상담일 이틀 전까지 과제를 이메일로 보내어 상담자가 먼저 읽어보고 상담에 응할 수 있도록 했다.

또 상담자는 상담자 자신의 경험과 문제를 먼저 내담자에게 보여준다는 취지에서 상담자가 이미 써놓은 자기 고백적 수필 한 편을 내담자에게 배부하였다. 이것은 내담자가 상담자에게 자기 진술을 하는 부담을 덜어주는 역할도 할 것이고 그런 점에서 라포를 형성하는 좋은 방법이다. 다음 상담에서 그 글에 대한 내담자의 소감도 말하는 기회를 갖도록 했다.

② 기분일지 쓰기[4]

기분일지는 내담자 자신의 우울한 기분이 과연 어떤 맥락에서 나타나서 어떻게 전개되는가를 자각하는데 도움이 된다. 기분일지는 내담자가 앞으로 언제든지 스스로 써서 자기를 돌아보는 데 활용할 수 있을 것이다. 제1회기는 자기서사 쓰기에 초점을 맞추기 위해 기분일지 쓰기는 설명만 하고 실제 쓰기는 나중으로 미뤘다.

2) 제2회 상담(0000.1.28)

— 자기 문제에 대한 자각과 작중 인물과의 동일시 및 거리두기

(1) 자기서사 진술

내담자는 제1회기의 과제 '자기서사'를 제출하지 않았다. 글쓰기의 효과를 알고 있었지만, 자기 일생에 대한 글쓰기가 자신을 너무나 힘들게 할 것이라 예상했기 때문이었다. 또 무슨 일에든 착수하는 것을 어렵게 느끼는 것도 이유 중 하나였다. 남편과의 일을 떠올릴 때마다 분

---

4   기분일지(Mood Journal).

월 / 일 / 시간	기분 변화	외적인 상황(누가, 무엇을, 어디서, 그리고 다른 평범하지 않은 것)	내적인 상황(생각, 환상, 기억 등)

설명 : 당신이 기분의 변화를 알아차렸을 때 그 변화(예 : 중간 기분에서 슬픈 기분으로)와 외적 상황(당신이 무엇을 하고 있었는가. 어디서, 누구와), 그리고 내적 상황(그때 당신은 무엇을 생각하고 있었는가? 아니면 백일몽을 꾸고 있었는가? 아니면 기억에 잠겨 있었는가?) 등을 적으시오.(The mood journal. From *Undoing Depression*, by R. O'Connor, 1997, New York : Little, Brown. Copyright 1997 by Richard O'Connor. Reprinted with permission of Littel, Brown & Co., Inc.)

노가 일어나고, 그 분노는 결국 자기에 대한 분노로 귀결되어 힘들다는 것이다. 그럼에도 불구하고 내담자는 글쓰기의 효과를 인정했다. 그리고 효과를 인정하지만 자기서사 쓰기에 착수하지 못하는 한계를 스스로 이야기했다.

내담자는 제1회 때 상담자가 배부했던 상담자의 고백적 수필에 대한 소감을 피력했다. 내담자는 상담자가 술회한 고통스런 과거 경험에 대해 진지하게 공감했다. 그리고 그것이 내담자가 상담자에 대한 동류감을 가지는 계기가 되었다고 하였다.

상담자는 내담자가 글쓰기를 어렵게 여기니, 제1회기 때의 자기 진술을 이어가는 시간을 주었다. 내담자는 상담자에게 자기서사를 들려주었다. 내담자가 편안한 마음으로 자기의 모든 경험과 감회를 피력할 수 있도록 상담자는 배려하였다. 내담자가 중간중간 곤혹스런 경험을 이야기하는 대목에서 상담자는 상담자 자신의 유사한 경험을 이야기해주거나 남의 사례를 들려주는 방식이었다. 그러니 내담자는 부끄럽고 은밀한 내용까지 구술했다. 내담자는 중간중간 거듭 "이런 말씀을 드려도 좋을지 모르지만" 혹은 "제가 이런 이야기까지 하게 되다니 믿기지가 않습니다"라는 등의 표현을 하여 겸연쩍음과 솔직함, 놀람 등을 나타내었다.

(2) 내담자의 자기서사

내담자는 자기서사를 쓰는 대신 상담자 앞에서 진술을 하였다. 제1회기 때와 다소 달라진 부분도 있는데, 2회기 때 진술한 내용이 진실에 더 가깝다고 판단한다. 내담자의 자기서사는 '따뜻한 가정'에 대한 환상을 가졌던 내담자가 전남편을 만난 사연부터 전남편과의 순탄치 않은 결혼 생활, 전남편의 비정상적인 가출과 외도, 위기에 빠진 가정을 재건하려는 내담자의 간절한 몸부림, 이혼 등과 관련되는 내용을 모두 담았다. 저자가 그 내용을 정리하여 옮기니 원고지 40장 분량이 되었다. 내담자는 그간 쌓아두고 숨겨둔 자신의 사연을 거의 다 털어놓는다는 인상을 주었다. 내담자를 보호하기 위해 그 내용을 여기에 옮기지 않는다. 그에 대해 자세하게 소개하지 못하고 그래서 본 저서가 만든 '자기서사 분석틀'로써 해명하지 못하는 점에 대해 내담자와 독자에게 양해를 구한다. 내담자 자기서사에 대한 분석과 이해는 상담자가 상담을 이끌어 가는데 결정적 동력이 되었음을 밝힌다.

(3) 내담자의 자기 진술에 대한 상담자의 해석과 조언

내담자의 자기 진술에서 우선 강조된 부분은 내담자와 전 남편이 만나는 과정이다. 전 남편은 내담자가 친구와 나눈 꿈 이야기를 엿들었다. 전 남편이 내담자에게 접근할 때 엿들은 꿈 이야기를 활용하였다. 자신과 내담자가 만난 것은 우연이 아니라는 점을 내세운 것은 바람둥이들의 통속적 수법이다. 그런데 내담자는 그 점을 이상하게 느끼기는 했지만, 자기도 모르게 믿게 되었다. 내담자는 전 남편이 처음부터 믿음직하지 않았지만 그의 접근을 막지 않았고 막을 수도 없었다. 두 사람의 관계가 힘들어질수록 내담자는 전 남편과의 만남을 악몽의 시작으로 보면서도 다른 한편 운명적인 것으로 끌고 가려 하였다.

내담자는 여전히 이런 말을 했다.

"그 사람이 아니었다면 이런 경험을 못했을 겁니다. 그런 점에서 그 사람에 대해 감사해야 하지 않을까요?"

"제가 왜 그런 사람을 만나게 되었을까요? 운명이 아니었을까요? 그런 삶에도 의미는 있겠지요? 그 의미는 뭘까요?"

남편으로부터 온갖 폭력을 당하며 모욕과 배반감을 경험했으면서도 이렇게 의미를 부여하려 하는 내담자의 심리를 어떻게 해석하여 줄 수 있을까? 분명 자기의 고집으로 남편을 만나, 결국 파국에 이르렀지만, 그 책임을 누구에게도 전가하지 않으려는 무의식의 발로가 아닐까 한다. 분명한 것은 그런 경험의 결과가 내담자 자신의 심각한 우울증이라는 사실이다. 모든 부정적 감정의 허물을 자기에게 덮어씌우고 명백한 잘못을 저지른 타자에 대해서 궁극적으로 '감사'를 느끼는 데서 상담자는 변형된 마조히즘을 찾았다. 마조히즘이라는 부정적 심리상태를 극복하기 위해서는, 그런 경험을 그 자체로 인정하고, 그것을 대상화하여 연민의 정을 갖고 물끄러미 바라볼 수 있어야 한다. 그 연민의 대상은 타인일 뿐만 아니라 자기 자신이기도 해야 한다. 자기는 그런 온갖 부정적 여건에서 나름대로 문제를 해결하려고 최선을 다했다. 그런 자기를 먼저 소중하게 생각해주어야 한다. 자기 연민을 바탕으로 하여 남에 대한 연민, 사랑으로 나아가는 것이 바람직한 순서일 것이다.

내담자의 자기서사에서 또 하나 중요한 시점은 결혼을 결정할 때였다고 판단한다. 내담자가 전 남편을 선택할 무렵, 대학시절 알고 지내던 남자는 내담자에게 결혼할 의향이 있는지를 물었다고 한다. 선택의 기로에서 내담자는 무척 망설였다. 여기서 내담자가 전 남편을 선택한 것은 패착이라 할 수 있을 것이다. 내담자 스스로는 그 점을 언급하지 않았는데, 그것은 내담자가 의도적으로 그랬을 것이다. 상담 시점에서 내담자는 아주 사소한 것도 선택하고 결정하는데 어려움을 겪었는데, 그것은 결혼상대를 선택한 과정과 결과에 대한 안타까움이나 미련에서 비롯했을 것이라 상담자는 판단한다.

그렇지만 내담자는 일단 자기가 선택한 것에 대해서는 책임을 지고 자 했다. 꼭 잘 살아서 결혼을 반대하던 부모님께 떳떳이 행복한 가정을 보여주리라 다짐했다. 그러나 전 남편은 정상적 상태가 아닌 듯하다. 인성구조나 삶의 방식, 마음상태 등에서 문제가 있었다. 따뜻한 가정을 이루겠다는 내담자의 소망은 출발부터 불가능한 것이었다. 내담자는 그런 남편을 때로는 인정하고 때로는 인정하지 않았다. 남편을 잘 이끌어 그야말로 '따뜻한' 가정적 남편으로 만들려고 온 힘을 다 썼다. 최선을 다하면 남편이 변하리라 믿었다. 아니 믿고 싶었다. 결과는 참담했다. 내담자는 자존심과 자신감, 인내심까지 다 잃었다. 더 이상 해볼 것도 없고 그런 것에 대해 관심도 사라졌다.

상담자가 보기에 내담자는 법적으로 남편과 이혼을 한 뒤로도 남편에 대한 미련이나 집착을 완전히 버린 것은 아니었다. 내담자의 집은 시댁으로부터 몇 분 안되는 거리에 있었다. 전 남편은 명절에는 본가를 왔지만 내담자의 아들에게 전화 한 통화 하지 않는 것이 야속하게 느껴졌다. 전 남편에 대한 미련이 남아 있으니, 그것이 여전히 내담자를 괴롭힌다.

상담자는 내담자가 그런 미련을 떨쳐버리는 것이 좋겠다고 조언했다. 그건 실재하는 남편에 대한 불만에서 비롯된 것이면서도 내담자 자신의 마음이 만들어낸 남편상에 대한 불만에서 비롯된 것일 수 있기 때문이다. 무엇보다 자기 마음을 정리해야 하는 것이다.

내담자는 자기 진술의 과정에서 여러 번 눈물을 흘리고 감정이 북받쳐 진술을 중단하기도 했다. 그렇지만 끝에는 후련하다고 했다.

이상의 조사와 상담, 자기 진술을 바탕으로 하여 다음과 같이 '인지-행동 사례 양식 및 치료 계획cognitive-behavioral case formulation and treatment plan'[5]을 만들었다. 이것은 상담자가 상담을 이끌어가는 과정에서 중점적으로 떠올려 고려해야 할 사항을 일목요연하게 보여줄 것이다.

오수정의 인지-행동 사례 양식 및 치료 계획

이름 : 오수정

인적사항 : 40대. 여성. 교사. 종교 없음. 이혼하고 아들과 함께 삶. 스스로 찾아와 우울증을 호소했음.

문제 사항들 :

1. 우울증 증상. BDI=25. 정신이 맑지 못함. 자기 미래에 대해 불안함. 자기 능력을 불신함. 어떤 사소한 사항도 결정을 못함. 일을 마무리하지 못함. 자살을 심각하게 생각하지는 않음. 전형적 자동적 사고 : "나는 무능한 여자 / 어머니다." "나는 언제나 현명한 결정을 하지 못한다."

2. 불안 증상들. 악몽을 꾼다. 불면 증상이 있다. 전형적 자동적 사고 : "전

5   ⓒ 2000 San Francisco Bay Area Center for Cognitive Therapy. The San Francisco Bay Area Center for Cognitive Therapy grants purchasers of this book permission to reproduce the forms in this book.(Jacqueline B. Persons · Joan Davidson · Michael A. Tompkins, *Essential Components of Cognitive-Behavior Therapy for Depression*, Washington, DC : American Psychological Association, 2001)

남편이 모든 것을 빼앗아 갈 수 있다." "세상은 여자 혼자 살아가기에 너무나 험한 곳이다."

3. 관계의 어려움. 이혼 후 사람을 사귀기가 어렵다. 특히 이성 관계는 불가능할 것 같다. 동료들과 거의 대화를 하지 않는다. 어머니를 만나는 것도 두렵다. 아들이 미워질 때도 있다. 전형적 자동적 사고 : "나는 다른 사람의 관심을 끌 매력이 없다."

4. 업무 수행 곤란. 학생들을 가르치는 일에 집중할 수 없다. 아이들 이름을 외울 수 없다. 자기 말에 일관성이 없는 것 같다. 전형적 자동적 사고 : "나는 내가 말하면서도 내가 말하는 뜻을 이해할 수 없다." "학생들이 나를 좋아하지 않는다."

5. 경제적 스트레스 : 혼자 벌어 아이 뒷바라지 하는 것도 힘든데, 정년 이후가 불안하다.

진단

I : 중증 우울증

II : 심한 건망증

III : 불면증

IV : 대인기피증, 경제적 스트레스

작업 가설

스키마(Schema)

자기에 대한 스키마 : "나는 부적응자다." "나의 선택은 언제나 어리석다." "나는 어떤 일도 잘 하지 못한다." "나는 내 자리에 적합하지 못하다."

타인에 대한 스키마 : "남들은 나를 좋아하지 않는다.""남들은 나 같은 타입에 대해 호감을 가지지 않는다."

세상에 대한 스키마 : "세상살이는 별 의미가 없다.""세상은 나의 의지나 노력과는 무관하게 되어간다."

미래에 대한 스키마 : "미래에 기대할 게 없다."

자극체 및 활성화 상황 :

자극제 : 이혼, 아버지와 삼촌의 죽음

활성화 상황 : 아들 앞에서 엄마 노릇 못한다는 자책감. 학생들 앞에서 교사로서 제 노릇 못한다는 자책감. 불면증으로 정신이 더 흐리멍덩해짐.

원천 : 오수정의 아버지와 어머니는 지적 수준이나 가정환경이 너무나 달랐다. 아버지는 학력이나 가정 형편에서 최고였고 어머니는 최저 수준이었다. 그로 인해 부부관계, 고부관계에서 심각한 문제가 생겨났다. 오수정은 그 때문에 직접적, 간접적 스트레스를 받으며 유년기를 보냈다. 그러면서 '따뜻한 남자'를 만나 '따뜻한 가정'을 이루겠다는 강력한 집착이 생겼다. 그것도 자기가 주도하겠다고 다짐했다. 그러나 그녀는 자기보다 훨씬 못하는 남자를 선택했다. 그를 따뜻한 남자로 만들고 그와 함께 따뜻한 가정을 이루고자 하는 소망과 노력이 물거품이 되었다. 이혼이 그 귀결점이었다.

작업가설의 요약 :

오수정은 '따뜻한 남자'에 대한 집착을 강하게 가졌다. 따뜻한 남자와 '따뜻한 가정'을 이루는 것이 인생의 목표였다. 오수정은 자기가 주도하여 따뜻한 남자를 만나거나 따뜻한 남자를 만들 수 있으며 따뜻한 가정도 만들 수 있다고 확신했다. 그러나 이혼을 하는 과정에서 자신의 그런 확신은 근거가 없고 따뜻한 가정을 만든다는 소망은 불가능하다고 생각하게 되었다. 그 뒤로 모든 일에 자신감을 잃었다. 세상 일이 허망하게 느껴졌다. 오수정은 자기가 여자로 매력이 없다고 생각했다. 선생으로서 학생으로서 어머니로서 제 할일을 전혀 못한다고 생각했다. 자기 앞날에 기쁜 일은 오지 않으리라 생각했다. 어디에도 집중을 하지 못했다. 무언가 새로운 것이 기억되지 않고 옛일이 기억나지 않았다. 이 모든 부정적 결과는 따뜻한 남자와 따뜻한 가정에 대한 강렬한 욕망이 좌절되면서 초래된 것이다.

인간적 장점과 자산 : 순수성, 영민함. 교사로서의 전문적 능력, 책임감, 타인에 대한 배려심.

치료 계획 :

목표(수단)

1. 우울증 징후들을 경감시킨다.

2. 아들과의 가정생활에 더 편안함을 느끼게 한다. 학교에서 학생들과의 만남에서 보람을 느끼게 한다.

3. 여자로서의 삶을 새롭게 개척할 수 있다 생각하게 한다.

4. 누구 앞에서나 당당하게 말할 수 있게 한다.

5. 나도 선택을 잘 할 수 있다는 확신을 갖게 한다.

6. 세상살이는 즐거운 것이라는 것을 체득하게 한다.

상담 방식 : 개별 상담, DTKB 프로그램 수행, 인지-행동 사례 상담법

빈도 : 매주

개입 :

1. 긍정적 생각 재구축

2. 기분의 변화에 대한 지속적 자각

3. 자기 능력과 역할에 대한 자신감 구축

3) 제3회 상담(0000.2.5) ─ 부정적 생각 없애기와 긍정적 생각의 위력 이해하기

(1) 지난주 회상과 반성

지난 한 주 동안 내담자의 기분은 약간 좋아졌다가 금방 원래대로 돌아가는 과정을 반복했다.[6] 그렇지만 전에는 기분이 안 좋아졌을 때 힘들어 고통스러웠는 데 반해 지난 한 주 동안은 그런 고통이 많이 경감되었다.

아들에 대한 반대 감정 병존 현상도 많이 극복되었다. 아들도 훨씬 더 긍정적으로 보였다. 집에서 ○○○라는 텔레비전 프로를 시청한다. 이 프로는 가정에서 일어나는 문제의 사례를 제시하고 그 문제를 해결하는 데 도움을 주는 프로그램이다. 거기에 나오는 불행한 사례들을 본 아들이 엄마에게 안기며 말했다고 한다.

"엄마 고마워요. 나는 집도 있고 엄마도 있잖아요?"

---

6   내담자에게는 기분일지(Mood Journal) 쓰는 것을 생략했다. 그러나 상담 경험을 바탕으로 생각해보면, 내담자가 기분일지를 쓰는 것이야말로 자기 자신을 바라보고 성찰하는 데 매우 중요하고 유용한 절차라 할 수 있다. 상담자는 가능한 한 내담자로 하여금 기분일지를 쓰도록 조언해줄 필요가 있다.

내담자는 아들의 그 말에 감동했다.

그러다가 ○○○의 살인 행각에 대한 뉴스를 보고는 다시 어두운 생각이 들었다. 어릴 때 부모의 폭력을 목격한 아동 중 1.2%는 사이코 패스로 자라난다는 대목에서부터였다.

아들이 말했다.

"엄마 나는 어떡해? 엄마 아빠 싸우는 것 많이 보았는데……."

내담자는 자기 아들이 훨씬 더 밝고 성숙한 데 대해 대견하게 느끼다가도 이런 말을 듣고는 아들에게도 아픔과 그늘이 있다는 걸 알게 되어 마음이 아팠다. 상담자가 2회기 때 내담자에게 말해준 내용이 벌써 내담자의 말을 통해 나타나고 있음을 확인한다.

하지만 여전히 아들에게 남편을 닮은 부분이 있다는 것을 알 때 화가 난다고 했다. 그러면서 내담자는 아들이 자기를 닮은 부분도 많다며 안도했다.

(2) 『구운몽』에서 가장 동질감을 느낀 인물 진채봉

지난 회기 과제 중 하나는 '『구운몽』의 작중 인물 중 당신이 가장 강한 동질감을 느낀 인물은 누구입니까? 그 인물에게 공감의 편지를 써봅시다'이다. 내담자는 진채봉에게 편지를 써왔다. 내담자는 진채봉이 자기와 참 닮았다고 했다.

이제 나이 마흔을 넘어서니 사람처럼 복잡한 것은 없다는 생각이 드오. 사람은 결코 단순하지도 타인에게 쉽게 해석되어질 수도 없는 존재라는 것이오. 그런데 우리 인간에겐 너무도 쉽게 상대방을 판단해버리는 경향이 있소. 그 사람의 본질과 상관없이 나의 기준과 잣대로 재단해 버리고 그것을 마치 진실인 양 믿어 버리는 것이지요. 자기 과신과 오만이 미칠 결과를 전혀 예측하지 못한 채 덜커덕 첫 계단을 내딛는 것이지요.

이 구절에서 내담자는 진채봉이 양소유를 낭군으로 선택한 것과 내담자 자신이 전 남편을 선택한 것을 연결시켰다.

오르면 오를수록 힘겨워지고 과감하게 포기하고 내려갈 수도 없고 인내하면서 계속 오를 수도 없는 고통이 따르기도 한다는 것을 훨씬 나중에야 깨닫는 것이 인간이더라오. 적어도 나는 그랬다오. '만남과 선택! 그리고 관계맺음!' 살아보니 인생에 있어서 결코 가볍게 여겨서는 안될 것들이오.

그러면서 내담자는 남자를 신중하게 만나고 현명하게 선택하고 지혜롭게 관계를 맺는 것이 중요하다고 강조한다. 이런 관점에서 볼 때 진채봉은 '우연히 양소유를 만나 성급하게 선택하여 앞날을 약속한 것 같다'고 은근한 꾸중을 한다. 사람들은 지고지순한 사랑을 하였다고 진채봉을 아름다운 사람이라 여길 수도 있겠지만 정작 진채봉 자신은 추억의 그림자만으로 여생을 어둡게 살 수도 있었다고 안타까움을 표시했다.

내담자는 진채봉이 자기보다 운이 좋은 사람이라 결론을 맺었다. 양소유란 사람의 '인간 됨됨이'가 그래도 괜찮다는 게 그 이유였다. 그러면서 내담자는 정경패가 부러웠다는 말을 덧붙였다.

난 정경패라는 여자가 부러웠소! 신중하고 현명하고 지혜롭고…… 당신의 고운 심성과 정경패의 신중함과 현명함 그리고 지혜로움! 그 누구에게 끌려가는 삶이 아니라 자신의 삶을 주체적으로 이끌어 가는 사람이 되고 싶소.

이것이 내담자의 소망이다. 내담자는 진채봉에 대한 동일시와 거리두기를 적절히 잘 하고 있다. 마침내 진채봉의 고운 심성과 정경패의 신중함 및 현명함, 지혜로움을 공유하는 대안을 만들어내었다. 내담자는 자기 경험을 바탕으로 하여 『구운몽』을 적극적으로 읽었다고 하겠다. 동일시와 거리두기에 의해 자기 성찰을 역동적으로 수행했다고 본다.

(2) 생각의 교정과 생각의 실천, 수행법 제시

'부정적 생각 없애기와 긍정적 생각의 위력 이해하기' 관련 복사물을 함께 읽어가며 대화를 나누었다. 우울증이 부정적 생각, 부정적 스키마에서 비롯된다는 것에 대해 내담자는 공감했다. 긍정적 생각이 삶을 밝게 만든다는 것도 기꺼이 수용하기는 했다. 하지만 문제는 그런 긍정적 생각이나 스키마를 가지기까지 어떤 과정을 거치며 수행을 해야 할지가 분명치 않다는 것이다. 그래서 생각을 실천으로 옮기기 위한 수행법을 제시했다. 내담자는 지금까지 명상이나 참선을 경험한 적이 없었다. 그래서 상담자는 수행법을 자세하게 설명해주었다. 조용히 앉아 있는 법과 그때 적절한 호흡법 등에 대해서 설명을 해주었다.

'긍정적 생각이 삶을 밝게 만든다'는 명제와 관련하여 지난 회기 두 번째 과제인 '성진이 사대부의 일생을 꿈꾼 것처럼 당신이 지금 꿈꾸고 있는 최고의 삶은 어떤 것입니까?'에 대한 내담자의 글을 두고 대화를 나누었다. 내담자는 진정으로 사랑하는 남편을 가상적으로 설정하여 여전히 '화목한 가정'에 대한 소망을 절절히 피력하였다. '따뜻한 가정'이 '화목한 가정'으로 바뀐 것은 전 남편과의 실패한 경험을 고려했기 때문일 것이다. 가정이 따뜻해지려면 부부가 싸우지 않고 화목해야 한다는 구체적 방안을 절감한 것이다. 그렇지만 '화목한 가정'은 본질상 '따뜻한 가정'과 다를 바 없다. 내담자의 위 과제가 여성이면 다 가질 듯한 소박한 소망을 담은 것이라 볼 수 있으면서도 여전히 집착으로 보여지는 까닭이 여기에 있다.

상담자와 내담자는 이런 이야기를 주고받았다. 서로 의견 차이는 거의 없었다.

(3) 생각의 동요

'긍정적으로 생각하기'에 대해 말하다가 다시 남편의 위선적인 면을 언급하기 시작했다. 남편은 겉으로 남에게는 아주 부드럽고 따뜻한 남자로 비쳤다. 그러나 집에서 아내에게는 정반대의 모습으로 돌변했다는 것을 거듭 강조하였다. 그러면서도 남편의 손을 처음 잡았을 때의 그 따뜻함을 언급했다.

상담자와 내담자는 원만한 가정과 긍정적 생각이 긴밀하게 연관된다는 점에 대해서 공감하였다. 그러나 상담자가 '원만한 가정을 만들기 위해서는 긍정적인 생각을 해야 한다'고 하면, 내담자는 '원만한 가정이 갖춰져야 긍정적인 생각을 할 수 있다'는 식으로 말했다. 인과관계나 순서가 반대인 것이다. 내담자의 이런 주장은, 내담자가 자기 처지를 개선하려는 의지를 갖기 보다는 아직도 부정적인 자기 가정 상황에 대해 비관적 태도를 갖고 있음을 뜻한다.

내담자는 원만한 가정이 중요하다는 자기주장을 입증하려는 듯, 자기 친정 집안의 사연을 장황하게 이야기했다. 내담자는 파란만장한 가족사를 길게 진술했다. 친정 집안 어른들의 연이은 죽음을 경험하면서 내담자는 가정에 불화가 있으면 이 같은 불행이 닥친다고 믿게 되었다고 했다. 그리고 그만큼 가정의 따뜻함이 소중하다는 생각을 했다. 그래서 내담자는 더욱 '따뜻한 가정'에 집착하게 된 것이다.

(4) 따뜻한 가정에 대한 집착 해소

내담자가 '따뜻한 가정'에 집착하는 것이 과연 지금 내담자가 처해 있는 현실을 위로하는 방식이 될 수 있을까? 오히려 '따뜻한 가정'이란 환상은 지금의 내담자를 더 불행하게 만드는 것이 아닌가?

내담자는 따뜻한 가정을 만들기 위해 최선을 다했지만 결과적으로 실패했다. 최선이 불가능하다면 차선책을 생각해야 한다. 최선을 다한 것이 실패한 것만 떠올리면 심각한 절망감을 느끼게 된다. 그보다는 차선책을 다시 떠올릴 수 있을 때 다소 여유 있는 긍정적 생각으로의 전환이 가능해진다.

이런 취지에서 내담자로 하여금 차선책을 모색하도록 했다. 차선책은 곧 최선책이 되게 된다는 말과 함께. 차선책은 자신에게 주어진 상황을 그대로 인정하는 데서 출발한다는 데 뜻을 같이 했다.

그런 단계에서 내담자는 이제 아들에게도 엄마가 우울증이 있고, 그 치료를 위해 선생님을 만난다는 이야기를 당당하게 할 수 있게 되었다 했다. 그러니 아이가 말했다.

"엄마, 마음을 사로잡아라."

아들은 우울증이 마음의 병을 알고 있다. 마음을 꼭 잡는다는 것은 어느 면에서 우울증 치료의 중요한 영역이기도 하다.

(5) 과제물 역기능 사고 일지에 대한 대화

내담자는 역기능 사고 일지를 비교적 성실하게 작성해왔다. 역기능 사고 일지에서는 상황, 느낌, 자동적 역기능 사고, 대안적 사고 등을 기술하게 되어 있다. '자동적 역기능 사고' 항목에서 내담자가 자신이 얼마나 습관적으로 세상을 부정적으로 보는가를 확인하도록 하고, '대안적 사고' 항목에서는 부정적 생각을 극복하기 위한 대안을 모색하게 한다. 내담자는 여러 상황에서 대안적 사고를 제시하는 데까지 이르지 못하고, 여전히 '자동적 역기능 사고'에 해당하는 것만을 장황하게 제시하는 데 머물렀다. 특히 전 남편에 대한 불만과 야속함, 배반감을 가득 쏟아내고 있었다. 이런 점에 대해 상담자가 지적을 해주었다. 내담자는 그제야 겸연쩍은 표정으로 자기의 오해와 한계를 알아차렸다고 말했다.

4) 제4회 상담(0000.2.12) – 죽음에 대해 성찰하기

(1) 상담의 작은 결실이 일상에서 맺어지다

내담자는 지난주에도 자주 울었다 했다. 아들은 엄마의 그런 점을 의식하고 행동한다. 아들은 외로움을 잘 타는 엄마를 배려해준다. 아들은 자기한테는 아버지가 필요 없다고 자주 말해주었다. 엄마를 위한 배려의 말이다. 아들은 아버지에 대한 부정적 경험만 있다고 스스로 말한다.

내담자는 지난 한 주가 무척 피곤했다 하였다. 몸이 피곤하니까 이것저것 생각이 나지 않았다. 상담자는 피곤하다는 느낌은 내담자가 일상일에 충실했다는 증거일 수도 있다고 말해주었다. 대안적 사고를 제시한 것이다. 이에 대해 내담자도 공감을 표시했다.

내담자를 암담한 기분에 젖게 한 사건이 있었다. 보름 달집태우기 행사에 아들과 함께 참석했다. 그런데 작년까지 해마다 남편과 함께 그 행사에 참석했다는 사실이 떠올랐다는 것이다. 내담자는,

'아 그때는 그랬지.'

하며 회상에 젖었다. 그래서 그 축제가 전혀 즐겁지 않았고, 가족이 다 함께 하던 때가 그리워졌다. 내담자에게 다시 '따뜻한 남편'과 함께 만드는 '따뜻한' 가정에 대한 집착이 나타난 셈이다.

반면 ○○산 화재 사건[7]을 보고는 반대의 감정을 가졌다. 옛날 전 남

---

[7] 정월대보름을 맞아 ○○산에서 억새 태우기 행사가 있었다. ○○산 정상에서 억새를 태우던 불길이 산 아래로 번지다가 갑자기 역풍을 만나 관광객을 덮치는 사고가 일어났다. 관광객은 불길을 피하려다 절벽으로 떨어지거나 연기에 질식하기도 했다. 이 사고로 4명이 숨지고 71명이 부상을 입었다.

편과 함께 ○○산에 간 적이 있었다. 만일 오늘까지 원만한 부부관계를 유지했다면 혹 그날 ○○산에 갔을 수도 있었고 그렇다면 ○○산불이 자기 가족에게 재앙을 가져왔을 지도 모른다는 생각을 하게 되었다. 그렇다면 오늘날 부부관계가 원만하지 못하게 되었다는 것에 대해 감사해야 할 수도 있다는 생각을 하게 되었다.

이를 보면, 내담자에게 과거는 오늘날 일상에다 부정적 생각을 불러일으키는 계기가 되기도 하지만, 내담자가 그와 반대되는 또 다른 과거를 연상함으로써 일상을 긍정적인 쪽으로 만드는 능력을 갖추게 되었다고 할 수 있다. 이것은 제3회기에 공부한 내용 즉, 부정적 생각을 없애고 긍정적·대안적 생각을 모색한 것의 결실이라고도 할 수 있을 것이다.

(2) 죽음에 대한 공부

죽음에 대하여 심각하게 체계적으로 공부한 사람이 많지 않다. 자살을 시도하는 우울증 환자들도 죽음에 대한 확실한 견식을 바탕으로 그런 행동을 하는 것은 아니다. 막연히 죽음은 고통스런 현실이 끝나는 어떤 상황이라고만 믿는 것이다.

상담을 시작하기 전까지 내담자는 사람이 죽는 순간에 모든 것을 끝낸다고 보고, 죽음 뒤의 생은 없다고 단정을 내려 왔다.[8] 그러나 상담의 진행 과정에서 생각을 수정해 갔다. 우리의 일상 언어와 이야기에는 죽음에 대한 우리 문화의 입장이 알게 모르게 투영되어 있다. 대체로 윤회와 다음 세계를 인정한다. 한편 존재론적 관점에서는 우리가 분명하

---

8   3회기 과제 중 '당신은 죽음 뒤의 세계를 어떻게 생각하고 있습니까?'에 대한 답.

게 말하기 어렵다. 그렇지만 현자, 성자, 임사체험자의 가르침이나 기록은 남아 있다. 그것을 참조할 때도 죽음 뒤 세계를 완전히 부정하기는 어렵게 된다.

무엇보다 교사인 내담자는 교육적 관점에서 죽음을 생각하는 것이 바람직하다는 견해에 공감했다. 우리가 죽음이나 사후 세계를 어떻게 생각하는 것이 교육적으로 더 바람직한가 하는 점이다. 죽음 뒤의 삶은 있으며, 죽음 뒤의 삶이 지금 이곳의 삶과 완전 단절된 것도 아니라고 보는 게 바람직하다. 그래야만 지금 이곳의 삶에 충실할 수 있고 적극적일 수 있다.

또 심리적으로 보아, 내담자는 아버지와 삼촌의 갑작스런 죽음에 대해 충분한 애도를 표시하지 못했다.[9] 간질 발작을 일으키는 삼촌의 존재와 그를 감싸는 할머니가 그럴 분위기를 앗아갔다. 상담자는 내담자의 우울증에 '불충분한 애도Incomplete Mourning'[10]가 관련이 있다고 보았다.

---

[9] 내담자는 '당신은 죽음을 어떤 태도로 맞이할 수 있습니까?'라는 과제를 수행하면서 이렇게 서술했다. "○○년 ○월을 시작으로 작은아버지, 아버지, 작은어머니, 할머니, 시아버지까지 3년 남짓한 시간 동안 무려 다섯 명과의 이별을 경험하였다. 시아버지를 제외하곤 모두 화장을 하였다. 심지어 초등학교 때 돌아가신 할아버지 뼛조각까지 수습하여 할머니와 함께 화장을 해버렸다. (…중략…) 그분들의 '죽음'을 지켜보면서 '허무함'을 느꼈다. (…중략…) 인생이 뭐라고…… 치열(?)하게 살더니…… 결국 허무하게…… 아쉬움이 덜 남도록 살아야겠다. 남겨진 사람들에게도 아쉬움과 상처를 남기지 말아야겠다. (…중략…) 얼마나 짧은 인생인가! (…중략…) 어느 날 갑자기 '죽음'이 나를 찾는다 해도 아쉬움이 덜 남도록 살고 싶다. 그래서 편안하게 두 눈을 감고 싶다. 아무런 두려움도 없이!" 가족의 연이은 죽음을 목격하고 내담자가 느낀 것은 '삶의 허무'였다. 그리고 그다음의 다짐은 아쉬움을 남기지 말자는 것이다. 죽음 자체에 대한 성찰이 거의 이루어지지 않았다. 사후 세계에 대한 사유는 더욱 그랬다.

[10] 윌리엄 스타이런, 『보이는 어둠』, 문학동네, 2008, 96~97면.

(3) 죽음관과 일상생활

내담자는 '환생을 잘하기 위해서가 아니라, 자신의 생활에 100% 충실하는 게 중요하다'는 주장을 먼저 했다. 상담을 시작하기까지 내담자는 죽음 뒤 세계를 완전히 부정하고 있었는데 이런 생각을 제출했다는 것은 그 사이 많이 달라졌음을 뜻한다.

상담자는 한 평생 살다 죽을 때의 느낌이, 하루 내내 잘 활동하다 밤에 잠을 청할 때의 느낌과 근본적으로 다르지 않다는 식으로 죽음을 가깝게 느낄 수 있도록 이끌었다. 그러자 내담자도 죽음에 대한 생각을 바꾸기 시작했다.

일생을 후회 없이 잘 보내고 평화로운 임종을 하여 좋게 태어나는 것은, 하루를 잘 보내고 편안한 잠을 잔 뒤 다음날 아침에 생기 있고 기분 좋게 일어나는 것과 별 차이가 없다는 비유에 공감을 하였다. 그 구체적 근거로서 잠잘 때의 평화로운 모습은 임종 뒤 시신의 평화로운 모습과 다를 바 없다고도 하였다.

그러자 내담자는 선친이 살아 있을 때는 여건이 좋지 않아 언제나 얼굴을 찡그리고 계셨지만, 돌아가셨을 때 표정은 무척 평화로웠다는 기억을 들추어내었다. 그에 대해 상담자는 내담자의 아버지가 살아 계실 때 겉으로는 고통스러운 듯하였지만 내면은 평화로웠을 것이라는 해석을 해주었다. 아버지에 대한 애도를 충분히 표시하지 못했던 내담자도 아버지의 죽음에 대해 편안해지는 듯하였다.

(4) 죽음 관련 지식의 학습과 죽음관의 정립

내담자는 임종, 바르도, 환생 등에 대한 본 프로그램의 텍스트들을 읽어가면서 죽음관을 정립해갔다. 죽음은 완전한 끝이라고 여기는 데서, 죽음은 완전한 끝이 아니라는 가르침을 수용했다. 내담자는 죽음에 대한 생각을 이렇게 수정하게 되었지만, 앞으로 그 생각을 내면화하고 실천하는 데는 시간이 좀 걸리겠다고 하였다. 상담자도 그런 변화가 천천히 이뤄질수록 더 든든한 힘을 발휘할 수 있다고 말했다.

(5) 건망증

상담을 마친 뒤 내담자는 자기가 최근 건망증이 심해져 학생들의 이름, 학생들과 자신의 관계, 학교에서의 일 년 전 상황 등에 대해서도 정확하게 기억을 할 수 없다고 하였다. 우울증 환자들에게 전형적으로 나타나는 현상이다. 그러나 상담자는 그게 그리 심각한 것이 아니며 그 나이가 되면 정도의 차이는 있지만 대부분 그렇게 된다고 위안을 해주었다. 다만 그게 심한 것은 지금까지 넋이 나간 듯 살아오면서 자기 일상을 구성하는 다양한 경험의 대상에 대해 골고루 적극적인 관심을 주지 못한 것과 관련이 있을 것이라 설명해주었다. 진지하게 경험하지 못했기에 쉽게 잊혀지는 것이다. 앞으로 자기 삶에 대한 태도를 바꾸게 되면 건망증은 극복할 수 있을 것이라며 희망을 가지게 했다.

사실 건망증은 우울증의 전형적 증상 중 하나로, 기억 중추인 해마가 우울증 유발 호르몬에 의해 심한 상해를 입었기 때문으로 연구되었다.

상담자가 이렇게 둘러 이야기해준 것은 그런 해마의 상처를 치유하는 길은 우울증을 치료하는 길밖에 없다고 판단했기 때문이다.

5) 제5회 상담(0000.2.18) — 현실 · 가상 · 꿈 · 환상 성찰하기 :

현실은 꿈이다, 꿈 요가 수행

(1) 웃음

내담자는 여전히 어떤 일에 집중을 쉽게 할 수 없다는 고민을 이야기했다. 또 유쾌하게 웃는 것도 쉽지 않다 했다. 심지어 남들과 코미디 프로를 함께 보아도 따라 웃는 것이 어렵다.

상담자는 웃음이 일상을 편안하게 만드는 중요한 역할을 한다고 보고 웃음에 인색하지 않도록 노력해보자고 했다.

(2) 꿈과 번뇌 망상

꿈과 관련된 과제 때문인지, 지난주 내담자는 계속 꿈에 시달렸다. 마음을 아프게 하는 꿈도 자꾸 꾸었다. 깨어난 뒤 마음이 더욱 아팠다. 날아다니는 꿈을 꾸기도 했고 그러다 추락하기도 했다. 누가 죽는 꿈을 꾸었을 때는 아침에 몸이 무거웠다. 일과 중에 몸이 늘어지면서 우울한 기분이 생기기도 했다. '이러다 정신 분열증이 일어나는 것이 아닌가?' 라 걱정하기도 했다.

이런 현상은 우울증 상담 과정에서 일반적으로 나타난다. 회기마다 우울증 검사를 한 결과를 보면, 우울증 수치가 두 번째 회기 때 급격하게 감소했다가 3~4회기 때는 오히려 수치가 치솟기도 한다.[11]

상담자는 이런 현상을 참선 초심자들이 겪는 현상에 견주어 설명해 주었다. 참선을 시작하면 조금씩 내면이 맑아지는데, 특히 초기에 온갖 번뇌 망상이 집중적으로 떠오른다. 그처럼 내담자의 경우도 상담이 진척되는 과정에서 내면이 조금씩 맑아졌기에 그런 현상이 나타난다고 설명해 주었다. 다만 이 상태는 조만간 극복되어야 할 것이다.

(3) 밝아지는 꿈

죽음이 삶의 연장이듯, 꿈도 잠들기 직전 마음 상태가 이어지는 것이다. 특히 의식이 통제하고 있던 심상들이 의식적 통제가 약해지는 꿈속에서 뚜렷하게 나타난다. 그런 점에서 스스로 꿈에 대해 성찰할 필요가 있다. 꿈은 스스로가 가장 잘 해몽할 수 있는 것이다.

그런데 내담자가 느끼기에, 며칠 동안은 슬픈 꿈에서 깨어나면 슬픈 감정이 들고 마음이 아파오기도 하였는데, 그 뒤로는 깨어나서도 꿈의

---

11 예를 들어 Nancy라는 여성에 대한 인지-행동 우울증 치료 사례 연구에서, Nancy의 BDI
우울증 수치를 회기별로 적어보면, 1(21)−2(11)−3(19)−4(16)−5(12)−6(15)−
7(17)−8(15)−9(13)−10(12)−11(10)−12(12)−13(10)−14(11)−15(14)−16(10)
−17(10)−18(8)−19(8)−20(6)−21(5)−22(6) 등이다. 여기서도 2회기 때 BDI 수
치는 11로 급격하게 떨어졌다가 3회기와 4회기는 19, 16으로 비교적 높게 나타났다 5회
기 때 다시 12로 떨어지고 6, 7, 8회기도 상대적으로 높아졌다가 마지막 회기에는 6으로
떨어진다.(Jacqueline B. Persons · Joan Davidson · Michael A. Tompkins, *Essential
Components of Cognitive-Behavior Therapy for Depression*, Washington, DC : American
Psychological Association, 2001, pp.210~242)

내용에 휘둘리지 않게 되었다. 그러니 꿈의 내용도 밝아졌다.

(4) 변화의 노력

내담자의 성격적 특징 중 하나는 변화를 싫어하고 변화에 적응하지 못하는 것이다. 그것은 실패한 선택의 경험으로 인해 적극적으로 뭔가를 선택하지 못하는 데 뿌리를 두고 있는 것이다. 내담자 스스로 그 점을 알고 있기도 하다. 거실 가구의 위치조차 바꾸는 것이 쉽지 않다. 늘 그 자리에 있는 것이 좋고 마음도 편하다. 아들의 학원을 바꾸는 것도 어렵다. 문제 많은 남편에 대해 집착한 것도 이 연장선에 있을 것이다.

그런데 지난주에 미루어왔던 헬스를 시작했단다. 변화를 위해 노력하게 된 것이다.

(5) 현실은 꿈이다

이런 내담자를 위하여 '현실을 좋은 꿈으로 본다'와 '꿈을 좋은 현실로 만든다'는 프로그램의 두 명제 중 전자를 중심으로 상담을 꾸려갔다. 내담자는 지난주 꿈 때문에 피곤한 표정이었지만, 상담 시간이 흐를수록 밝아졌다.

특히 '현실이 꿈같다' 혹은 '현실이 꿈이다', '그래서 현실에 집착하지 마라', '현실이 꿈과 같은 것이라면 현실의 그 특별한 경험 때문에 우울해하거나 절망하거나 할 필요가 없다'는 취지에 크게 공감하였다. "놀랍게도, 해주신 말씀을 따라가니 내 마음이 평화로워지고 행복해지는 것 같아요" 혹은 "정말 그런 것 같다"는 등의 말로써 공감을 표시했다.

이처럼 현실을 꿈으로 생각하는 훈련이 내담자에게는 무척 쉽게 받아들여졌다. 그렇게 생각하는 것은 분명하지만, 그것을 행동으로 옮겨서 내면화하는 것은 쉽지 않다는 것도 자각하고 있었다. 결국 '현실을 꿈으로 보려고' 노력하는 것이 아니라, '현실이 꿈'임을 관찰하고 체득해야 하기 때문이다.

상담자는 내담자에게 이제 지난주처럼 자기 충동에 휩쓸려가지 말고, 이 상태 이 기분을 계속 이어 밀고 나아가라고 충고했다.

'현실이 꿈이다'는 취지의 오늘 상담은 성공리에 끝났다. '꿈을 현실로 만들자'는 다음 주 상담도 좋은 효과가 있으리라는 예감이다.

(6) 루시드 드림

다음 회기 상담 내용은 루시드 드림이다. 내담자는 이미 루시드 드림의 좋은 조건을 갖추고 있는 듯하다. 어제 꿈에서 스스로 날아올랐는데, 전혀 공포심을 느끼지 않았다는 것이다. 그것이 꿈이라는 것을 자각했기 때문이다. 내담자는 새벽녘에 꿈을 많이 꾼다 하니 그건 분명 렘수면에서 꿈을 꾸었다는 증거다.

(7) 전화통화를 통한 상담(0000.2.20)

제5회기 상담 이틀 뒤 상담자는 다음 주 상담 시간을 조정하기 위해 내담자에게 전화를 걸었다. 상담자가 먼저,

"어제는 어땠어요?"

라 물었다.

내담자는 어제 공부한 '현실은 꿈이다', '현실은 꿈이기에 내가 지금까지처럼 집착하여 고통을 느낄 이유가 전혀 없다' 등을 계속 환기했다고 답했다. 그리고 내담자 스스로도 자기 암시를 통하여 그런 생각이 반추되도록 했다. 그러니 마음이 편안해지고 담담해졌다. 내담자는 "이것이 ○○ 님 덕분입니다"라며 감사의 마음을 표시했다.

상담자가 "어젯밤 꿈은 꾸었어요?"라고 묻자, 내담자는 루시드 드림을 시도했다고 대답했다. 꽃밭 위를 한번 날아보자고 다짐하며 잠을 잤는데, 그런 꿈은 꾸지 못했다. 대신 〈매트릭스〉에 나오는 와이어 줄로 만들어진 거대한 거미 같은 것이 나타나 내담자에게로 다가왔다. 그 순간 엄청난 공포와 고통을 느꼈다. 곧바로 내담자는 "아, 이것은 꿈이지"라고 스스로를 각성시켰다. 그 순간 공포와 고통이 사라졌다 했다. 악몽을 스스로 극복한 것이다. 그 뒤로 아주 편안하고 기분 좋은 꿈을 다시 꾸었다. 아기곰이 나타나 함께 걸어가는 꿈 등이다.

6) 제6회 상담(0000.2.28) ─ 현실 · 가상 · 꿈 · 환상 성찰하기 : 꿈은 현실이다, 루시드 드림(Lucid dream) 수행

(1) 루시드 드림 기록지

과제로 낸 루시드 드림 기록지를 만들어 왔다. 지난 회기 때 루시드 드림의 성격과 루시드 드림 꾸는 방법 등을 설명한 복사물을 주었는데, 그걸 읽고 루시드 드림을 시도한 것이다.

제출한 루시드 드림 기록지는 5일간의 짧은 꿈에 대한 것이었다. 그 중 2월 20일 꾼 것은 꿈속에서 꿈을 꾼다는 것을 분명 자각했다. 내담자는 꽃밭 위를 날아다니는 꿈을 꾸려 했지만 폐쇄된 공간으로 들어갔다. 문어발 괴물이 출현했다. 긴 발들이 내담자를 향해 날아오는 듯하여 공포감을 느꼈다. 악몽이 될 가능성이 큰 상황이다. 그때 내담자는 그게 꿈이라는 것을 자각했다. 그러니 편안해졌다. 곧 출입구가 보이고 돼지 떼가 등과 엉덩이를 내담자 쪽으로 향하고 다가오는 듯한 느낌이 들어 깨어났다. 내담자는 돼지 엉덩이 꿈을 자주 꾼다는데, 그것은 아들의 통통한 몸집과 관련이 있는 긍정적 형상인 듯하다. 2월 24일 꿈에는 즐겁고 활기찬 학교 풍경이 나타났다. 좋은 쪽으로의 변화다.

내담자는 얼마 전까지 악몽이나 지저분한 꿈을 자주 꾸었고, 깨어나서도 피로하고 기분이 좋지 않았다. 그에 비해 이번 주에도 거듭 꿈을 꾸긴 했지만 깨어난 뒤의 기분은 괜찮았다. 꿈이 현실 의식의 형상화라 했을 때, 그만큼 내담자의 망념이 경감되었다는 증거일 것이다.

다만 잠들기 전 루시드 드림을 꾸기 위해 '로또 꿈 당첨' 등을 소원으로 떠올린 것은 루시드 드림의 취지를 벗어난 것이라는 점을 지적해주었다. 루시드 드림의 목표는 현실 세계에서 쉽지 않은 경험, 즉 맑고 투명한 세상을 경험함으로써 자신을 되돌아보고 정화하는 것이며, 현실 세계에서 쉽게 만나기 어려운 위대한 사람이나 성인을 꿈에서 만나 고귀한 가르침을 받는 것이 되어야 한다는 것을 강조해주었다.

(2) 어머니와 남편

5회기 상담 이후 마음이 많이 가벼워졌다며 내담자는 상담자에게 감사를 표시했다.

그런데 우울증은 또 다른 계기가 주어지면 다시 도지는 경향이 있다. 내담자도 그것을 겪었다. 친정어머니와 이야기를 나누다 좀 우울해졌다고 한다. 친정어머니는 혼자 살고 있었는데, 내담자가 같이 살자고 제안했다. 내담자도 혼자가 되었으니 함께 사는 게 좋겠다는 판단에서였다. 그러나 친정어머니는 남들이 욕한다며 한사코 거절했다. 그 점에서는 지금까지 내담자도 마찬가지였다. 아파트 아래윗집 사람들은 서로 다 아는 사이이다. 그들이 애 아빠의 근황을 물으면 언제나 해외 출장 중이라고 둘러댔다. 이런 일이 거듭되니 내담자도 부담스럽다. 그래서 새 아파트로 이사를 가고 싶다. 그러나 내담자는 그 일을 쉽게 실천하지는 못한다. 요컨대 내담자나 그 어머니나 지나치게 남의 시선을 의식하면서 자유롭게 살아가지 못했다. 이를 강하게 자각하면서 우울한 느낌이 다소 강화되었다. 내담자는 그런 느낌이 오래가지는 않았다고 했다.

(3) 밝아진 얼굴

상담을 마치며 내담자는 또다시 상담자를 만난 좋은 인연을 감사하게 생각한다 했다. 상담자가 우울증 상담을 한다는 소문을 듣고 상담을 받으려 했지만 망설이기만 한 적이 2년이나 되었다고 했다. 막상 이렇게 상담을 받고 보니 지극히 짧은 시간 안에 많은 것이 긍정적으로 달라지는 게 놀랍다고 했다. 그런 점에서 내담자 자신의 상황과 상담의 시기가 잘 맞아떨어지는 느낌이 든다 했다. 내담자는 올해 처음으로 창의반을 담당하게 되었는데, 그 교실을 잘 활용하면, 글쓰기 치료 관련 논문을 만들 수 있을 것이라 했다. 이 일련의 좋은 조짐들이 상담자를 만나고 나서부터라 했다. 그러고 보니, 내담자의 얼굴이 요즘 놀랄 정도로 밝아졌고, 피부도 맑아진 것 같다. 옷차림이나 화장도 좋아졌다.

상담자는 내담자에게 분명 이것은 좋은 인연에 의한 좋은 기회이니 이때를 헛되이 놓치지 말고 결과에 대해서도 낙관적으로 생각하라고 충고해 주었다.

7) 제7회 상담(0000.3.6) – 나의 욕망 성찰하기

(1) 불면증

내담자는 불면증이 있었는데,[12] 요즘은 마음만 먹으면 잠을 자게 된다고 했다. 피곤한 것이 이유이겠지만 상담의 결과 마음이 편안해진 것도 힘이 되었다고 판단한다.

---

12 불면증은 우울증 환자들에게 대부분 나타난다. 내담자는 불면증 척도 검사에서 불면증 범주에 들어갔다.

(2) 또 다른 집착

자기 욕망에 대한 성찰을 위하여 지금 내담자가 가장 소망하는 것이 무엇인가 물었다. 내담자는 아들을 남부럽지 않게 잘 키우는 것이라 했다. 그러기 위해서는 정신적이고 경제적인 뒷받침이 있어야 한다고 했다.

요즘 학교 현장에서는 53~54살만 되면 평교사 노릇을 계속하기 어렵다고 했다. 그 나이가 되면 대부분 교장 교감이 되거나 명예퇴직을 한다는 것이다. 내담자는 자기 혼자 아이의 장래를 경제적으로 충분하게 뒷받침할 수 있을지 걱정이 된다고도 하였다.

아들에 대한 경제적 뒷받침이라는 새로운 걱정거리를 내담자는 만들었다. 그 때문에 우울해진 것이다. 다만 전에는 우울해지면 그 우울한 기분에 자기가 빨려 들었는데, 요즘은 '이러면 안되지' 하며 자신을 다독일 수 있게 되었다. 이것은 자기 자각이나 마음챙김이 가능해졌다는 뜻이다.

내담자는 따뜻한 남자, 따뜻한 가정에 집착했다가 여의치 못하여 우울증에 걸렸다. 이제 그 문제가 어느 정도 해결될 기미를 느끼자 아들을 잘되게 만들겠다는 욕망에 집착하는 경향을 보인다. 그것이 심해지면 문제가 될 것이다. 집착의 대상만 바뀌었지, 집착하는 성향 자체를 해소하지 못했기 때문이다. 후자의 집착도 결국 내담자를 행복하게 만들기 보다는 자기 질책이나 허무감으로 이끌 것이다. 상담자는 이 변화를 단단히 일러주었다.

(3) 타인에 대한 너그러움

상담이 진행되는 과정에서 내담자는 자기 욕망에 대한 본질을 어느 정도 이해하고 성찰하였다. 그러면서 자기 욕망에 대한 집착 경향을 덜어갔다. 자기 욕망으로부터 비교적 자유로워지면서 타인의 욕망을 너그러운 안목으로 볼 수 있게 되다. 가령 전 남편 이야기를 전과는 전혀 다른 차원에서 꺼냈다. 전 남편이 그렇게 행동한 것은 결손 가정에서 제대로 된 교육을 받지 못하고 쉽게 아물지 않는 상처를 입었기 때문이라고 해석해주었다. 학생들에 대한 태도도 달라졌다. 학생들의 처지에 대해 적극적인 관심을 갖게 되었고, 자기 경험을 교훈으로 삼아 학생들을 기꺼이 도우려 하게 되었다. 교사로서 학생을 대하는 태도가 근본적으로 달라진 것이다.

(4) 학생들에 대한 자상한 배려

지금까지 내담자는 교사 생활을 하면서 결손 가정 학생들을 많이 만났다. 그들에 대한 내담자의 태도는 형식적이어 최소한의 성의만을 보였다. 그러나 내담자가 전 남편으로부터 상처를 받고, 이혼을 경험하고, 상담을 받게 되면서 결손 가정 학생들에 대하여 깊은 이해를 할 수 있게 되었다. 그들을 진지하게 도와주려는 마음이 간절해졌다고 말했다.

올해 내담자가 맡은 학급에는 결손 가정의 학생이 7명이나 된다. 내담자는 '신이 그들을 도와주라는 사명을 자기에게 주셨구나'라고 생각했다. 심지어 옆 반의 학생 중에서 중증 우울증 환자가 있어, 그 학생을 내담자의 반으로 옮겨오게 하여 도와주고 있다 했다. 그 학생은 부모가 별거를 하여 아버지와 살고 있는데, 삶의 의욕과 기력을 완전 상실했다. 무망감 우울증상hopelessness depression을 보이는 것이다. 작년에는 40일 이상 결석을 했고, 올해도 전혀 나타나질 않는다. 그래서 내담자가 그 아버지에게 전화를 걸어, 어떻하든 데려다 주기만 하면 자기가 도와주겠다고 말했다. 그 학생은 아침에 아버지가 깨우면 한 시간 이상이나 넋을 잃고 우두커니 있기만 한다. 우울증에 컴퓨터 게임 중독이어 삶의 의욕을 전혀 보이지 않고 있다.

내담자는 웃으면서 "나도 환자인데, 걔를 도와주려 하지요?"라 겸연쩍어 하면서도 진심으로 그 학생을 도와주려 한다는 인상을 주었다. 이 점 역시 많이 변한 것이다. 내담자가 자기 처지와 경험을 바탕으로 하여 타인을 향해 나아가려는 경향을 보이니 큰 변화가 아닐 수 없다.

(5) 욕망의 본질

이 회기에서는 욕망의 본질에 대해서 공부했다. 『구운몽』의 성진과 양소유의 욕망에 대해서 대화를 나누었다. 양소유의 욕망의 본질에 대한 흥미 있는 견해를 제시하기도 했다. 12처와 오온에 의해 형성되는 욕망의 대상과 욕망 자체가 허망할 수도, 소중할 수도 있다는 것을 공空을 통해 해명했다.

내담자는 이런 설명이 옳다고 입증할 능력이 자신에게는 없지만, 설득력이 매우 큰 것 같고 또 사람에게 삶의 의욕을 갖게 해준다는 점에서 정당하고 유용하다고 인정했다. 상담자 역시 그 점을 강조했다. 나아가 그런 이해를 내면화하고 실천하기에 이르기 위해서 수행을 게을리 하지 말아야 한다는 점에 공감했다.

(6) 더 밝아진 얼굴

내담자의 얼굴이 훨씬 더 밝아졌다. 주위 교사들이 요즘 무슨 좋은 일이 있느냐고 묻기도 한다 했다. 상담이 마무리 단계에 이르고 있다는 느낌이 든다. 다소 되풀이되는 내용도 있지만, 그 점이 오히려 더 좋은 결과를 가져온다는 생각이 들었다. 단 한 번의 공부로 완전히 이해하는 것이 쉽지 않다. 거듭 환기함으로써 내실을 다지는 게 가능하다. 내담자도 집에서 복습을 하고 또 함께 나눈 대화 내용들을 틈이 있을 때마다 환기하도록 했다.

8) 제8회 상담(0000.3.17) ─ 지금 이곳의 삶 인정하고 긍정하기

(1) 부담스런 자기 내면

약속과는 달리 과제를 해오지 않았다. 내담자 스스로가 자기 게으름의 이유를 해명했다. 내담자에게는 아직도 스스로 바라보기가 부담스런 내면이 남아 있다는 것이다. 내담자는 그 점을 극복해야 한다고 스스로 알고 있었다.

상담자는 스스로 자각한다는 점이 아주 소중하다고 말해주었다.

(2) 편모 가정의 우울

지난주 동안 내담자는 과연 자기가 달라질 수 있을까 하는 회의가 다시 일어났다고 고백했다. 상담이 잘 이루어져 거의 마무리되어가는 단계에서 이런 근본적 회의가 일어났다는 것은 상담자에게도 뜻밖이었다. 뭔가 특별한 일이 있었을 것 같았다. 그래서 물으니 역시 한 사건이 있었다.

지난주 학교를 다녀온 아들이 엄마에게 물었다.

"엄마 우리는 편모 가정이지?"

실과 선생님이 수업 시간에 가정의 형태에 대해 설명을 했는데, 편모 가정이란 말이 나왔고, 내담자의 아들이 들어보니 자기 가정이 거기에 해당되었다는 것이었다.

아들의 말을 들은 내담자는 스스로 움츠러들고 있는 자신을 느꼈다. 엄마가 먼저 당당해져야만 아이를 당당하게 이끌어갈 수 있다는 걸 알면서도 내담자는 아들 앞에서 눈물을 흘리고 말았다. 따뜻한 남편과 따뜻한 가정을 꾸린다는 것에 대한 집착을 극복했다고 생각했는데, 막상 민감하게 연결되는 부분에 이르러서는 이렇게 원점에서 그리 멀어지지 않았음을 알게 된다. 그래서 내담자는 다시 우울해진 것이다.

그러나 전에 비해 분명 다른 점은, 내담자 스스로가 그 사실을 분명히 느낀 점이다. 그러니 비록 눈물을 흘리고 우울해지기는 했지만, 그 기간은 무척 짧았다. 몇 시간도 가지 않았다.

(3) 뿌리 뽑기를 위한 수행

상담자는 이 단계가 마무리 직전 나타나는 위기임을 감지했다. 사실, 문제적 요인 즉, 부정적 스키마나 사고방식이란 쉽게 뿌리 뽑히지 않는다. 전에는 지표면 위로 고개를 쑥 내밀었던 것인데, 그것을 흙이나 바윗덩이로 덮어놓은 상태일 경우가 많다. 그 위의 흙이 흩어지거나 바위가 굴러가면 깔려 있던 싹이 다시 자라난다. 그래서 궁극적 뿌리 뽑기가 이루어져야 한다. 그러기 위해서는 지속적이고 치열한 수행이 있어야 한다.

인지치료는 문제적 요인을 덮는 단계에 머무는 경우가 많다. 내담자의 경우도 그런 경향이 없지 않았다. 저번 주에 일어난 회의나 감정적 격동이 그 증거다. 그런데 수행이라는 것이 참 막연하다. 그냥 상담 과정에서 배운 바를 정확하게 이해한 뒤, 그것을 내면화하고 마침내 행동으로 실현되도록 노력하는 것인데, 그게 쉽지가 않다. 이해까지는 어느 정도 되지만, 내면화하고 실천하기가 어렵다. 다만 공부한 내용을 끊임없이 떠올리고 사소한 생각이나 행동에서부터 실천하도록 노력한다. 좀 더 구체적인 수행법이 필요할 것 같아 다시 설명해주었다. 내담자는 매일 아침 5시 30분쯤 일어나니, 1시간을 목표로 삼고 화두 참선법을 활용한 본 프로그램의 수행법을 훈련하라고 조언했다.

(4) 영주 보살 이야기

잠시 찾아온 우울한 기분은 곧 극복되었다. 그 뒤 생활은 계속 행복했다. 특히 교실에 들어가 가르치는 것이 즐겁고 행복하다. 학생들의 반응도 달라졌다. 그래서 상담자가 큰 스님께 들은 영주 보살 이야기를 들려주었다.

경상북도 영주시에 50대 보살이 경영하는 식당이 있습니다. 그 보살은 처음 학생을 상대로 하는 조그마한 분식집을 하였습니다. 어느 날 나는 그 분식집에서 비빔국수를 공양 받고 보살에게 말했습니다.

"보살님, 식당을 하면서 도 닦는 법을 가르쳐 줄까요?"

"예? 식당을 하면서 어떻게 도를 닦습니까?"

"암, 닦을 수 있지. 내가 시키는 대로만 하면 도를 닦을 수 있습니다. 시키는 대로 하겠습니까?"

"하겠습니다."

(…중략…)

"보살님은 식당 문으로 들어오는 손님이 혹시 돈으로 보이지는 않습디까?"

"그렇게까지 생각은 안 해도 비슷한 마음으로 손님을 대합니다."

"만일 도인이 식당을 한다면 손님을 무엇으로 볼까요?"

"모르겠습니다."

"짐작컨대 손님이 은인으로 보일 것입니다. 이해가 가십니까?"

"예?"

"그렇지 않습니까? 그 손님들 덕분에 먹고 살았지요. 아이들 공부시켰지요. 은인 아닙니까?"

그러자 보살은 금방 이해를 하였습니다.

"아! 그렇겠네요. 손님이 은인이네요."

"진짜 그런 생각이 듭니까?"

"예."

"그럼 지금부터 손님이 은인이라는 생각으로 식당을 운영해 보십시오. 그 마음 변치 않고 식당을 하면 그것이 곧 도 닦는 것입니다."

그로부터 한 달쯤 뒤, 보살이 환해진 얼굴로 찾아와 말했습니다.

"스님, 장사가 너무 잘됩니다. 왜 이렇게 잘되는지 모르겠습니다."

그리고 2년이 지난 다음, 그 분식집은 종업원 15명이 바삐 움직이는 큰 식당이 되었습니다.[13]

(5) 학생을 은인으로 보기

내담자는 영주 보살 이야기에서 큰 감동을 받았다 했다. 학생들에게 잘해준다는 생각을 갖고 가르치는 것은 아직 자기가 선생님이라는 아상我相을 갖고 하는 것이다. 진심으로 학생들이야말로 나의 은인이라는 마음 자세를 가질 때 진정한 교사가 되어 그들의 인생에서 소중한 스승이 될 수 있을 것이다. 이것이야말로 이번 회기의 목표인 '지금 이곳의 삶을 인정하고 긍정하기'의 두드러진 실천이다.

(6) 건포도 명상

건포도 명상을 했다. 대부분 우리들은 세상을 습관적으로 지각하며 의미 없는 반복을 일삼는다. 그러나 언제 어디에서도 우리는 새로운 세상을 발견할 수 있고 또 발견해야 한다. 이 세상 그 어떤 상황이나 그 속의 경험

---

13   고우 큰스님, 『연기법과 불교의 생활화』, 효림, 2005, 59~61면.

이라도 그 자체로 소중하다는 것을 체득해야 한다. 건포도 명상은 이를 위한 것이다. 건포도 명상의 과정에서 내담자는 건포도의 빛깔, 냄새, 감촉, 맛 등을 아주 특별하게 포착할 수 있었고 마침내 건포도 한 알이 자기 몸의 일부가 되는 순간도 감동적으로 느낄 수 있었다. 건포도 명상은 우리 일상의 모든 부분이 그 자체로 소중한 감동의 원천임을 알게 했다.

(7) 수행법

반가부좌를 하여 수행하는 법을 다시 알려주었다. 그게 힘들면 그냥 의자에 앉아 명상을 하도록 했다. 그리고 이런 좌선 못지않게 소중한 것은 일상생활 중에 최선을 다하여 몰두하고 성실하게 자기 성의를 보이는 것이다. 일상이 수행이고 수행이 일상이다.

그러면서 다시 영주 보살 이야기를 함께 떠올렸다.

내담자는 학교생활 이야기를 되풀이하였다. 전에는 학생들의 가르치는 일이 부담스럽고 즐겁지 않았는데, 요즘은 즐겁다는 것이다. 학생들 앞에서 밝게 웃을 수 있게 되었다. 전에는 교실 들어가기가 싫었는데 요즘은 교실에 들어가고 싶다는 것이다. 그러니 학생들도 달라진 선생의 모습에 즐거워하며 적극적인 반응을 보인다고 했다.

(8) 나는 운이 좋다

상담실 문을 나서며 내담자가 말했다. 이렇게 만나고 가면 더욱 마음이 편안해지고 즐겁다는 것이다. 그리고 자기가 참 운이 좋다고도 했다. 상담자는 그런 기분을 느끼는데 머물지 말고 그 기분을 내면화하고 그침 없이 계속 밀고 나아가자고 추임새를 주었다.

(9) 울고 웃다

내담자는 오늘 편모 가정 관련 이야기를 하면서 울기도 하고 우울한 기억을 되살리기도 했지만, 그 단계를 넘어서니 마침내 표정이 밝아지고 웃기도 하였다.

9) 제9회 상담(0000.3.30) – 자기 변화에 대한 이야기하기와 우울증 재진단

(1) 기억과 집중력의 회복

한 주 동안 몸은 힘들었지만 마음은 편안했다. 하루하루에 충실하며 살아가야겠다고 항상 생각했다. 특별히 좋은 일이 있었던 것은 아니지만 그냥 즐거웠다. 전에는 어떤 것도 하기 싫다는 생각이 내담자를 지배했는데, 지금은 뭐든지 해야 하고 할 수 있다는 생각이 지배한다. 그리고 일단 일을 시작하면 그 일이 의미 있고 보람 있다는 생각이 든다.

화도 덜 내고 마음이 가볍다. 기억도 잘 난다. 총기가 다시 회복되었다.

말도 잘된다. 교실에 들어가면 말이 술술 잘된다. 말을 하는 데 기억이 잘되니 더욱 즐겁다. 전에는 말을 하려는 데도 아무것도 기억나지 않으니 스트레스를 많이 받았다.

저하된 집중력도 다시 생겼다. 생각이 잘되니 그 스트레스로부터도 해방되었다.

(2) 가장 인상 깊었던 죽음 성찰

지금까지 상담자와 내담자가 함께 공부해온 과정을 회상해본다. 죽음에 대해서 이야기한 것에서 가장 깊은 인상을 받았고 거기서 큰 힘을 얻었다. 현실과 꿈을 두고 그렇게 깊은 성찰을 할 수 있다는 게 놀라웠다고 했다. '날마다 좋은 날'의 깊은 뜻을 어렴풋하나마 느낄 수 있다.

(3) 마음을 편하게 가지니

최근 있었던 일은 내담자가 삶을 적극적이고 긍정적으로 살아가게 되었다는 결정적 증거가 되겠다. 졸업여행의 숙박지 때문에 불만이 좀 있었다. 그 불만은 내담자의 개인적 욕심이나 안일에서 비롯된 것이 아니라 학생들의 안전과 쾌적함을 위한 것이었다. 그 불만을 말하니 교장은 내담자를 심한 말로 꾸중을 했다. 그런데 전 같았으면 그로부터 큰 스트레스를 받았을 텐데, 이제는 전혀 화가 나지 않았다. 교장이 심한 말을 하면 '아, 저러시면 안되시는데' 정도로 생각했을 뿐, 내담자는 화를 내지 않았고, 또 이야기할 때도 웃음을 잃지 않았다. 그러니 마침내 결과도 좋았다. 숙박지가 개선된 것이다. 단가도 낮아졌다.

그래서 내담자는 '마음을 편하게 먹으니 일도 잘 풀리는구나'라고 생각하게 되었다. 말의 내용이 달라졌다. 학생을 위한 내용이었다. 말하는 형식이 달라졌다. 상호소통을 쉽게 만들어내는 형식이었다. 그래서 교무실 생활이 즐거워졌다.

내담자는 진급하는 것에도 집착하지 않을 것이라 했다. 안되면 그만이고 되면 좋다는 마음가짐을 가지겠다 하였다.

(4) 새로운 길

아침에 눈 뜨면 소파에 앉아 명상을 한다. 또 오늘을 어떻게 보낼까 하루를 설계를 하게 되었다. 나에 대해 생각을 해본다. 하루하루 새로운 나를 만들어가고 싶다. 나의 본질은 무엇인가 떠올려본다. 그럴 때 다시 과거의 장면들이 떠오르지만, 그것을 마다하지는 않는다. 상담자가 좋은 길을 밝혀주니 큰 힘이 된다.

전에는 어딘가 가고 싶기는 했지만 일어날 힘도 의욕도 없었다. 겨우 일어난다 하더라도 어디로 갈 줄 몰랐기에 다시 주저앉은 형국이었다. 지금은 힘이 솟는다. 어디론지 갈 수 있을 것 같다.

전에는 길이 어둡게만 느껴졌는데, 이제는 상담자의 안내를 받고 있기 때문에 막막하지 않고 빛이 보이는 듯하다. 그래서 '아! 이 길로 가면 되겠구나' 하는 생각이 든다. 이제 그렇게 슬픈 일도 없다.

(5) 자신감

상담자가 물었다. "이렇게 짧은 시간 안에 좋아졌는데, 그렇다면 다시 잘 안될 수도 있다는 생각은 들지 않나요?" 내담자가 대답했다. "물론 그런 상황이 올 가능성도 있을 것입니다. 그러나 그걸 이겨낼 자신 감이 생겼습니다. 그리고 이제는 예전처럼 무참히 무너지지는 않을 것 같은 느낌이 듭니다. 생각을 바꿀 수 있으니까요."

(6) 연민

내담자는 옛날 남편에 대한 연민이 생긴다고 하였다. 그때 남편은 많 이 아팠겠구나 하는 생각이 든다. 남편 때문에 고통스럽다는 생각은 덜 하게 된다. 내담자의 마음이 아픈 것 같기도 하지만 그건 예전과 같은 고통은 아니다. 아파도 싫지 않다.

이혼한 뒤에도 상담을 하기 전까지는 전 남편이 다른 여자와 살더라 도 애만은 낳지 말았으면 좋겠다고 기도했는데, 이제는 전 남편이 새 여자와 애를 낳고 행복하게 살았으면 하는 마음이 생긴다.

(7) 고통의 선물

상담의 출발이요 귀결인『구운몽』전반에 대한 내담자의 생각도 놀 랄 만큼 달라졌다. 욕망을 지나치게 추구하고 거기에 집착을 하게 되 면, 사람은 그 결과에 갇히게 된다. 생각은 나를 가두고 옥죄는 결과를 초래하는 경우가 많다는 견해를 피력했다.

상담자가 양소유로의 환생에 대한 느낌을 물었다. 집착만 하지 않으 면 새로운 삶에 대한 욕망을 가지는 것은 필요하다는 대답을 했다. 욕 망의 노예만 되지 않는다면, 욕망은 삶을 더 기름지게 할 수 있다는 것이었다.

양소유로서 세속 경험도 집착하지 않으면 그대로 소중할 수 있다. 성진도 세속적 욕망을 갖고 세속적 경험을 간접적으로나마 가졌기 때문에 더 잘 정진하게 되었다고 본다. 그렇듯 내담자의 결혼과 이혼의 경험은 그 자체로 나쁜 것이 아니다. 그 경험으로 인해 내담자는 사람에 대해 좀 더 폭넓게 이해하여 원만한 인격자가 된 것이다.

그리고 자기만 생각하던 내담자가 상담 과정을 거치면서 타인을 바라볼 수 있는 눈을 갖게 되었다는 점은 더 큰 의의를 가진다고 하겠다. 전에 내담자는 자기에 대해서만 관심을 가졌지 남에 대한 배려를 할 줄 몰랐다. 이제 다른 사람을 바라보고 다른 사람을 이해하고 다른 사람을 도와주는 마음을 갖추게 되었다. 그것도 결혼과 이혼 경험이 준 고통의 선물이었다.

(8) 삶의 여유

전에는 어떤 상황에 대해 감정적으로만 대했는데, 이제는 한 발짝 물러나서 살필 수 있다. 삶에서 여유를 가지게 된 것이다. 가령 교직 경력 2년차 교사가 자기 반의 문제아 한 명을 퇴학시켜 달라 했다. 내담자는 그 학생을 자기 반으로 데려와 인내심을 갖고 이야기를 나누고 생활 지도를 했다. 그 결과 문제아는 다른 사람이 되어 학교에 잘 다니고 있다 했다.

(9) 하루하루가 만드는 앞날

내담자가 생각하는 삶의 목표는 무엇인가? 처음에는 오손도손 따뜻하게 살아가는 가정을 이루는 것이 목표였다. 그것이 여의치 않게 되자, 아들을 잘 키워보겠다는 것을 목표로 삼았다. 지금 생각에 그것도 하나의 집착이다. 아이를 잘 키우는 것보다 아이를 열심히 뒷바라지 하자고 자기를 타일렀다. 지금은 하루하루 충실하게 사는 것이 목표다.

그런 설정이 지속될까라고 상담자가 물었다. 내담자는 그런 하루하루가 모이면 뭔가가 될 것이라 했다. 너무 앞질러 미래에 대해 생각하는 것은 고쳐야 한다. 아무 소용없다. 그런 사고를 버리고 하루하루 매 순간에다 의미를 부여하면서 살면 결과도 좋을 것이라는 낙관적 생각이 든다. 설사 결과가 좋지 않다 하더라도 만족하겠다.

그 말이 대단하게 들려, "지금 하는 말이 말로만 하는 것은 아니죠?"라 상담자가 되물었다. 내담자는 자기 마음에서 진정으로 우러난 것이라고 대답했다.

(10) 이제는 웃을 수 있다

잃어버린 웃음은 완전히 되찾지는 못했다. 아직 〈개그콘서트〉 같은 프로를 보고 하하 폭소를 터뜨리는 단계까지 가지는 못하지만 공감을 하고 미소를 지을 수는 있게 되었다. 아들과 함께 지금 한창 유행하고 있는 드라마를 함께 보며 즐거워할 수 있다. 그리고 잘 웃는다. 전에는 상상하기 어려웠던 장면이다.

내담자가 지금도 웃음을 쉽게 웃을 수 없는 것은, 아직도 타자나 세계에 대한 경계심을 아직도 완전히 허물지 않았다는 증거다. 상담자는 내담자에게 경계심을 허물고 기꺼이 타자를 내 안으로 맞이하고, 또 나도 타자나 세계의 한 부분으로 되겠다는 마음가짐을 갖는 것이 중요하다고 충고해주었다. 사람을 비롯한 이 세상 어떤 존재도 연기에 의해 연결되었다는 불교의 가르침을 떠올리는 게 그러는 데 도움이 된다고 하였다.

(11) 빛의 경험

내담자는 상담자에게 감사의 마음을 거듭 표시했다. 전에는 경험하지 못한 빛을 경험하고 있다는 것이었다. 상담자가 길을 마련해주고 거기에 빛을 비춰주니 편안하고 안정된다고 했다. 내담자가 현재 자신의 상태를 지나치게 긍정적으로만 이야기하는 것 같아, 혹시 내담자의 감정이 흥분 상태에 이른 것은 아닌가 물었다. 내담자는 단지 순간적으로 감정이 일어난 것은 결코 아니라고 대답했다. 내담자는 지금 자기가 행복한 사람이라 여기고 있다. 전 남편과의 관계를 제외하면 모든 게 행복하다. 모든 일이 잘되어간다는 느낌이 지배적이다. 혹 기분이 가라앉는 상황이 다시 오더라도 예전처럼 힘들지 않을 것이라 자신 있게 대답했다.

(12) 우울증 재진단의 결과

	0000.1.19	0000.3.30
Hamilton 우울증 검사	27	4
Beck의 우울증 척도	25	1
우울증 척도	28	4

(13) 상담 종료 4주 뒤의 마음 상태에 대한 내담자의 편지(0000.4.25)

지난 1월 마지막 주부터 3월 마지막 주까지 9회기에 이르는 프로그램을 끝낸 후 4주가 흘렀다. ○○○ 님께서 프로그램 종료 후의 자신의 감정을 솔직하게 기록하여 메일로 보내달라고 하셨고 그렇게 하겠다는 약속을 해놓고도 지금까지 약속을 지키지 못했다.

무엇 때문일까?…… 출근하면 하루가 어떻게 가는지 정신없이 보내고, 집에 오면 딴엔 엄마 노릇한다고 차분하게 마음을 정리할 시간적 여유가 없었기 때문일까? 정말 다른 이유는 없었을까?……

사실 지금까지 퇴근 후 겨우 저녁을 해먹고 나면 하루의 피로감이 전신을 엄습해오고 곧이어 졸음으로 이내 무너져 버린 날들의 반복이었다. 잠시 컴퓨터 앞에 앉아 심경을 정리하고 글을 작성하면 되건만 차일피일 미루어 온 건 아마도 내 마음이 아직도 완전한 자유로움을 갖지 못한 때문인 것도 같다.

'십수 년간의 시간들을 한꺼번에 지워질 수는 없겠지~.'

분명한 것은 ○○○ 님과의 프로그램 이후 마음이 많이 편안해졌고, 삶의 의욕도 차츰 생겨나기 시작했다는 것이다. 이젠 무엇이건 '하고 싶다!', '해보고 싶다!'라는 생각들을 갖게 되었고 그러한 생각들은 삶에 의욕을 주고 활력을 불어넣고 있다.

프로그램을 진행하면서 회의가 들었던 적도 있었다.

'한 인간이 살아온 숱한 시간들을 상담자는 과연 얼마나 이해할까? ……'

'상담의 시작은 공감이라고 했던 것도 같은데~ 남자인 ○○○ 님이 과연 얼마나 공감하실까?……'

'다른 내담자 말씀을 하시는데 그 내담자 혹은 제3의 내담자에게는 나의 얘기를 하실 거야……'

'상담자가 지켜야 할 가장 기본적인 태도가 비밀보장이라고도 했던 것도 같은데~.'

솔직히 프로그램 중반까지 이런 생각들이 들락날락했다.

그러나 프로그램 후반부터는 '참 내가 쓸데없는 생각을 하고 있구나~' 하는 생각들이 차츰 들었다. 쓸데없는 생각들이 나를 지배하여 자신을 괴롭게 만드는 건 참으로 어리석은 모습이라는 생각을 하게 되었다. 어쩌면 하지 않아도 될 고민들과 불필요한 상념들로 오늘의 내 인생을 만들어 낸 것일지도 모른다는 생각이 들기도 했다.

그리고 평소에 나 자신이 얼마나 많은 역기능 사고를 하고 있는지도 확실하게 깨닫게 되었다.

이 프로그램을 통해서 내가 얼마나 부정적인 사고들을 많이 하고 있는가를 분명하게 인지하게 되었고, 긍정적인 사고로의 전환을 통해 세상이 달라짐도 체득을 하였다. 내 정신의 습관들이 지금까지 나를 우울하게 무기력하게 만들어 왔던 것이다.

'현실'과 '꿈'의 관계 및 재해석을 통해 '집착'에서 보다 자유로워지는 자신도 발견할 수 있었다. 또한 앞으로의 삶에 어떤 마음가짐과 태도가 필요한가를 자연스럽게 깨닫게 되면서 생각을 실천에 옮기게도 되었다.

'날마다 좋은 날!'

'아름다운 세상!'

나도 모르게 이런 표현이 입가에 맴돌고 심지어 교실 문과 학급 게시판에까지 써 붙이기도 하였다. 힘든 날도 있지만 힘겨움 속에서도 보람과 즐거움을 느낄 수 있는 여유로움이 생겨났다고나 할까?

지나간 많은 시간들이 내게 아픔과 절망도 주었지만 인간과 삶에 대한 이해의 폭을 넓혀 준 것도 같다. 근래에 들어 '모든 고통은 필요한 것이었다. 내 삶에~'라는 생각을 많이 하고 있다. 숨 쉴 수조차 없었던 아픔과 끝없던 절망이 나에게 무엇을 알게 하기 위한 것이었나를 이해하기 시작한 듯도 하다. '하루하루 최선을 다하며 열심히 살아야지!'라는 생각으로 지내고 있다.

사랑하는 나의 아들!

내가 가르치고 있는 학생들!

내가 그들을 위해 무엇을 해줄 수 있을지를 생각하며 온 마음을 다하려고 한다. 그래서 ○○○ 님께 감사하는 마음이 더욱 깊어진다. 정말 감사합니다! ○○○ 님~

3. 상담의 과정과 결과에 대한 자기 평가 ·····················

1) 전반적 효과와 성과

프로그램에 의한 지금까지의 상담은 비교적 성공적이었다고 판단한다. 먼저 내담자들이 프로그램의 내용에 대해 큰 공감을 보냈다. 긍정적 생각하기, 죽음에 대한 명상, 집착 없앰, 꿈 요가, 루시드 드림 등 그 내용과 방식에 대해 긍정적으로 호응했다. 또 상담이 거듭될수록 내담자들은 스스로가 좋아지고 있다는 점을 자각을 하였고, 그 점을 상담자에게 말해주고는 하였다. 상담기간 중 내담자들의 주위 사람들도 내담자의 표정이 밝아지고 생활태도가 달라지는 것을 느끼고 그 변화를 내담자에게 이야기해준다고 했다.

이런 자기 변화를 자각하게 되고 또 다른 사람들로부터 확인받게 된 내담자들은 자신의 문제해결에 대해 더 낙관적 자세를 갖게 되었다.

우울증 진단의 결과도 이 프로그램의 유용성을 입증해준다고 본다.

가명	나이	성별	직업	종교	상담기간	상담 시작 전 상태	상담 전후 우울증 진단 결과 Ⓐ	Ⓑ	Ⓒ
전○○	29	남	대학생	무	2008.8.18~9.22	중증 우울증	27→0	21→14	
김○○	30	남	대학원생	불교	2008.8.18~9.22	중증 우울증	23→0	40→2	
권○○	26	남	대학생	무	2008.8.18~9.22	경증 우울증	23→9	16→10	
오수정	43	여	교사	무	0000.1.19~3.3	중증 우울증	25→1	27→4	28→4
김○○	42	남	대학교수	카톨릭	2009.1.2~7.1	중증 우울증	36→10	40→10	47→11
강○○	24	남	대학생	무	2009.4.1~10.15	경증 우울증	24→7	21→4	18→6

2) 회기의 횟수

원래 이 프로그램은 9회기로 구성되었고, 상담은 이 프로그램에 따라 9회기로 진행되었다. 그런데 9회기는 본 프로그램이 모색한 제반 인지적 활동과 수행을 완수하기에는 짧다는 것을 확인하게 되었다. 그래서 회기 횟수를 늘리는 것이 바람직하다고 판단하였다. 이 책의 제1부에서 12회기의 프로그램을 제시한 것은 이런 상담의 경험을 바탕으로 한 것이다. 또 꿈 수행이나 죽음명상 등은 그 자체가 독립된 프로그램이 될 수 있을 정도로 다양한 내용을 담고 있다. 그래서 원칙적으로 12회기로 하되, 회기 혹은 상담의 횟수는 늘어날 수 있으며, 회기 늘임은 상담자가 판단할 문제이다.

3) 자기서사와 상담의 중단

자기서사를 쓰고, 그에 대해 대화를 나누는 것은 내담자가 자기를 성찰할 수 있는 매우 유용한 방식이다. 내담자는 자신의 은밀하고 부끄러운 부분을 상담자에게 이야기한다는 것을 처음에는 많이 부담스러워하고 거부하는 경향을 보이기도 했다. 그러나 그런 단계를 넘어서면 마치 타인의 이야기를 하듯이 자기 이야기를 할 수 있게 된다. 자기서사를 스스로 하게 되었다는 것 자체가 이미 상당한 치유가 되었음을 뜻하기도 한다.

저자는 지금까지 상담 과정에서 두 번 이상의 상담 중단을 겪었다.

내담자가 일방적으로 나타나지 않았기 때문이다.

첫째, 두 명의 비구니 스님의 경우.

둘째, 김유리의 경우.

비구니 스님들은 박사과정에서 상담 심리를 전공하는데, 스스로 저자를 찾아와 상담을 먼저 받을 수 있도록 간청했다. 검사의 결과 한 스님은 경중 우울증이고 다른 비구니 스님은 우울증 경향이 약했다. 1회기 상담은 매우 진지하고 또 적극적으로 이루어졌다. 그러나 비구니 스님들은 두 번째 상담의 약속을 3번 이상 지키지 않았다. 결국 그들의 요청으로 상담은 무기한 연기되었다.

김유리는 30대 초반 여성이다. 그녀는 기자로서 취재차 왔다가 상담자의 우울증 프로그램에 대해 알게 되었다. 그녀는 중증 우울증이었다. 그녀와의 상담도 그녀가 요청하여 시작된 것이었다. 김유리는 상담자에게 사전 연락도 없이 늦은 시각에 연구실을 방문했다. 상담자는 그 충동성에 대해 주의를 환기했고 내담자도 그걸 인정했다. 일단 상담이 시작되자 그녀는 진지하게 자기 이야기를 털어놓았다. 남자 친구와의 심각한 상태에 대해서도 말해주었다. 상담자도 그에 대해 조언을 아끼지 않았다. 그녀는 2회기 때 자기서사의 일부를 편지지에 적어오기도 했다. 2회기에서도 그녀와 남자 친구 사이의 문제에 대해 이야기를 나누느라 본격적 상담에 들어가지 못했다. 그래서 좀 더 온전한 자기서사를 작성하여 와서 다시 만나기로 약속했다. 그러나 3회기에는 나타나지 않았고, 상담자가 여러 번 연락을 시도해도 응답이 없었다.

이들이 상담을 계속하지 않게 된 데에는 알 수 없는 개인적 사정이 개입하였을 수 있다. 그런데 상담을 중단한 시점이 자기서사를 제출하기 직전이라는 공통점이 있다. 내담자들이 자기서사 쓰기나 자기 자신의 내력을 다 털어놓는 데 큰 부담감을 느꼈을 가능성이 있다.

라포를 형성했다고는 하지만, 아직 내담자에게 상담자는 불편하고 어색한 상대였을 것이다. 그런 상대에게 자기 생애에서 가장 문제적인 부분까지 다 털어놓는다는 것이 무척 부담스럽고 불편했을 것으로 판단한다.

상담 약속을 해놓고 아예 1회기부터 중단한 경우도 있었다. 중년 여성인데 전화로 상담 약속을 하였다. 그녀는 자식들을 모두 일류 대학에 보내고서 한의사인 남편과 전원주택을 지어서 살고 있었다. 그런데 남편은 여자의 육체만을 탐하는 바람둥이였다. 여성이라면 연령, 직업, 취향에 상관없이 성욕충족의 대상으로만 생각하였고, 자기 아내에 대해서는 환멸감을 노골적으로 표시하곤 했다. 저자에게 여성을 소개한 분은 저자의 아내의 친구이다. 그리고 그 사실을 그 여성은 알고 있었다. 그 여성은 상담 권유를 몇 번 받았지만 계속 거부하다가, 자기 상태가 매우 심각한 단계에 이르렀다는 것을 느끼고는 권유를 받아들였다. 그러나 상담일 하루 전에 '도저히 못하겠다'는 연락을 해온 것이다. 그 이유는 자기가 저자에게 털어놓는 이야기 대부분이 다시 그 친구의 귀에까지 들어갈 것 같다는 것이었다. 그녀는 스스로 생을 마감했다. 명복을 삼가 빈다.

이런 상담사례를 바탕으로 하여 볼 때, 자기서사 쓰기나 말하기는 매우 유용한 상담 수단이기는 하지만, 내담자의 부담감을 덜어주는 방안이 모색되어야 할 것이다.

첫째, 자기서사를 쓰고 이야기하는 시기를 조금 뒤로 미루는 방안을 생각할 수 있다. 대체로 내담자들은 제4회 상담인 '죽음에 대하여 성찰하기' 전후로 많이 달라지고, 상담자에 대한 부담감도 급격히 줄었다. 그래서 부담스런 자기서사를 4회기 이후로 미루는 것도 한 방법이다. 다만 이럴 경우 상담 초기에는 상담자가 내담자의 상황을 온전하게 알 수가 없다는 또 다른 문제가 발생한다. 이에 대해 재고할 필요가 있다.

둘째, 상담의 과정에서 상담자가 어떤 처방이나 충고를 지나치게 제시하는 것을 경계해야 하겠다. 상담자는 내담자보다 우위에서 내담자에게 일방적으로 조언을 주는 존재가 아니다. 내담자와 함께 고민하고, 내담자가 심각한 내용의 고백을 했을 때, 상담자 역시 그런 고민으로부터 자유로울 수 없으며, 그 해결책도 금방 떠올릴 수 없다는 태도가 필요하다. 상담자와 내담자는 어디까지나 머리를 맞대고 함께 해결책을 모색하는 형태가 되어야 할 것이다.

다만, 이럴 때도 상담자는 '끝까지 들어주기'와 '권위' 사이의 딜레마를 지혜롭게 대처해야 한다. 내담자가 상담자에게 기대하는 것은 무엇인가? 내담자는 상담자가 전지전능한 존재이거나 이 분야 최고의 권위를 갖춘 현자이기를 원하는가? 아니면 상담자가 자기와 다를 바 없이 우울증을 겪고 있고, 또 여전히 방황하는 존재이기를 원하는가? 상담자는 이런 질문을 끊임없이 해야 한다. 그리고 양자 사이의 일정한 지점에 자기를 놓아야 할 것인데, 그 결정에서 가장 중요하게 고려해야 할 요인은 내담자의 처지나 성향이다.

4) 상담자의 성

내담자가 자기를 깊이 들여다보고 근원적 문제까지 뿌리를 뽑으려면 상담 과정에서 시종 은밀한 자기 이야기를 터놓을 수 있어야 한다. 그런데 상담자가 이성일 경우 그런 허심탄회한 진술이 쉽지 않을 수 있다. 그런 점에서 상담자와 내담자가 동성이 되도록 하는 방안을 생각할 수 있다. 특히 상담자가 남성이고 내담자가 여성일 때, 내담자가 상당히 부담스러워한다는 것을 알게 되었다.

5) 상담자와 내담자의 종교

본 프로그램은 불교 경전을 많이 활용하는 관계로 내담자가 종교적 부담을 가질 수 있다. 지금까지 내담자의 종교는 무교, 불교, 천주교 등이었다. 천주교 신자까지도 본 프로그램에 대해 종교적 거부반응을 거의 보이지 않았다. 그러나 내담자가 개신교를 신봉하는 경우를 확보하지 못했다. 본 프로그램이 내장하고 있는 지식과 세계관의 상당 부분은 기독교와 상충될 여지가 있다. 그래서 본 프로그램에 바탕을 두되, 내담자가 독실한 개신교 신앙인일 때 활용할 수 있는 대안 프로그램을 만드는 것이 바람직하다. 물론 그 대안 프로그램을 이끄는 상담자도 기독교인 것이 더 바람직하다.

6) 우울증 재발과 상담 뒤의 멘토

상담이 끝나는 시점에서 대부분의 내담자들은 우울증 성향이 최소화된다. 그러나 우울증은 재발률이 매우 높다. 처음으로 한 에피소드 episode의 우울증을 가진 사람은 그것이 치유된 뒤 다시 다음 에피소드의 우울증을 경험할 확률이 50% 이상이며, 세 번의 우울증 에피소드를 경험한 사람은 90% 이상 다음의 우울증 에피소드를 경험하게 된다 한다.[14] 우울증 상담을 받은 환자들의 대부분은 이미 그전까지 4개 전후의 우울증 에피소드를 경험한 경우이다. 내담자는 대부분 우울증 재발을 경험한 셈이기 때문에 다음에 또 재발되지 않으란 보장이 없다. 우울증은 확률적으로 50~80%의 재발률을 보인다.

우울증은 부정적 생각, 자기비하, 절망적 생각 등이 우울한 기분을 일으킬 때 재발된다. 우울증을 몇 번 경험한 적이 있는 사람에게는 이런 생각 패턴이 남아 있기에 우울증이 재발할 확률이 높은 것이다. 그래서 과거 자신이 우울증에 걸린 상황과 과정을 잘 돌아보면 문제가 된 자기의 생각 패턴을 찾을 수가 있다. 이미 작성한 바 있는 자기서사를 다시 읽어보고 또 문자로 표현되지 않은 기억까지 되돌아보면 자기에게 우울증을 유발한 그 생각의 패턴이 무엇인지를 짐작할 수 있는 것이다.

우울증 치료가 끝난 뒤로도 끊임없이 자신의 생각과 감정 상태를 의식해야 한다. 그 결과 자기 고유의 부정적인 생각이나 감정이 일어나는

---

14 Richard O'Connor, "An Integrative Approach to Treatment of Depression", *Journal of Psychotherapy Integration* Vol. 13 No. 2, the Educational Publishing Foundation, 2003, p.131.

것이 자각된다면 '아, 내가 또 이런 부정적 생각을 하여 부정적 감정에 휩싸이고 있구나' 하고 더 또렷하게 의식하고, 그럼으로써 생각과 감정이 부정적 극단으로 나아가는 것에 제동을 걸어야 한다. 그리고 우울증 상담 과정에서 획득한 지식과 경험과 지혜를 재활용하여 스스로 치료를 해가야 한다.

이를 위해 마음챙김에 바탕을 둔 인지치료 즉 MBCT Mindfulness-Based Cognitive Therapy를 활용할 수 있다.

그리고 본 프로그램이 계속 시도했던 화두참선을 상담이 끝난 뒤에도 계속하도록 조언하고 지도하는 것이 우울증 재발을 극복하는 가장 좋은 방안이라 생각한다. 화두참선은 단지 우울증 치료 뿐 아니라 사람으로서 꿈같이 살아가는 처지를 자각하고 한꺼번에 깨어나는 최선 최고의 수행법이기 때문이다.

이런 기술에 의해 우울증이 재발되지 않도록 노력할 수 있다. 여전히 우울증은 재발할 가능성이 매우 높다는 사실을 부정하기 어렵다. 그런 점에서 상담이 끝난 뒤에도 상담자가 내담자와 관계를 지속하는 것이 필요하다. 상담자는 내담자의 멘토가 되어, 내담자의 상태를 확인하고, 필요한 조언을 주며, 우울증이 재발했을 때, 프로그램을 다시 수행하게 할 수 있어야 하겠다. 그러기 위하여 세 달에 한 번 정도 30분~1시간 동안의 정기적 만남을 제안한다.

참고문헌

무비 역해, 『금강경오가해』, 불광출판부, 1992.

각묵 역, 『금강경 역해』, 불광출판부, 2001.

고우큰스님 감수, 전재강 역주, 『역주 금강경삼가해』, 운주사, 2017.

『누가복음』

『마태복음』

『반야심경』

『능엄경』

『잡아함경』 2, 동국역경원, 2006.

원효, 「대승육정참회」.

고봉원요, 전재강 역주, 고우 스님 감수, 『선요』, 운주사, 2006.

대혜종고, 전재강 역주, 고우 스님 감수, 『서장-대혜보각선사 서』, 운주사, 2004.

보조국사 지눌, 『수심결』, 『보조법어』, 보성문화사, 1979.

원오극근, 안동림 역, 『벽암록』, 현암사, 2004.

_____, 석지연 역, 『벽암록』, 민족사, 2007.

이우성・임형택 편, 『서벽외사 해외수일본 청구야담』 상・하, 아세아출판사. 1985.

이원명, 정명기 편, 『원본 동야휘집』 상・하, 보고사, 1982.

청목 역, 구라마즙 한역, 김성철 역주, 『중론』, 경서원, 2012.

함허득통, 김탄허 현토역해, 『현토역해 원각경』, 교림, 2011.

『간화선』, 대한불교조계종 교육원, 2005.

강선희, 『체험으로 읽는 티벳 사자의 서』, 불광출판사, 2008.

강응섭, 『프로이트, 무의식을 통해 마음을 분석하다』, 한길사, 2010.

권석만, 『이상심리학, 침체와 절망의 늪 우울증』, 학지사, 2000.

고우 큰스님, 『연기법과 불교의 생활화』, 효림, 2005.

김만중, 이강옥 다시 씀, 『구운몽』, 두산동아, 2006.

_____, 『서포선생집』.

김병국, 『서포 김만중의 생애와 문학』, 서울대 출판부, 2001.

김병국・최재남・정운채 역주, 『서포연보』, 서울대 출판부, 1992.

김성례, 「한국 여성 구술사-방법론적 성찰」, 조옥라 외, 『젠더・경험・역사』, 서강대 출판부, 2004.

_____, 「여성주의 구술사의 방법론적 성찰」, 『한국문화인류학』 35-2, 한국문화인류학회, 2002.

김예식, 『생각 바꾸기를 통한 우울증 치료』, 한국장로교출판사, 1998.

나지영, 「문학치료학의 '자기서사' 개념 검토」, 『문학치료연구』 13집, 한국문학치료학회, 2009.

류한평, 『자기최면』, 갑진미디어, 2011.

노무라 소이치로, 『나만 혼자 몰랐던 내 우울증』, 팝콘북스, 2006.

남효온, 박대현 역, 『추강집』 1·2, 민족문화추진회, 2007.

박기석, 「연암 박지원의 문학과 문학치료」, 『인문논총』 11, 서울여대 인문과학연구소, 2003.

성철, 『백일법문』 상, 장경각, 1992.

오수연, 「자기서사(self-narrative)를 통해서 본 레즈비언 정체성 구성에 관한 연구」, 이화여대 석사논문, 2005.

오윤희, 『매트릭스, 사이버스페이스 그리고 선』, 호미, 2003.

유철인, 「생애사와 신세 타령 자료와 텍스트의 문제」, 『한국문화인류학』 22, 1990.

유혜숙, 『노인의 우울증 해소를 위한 독서요법 연구』, 한국학술정보, 2005.

윤소미, 이영호, 「한국판 무망감 우울증상 척도의 타당화 연구-청소년 대상으로」, 『The Korean Journal of Clinical Psychology』 23-4, 한국심리학회, 2004.

이강옥, 「구운몽의 환생과 사념실현의 의미」, 『우리말글』 27, 우리말글학회, 2003.

_____, 「문학 치료 텍스트로서의 『구운몽』의 가치와 가능성-우울증과 관련하여」, 『고소설연구』 제24집, 한국고소설학회, 2007.

_____, 「구운몽과 불교 경전을 활용하는 우울증 치료 프로그램(DTKB Program) 구안」, 『문학치료연구』 12집, 한국문학치료학회, 2009.

_____, 『일화의 형성원리와 서술미학』, 보고사, 2014.

_____, 『구운몽의 불교적 해석과 문학치료교육』, 소명출판, 2010.11.

이만홍, 「현대사회에 있어서의 우울증의 영적 의미」, 『기독교상담학회지』 Vol. 10 No. 0, 한국기독교상담심리치료학회, 2005.

이우성·임형택, 『이조한문단편선』 상, 일조각, 1976.

이주영·김지혜, 「긍정적 사고의 평가와 활용-한국판 긍정적 자동적 사고 질문지의 표준화 연구」, 『The Korean Journal of Clinical Psychology』, 한국심리학회, 2002.

이홍우, 『대승기신론 봉석』, 김영사, 2006.

임경자·김병석, 『최면으로 창조하는 삶』, 하나의학사, 2011.

임승택, 「마크엡스타인의 '붓다의 심리학'을 읽고」, 『동화(桐華)』 36호, 동화사, 2009.

정규복, 『구운몽 원전의 연구』, 일지사, 1981.

정운채, 『문학치료의 이론적 기초』, 문학과치료, 2006.

_____, 「인간관계의 발달 과정에 따른 기초서사의 네 영역과 『구운몽』 분석 시론」, 『문학치료연구』 제3집, 2005.

_____, 「우울증에 대한 문학치료적 이해와 「지네각시」」, 『문학치료연구』 제5집, 한국문학치료학회, 2006.

정운채 외, 『이상심리와 이상심리서사』, 문학과치료, 2011.

조용현, 『보이는 세계는 진짜일까?』, 우물이있는집, 2006.

조은상, 『우울성향과 문학치료』, 월인, 2015.

조은심, 「불안과 우울 증세에 대한 문학치료의 사례」, 『문학치료연구』 제1집, 한국문학치료학회, 2004.

주상영, 「쓰기와 말하기를 통한 이야기치료 연구─고등학생들의 자기서사에 나타난 생(生)의 문제점과 그 해결을 중심으로」, 영남대 교육대학원, 2009.

진중권, 『미학 오디세이』 1, 휴머니스트, 2009.

하은하, 「대학생 K의 살아온 이야기에 대한 자기서사 분석」, 『겨레어문학』 42집, 겨레어문학회, 2008.

구나라뜨나, 『우리는 어떤 과정을 통하여 다시 태어나는가』, 고요한소리, 1980.

단정쟈춰, 『꿈─삶과 죽음을 바라보는 티베트 사람들의 지혜』, 호미, 2003.

데이비드 호킨스, 문진희 역, 『나의 눈』, 한문화, 2001.

디팩 초프라, 『죽음 이후의 삶』, 행복우물, 2007.

마크 엡스타인, 『붓다의 심리학』, 학지사, 2006.

셸리 케이건, 박세연 역, 『죽음이란 무엇인가』, 엘도라도, 2013.

스티븐 라버지, 이경식 역, 『루시드 드림』, 북센스, 2008.

아론 벡, 원호택 역, 『우울증의 인지치료』, 학지사, 2005.

앨리스 모건, 고미영 역, 『이야기치료란 무엇인가?』, 청목출판사, 2003.

엘리자베스 퀴블러 로스, 『사후생』, 대화출판사, 2002.

윌리엄 스타이런, 『보이는 어둠』, 문학동네, 2008.

장 보드리야르, 하태환 역, 『시뮬라시옹』, 민음사, 2008.

제프리롱 · 폴 페리, 한상석 역, 『죽음, 그 후─10년간 1,300명의 죽음체험자를 연구한 최초의 死後生 보고서』, 에이미팩토리, 2010.

카를로스 카스타네다, 추미란 역, 『자각몽, 또 다른 현실의 문』, 정신세계사, 2011.

파드마 삼바바, 『티벳 死者의 書』, 정신세계사, 1995.

파아욱 또야 사야도 법문, 무념 역, 『사마타 그리고 위빠사나』, 2003.

프로이트,, 임홍빈 · 홍혜경 역, 『정신분석강의』, 열린책들, 2007

Tathang Tulku, *Dynamics of Time and Space*, Oakland : Dharma Publishing, 1994.

툴쿠 퇸둡 림포체, 도솔 역, 『평화로운 죽음 기쁜 환생』, 도서출판 청년사, 2007.

Z. V. Segal · J. M. G. Williams · J. D. Teasdale, 조선미 · 이우경 · 황태연 역, 『마음챙김 명상에 기초한 인지치료─우울증 재발 방지를 위한 새로운 치료법』, 학지사, 2006.

Beck, A. T., *Cognitive therapy and the emotional disorders*, New York : International Universities

Press, 1976

Burns, D. D., *Feeling good : the new mood therapy*, New York : Morrow, 1999.

Copeland, M. E., *The depression workbook*, Oakland, CA : New Harbinger Publications, 1992.

Kabat-Zinn, J., *Full catastrophe living — Using the wisdom of your body and mind to face stress, pain, and illness*, New York : Dell Publishing, 1990.

Kuyken, Willem · Byford, Sarah · Taylor, Rod S. · Ed Watkins · Emily Holden · Kat White, "Mindfulness-Based Cognitive Therapy to Prevent Relapse in Recurrent Depression", *Journal of Consulting and Clinical Psychology* Vol. 76 No. 6, the American Psychological Association, 2008.

Murphy, M. · Donovan, S., *The Physical and Psychological Effects of Meditation*, Sausalito, CA : Institute of Noetic Sciences, 1997.

Nauriyal, D. K. · Drummond, M. S. · Lal, Y. B., *Buddhist Thought and applied Psychological Research*, New York : Routledge, 2006.

O'Connor, Richard, "An Integrative Approach to Treatment of Depression", *Journal of Psychotherapy Integration* Vol. 13 No. 2, the Educational Publishing Foundation, 2003.

O'Connor, Richard, *Undoing Depression*, New York : Little, Brown. 1997.

Padesky, C., "Schema change processes in cognitive therapy", *Clinical Psychology and Psychotherapy* Vol. 1(5), 1994.

Persons, Jacqueline B. · Davidson, Joan · Tompkins, Michael A., *Essential Components of Cognitive-Behavior Therapy for Depression*, Washington, DC : American Psychological Association, 2001.

Pyszczynski, Tom · Greenberg, Jeff, *Hanging On and Letting Go*, Springer-Verlag : New York, 1992.

Segal, W. · Williams, J. M. G. · Tasdale, J., *Mindfulness-based cognitive therapy for depression*, New York : Guilford Press, 2002.

Smith, Laura L. · Elliott, Charles H., *Depression for Dummies*, Wiley Publishing, Inc : Hoboken, 2003.

Teasdal, J. D. · Segal, Z. V. · Williams, J. M. G. · Ridgeway, V. · Soulsby, J. · Lau, M., "Prevention of relapse / recurrence in major depression by mindfulness-based cognitive therapy", *Journal of Consulting and Clinical Psychology* 68, 2000.

Whiteman, J. H. M., *The Mystical Life*, London : Faber & Faber, 1961.